금목서 향기

금목서 향기

초판 1쇄 인쇄일 2022년 07월 14일
초판 1쇄 발행일 2022년 07월 25일

지은이 | 과일마차
펴낸이 | 김기선

편집부 | 박신혜, 신현정, 현혜원, 김수린, 한혜정, 강연정, 이아림, 강지원, 김수정
표지디자인 | 금장미
내지디자인 | 한주희

펴낸곳 | 주식회사 와이엠북스(YMBOOKS)
출판등록 | 2021년 5월 27일 (제2021-000014호)
주소 | 서울특별시 중랑구 신내역로3길 40-36 B동 710호 (신내동)
전화 | 02)906-7768 / **팩스** | 02)906-7769
E-mail | ymbooks@nate.com

ISBN 979-11-322-6664-8 03810

값 10,000원

금목서 향기

과일마차
장편소설

YMBOOKS
ROMANCE
STORY

YM
BOOKS

차 례

프롤로그   7

1. 낯선 세계   27

2. 결혼사진   73

3. 초야   111

4. 재회   147

5. 착오   170

6. 작별   198

7. 마음   259

8. 너의 흔적   308

9. 부부의 자리   326

외전 1. 봄   345

외전 2. 다시, 가을   377

프롤로그

"국장님, 그러지 말고 불법 체류하는 여자 중에서 하나 골라 보시지 그러십니까?"

"네? 무슨 말씀입니까?"

호시 히로시는 한 손에 커피를, 다른 한 손엔 담배를 들고는 야마모토를 돌아보았다. 야마모토는 그보다 직급은 아래였지만 연배가 한참 많아 존대하고 있었다.

"이번 법무대신 주최 부부 동반 파티 말입니다. 정말 이번에도 혼자 가실 생각입니까? 안 그래도 키시 차장이 주선한 맞선을 거절해서 곤란한 처지 아닙니까?"

호시는 아무 말 없이 담배를 한 모금 빨았다.

"상관이 주선한 맞선을 몇 번이나 거절하시고 혼자 파티에 가면 건방지다고 소문이 날 겁니다. 주제넘지만 국장님은 여기서 경력을 망치기엔 너무 아깝습니다."

호시는 쓸쓸히 웃었다. 고시 패스 동기들은 이미 상관의 주선으로 가정을 꾸리고 법무부 내 핵심으로 파고들고 있었다. 그러나 몇 번이나 맞선을 마다한 그는 여기, 번거롭고 지저분한 일은 많고 출세와는 거리가 먼 입국관리청 도쿄지국장 자리였다.

"그래서 불법 체류자를 내 아내로 위장해서 데려가란 말입니까?"

호시는 기가 막힌다는 듯 웃었다. 야마모토는 아래서부터 올라오며 산전수전 다 겪은 사람답게 가끔 희한한 요령을 부렸다. 정통 엘리트 관료인 호시는 생각도 못 할 말도 안 되는 요령들. 그러나 놀랍게도 그 잔재주는 현장에서 기가 막히게 먹혀들곤 했다. 그건 호시가 야마모토를 함부로 하지 못하는 다른 이유이기도 했다.

"그런 여자여야 뒤탈이 없지 않습니까?"

야마모토가 목소리를 한껏 낮추며 은근한 눈빛을 보내왔다. 마치 공범을 바라보는 듯한 눈길. 호시는 그 눈빛이 말하는 바를 정확히 알았다.

'중간에 생략된 말은 '한 번 쓰고 버려도'일 테지. 하긴 멀쩡히 부모가 있는 양가의 여자에게 그럴 수는 없지. 그리고 혈혈단신 밀항해 유흥업에 종사하던 여자라면 딱 맞는 조건이긴 해. 수용소행을 면해 주는 것만으로도 감사할 테니.'

호시는 야마모토의 잔머리에 다시 한번 질렸다는 듯 혀를 내둘렀다.

"하지만 불법 체류 신분의 외국인 아내란 게 탄로 나면 오히려 제게 약점이 되지 않겠습니까?"

야마모토가 그런 그가 순진하다는 듯 껄껄 웃었다.

"참, 국장님도. 불법 체류 기록이야 지우면 그만이죠. 그리고 포장이야 만들기 나름 아니겠습니까? 국장님같이 젊고 잘생긴 엘리트 관료가 외국인과 결혼한다? 이건 완전히 사랑이죠. 완전히 사랑입니다. 누가 그렇게 생각하지 않겠습니까?"

"……."

"생각해 보세요. 가진 것 없는 외국 여자를 위해 상관이 주선한 양갓집 규수들을 거절하고 한직으로 내몰린 남자. 로맨틱하지 않습니까? 오히려 부인들 사이에선 국장님의 인기가 더 높아질 겁니다. 키시 차장도 납득하지 않을 수 없겠죠. 어쩔 겁니까? 사랑이라는데."

"……."

"한 번 생각해 보세요. 어제 긴자 단속에서 한국 여자들 잔뜩 데려오지 않았습니까. 제 생각엔 외견으로 차이가 없는 한국 여자가 제일 좋습니다. 우리말도 빨리 배우고요."

잠시 야마모토의 의견에 솔깃했던 호시는 이내 쓴웃음을 물었다. 야마모토는 가장 중요한 점을 간과하고 있었다. 대부분의 불법 체류 여성은 돈을 벌기 위해 싸구려 불법 유흥업소에서 일했고, 그 업종은 티가 나고야 마는 업종이었다. 아무리 짙은 화장으로 가려도, 귀부인인 척 고급 옷을 걸쳐도 술집 여자는 술집 여자 티가 났다. 어디에서도 가릴 수 없는 천박함. 그런 여자를 아내랍시고 법무대신 주관 파티에 데려가느니 차라리 집에서 일해 주는 아주머니를 데려가는 편이 나았다.

"저는 순시나 한 바퀴 돌고 오죠."

호시는 야마모토의 엉뚱한 제안을 끊어 내듯 담배를 비벼 껐다.

1970년, 일본 경제는 폭발적으로 성장하고 있었다. 1950년대 한국전쟁 특수로 태평양 전쟁 패전의 상흔을 복구한 일본은 1964년 도쿄 올림픽 개최를 정점으로 눈부신 경제 성장을 이어 갔다. 바야흐로 지나가는 개도 만 엔짜리 지폐를 물고 다닌다고 하는 시절이었다.

자연히 많은 외국인이 엔화 벌이를 위해 일본으로 향했다. 정식 취로 자격을 발급받은 이도 많았지만, 밀항을 통한 불법 입국자 또한 많았다. 밀항자들은 불법 체류자가 되어 주로 단순 노무직이나 유흥업, 밀수 등의 지하 경제에 종사했다.

호시는 단속으로 검거된 불법 체류자들이 있는 감호소로 향했다. 붙잡혀 온 이들은 이곳에서 간단한 심사를 받게 되지만, 사실 그것은 그저 요식 행위에 불과하니 대부분은 수용소로 보내져 강제 추방을 기다리게 될 것이다. 그리고 그 안에서 무슨 일이 일어나는지 모른다는 수용소는 모든 불법 체류자가 가장 두려워하는 곳이었다.

"국장님."

그를 본 직원이 일어나 묵례했다. 화려하고 노출이 심한 의상에, 짙은 화장을 한 여자들이 감호소 안에 화물 꾸러미처럼 쌓여 있었다. 어제 긴자의 유흥업소 단속에 걸린 여자들이었다.

"별일 없지? 조사는 잘 되어 가나?"

"예. 이미 다 완료했습니다."

"완료했다고? 이 인원을 벌써?"

"예. 운 좋게 우리말이 능통한 여자가 하나 있어서 통역으로 썼더니 심사가 좀 일찍 끝났습니다."

"우리말이 능통한 여자?"

"네. 저 여잡니다."

직원이 구석에 쪼그리고 앉아 무릎 사이에 얼굴을 묻은, 자그마한 여자를 가리켰다. 여자의 얼굴은 보이지 않았다.

"아침에 몸이 안 좋다고 약을 청하는데 우리말이 상당하더군요. 이게 완성된 보고서입니다."

호시는 보고서를 훑었다. 긴자 유흥업소에서 검거한 불법 체류자 총 15명. 모두 여성. 국적은 한국 10명, 중국 3명, 베트남 2명.

"저 여자는?"

"박이라고 하는 여잡니다."

직원은 호시가 든 보고서를 받아 여자의 페이지를 펼쳐 내밀었다.

<박순애. 25세. 국적 한국.>

"별 내용이 없군."

호시는 강제 추방으로 결론 난 여자의 페이지를 툭 넘겼다.

"사기를 당했다는 말만 반복합니다."

호시가 피식 비웃음을 흘렸다. 그때 그들의 대화로 높은 이가 왔다는 것을 눈치챈 여자가 호시를 향해 소리쳤다.

"나리, 도와주세요. 전 속아서 여기 왔어요. 분명 공장에 넣어 주고 정식으로 취로 자격을 준다고……."

과연 능통한 일본어와 깨끗한 발음이었다. 어디에도 외국인 티가 나지 않았다. 호시는 저도 모르게 여자에게 가까이 다가갔다.

이제 막 성년이나 된 것 같은, 나이에 비해 앳된 여자였다. 짙은 연지와 가슴이 훅 파인 옷이 어설펐다. 마치 동네 마담의 싸구려 옷을 빌려 입고 도시에 놀러 나온 순진한 시골 처녀 같았다. 그러나 창백하리만치 하얀 피부에 그린 듯한 눈썹 산이 고왔다. 둥근 어깨에는 올림머리를 했다가 풀린 검은 생머리가 흐트러져 있었다.

"우리말이 상당하군. 어디서 배웠지?"

"나리, 살려 주세요. 전 속았어요. 분명 정규 취로 자격을 준다고……."

"묻는 말에 대답해. 어디서 우리말을 배웠지?"

그가 제 사정을 들어 줄 생각이 없다는 것을 눈치챘는지 여자의 기세가 한풀 꺾였다.

"제 부모 일로 어릴 때 일본에서 살았어요."

"역시 그렇군."

호기심을 채운 호시는 여자를 그대로 지나쳤다. 그때 여자가 여기서 이대로 그를 놓치면 안 된다는 것을 본능적으로 깨달았는지 다시 한번 소리를 쳤다.

"나리, 살려 주세요. 제발 수용소에만은 보내지 말아 주세요. 뭐든 할게요. 뭐든 시키시는 건 다 할게요."

호시의 발걸음이 우뚝 멈췄다.

"뭐든지 다 한다고? 네가 무슨 말을 하는 줄 알고 있나?"

매서운 시선에 여자가 움찔 놀랐다.

"그런 말은 함부로 하는 게 아니야."

그대로 그가 돌아서려는데 여자의 맑은 눈에서 툭 눈물이 떨어졌다.

"이대로 수용소에 가면…… 강제 추방되는 거잖아요? 안 돼요. 빚만 지고 왔는데…… 전 꼭 찾아야 하는 사람이 있어요."

순간 호시의 얼굴에 망설임이 스쳤다. 여자의 사정이 딱해서가 아니었다. 그런 건 전혀 특별할 것 없는 뻔하디뻔한 레퍼토리에 불과했다. 그를 붙잡은 건 여자의 눈빛이었다. 그녀의 눈빛은 잘 닦인 유리창처럼 투명하리만치 맑았다. 그 눈빛을 보는 순간, 그는 야마모토의 제안을 떠올리고 말았다. 호시가 머뭇대자 여자는 대담하게도 유치장 사이로 가는 팔을 내밀어 호시의 옷자락을 살짝 잡았다.

"나리…… 제발……."

호시는 그제야 정신을 차리고 여자의 손을 차갑게 내쳤다. 핏기 없이 창백한 손이 툭, 떨어져 나갔다. 호시가 그대로 발걸음을 옮기자 직원이 그의 뒷모습에 묵례했다.

여자는 가냘픈 희망이 그대로 진창에 처박혔음을 깨닫고 그 자리에 스르르 주저앉았다.

집무실로 돌아온 호시는 의자 깊숙이 제 몸을 묻었다. 책상 위에 놓인 파티 초대장을 보자 절로 미간이 찌푸려졌다. 그는 다시 여자를 떠올려 보았다. 언제든 버릴 수 있는 신분, 유창한 언어, 깨끗한 미모. 여자는 야마모토의 제안에 딱 들어맞는 조건이었다.

'확실히 여자를 데려간다면 그간 거절한 맞선에 대한 좋은 면피가 될 테지.'

그는 키시 차장이 들이밀던 사진 속의 여자들을 떠올렸다. 맞선용 사진은 다 같은 곳에서 찍는지 이 여자와 저 여자가 구분이 안될 정도로 비슷비슷한 사진들이었다. 화려하게 꾸몄지만 오래된 생선처럼 탁하고 흐릿한 눈빛을 한 그 여자들. 아무리 상사가 주선한 자리라도 그는 그녀들이 내키지 않았다. 그런데 아까 그 여자는 달랐다.

그의 눈매가 가늘어지자 비서가 눈치를 보며 따뜻하게 우린 차를 살며시 책상에 올려 두었다.

"아, 저기."

"네."

"감호소에 있는 박순애란 여자를 좀 데려와."

"네."

비서는 놀란 눈치였지만 아무 말 없이 바로 눈을 내리깔았다. 호시가 차를 다 마셨을 즈음 단정한 노크 소리가 들렸다.

"들어와."

비서 뒤에 여자가 쭈뼛쭈뼛 서 있었다. 호시는 그제야 그녀의 전신을 쭉 훑었다. 일본 여자들보다 확실히 큰 키에 호리호리한 체형. 남자를 유혹할 목적을 숨기지 않는, 몸에 달라붙는 짧은 원피스가 여린 어깨와 수줍은 가슴골, 쭉 빠진 다리를 여과 없이 드러내고 있었다. 여자는 그의 시선이 민망한지 살짝 고개를 틀었다.

"앉아."

비서가 나가자 눈치를 살피던 여자가 주춤거리며 그의 앞 의자를 빼 앉았다. 치마가 더 올라가자 하얀 허벅지가 한 뼘 이상 드러났다. 여자가 당황하며 치마를 슬쩍 끌어당겼지만 별 도움이 되지 않았다. 그런 여자를 물끄러미 바라보던 호시가 티슈를 쓱 밀어 주었다.

"얼굴 좀 닦아."

여자의 얼굴이 붉어지더니 티슈 한 장을 뽑아서는 고개를 돌린 채 제 눈가와 입가를 꼼꼼히 닦아 냈다. 지저분하게 번진 화장을 닦아 내니 여자는 훨씬 깨끗하고 청초한 얼굴이었다. 이내 팽팽한 긴장과 혹시나 하는 기대가 뒤엉켜 생생하게 빛나는 눈동자가 그를 마주 보았다. 호시가 벌떡 일어났다.

"따라와."

여자가 어리둥절했다. 호시의 시선이 잠시 그녀의 옷에 머물더니 쯧, 하고 혀를 찼다. 그리고 제 외투를 벗어 여자에게 휙 둘러 주었다. 여자가 놀라 몸을 굳혔다.

호시가 여자를 데려간 곳은 사무소 건물 바로 앞의 허름한 우동집이었다. 그는 놀라는 여자를 제 앞에 앉히고 우동을 하나 주문했다. 곧 김이 모락모락 피어오르는 뜨끈한 우동이 나왔다.

"먹어."

그가 여자에게 우동을 밀어 주었다. 여자는 호시를 한 번, 우동을 한 번 보더니 그제야 정신없이 우동에 달라붙었다.

'어제부터 아무것도 먹은 게 없을 테니 허기지겠지.'

그는 가축을 품평하듯 냉정한 눈으로 정신없이 먹는 여자를 바라보았다.

'일단 젓가락 사용은 바르군. 어딜 데려가도 젓가락을 제대로 사용하지 못하면 못 배운 티가 나지. 음식을 먹을 때 소리가 나지 않는 것도 좋아. 그리고……'

순간 호시는 여자와 그대로 눈이 마주치고는 저도 모르게 숨을 멈추었다. 여자의 눈은 한없이 시리고 아름다운, 미지의 세계였다.

"잘 먹었습니다."

순애는 얼굴을 살짝 붉히며 고개를 숙였다. 배가 차니 그제야 낯선 남자 앞에서 걸신들린 듯 음식을 먹은 게 부끄러웠다. 저를 관찰하는 듯한 차가운 시선을 마주하니 더욱 그랬다.

그래도 이틀 굶은 몸에 뜨거운 음식이 들어가니 황홀감 비슷한 것마저 느껴졌다. 손발 끝까지 따뜻해지고 조금 기운이 났다.

눈이 마주치자 남자는 조금 멈칫하더니 헛기침을 하고는 물을 한 모금 마셨다.

"뭐든지 하겠다고 했지?"

"네?"

찌르듯 매서운 눈빛이었다. 이제 서른이나 되었을까. 큰 키에 늠름한 체격, 준수하고 남자다운 이목구비에 어딘지 귀족적인 분위기를 풍기는 남자였다. 다만 순애를 바라보는 그 이지적인 눈만은 너무나도 서늘해 그녀는 저도 모르게 목을 움츠렸다.

"수용소행만 피하게 해 주면 뭐든 하겠다고 하지 않았나?"

"네, 네!"

순애는 자리를 고쳐 앉았다. 남자가 가늘어진 눈으로 그녀를 다시 한번 쭉 훑었다.

"지금으로서 네가 합법적으로 비자를 취득할 방법은 딱 하나뿐이다. 일본인과 결혼해 배우자 비자를 취득하는 거지."

순애의 얼굴에 희미한 불안이 스치고 지나갔다.

"내가 너와 결혼하겠다."

순애의 몸이 그대로 굳었다.

"물론 위장 결혼이야."

"……."

"거절하면 너는 곧 심사 결과대로 처리될 거야. 지금 결정해."

생각지도 못한 제안에 순애는 그저 얼떨떨했다.

"시, 심사 결과는 강제 추방인가요?"

"그건 말해 줄 수 없어."

그러나 그 답은 곧 긍정이나 마찬가지였다. 순애의 손이 파르르 떨렸다. 그녀는 겨우 정신을 다잡고 눈앞의 사내를 마주 보았다.

"나리와 결혼이라고요?"

"그래. 난 잠깐 아내 역할을 해 줄 사람이 필요해."

"아, 아내 역할이라면…… 어디까지죠?"

순간 호시는 말문이 막혔다. 아내의 역할이란 대체 뭔가. 그리고 과연 제가 어디까지 이 여자에게 요구하게 될 것인가.

"일단 바깥에서 잉꼬부부를 연기해 주면 돼."

그가 대충 얼버무렸다. 여자가 붉어진 얼굴로 살짝 눈을 내리깔았다.

"왜 그런 걸 제게 제안하시죠?"

"말했잖아. 너는 비자가 필요하고, 나는 단기로 사용할 아내가 필요하니까. 서로의 필요를 교환하는 것뿐이다. 네겐 나쁘지 않은 조건일 텐데."

"그럼 제 호적에 결혼한 기록이 남아요?"

"그건 어쩔 수 없어. 비자 발급을 위해서는 양국에 모두 혼인 신고를 해야 해."

여자의 얼굴에 곤혹스러운 빛이 스쳤다. 아무래도 호적 기록이 가장 마음에 걸리는 듯했다. 하지만 호시는 답을 기다리는 데 많은 시간을 할애할 수 없었다.

"결정해."

순애의 머릿속은 온통 하얬다. 감호소에서 들은 비참한 수용소

이야기가 머릿속에 왱왱 맴돌았다. 또 이대로 강제 추방당하면 브로커에게 갖다 바친 그 큰돈을 단 한 푼도 건지지 못한다. 그리고 무엇보다 그 사람을 찾을 길이 없다. 순애는 저를 굽어보고 있는 위압적인 남자를 힐끔 훑었다.

'저 뱀같이 차가운 눈을 한 사람을 사랑하는 척하라고? 거기다가 호적에 남으면 나중에 민수 오빠가 어떻게 생각할까.'

순애의 눈에 떠오른 두려움과 망설임을 본 남자가 자리에서 일어났다.

"됐다. 없던 일로 하지. 단, 이 얘기는 절대 입 밖에 내선 안 돼. 그 정도 분별은 있길 바란다."

"자, 잠깐만요!"

그대로 돌아서려는 호시를 여자가 붙잡았다.

"하, 하겠어요."

여자가 기어들어 가는 목소리로 말했다.

"하겠어요. 단, 하나만 약속해 주세요."

남자가 뭐냐는 듯 눈썹을 살짝 치켜올렸다.

"절 때리거나…… 건드리지 마세요."

호시가 어이없다는 듯 피식 웃음을 흘렸다.

"업소 여자 입에서 그런 말이 나오다니 정말이지 어울리지 않는군. 걱정하지 마. 그럴 일은 없어."

"전 속아서 거기 간 거예요. 그런 곳인 줄 모르고…… 분명 공장에 취직시켜 준댔는데……."

"알았어. 알았어. 그 소린 이제 그만하고 이만 일어나지. 할 일이 많아."

호시는 우동값을 치르고 나왔다. 여자가 뒤에서 쭈뼛거리며 그를 따라왔다. 호시는 사무소 건물로 돌아와 주차장에 있는 제 차 조수석 문을 열었다.

"여기 잠깐 있어. 곧 올 테니까."

호시는 여자를 그의 차 안에 넣어 놓고는 다시 사무실로 들어갔다.

"오늘은 일이 있어서 좀 일찍 들어가지. 그리고 그 박순애란 여자의 기록은 모두 삭제해."

비서의 어깨가 살짝 굳었다.

"애초에 그 여자는 단속되지 않은 걸로 해 둬."

호시가 의미심장한 눈빛을 보내며 비서의 어깨를 한 번 짚었다.

"부탁하지."

비서는 가방을 가지고 자리를 뜨는 그의 뒷모습에 깍듯이 묵례했다.

곧 호시가 제 차 운전석에 타 시동을 걸자 옆자리의 여자가 흠칫 몸을 웅크렸다. 그녀는 여전히 헐렁한 그의 외투로 제 몸을 가리고 있었다.

"어디로 가세요?"

한동안 조용히 그의 눈치를 살피던 여자가 어렵게 물었다.

"일단 네 몰골을 어떻게 좀 해야 할 것 같아서 말이야."

그는 차를 몰아 긴자로 향했다. 긴자 거리 입구에 들어서자마자 끔찍한 교통 정체가 시작됐다. 초저녁인데도 곳곳에 화려한 네온 사인이 밝혀지고 양손에 쇼핑백을 가득 든 쇼핑객들이 붐볐다. 예전에 은화 주조소가 있어서 '긴자'라는 이름이 붙은 동네는 지금도 여전히 돈이 넘쳐 나고 있었다. 호시는 여자가 긴자의 클럽에서 일했다는 걸 떠올렸다.

"이 동네에서 일했지? 마마[1]도 한국 사람이었나?"

여자가 흠칫 놀라더니 곧 고개를 가로저었다.

"잘 몰라요. 끌려오고 며칠 동안 지하실에만 갇혀 있다가 한 번 룸에 나간 게 다예요……."

"지하실? 왜?"

"말 안 듣는다고……."

호시는 흘낏 여자의 옆모습에 시선을 주었다. 안 그래도 창백한 얼굴이 파리하게 시들어 있었다.

"그대로 버티면 여기서 정말 죽을 것 같아서…… 그래도 남의 나라 땅에서 죽긴 싫어서…… 그래서 룸에 나갔어요."

여자가 힘없이 고개를 떨궜다.

"근데 한 번 나가 보니까 너무 싫어서, 정말 죽기보다 싫어서…… 단속이 나왔을 때는 차라리 고마웠어요. 그냥 잡혀가는 게 낫겠다 싶어서. 근데 수용소 얘기를 들으니까 너무 무서워서……."

여자의 몸이 가늘게 떨렸다. 강제 추방을 면하기 위해 이런저런 거짓말을 늘어놓는 불법 체류자들을 매일 대하는 그였다. 거짓에 익숙했기에 그는 여자의 말이 거짓이 아니라는 걸 알았다.

"그러길래 겁도 없이 여자 혼자 밀항을 해? 아무리 돈이 필요해도 그렇지, 아는 사람 하나 없는 남의 나라에. 어떻게 그렇게 무모해?"

---

1) 유흥업소 여주인

호시는 여자가 안쓰러운 마음에 짐짓 나무라듯 말했다. 그녀는 꼬챙이처럼 바싹 말라 있었고 안색은 납빛에 가까웠다.

"돈도 돈이지만 찾아야 할 사람이 있어요."

여자의 쉰 목소리는 간절했다.

"대체 누군데?"

"결혼을 약속한 사람이요."

남자가 있다는 말에 호시는 저도 모르게 눈썹을 살짝 치켜올렸다.

"연락이 끊겼나?"

"네. 한 번 엽서가 오고는 연락이 없어요."

"쯧, 아무리 남자가 좋아도 그렇지. 부모님은 안 계셔?"

"다 돌아가시고 제겐 이제 그 사람뿐이에요."

바보 같은 여자. 호시는 남녀란 몸이 떨어지면 마음도 떨어지는 거라고, 여기서 다른 여자랑 눈 맞아 마음이 변한 게 뻔하지 않냐고 하려다 침울한 여자의 표정을 보고는 그만 입을 다물었다.

잠시 뒤 그는 백화점 주차장에 차를 댔다.

"내려."

여자는 주뼛거리며 그 뒤를 따라왔다. 그런 그녀에게 호시가 슈트 안쪽에서 지갑을 꺼내 휙 던졌다. 겨우 지갑을 받아 낸 여자는 제가 받아 놓고도 어리둥절한 얼굴이었다.

"일단 그 꼴사나운 옷 좀 어떻게 해. 도대체 눈 둘 곳이 없으니…… 나중에 어차피 또 나올 테니까 오늘은 간단히 꼭 필요한 것만 두세 벌 사. 기다리는 건 딱 질색이니까."

퉁명스러운 남자의 말투에 여자가 눈치를 살피더니 겨우 입을 뗐다.

"저······."

"왜? 혹시 같이 쇼핑해 주는 다정한 애인이라도 기대한 건 아니지?"

짓궂은 그의 말에 순애의 얼굴이 화르르 붉어졌다.

"아니, 그게 아니고······ 여긴 비쌀 텐데."

"괜찮으니 적당히 너 알아서 해. 난 지하에 있는 커피숍에 있을 테니까 옷 갈아입고 그리 와. 지금 입은 그 옷은 버리고. 한 시간이면 되지? 늦지 마."

"한, 한 시간이요?"

순애가 조금 울상을 했다.

"모자라?"

남자가 슬쩍 인상을 쓰자 여자가 순간 긴장하더니 고개를 도리도리 저었다.

"아, 아녜요. 한 시간이면 돼요. 충분해요."

호시는 부리나케 움직이는 그녀의 뒷모습을 보며 저도 모르게 피식 웃음을 흘렸다.

정확히 한 시간 뒤, 석간을 보고 있는 그의 앞에 여자가 나타났다. 희고 고운 피부에 푸른 계열의 단정한 면 원피스가 잘 어울렸다. 화장실에서 세수라도 했는지 휴지로 닦아 낸 것보다 얼굴도 깨끗했다. 그 정도만으로도 여자의 미모는 충분히 살아났다. 여자가 주뼛주뼛 그의 앞자리에 앉자 호시가 시계를 슬쩍 들여다보았다.

"정확하군. 안 그래도 백화점에 시계가 없어서 내가 말하고도 아차 했는데."

"직원한테 물어봤어요."

"잘했어."

그가 재주를 부린 강아지를 칭찬하듯 말했다. 순애가 두 손을 모아 지갑과 영수증을 내밀었다.

"고맙습니다. 근데…… 너무 비싼 걸 산 건 아닌지……."

호시가 보지도 않고 영수증과 지갑을 제 품속에 넣었다.

"여긴 원래 비싼 곳이야. 그래도 돈은 거짓말을 안 하지. 하나를 사도 좋은 걸 사는 게 좋아. 그나저나 잘 골랐군. 아까보다 훨씬 나아."

남자의 무뚝뚝한 칭찬에 순애가 저도 모르게 볼을 발그레하게 붉혔다. 그가 다시 여자를 제 차에 태웠다.

"이제 집으로 갈 거야. 집에는 이시다 상이라고, 일해 주시는 아주머니가 한 분 있어. 상주 가정부는 아니고 일주일에 세 번 정도 오지. 내가 없을 때 모르는 게 있으면 그 아주머니한테 물어봐."

"그럼 집에는 아무도 안 계세요?"

"응. 너를 귀찮게 할 사람은 아무도 없을 테니 남는 시간에는 네가 하고 싶은 걸 해도 좋아."

순애는 남자와 단둘이 밤을 지내야 한다는 것이 부담스러웠다. 어깨가 툭 떨어진 여자를 보는 호시의 눈매가 가늘어졌다.

"왜 그러지?"

"아니, 아니에요……."

순애가 힘없이 고개를 저었다. 여자의 걱정스러운 얼굴을 본 호시는 짚이는 구석이 있었지만 모르는 척하기로 했다. 어차피 그럴 일은 없을 테니 더 얘기할 필요도 없다. 여자도 곧 안심하겠지.

"우리 관계에 대해서는 이시다 상에게도 철저히 비밀을 지켜야 해. 위장 결혼이라는 게 들통나면 너도 너지만 나한테도 큰 문제가 되니까."

"네."

"일단 호칭 말인데, 일단 사람들 앞에서는 여보, 당신으로 최대한 다정히 불러."

그의 주문에 여자가 난감한 얼굴로 고개를 떨어뜨렸다.

"우린 사랑에 빠진 사이야. 그걸 절대 잊지 마. 약혼자가 있다고 했지?"

"네……."

"그럼 염려 없겠군. 정 안 되겠다 싶으면 그 남자를 생각해."

"……."

이윽고 차는 도쿄 외곽의 작은 단독주택 앞에 섰다. 전형적인 일본식 목조 가옥으로, 정원수 몇 그루와 잘 가꾼 화단이 있는 작은 마당이 딸려 있었다. 때마침 마당에서 빨래를 걷고 있던 오십대의 부인이 차가 들어오는 것을 보고 반색을 했다.

"국장님, 오셨수?"

곧 순애가 따라 내리자 부인의 표정이 놀라움과 호기심으로 변했다.

"이시다 상. 제 약혼녀입니다. 사정이 생겨서 결혼할 때까지 집에 데리고 있기로 했어요."

호시가 자연스럽게 그녀의 어깨를 감싸자 순애의 몸이 뻣뻣이 굳었다. 그러나 곧 그녀는 이 연극에서 제 역할을 상기해 냈다.

"인사드려. 이쪽은 집안일을 봐 주시는 이시다 상."

"이 사람이 늘 신세를 지고 있습니다."

순애가 고개를 숙였다. 이시다도 서둘러 고개를 숙여 답례했다. 그 모습을 바라보는 호시의 입가에 슬며시 미소가 번졌다. 여자는 그의 생각보다 훨씬 자연스러웠다. 언어가 유창한 것은 알고 있었지만, 일본식 예절도 그렇고 그를 '이 사람'이라 호칭한 것도 그랬다.

"어머나! 난 약혼하신 줄도 몰랐네. 어디다 이런 미인을 숨겨 두고 계셨수! 세상에, 어여쁘기도 하지!"

이시다가 호들갑을 떨었다.

"과찬을요. 오늘은 이만 퇴근하세요. 식사는 저희가 알아서 하겠습니다."

"아이고, 그러시겠수? 저녁은 준비해 두긴 했는데. 이런 부인이 있으시니 이제 우리 국장님도 아무 걱정 없으시겠네."

말은 그렇게 하면서도 이시다는 제가 해고될까 걱정하는 눈치가 역력했다. 호시는 슬쩍 쓴웃음을 지었다.

"이 사람은 아직 모르는 게 많으니 당분간 부인께서 많이 도와주십시오."

"아이고, 무슨 말씀을요."

그제야 이시다는 활짝 웃으며 빨래를 챙겨 안으로 들어갔다. 호시도 집으로 들어가려는데 뒤에 따라오는 기척이 없었다. 돌아보니 여자는 긴장한 낯으로 주뼛주뼛 서 있을 뿐이었다.

'아까 이시다 상에겐 그렇게 천연덕스럽더니…….'

호시가 가볍게 손짓했다.

"들어와."

그제야 순애가 못 이기는 척 걸음을 뗐다.

"그럼 실례합니다."

순애는 남자를 따라 낯선 세계 안으로 한 발짝 내디뎠다.

1. 낯선 세계

순애의 걸음걸이에 나무 바닥이 낮게 삐걱댔다. 층고가 높고 창이 많은 남향집은 가구가 많지 않고 정갈했다. 남자 혼자 사는 집이어서인지 아늑하다는 느낌은 없었지만 툇마루에 매달려 경쾌한 소리를 내는 풍경이 그나마 정다운 맛을 주었다. 좁은 복도를 따라가다 호시가 어느 미닫이문을 열자 6조짜리 다다미방이 드러났다.

"이 방을 쓰도록 해."

"네."

다다미 특유의 풀 냄새가 풍기는 방에 들어가자마자 순애는 한쪽 구석에 풀썩 주저앉았다. 종일 얼마나 긴장했는지 온몸이 두드려 맞은 듯 아팠다. 그녀가 막 눈을 감고 벽에 편히 몸을 기대려는데 맞은편 미닫이문이 드르륵 열렸다. 호시였다. 순애는 놀란 나머지 어깨를 바싹 움츠렸다.

"옷 갈아입고 나와."

"왜, 왜 거기서……?"

"여기가 내 방이야."

순애의 방과 호시의 방은 화지를 바른 미닫이문 하나로 연결되어 있었다. 순애가 긴장하는 것을 본 호시가 흥, 코웃음을 쳤다.

"왜? 내가 밤에 덮치기라도 할까 봐서?"

"……."

여전히 순애가 쉽게 경계를 풀지 않자 그는 기가 찬 듯 웃었다.

"사랑하는 약혼녀인데 방이 멀리 떨어져 있으면 말이 되겠어? 어서 나와. 집 안을 안내해 줄게."

여전히 미심쩍었지만 다른 방법이 없었다. 순애는 그 차림 그대로 방을 나섰다.

"옷 갈아입으라니까."

"이 옷밖에 없어요."

남자가 얼굴을 살짝 찡그렸다.

"내가 두세 벌 사라고 하지 않았어?"

"그, 그러기엔 시간이……."

순애의 난처한 표정을 본 호시는 못마땅한 듯 쯧, 한 번 혀를 차더니 그의 방 옆 작은 다용도실로 들어갔다. 잠시 후 그가 일본식 여성용 실내복 한 벌을 가지고 나왔다.

"자, 이거라도 입어. 대충 맞을 것 같군."

그가 준 실내복은 맞춘 듯이 순애에게 꼭 맞았다. 조금 오래된 듯한 냄새가 났지만 옷감 자체는 부들부들한 것이 꽤 고급 같았다.

"고맙습니다."

왜 여자 없는 집에 여자 옷이 있는지 순애는 묻지 않았다. 그의 사생활을 따져 물을 자격은 제게 없었다.

"자, 여기가 욕실이고 이쪽이 화장실. 그리고 저쪽이 부엌이야. 부엌 어디에 뭐가 있는지는 나중에 이시다 상에게 물어봐. 그리고 복도 맨 끝 방이 내 서재야. 별일 없는 한 그 방은 출입을 삼가 줘."

"네."

"그럼 일단 식사하자."

두 사람은 이시다가 차려 주고 간 식탁 앞에 마주 앉았다. 소금과 간장, 설탕이 기본양념인 일본식 반찬은 순애에게 조금 짜고 달았다. 속이 느글거렸지만 그녀가 지금 반찬 투정할 상황은 아니었다.

"한국에서는 뭘 했지?"

"가발 공장에서 일했어요."

"우리말이 그렇게 유창하면서 겨우 가발 공장이라? 글은 익혔어?"

"네. 그래도 국민학교는 나왔어요."

"아니. 일문을 읽고 쓸 수 있냐고?"

"그건……."

순애는 고개를 저었다.

"시간이 빌 때 공부를 하도록 해. 아무리 가짜라 해도 내 처 노릇을 하려면 까막눈은 곤란하니까. 내가 좀 도와주지. 그건 그렇고 왜 벌써 젓가락을 놔?"

"다 먹었어요."

"음식이 입에 안 맞나?"

"그런 건 아닌데……."

호시는 살짝 눈살을 찌푸렸다. 여자의 마른 몸과 해쓱한 안색이 영 마음에 걸렸다.

"그럼 네 입맛에 맞는 음식을 해 봐."

순애의 얼굴이 거짓말처럼 확 밝아졌다.

"정말이세요? 나리?"

"나리라고 하지 말라니깐. 나리는 무슨 놈의 나리야? 그러다 입에 붙으면 곤란해. 말했잖아. 우린 사랑하는 사이라고."

"하, 하지만 지금은……."

"아무도 없어도 마찬가지야. 항상 누가 있듯이 행동해야 해. 그래야 빈틈이 없어져. 그렇게 맹탕이니 사기나 당하지. 너도 참……."

그 말에 여자의 표정이 굳더니 금세 풀이 죽었다. 호시는 제가 말해 놓고도 너무 심했다 싶었지만 바로 사과하기도 뭣했다. 그는 슬쩍 계란말이 그릇을 여자 앞으로 밀었다.

"이거라도 더 먹도록 해. 골골대서 병치레가 잦으면 귀찮아져. 그럼 바로 계약 파기야."

여자는 어깨를 흠칫 떨더니 다시 젓가락을 들고는 계란말이며 남은 반찬들을 남김없이 먹기 시작했다. 그의 눈치를 살피며 반찬을 억지로 입에 밀어 넣는 여자의 모습에 호시는 저도 모르게 끙, 신음을 흘렸다. 안 그래도 긴장한 여자에게 더 겁을 준 꼴이었다. 그럴 마음은 없었는데…….

그는 아직 여자를 어떻게 다뤄야 할지 몰랐다.

"피곤하니 먼저 일어날게. 오늘은 너도 이만 쉬도록 해."

호시가 젓가락을 놓고 먼저 일어서자 순애는 후, 깊게 한숨을 내쉬었다. 저 남자 앞에서는 밥도 편히 먹을 수 없었다. 남자의 뱀 눈이 너무 무서웠다. 그런데 저 남자를 열렬히 사랑하는 척해야 한다니.

'도망쳐 버릴까……'

하지만 도망쳐 봤자 어디 갈 곳도 없었다. 이곳은 낯선 타국 땅, 그녀를 받아 주고 도와줄 사람은 한 사람도 없었다. 그녀는 체념한 듯 어깨를 떨어뜨리고 조용히 설거지를 시작했다.

설거지를 끝낸 순애는 복도에서 목욕을 마친 호시와 마주쳤다. 두 사람이 지나치기엔 복도의 폭이 좁아 순애는 몸을 돌려 비켜섰다.

"아."

남자가 뭔가 생각난 듯 그녀 앞에 멈춰 섰다. 낯설고도 강한 체취가 풍겼다. 순애는 저도 모르게 몸을 움츠렸다.

"일본 목욕 문화는 알고 있지?"

"네?"

"먼저 몸을 씻고 욕조에 들어가 몸을 담그는 거야. 욕조 물은 보통 온 가족이 같이 쓰지. 물이 식으면 다시 데워서 다음 사람이 쓰는 식이야."

순애의 얼굴이 화르르 붉어졌다.

"싫으면 욕조 물은 안 써도 좋아. 다만 내가 들어갔던 물이니까 그건 알려 주려고."

"……."

욕실에 들어가자 욕조 가득 담긴 온수가 온몸에 피로가 쌓인 순애를 유혹하듯 찰랑거리고 있었다.

'뜨끈한 물에 몸을 좀 담그고 싶긴 한데……'

아무리 그래도 남자가 쓴 물에 다시 들어가기는 꺼려져 순애는 간단히 샤워만 하고 욕실을 나왔다.

방에 돌아오자 두툼하고 깨끗한 이불이 깔려 있었다. 옆방에 아직 불이 켜져 있는 걸 보니 남자는 아직 잠들지 않은 모양이었다.

"……이불 고맙습니다."

그 정도 목소리라면 분명 들렸을 텐데도 남자는 별 대답이 없었다.

"안녕히 주무세요."

순애는 허공에 대고 겨우 인사를 하고는 소등 후 이불 속으로 들어갔다. 폭신하고 두꺼운 솜이불에서 기분 좋은 햇볕 냄새가 났다. 순간 가슴 가득 말 못 할 그리움이 밀려왔다. 서러움도 밀려왔다. 엄마는 날이 좋으면 늘 이불을 펴 널었기에 고향집 이부자리에선 언제나 햇볕 냄새가 났다.

엄마…….

엄마를 생각하자 마치 시골 고향집에 돌아온 것만 같았다. 여태껏 그녀가 잠을 청했던 유흥업소 지하실의 차디찬 바닥이나 밀항선의 숨 막히던 밑창, 가발 공장 기숙사의 가축우리 같은 잠자리에서는 느낄 수 없었던 따스함이 여기, 그 낯설고 무서운 남자의 집에 있었다.

마치 엄마가 펴 준 듯 편안한 이부자리 위에서 순애는 그대로 깊은 잠에 빠져들었다.

창을 가린 커튼 사이로 환한 볕이 쏟아져 들어왔다. 순애는 깜짝 놀라 몸을 벌떡 일으켰다. 탁상시계는 오후 두 시가 훌쩍 넘은 시각을 가리키고 있었다. 얼굴이 저절로 일그러졌다. 아무리 피곤했다지만 낯선 남자 집에서 해가 늘어질 때까지 잠을 자다니. 얼마나 조심성 없는 여자로 보였을까.

허겁지겁 옷을 갈아입고 나가자 어제 인사를 나눈 이시다가 걸레질을 하고 있었다.

"일어났수?"

"아, 네……."

순애는 늦잠을 잔 게 민망해 얼굴을 붉혔다.

"국장님은 출근하셨어요. 색시 깨우지 말라고 얼마나 신신당부하던지. 세상에, 그렇게 차갑고 딱딱한 양반한테 그런 정이 있는 줄은 또 몰랐네."

순애의 얼굴이 더 붉어졌다.

"식사하시겠수?"

"아, 제가 차려 먹을게요."

"뒤요. 내 곧 차려다 줄 테니."

이시다는 마루를 훔치던 걸레를 빨고 제 손도 닦은 후 부엌으로 향했다. 그사이 순애는 서둘러 욕실에 가 세수와 양치를 하고 머리도 만졌다. 순애가 씻고 나오자 이시다는 순애 앞에 밥상을 차려주고는 옆에 슬쩍 엉덩이를 붙였다. 그녀는 갑자기 툭 튀어나온 이 고운 색시의 내력이 궁금해 죽을 지경이었다.

"색시는 복도 많지. 어디서 저렇게 인물 좋고, 공부 많이 한 신랑을 만났수? 국장님이야 고시 합격했으니 나라의 높은 양반이 될 텐데…… 연애로 만났수? 아니면 중매?"

순애는 수저를 들다 어색하게 웃는 걸로 겨우 대답을 대신했다.

그러나 이시다는 물러서지 않고 계속해서 살살 말을 걸어왔다.

"색시는 어디 사람이우?"

"아, 전 한국 사람……."

"엥?"

이시다의 눈이 저절로 커졌다. 그녀의 질문은 고향이 어디냐는 뜻이었다. 그만한 남자를 잡을 정도면 보나 마나 어디 대단한 집 딸내미리라 생각했는데 외국 여자라고?

"하, 한국 사람이우?"

"네……."

"아니, 근데 이렇게 우리말을 잘해? 난 외국인이라고는 상상도 못 했지. 여기서 태어났수?"

"아, 네……."

"그렇구먼. 겉보기엔 전혀 모르겠네. 아, 미안해요. 계속 물어 대니 식사를 못 하시는구먼. 어서 드시우."

이시다가 아쉬운 얼굴로 살짝 물러서자 그제야 순애는 식사를 한술 떴다. 여전히 다디단 반찬은 싫었지만 다행히 된장국은 한국 것과 그리 큰 차이가 없었다.

"으응, 그래서 국장님이 나보고 색시랑 같이 장을 좀 보라고 하셨구먼. 색시가 여기 지리를 모르니……."

이시다가 고개를 주억거리며 혼잣말했다.

"장이요?"

"색시가 필요한 게 있을 거라고 하시던데? 돈은 색시 방 서랍장 안에 두셨다고 했수."

그럼 남자는 제가 잘 때 제 방에 들어왔다는 소리였다. 순애의 얼굴이 다시 붉어졌다.

"식사하고 서서히 나갑시다. 내 동네 구경도 좀 시켜 주지요. 이 동네, 조용하고 살기 좋은 동네요."

"네. 잘 먹었습니다."

식사를 마친 순애가 설거지하려는데 또 이시다가 만류하고 나섰다.

"아이고, 놔둬요. 국장님 말을 들으니 몸이 안 좋은 것 같던데."

"아…… 괜찮은데……."

"아이고, 그냥 두시라니까 그러네!"

그 남자는 대체 저에 대해서 뭐라고 한 걸까. 순애는 제 방에 돌아가 서랍을 열었다. 단정한 흰 봉투에 적지 않은 돈이 들어 있었다.

'어제도 옷을 사 줬는데 또 이렇게 많은 돈을…… 설마 이 돈을 다 빚으로 달아 놓는 건 아닐까…….'

순애의 머릿속에 긴자 클럽에서 주워들었던 이야기가 떠올랐다.

옷이니 화장품, 미용실 비용까지 모두 다 업소에서 빚으로 달아 둔다고. 매출을 올려서 그 빚을 다 갚아야 한다고. 하지만 매일 쌓이는 빚이어서 죽기 전엔 절대 못 갚는다고. 그러니 죽을 때까지 여길 벗어날 수 없다고 했다.

봉투를 꽉 쥔 순애의 손이 파르르 떨렸다.

"색시, 준비됐수?"

미닫이문을 열자 외출 준비를 마친 이시다가 서 있었다.

"갈 거면 어서 갑시다. 국장님 오시기 전에 오려면."

그러나 순애가 선뜻 나서지 못하고 머뭇거리자 이시다가 슬쩍 그녀의 안색을 살폈다.

"왜 그래요? 어디 안 좋수?"

"아뇨, 그게 아니라……."

아무리 그래도 지금 그녀는 맨몸이나 다름없었다. 기본 생필품은 필요했다.

'꼭 필요한 것만, 진짜 싼 걸로 사야지.'

그녀는 봉투를 주머니 안에 깊숙이 찔러 넣고 이시다를 따라나섰다.

오후 일곱 시 반쯤 되어 남자가 돌아왔다. 다른 곳을 들르지 않고 바로 귀가한 눈치였다.

"오셨어요?"

부엌에서 한국식 밑반찬을 만들던 순애가 나와 멋쩍게 인사를 했다. 마치 정말 신혼부부나 된 것 같아 괜히 얼굴이 달아오르는데 구두를 벗던 호시의 시선이 슬쩍 그녀에게 달라붙었다.

"별일 없었지?"

그의 표정은 항상 그녀가 저를 맞이했던 것처럼 심상했다.

"아, 네…… 아, 이시다 상은 퇴근했어요."

"그래. 피곤하니 먼저 씻을게."

"네. 목욕물 받아 드릴까요?"

순간 그의 얼굴에 곤혹스러운 빛이 어렸다. 한참 그녀를 바라보며 무언가 망설이던 남자가 어렵게 입을 뗐다.

"그래. 고마워."

순애는 방으로 들어가는 그의 뒷모습을 바라보며 고개를 살짝 갸웃거렸다. 뭐 그리 어려운 걸 물었다고 저렇게…….

'이상한 사람…… 나쁜 사람 같진 않은데 영 어려운 사람이야.'

한편 방에 들어온 호시는 담배를 한 대 피워 물었다. 엊그제 붙잡힌 불법 체류자 15인, 아니 14인은 전원 수용소행으로 처리되었다. 수용소에서 그들은 강제 출국을 기다리게 될 것이다. 당연한 법 집행이지만 수용소로 이송되며 울부짖는 모습을 보면 그는 늘 마음이 좋지 않았다.

"저…… 목욕물 다 됐어요."

바깥에서 여자가 그를 불렀다. 갈아입을 옷을 챙겨 방문을 나서자 여자가 돌아섰다.

"그럼 전 식사 준비해 둘게요."

"잠깐."

그가 여자를 불러 세웠다.

"고맙지만 내 시중을 네가 일일이 들 필요는 없어. 지금까지 했던 대로 집안일은 이시다 상에게 부탁할 거야. 물론 같이 사니까 같이해야 할 부분이 생길 수도 있겠지만, 기본적으로 네가 내 집안일을 할 필요도 없어."

"네?"

"너를 식모로 들인 게 아니야. 또 너는 일 년 후면 갈 사람이고. 너 때문에 내 주변에 변화가 생기는 게 싫다."

"……."

"그러니 내 목욕물이니 이런 건 앞으로 신경 쓰지 않아도 돼."

"……."

그가 돌아서려는데 눈을 내리깐 여자가 뭐라고 혼자 구시렁거렸다.

"뭐라고?"

"아, 아내 역할을 하라고 하셨잖아요……."

호시의 말문이 턱 막혔다.

"아내 역할이니까…… 남편, 아니, 저기…… 저기가 오면 목욕물도 받아 주고……."

순애가 얼굴이 달아올라 우물쭈물하는데 그가 피식, 차가운 웃음을 흘렸다.

"그럼 넌 정말 나랑 살이라도 섞을 생각이야? 내 애라도 낳을 생각이냐고?"

"네?"

순애는 튀어 오르듯 깜짝 놀랐다. 내리깐 눈을 번쩍 뜨고 올려다보자 남자는 딱딱한 얼굴에 차가운 조소를 머금고 있었다.

"그 정도 각오가 아니라면 어설프게 하지 마. 괜히 깔짝거리지 말라고. 내가 요구하는 아내 역할이 생기면 분명히 말할 테니까."

"네……."

순애는 바로 풀이 죽었다. 호시는 그녀를 제치고 욕실로 들어갔다. 순애는 그런 그의 뒷모습을 바라보며 저도 모르게 한숨을 내쉬었다.

'집안일을 해 놓으면 당연히 좋아할 줄 알았는데. 차라리 막 부려 먹는 게 낫겠다. 정말 비위 맞추기 어렵네…….'

목욕을 마친 호시가 욕실에서 나왔다. 젖은 머리에 탄탄한 가슴팍이 살짝 엿보이는 일본식 실내복을 입은 남자는 깎아 만든 듯 빈틈없는 출근 때와는 또 다른 느낌이었다. 남자는 어깨를 늘어뜨리고 있는 순애를 본척만척하고는 그대로 부엌으로 들어갔다.

'휴…….'

순애는 주인에게 혼난 강아지처럼 기운 없이 호시의 뒤를 쫓아갔다. 그녀가 부엌 한쪽 구석에 꿔다 놓은 보릿자루처럼 서 있는데도 남자는 알은척 없이 식사 준비를 했다. 국을 데우고 반찬을 접시에 더는 손길에 불필요한 움직임이라곤 없는 거로 봐서는 꽤 익숙한 일인 듯했다.

어색하게 서 있던 순애가 그래도 뭘 좀 거들어 보려는데 남자의 시선이 낯선 반찬에 멎었다. 아까 순애가 만든 한국식 반찬이었다.

"이건 네가 만든 건가?"

"네. 나리가 지난번에 만들어도 좋다고 하셔서……."

긴장하니 다시 저도 모르게 나리 소리가 나왔다. 순애는 아차 했으나 그는 인상만 살짝 찌푸릴 뿐 별말은 하지 않았다.

"너도 식사 전이지? 같이 먹자."

호시가 밥공기와 국그릇 두 벌을 꺼내더니 밥과 국을 떴다. 그가 먹고 나면 혼자 마음 편히 먹으려던 순애는 내심 당황했지만 곧 제가 만든 반찬을 그릇에 덜고 수저도 놓았다.

두 사람이 다시 상 앞에 마주 앉았다.

"잘 먹겠습니다."

호시는 짧게 인사하고는 젓가락을 들었다. 순애도 주뼛거리며 젓가락을 들었다. 그의 젓가락이 순애가 만든 두부조림으로 향했다. 순애는 저도 모르게 바싹 긴장해 그의 눈치를 살폈다.

두부조림을 한 입 먹은 그의 눈에 뚜렷한 이채가 떠올랐다. 호시는 아무 말 없이 한 번 더 두부조림을 집었다. 그리고 다시 젓가락이 두부조림으로 향했다. 순애의 입가에 살짝 미소가 감돌았다.

"이 반찬은 뭐지?"

"두부조림이요……."

"두부조림……."

호시는 한 번 더 두부조림을 되뇌고는 다시 젓가락을 가져갔다. 자신감을 얻은 순애는 오이김치 접시도 그의 앞으로 살짝 밀었다.

"이것도 드셔 보세요. 오이김치예요."

"오이김치……."

새로운 음식 이름을 한 번씩 되풀이하는 게 버릇인지, 그는 다시 순애가 알려 준 이름을 되뇌었다. 그는 이시다의 반찬에는 손도 대지 않고 순애가 만든 두부조림과 오이김치로만 밥 한 그릇을 뚝딱 해치웠다. 순애는 그런 남자가 조금 친근하게 느껴졌다. 제가 만든 반찬을 잘 먹는 게 고마웠고, 외국인이면서 한식을 잘 먹는 게 어딘지 좀 기특하기도 했다.

드디어 젓가락을 놓은 호시가 겨우 한마디 했다.

"넌 솜씨가 참 좋구나. 맛있게 잘 먹었어."

생각지도 못한 후한 칭찬에 순애의 얼굴이 수줍게 달아올랐다.

"원하시면 내일도 만들어 드릴게요."

자리를 뜨려던 호시가 그녀를 돌아보았다. 그녀의 말에 혹하는 기색이 역력했다. 순애는 터지려는 웃음을 겨우 참았다. 아까까지만 해도 매서울 만큼 냉정하게 제집 일에 신경 쓰지 말라고 했던 남자가 아닌가. 저도 머쓱했는지 남자가 헛기침을 한 번 했다.

"그, 그래. 그럼 부탁하지. 고맙다."

"아, 저, 나리……."

호시의 얼굴이 다시 굳었다.

"나리라고 하지 말라니까. 이건 뭐, 봉건 시대도 아니고. 똑같은 말을 반복하게 하지 마."

"아, 죄, 죄송해요."

두부조림과 오이김치에서 얻은 자신감은 금세 저 멀리 날아가고 순애는 다시 풀이 죽었다.

"그 남자를 뭐라고 불렀지?"

"네?"

"네 약혼자를 뭐라고 불렀느냐고."

"오빠…… 요."

"오빠?"

남자가 미간을 살짝 찌푸렸다.

"네. 동네 오빠여서. 어릴 적부터……."

순애가 쑥스럽다는 듯 몸을 배배 꼬았다.

"그럼 나도 그렇게 불러."

그가 이야기는 이걸로 끝났다는 듯 자리에서 일어났다. 당황한 순애가 따라 일어서서는 쩔쩔맸다.

"아니, 저기…… 그건 좀……."

"왜? 아까는 아내 역할을 하겠다더니. 오빠라고 부르는 건 아내 역할보다 쉽지 않나."

"……."

호시의 한쪽 입가가 슬쩍 올라가더니 그녀의 허리춤을 잡아 휙

끌었다. 무방비 상태이던 순애가 그의 품으로 확 쓰러졌다.

"!"

"우린 남들 앞에서 이런 것까지 해야 할지도 몰라. 어쩌면 이런 것도……."

그가 그녀의 턱을 부드럽게 쥐어 들어 올렸다. 두 사람의 시선이 허공에서 그대로 얽혔다. 남자의 시선이 갓 핀 여린 꽃망울 같은 입술로 향했다. 순애는 저도 모르게 몸을 굳히며 눈을 꽉 감고 말았다. 그 순간, 남자가 그녀를 놓아주며 제 몸을 뗐다.

"그러니까 마음 단단히 먹으라고. 다신 나리 소리를 하지 마라."

"네, 네……."

얼굴이 새빨개진 순애가 눈을 내리깔며 몸을 움츠렸다. 호시가 싱크대 앞에 서더니 소매를 걷어붙였다.

"오늘 뒷정리는 내가 할 테니 너는 가서 네 일 봐."

"아니, 그래도……."

순애는 오늘 이시다와의 대화를 떠올렸다. 수다스러운 이시다를 상대하는 건 좀 피곤했지만 덕분에 얻은 정보도 쏠쏠했다.

'이 양반은 좋은 학교에서 공부도 많이 하고, 어려운 시험도 붙은 사람이라 하던데……. 출세가 보장된 사람이라 하던데……. 그런 사람이 이런 부엌일도 다 하네.'

순애가 신기한 동물이라도 구경하듯 그를 빤히 바라보고 서 있자 호시가 접시를 씻다 말고 그녀를 돌아봤다.

"왜? 아쉬워?"

"네?"

호시가 씻던 그릇을 놓더니 다시 쓱 그녀에게 몸을 기울였다.

"다시 해?"

그제야 무슨 말인지 알아들은 여자가 귓불까지 붉어지더니 그야말로 도망치듯 허겁지겁 주방을 떠났다. 호시는 그런 여자의 뒷모습을 보며 저도 모르게 피식, 웃음을 흘렸다.

제 방으로 돌아온 순애는 아직도 벌렁거리는 가슴을 꽉 부여잡았다. 남자와 그렇게 가깝게 살과 살을 맞댄 건 처음이었다. 그 사람과도 이별 직전 손을 한 번 맞잡은 게 전부였다. 순애는 제 뺨에 양손을 갖다 댔다. 기분 때문인지 평소와는 다른 열감이 느껴졌다.

그때 남자가 방문을 두드렸다. 제 생각에 잠겨 있던 순애는 그 소리에 소스라치게 놀란 나머지 하마터면 소리를 지를 뻔했다.

"잠깐 나오지."

"아, 네."

순애는 아직 홍조를 띤 얼굴을 한 번 매만지고는 서둘러 미닫이문을 열고 나갔다. 호시는 거실에 단정히 앉아 있었고, 그 앞 테이블 위에는 책 몇 권이 놓여 있었다. 순애는 주뼛거리며 남자 앞에 앉았다.

"아내 역할을 위해 네가 진짜 해야 할 게 있어."

호시가 책을 그녀 앞으로 밀어 놓았다.

"글을 익혀."

"……."

"앞으로 나와 부부 동반 모임에 나갈 일이 있을 거야. 그곳에서 네가 만날 사람들은 모두 교양을 갖춘 사람들이지. 네가 까막눈이어서는 곤란해. 최대한 빨리 글을 익혀라."

"네……."

"일문을 익혀 두면 나중에 한국에 돌아가서도 네게 도움이 될 거야. 적어도 가발 공장보다는 좋은 곳에 취직할 수 있겠지. 무역 회사 사무 여급이 될 수도 있고. 안 그래?"

순애는 얌전히 고개를 끄덕였다. 그러나 고작 국민학교나 나온 제가 감히 그런 일을 할 수 있으리라고는 생각하지 않았다.

"펜하고 노트를 가져와. 공부 시작하자."

"지금요?"

"왜? 할 일 있어?"

"아, 아니. 그런 건 아닌데, 펜이랑 노트는 안 사서……."

그는 살짝 미간을 찡그렸다.

"그럼 대체 뭘 샀지?"

그러고 보니 고맙다는 인사를 하는 것조차 까맣게 잊고 있었다. 순애는 아차 싶어 남은 돈을 넣은 봉투와 영수증을 허둥지둥 가져 와 그에게 두 손으로 밀어 주었다.

"여기…… 감사합니다."

그는 봉투를 힐끗 보더니 영수증으로 시선을 돌렸다.

"속옷, 양말, 잠옷, 빗, 여성용품……."

생활의 냄새가 나는 초라한 쇼핑 목록에 순애의 얼굴이 확 달아 올랐다.

"이게 다야?"

"네?"

"산 게 이게 다냐고."

"네……."

남자의 얼굴이 콱 구겨지자 순애는 조마조마했다. 대체 또 뭐가 마음에 안 드는 걸까. 혹시 돈을 많이 써서 화가 난 걸까. 정말 비위 맞추기 어려운 남자였다.

"가게 주소를 보니 동네 시장 같군. 이시다 상이 시장에 데려다 줬나?"

죄지은 것도 없이 순애의 목소리가 기어들어 갔다.

"아뇨. 제가 부탁했어요. 시장이 쌀 것 같아서……."

"너 말이야."

남자가 정색하며 영수증을 테이블에 탁 내려놓았다. 그를 둘러싼 공기가 순식간에 뾰족해졌다. 순애가 찔끔거리며 그를 올려다보았다.

"너는 내 약혼녀로 소개된 여자야. 그것도 국제결혼을 할 만큼 내가 사랑하는 여자지. 그런 여자가 동네 시장에 가서 싸구려 속옷이나 고르는 걸 보면 이시다 상이 어떻게 생각할까?"

"……."

"이시다 상이 네가 아니라 나를 욕할 거라고 생각하지 않아? 없는 것도 아니면서 금쪽같은 약혼녀가 쓰는 것도 아까워 벌벌 떠는 노랭이 같은 놈이라고 말이지."

순애는 당황했다. 그런 생각은 미처 하지 못했다. 아니, 그럴 여유가 없었다. 제가 저 남자의 '금쪽같은 약혼녀' 역할이란 것도 잊었다. 다만 그녀는 두려웠다. 제가 사용한 비용이 나중에 다 빚으로 돌아오지 않을지.

"죄송……."

"그리고 넌 맨몸이나 다름없잖아. 이것저것 필요한 게 많을 텐데 왜 이것밖에 사지 않았어?"

"……."

"부담스러워 그랬나?"

순애는 조금 망설이다가 이왕 말이 나온 김에 확실히 물어야겠다고 생각했다.

"저, 이건 제가 나중에 갚아 드려야 하는 돈인가요?"

"뭐?"

호시는 미간을 좁히더니 제가 들은 말을 쉽게 이해하지 못하는 듯 한참 순애를 바라보았다. 그런 남자를 보며 순애는 저도 모르게 긴장해 마른침을 꿀꺽 삼켰다.

'정말 다 갚으라고 하면 그땐 어쩌지…….'

당장 어제 긴자의 백화점에서 산 옷이 순애의 머릿속에 떠올랐다. 순애의 불안한 눈을 바라보던 남자는 그제야 그녀의 질문을 이해했는지 난데없이 웃음을 빵 터뜨렸다.

"너, 너 정말……."

그는 말을 잇지 못하고 다시 배를 잡고 웃기 시작했다. 얼마나 웃는지 얼굴까지 빨개질 지경이었다. 남자의 웃음은 쉽게 그칠 줄을 몰랐다.

순애는 그런 그를 그저 망연히 바라보다가 그가 비용을 청구할 생각은 아예 하지도 않았다는 걸 눈치챘다. 그제야 그녀는 안도의 한숨을 내쉬었다. 그러면서도 왠지 모르게 눈물이 났다. 갑자기 왜 눈물이 흐르는 건지는 저도 몰랐다.

호시는 하도 웃어 눈가에 고인 눈물을 닦다가 여자도 눈가를 훔치고 있는 것을 보았다.

"너, 왜 울어?"

순애가 부끄러운 듯 고개를 숙이고는 손을 들어 얼굴을 가렸다.

"왜 우냐니까?"

"……."

그가 여자의 손을 거칠게 잡아 얼굴에서 치웠다. 젖은 눈이 야속하다는 듯 원망스럽다는 듯 그를 쏘아보고 있었다.

"그래도 그렇게 웃으실 건 없잖아요. 저는, 저는…… 저한테 이렇게 잘해 주시는 게 너무 이상하고……. 세상에 공짜는 없다고 죽은 우리 엄마가 그랬는데…… 대체 왜, 왜……."

그녀를 가만히 보고 있던 호시의 입가에 옅은 미소가 서서히 번졌다.

"그래. 네 어머니 말씀은 옳다. 세상에 공짜는 없지."

그 말에 순애의 몸이 순식간에 싸늘히 굳었다. 역시 이 남자도 다른 속셈이 있었다. 가진 건 달랑 몸뚱이 하나뿐인 저에게 대체 무엇을 요구해 올까.

움츠러든 그녀를 바라보는 남자의 눈길이 새까맣게 빛났다.

"두부조림."

"네?"

"오이김치도."

"……."

"다른 반찬도 더 해 봐. 네 반찬으로 받지. 네가 쓰는 모든 비용은."

순애는 더 참지 못하고 풋, 웃음을 터뜨렸다. 서둘러 입을 꾹 막았지만 한번 터진 웃음을 어쩌지 못했다. 순애는 그렇게 쿡쿡 웃다가 제게 쏟아지는 남자의 시선을 느끼고 서둘러 얼굴을 굳혔다.

그는 이상한 얼굴을 하고 있었다. 당황스러운 것도 같고, 두려운 것도 같고, 놀란 것도 같은 이상한 얼굴. 순애는 슬쩍 그의 눈치를 살폈다.

'어쩌지? 내가 웃어서 기분이 상했나 봐.'

순애의 얼굴에서 웃음기가 싹 사라졌다.

"이건 두고 써."

호시가 봉투를 그녀에게 거칠게 밀어 주더니 벌떡 일어났다.

"고, 공부는…….."

"오늘은 이만하고 내일부터 하지."

남자는 더 말 붙일 틈도 주지 않고 제 방으로 들어가 버렸다. 드르륵, 미닫이문이 거칠게 닫혔다.

다음 날 아침, 호시는 순애가 만든 두부조림과 오이김치를 먹고 출근했다.

"다녀오세요."

순애가 어색하게 인사하자 구두를 신던 호시가 슬쩍 그녀를 올려다보았다. 여자는 면 원피스 한 벌을 벌써 며칠째 입고 있었다.

"이시다 상이 오면 오늘은 긴자로 나가 쇼핑해. 혹시 돈이 부족하면 말하고."

"……."

순애는 그렇게 값비싼 물건을 쓸 필요는 없다고 말하려다 그만두었다. 어제 들은 말도 있는 데다 출근하는 사람한테 아침부터 여러 말 하고 싶지 않았다. 하지만 부담스러운 건 어쩔 수 없었다. 생판 남인 저 남자의 돈으로 팔자에도 없는 고급 쇼핑이라니…….

"대답은?"

남자가 내키지 않는 순애의 마음을 들여다본 듯 대답을 재촉했다. 당황한 순애는 우물쭈물했다. 그러나 그는 기어코 대답을 듣고야 말겠다는 듯 순애를 빤히 바라보고 서 있었다. 바쁜 아침 출근 시간을 아랑곳하지 않고 저를 묵묵히 쏘아보는 남자의 끈기에 결국 순애가 손을 들고 말았다.

"……네."

그제야 남자가 돌아섰다.

"아, 저……."

"응?"

"오늘도 어제랑 비슷한 시간에 들어오세요?"

"응. 왜?"

"아니. 저녁 준비 때문에……."

순애는 민망해 고개를 돌렸다. 제가 말하고도 정말 저 남자의 아내가 된 것 같았다. 남자가 슬쩍 피식, 엷은 미소를 지었다.

"혹시 늦어지면 집으로 전화하지."

순애는 호시가 탄 차가 완전히 시야에서 사라질 때까지 그 자리에 서 있다가 불현듯 제게 자유 시간이 주어졌음을 깨달았다.

'오늘은 이시다 상도 두 시에 온다고 했으니까…… 시간은 충분해!'

순애는 재빨리 제 방으로 들어가 싸구려 손지갑 안에서 소중하게 간직해 온 엽서 한 장을 꺼냈다. 그것은 그녀의 정혼자 민수가 일본으로 떠난 후 보낸 처음이자 마지막 엽서였다. 순애는 호시와 이시다가 없는 틈을 타 엽서의 주소로 찾아갈 생각이었다. 낮이니 집을 비웠을 공산이 크지만 사는 집이라도 한 번 보고 싶었다. 운이 좋으면 만날 수 있을지도 모른다. 부푼 기대로 피가 빨리 도는 느낌이었다.

'주소, 주소가……. 아! 그렇지…….'

엽서 앞면을 본 순애의 얼굴이 한순간에 낭패감으로 구겨졌다. 당연하게도 민수의 일본 주소는 한자로 적혀 있었다. 유려한 필체를 보아하니 아마 누군가 대필해 준 것이리라. 어쨌든 한자를 읽을 수 없는 순애는 그 주소를 알 길이 없었다. 금방이라도 민수를 찾아갈 수 있으리라 생각한 순애의 기대는 차갑게 식고 말았다.

'지척에 있으면서도 글을 몰라 찾아갈 수 없다니…….'

답답한 마음에 급한 대로 호시가 준 책을 펼쳐 봤지만, 가나 문자조차 모르는 그녀가 갑자기 한자를 읽을 수 있을 리는 만무했다. 애가 탄 순애는 울상이 되었다.

'이따 이시다 상이 오면 물어보자. 친구 집이라고 하면서 물어보면 되겠지. 그리고 내일 가 보면 돼.'

그러나 실망은 쉽게 가라앉지 않았다. 어깨를 축 늘어뜨린 채 멍하니 앉아 있는데 일문을 익히면 네게 도움이 될 거라던 호시의 말이 떠올랐다.

'그래. 꼭 그 사람을 위해서가 아니라 나를 위해서라도…….'

거실의 전화기 앞에서 메모지와 볼펜 한 자루를 찾아온 순애는 일문 책 첫 장을 펴고 더듬더듬 히라가나의 모양을 익히기 시작했다.

"색시! 색시!"

어느새 시간이 이렇게 되었나. 순애는 이시다의 목소리를 듣고 저도 모르게 서둘러 책을 감추었다.

'그렇게 공부 많이 한 사람의 약혼녀가 문맹이라니, 말도 안 되지. 내가 글을 모른다는 게 알려지면 분명 그 사람 위신에 해가 될 거야.'

그 순간, 순애의 얼굴이 처참히 일그러졌다. 주소를 읽어 달라 부탁하면 이시다는 당연히 제가 문맹임을 눈치챌 것이다. 그러니 이시다에겐 부탁할 수 없었다. 이제 민수의 주소를 알 방법은 그녀가 글을 공부하는 것뿐이었다.

"색시, 색시 안에 없수?"

"아, 네."

순애는 겨우 인상을 펴고 미닫이문을 열고 나갔다.

"오셨어요?"

"으응. 오늘은 별일 없지요?"

"저, 긴자에 나가려 하는데 혹시 같이 가 주실 수 있을까요?"

"긴자? 아, 좋지요!"

이시다의 얼굴이 확 밝아졌다. 같은 돈을 받는다면 집안일보다 이 색시를 데리고 콧바람이나 쐬러 다니는 게 더 반가운 건 두말할 나위 없었다.

긴자는 확실히 사람 정신을 쏙 빼놓는 동네였다. 세련된 인테리어의 상점들, 화려한 쇼윈도에 넘치는 상품들, 붐비는 쇼핑객. 곳곳에 향긋하면서도 지독한 돈 냄새가 가득했다. 돈으로 살 수 있는 모든 친절과 미소, 행복이 넘쳐 나는 곳이었다.

"색시, 긴자 어디로 갈까요?"

순애는 전에 남자가 저를 데려간 백화점 이름을 댔다. 그녀가 이곳에서 아는 상호라고는 그 백화점과 그녀가 끌려갔던 유흥업소의 이름, 두 개뿐이었다.

곧 순애와 이시다는 으리으리한 백화점 안으로 들어갔다. 가난한 가발 공장 여공이었던 순애에게 백화점은 별세계나 마찬가지였다. 장엄한 서양풍 건축 양식과 화려한 조명 아래 모든 것이 눈이 부실 정도로 반짝반짝 빛났다. 세련된 유니폼을 단정히 차려입은 점원들은 모두 간지러울 정도로 환하게 웃고 있었다. 그 화려함에 기가 죽으면서도 매료된 그녀는 마치 도시 한복판에 나온 시골 촌닭처럼 정신을 차릴 수 없었다. 어느새 순애는 저도 모르게 주눅이 들고 말았다. 백화점에 온 것은 이번이 두 번째였고, 주머니에는 호시가 준 돈도 넉넉히 들어 있었지만 움츠러드는 기분만은 어쩔 수 없었다.

그때 이시다가 호들갑스레 순애를 손짓해 불렀다.

"아휴, 곱기도 해라. 색시, 이리 와 봐요."

이시다가 가리킨 것은 파티복 매장의 쇼윈도에 걸린 붉은 칵테일 드레스였다. 원단에서부터 윤기가 좔좔 흘렀고 단아한 고급스러움이 뚝뚝 떨어지는 게 한눈에 봐도 여왕의 옷이었다. 순애의 입이 쩍 벌어졌다.

'세상에. 이렇게 예쁜 옷은 처음 보네……'

순애는 그 아래 표시된 가격을 힐끔 보았다.

'일, 십, 백, 천, 만, 십만……'

속으로 동그라미를 헤아리던 순애는 그 돈을 한화로 바꿔 보고는 저도 모르게 침을 꼴깍 넘겼다.

'이런 옷을 사는 사람도 있겠지?'

파는 이가 있으니 분명 사는 이도 있을 것이다. 그러나 순애로서는 대체 어떤 이가 이런 옷을 사는지 상상할 수도 없었다. 아무리 그래 봤자 고작 옷 아닌가. 낡으면 해지고 찢어지기도 하는.

보면 볼수록 세상은 요지경이었다. 이런 값비싼 옷을 척척 사 입는 사람도 있고, 목숨 걸고 밀항을 해야 하는 사람도 있다.

순애는 밀항선의 지옥 같은 기억을 떠올렸다. 세상이 다 흔들리는 것 같던 지독한 뱃멀미와 숨 막히던 어둠, 그리고 발각될지도 모른다는 공포. 그렇게 어렵게 밀항해 와도 붙잡히면 그걸로 끝장이었다. 같이 붙잡힌 여자들은 틀림없이 수용소로 갔을 것이다. 저는 단지 운이 좋았을 뿐이었다.

"색시, 왜 그래요?"

이시다가 갑자기 어두워진 순애의 안색을 살폈다.

"아, 아녜요."

대충 얼버무린 순애는 백화점을 한 바퀴 돌면서 적당한 면 원피스 한 벌과 바지와 셔츠, 얇은 카디건을 샀다. 그러고도 돈이 남자 위층으로 올라가 크림색 속옷 한 벌을 더 사고 작은 가죽 손가방도 하나 골랐다. 점점 그녀의 얼굴에는 환히 웃음이 피어올랐고, 더는 쭈뼛거리지도 않았다.

'쇼핑이란 이렇게 즐거운 거구나…….'

저 자신을 위해 이렇게 돈을 써 본 건 처음이었다. 물건을 보고 만지고 고민하는 것 자체가 너무나 즐거웠다. 돈지갑을 열 때마다 간이라도 빼 줄 듯 구는 점원들의 환대가 기꺼웠다. 어느새 혼자 살아남았다는 죄책감이 지워진 자리에는 소비의 즐거움이 가득 찼다. 어설프게 꼼지락대던 손에는 빳빳한 쇼핑백이 가득 들렸다.

"아유, 제가 들게요."

이시다가 순애 손에서 쇼핑백을 빼앗아 들었다.

마치 부잣집 귀부인이나 된 것 같았다. 평일 오후 긴자의 유명 백화점에서 느긋하게 쇼핑을 하고 저를 따라 나온 사람이 짐을 들어 주는 생활. 여공으로 일했을 때는 물론, 무역선을 타고 쥐새끼처럼 밀항했을 때까지만 해도 감히 상상도 못한 호사였다.

"여기까지 같이 나와 주셨는데 제 것만 사니 죄송스러워서……."

"아이고, 뭘요. 이것도 내 일인데. 말이라도 고맙수. 그러지 말고 일 다 봤으면 이만 들어가요. 국장님 오시기 전에 밥해 놔야지."

아, 시간이 벌써 그렇게 되었나.

신발 매장으로 향하던 발걸음이 뚝 멈췄다. 이시다가 상기시켜 주지 않았다면 아마 백화점 폐점까지 시간 가는 줄 몰랐을 것이다. 그토록 즐거웠다. 순애는 조금 민망하면서도 아쉬워 멋쩍게 웃었다.

"저녁은 신경 쓰지 마시고 바로 퇴근하세요. 제가 하면 되니까."

"아유, 고마워라. 그럼 그래도 되겠수?"

순애의 배려에 이시다가 눈웃음을 흘렸다.

긴자에서 바로 이시다를 돌려보낸 순애는 돼지고기를 한 근 사서 귀가했다. 고기를 삶아 놓고 집 안 청소를 대충 마치자 맞춘 듯 호시가 돌아왔다. 순애는 저도 모르게 반갑게 나가 맞았다.

"오셨어요?"

구두를 벗던 호시가 밝은 목소리에 흠칫 놀란 듯 그녀를 힐끔

쳐다보았다.

"뭐 좋은 일이라도 있었나?"

"아, 네…… 저…… 히라가나, 가타카나를 다 외웠어요."

쇼핑해서 기분이 좋다고 솔직히 말하기 부끄러워진 순애는 웅얼거리다가 겨우 공부 핑계를 댔다.

"그래? 잘했어. 이따 시험 보도록 하지."

그가 강아지를 쓰다듬듯 칭찬 한마디를 툭 던졌다. 순애는 시험이란 말에 멈칫하다가 남자의 뒤를 쫄래쫄래 쫓아갔다.

"식사 먼저 하실래요? 아니면 목욕물 받아 드려요?"

호시가 우뚝 멈춰 섰다. 순애를 흘겨보는 눈에는 가벼운 짜증이 섞여 있었다.

"내 시중을 들 필요 없다고 했잖아."

"……."

"보답은 네 음식으로 충분해. 그러니까……."

"하지만 제가 신세를 지고 있잖아요. 저도 뭔가 해 드려야죠!"

순애의 목소리가 저도 모르게 커졌다.

지금껏 이런 호사를 누린 적이 있었던가. 이 남자가 저를 이용하든 어쩌든 간에 그는 고마운 사람이었다. 제가 할 수 있는 일이 있다면 조금이라도 그에게 보답하고 싶었다.

"어떻게 사람이 받고만 산대요? 받기만 하면서 은혜 갚을 생각을 안 하면 그건 사람도 아니지…… 오늘도 덕분에 백화점 가서 쇼핑도 하고……."

흥분한 여자를 바라보는 호시의 얼굴에 놀란 빛이 일었다. 남자의 당혹스러운 시선에 민망해진 순애가 슬쩍 꼬리를 내렸다.

"하여튼 저도 뭘갈 해 드리는 게 마음이 편하다고요……."

남자는 아무 말 없이 그녀를 지그시 내려다볼 뿐이었다. 순애는 눈을 내리깐 채 가만히 눈치만 살폈다. 결국 남자가 졌다는 듯 옅은 한숨을 내쉬었다.

"그럼 식사 부탁하지. 옷 갈아입고 바로 나올게."

"네."

순애는 언제 풀이 죽었냐는 듯 씩 웃었다.

이윽고 두 사람은 상 앞에 마주 앉았다. 상에는 수육과 파절임이 올라와 있었다.

"이건 수육. 돼지고기를 삶은 거예요."

"수육……."

호시가 고기를 한 점 집어 입에 넣더니 다시 젓가락을 가져갔다. 그녀는 파절임 접시도 남자 쪽으로 밀었다.

"이건 파절임."

"파절임……."

칭찬 한마디 없었지만 이제 순애도 그가 호들갑스레 칭찬하는 타입이 아니란 건 파악하고 있었다. 남자는 순애의 반찬에 밥 한 공기를 깨끗하게 비웠다. 그것이 그가 칭찬하는 방식이었다.

"잘……."

잘 먹었다는 인사를 하고 일어나려던 호시가 멈칫했다. 저를 바라보는 여자의 눈에 살가운 정이 담뿍 담겨 있었다. 마치 밥 잘 먹는 신랑을 보는 새색시처럼.

그의 시선을 느낀 여자가 민망한지 서둘러 눈을 내리깔았다.

"아니, 저기…… 한식을 잘 드시는 게 신기해서……."

순애가 변명하듯 어물거렸다.

"호시 상."

"네?"

"정 안 되겠으면 호시 상이라고 불러."

"……."

"그리고 나는 내 필요에 따라 너를 이용하는 것뿐이야. 쓸모가 다하면 그걸로 끝이다. 고마운 마음은 알겠지만 너무 그럴 필요도 없어."

여자는 고개를 숙인 채 말이 없었다.

"잘 먹었다."

여자의 흐뭇한 눈빛과 마주친 후 공연히 머쓱해진 호시가 자리를 피하듯 일어섰다. 저를 바라보던 정다운 눈길에, 고운 미소에 괜히 마음이 간질간질했다.

"저, 저기……."

수줍은 목소리가 돌아서는 그를 살포시 붙잡았다.

"그래도, 뭐라고 하셔도…… 고맙습니다."

그를 올려다보는 여자의 깨끗한 얼굴에는 순수한 감사가 있었다.

"저…… 오늘 긴자에 가서 쇼핑했어요. 웃으실지 몰라도…… 정말 즐거웠어요. 아무리 저를 이용하신다고 해도 저한테 과분하게 잘해 주시는 거…… 정말 감사해요."

그러고 보니 여자의 옷이 달라져 있었다. 오늘 새로 샀는지 잔잔한 꽃무늬가 들어간 흰색 면 원피스는 여자의 청아한 분위기에 잘 어울렸다. 긴 머리는 단정히 뒤로 묶고 있었다. 어딜 보아도 유흥업소에서 일하던 불법 체류자라고 생각할 수 없을 만큼 단정하고 단아한 여자였다.

"이따 책 가지고 거실로 와. 글자를 외웠다니 시험 봐야지. 그리고 혼인 신고 관련해서 할 일도 있어."

호시는 그걸로 그녀의 감사 인사에 대한 대답을 갈음하고는 그대로 욕실로 들어가 버렸다.

순애가 뒷정리를 마치고 거실로 나가자 그는 무언가 서류를 들여다보고 있었다. 목욕을 마친 남자에게서는 은은한 비누 향이 났다. 그가 몸을 기울이자 여밈이 없는 일본식 실내복 앞섶이 더 벌어져 아직 물기가 채 마르지 않은 가슴팍이 살짝 엿보였다. 순애는 저도 모르게 눈 둘 곳을 찾았다. 기척을 느낀 남자가 그녀에게 흘낏 시선을 주었다.

"앉아."

순애가 조심스레 앉자 호시가 백지 한 장을 내밀었다.

"글자를 외웠다고 했지? 써 봐."

순애는 낮에 제가 외운 일본 글자를 순서대로 적어 그에게 내밀었다. 종이를 본 남자의 눈매가 부드럽게 휘어졌다.

"혼자 익힌 것치고는 글씨가 나쁘지 않구나."

순애는 기쁘고도 쑥스러워 얼굴을 붉혔다.

곧 남자가 책을 펴더니 글자 하나하나를 가리키며 그 발음을 알려 주었다. 그는 학습자의 눈높이에 맞춰 알기 쉽게 설명할 줄 알았고, 무엇보다 인내심이 깊었다. 몇 번이나 반복 학습을 시키고서야 호시는 책을 덮었다.

"잘했다. 너는 말이 유창하니 금방 익힐 거야. 문제는 히라가나, 가타카나보다 한자지. 일본어의 글자라고 하면 히라가나, 가타카나를 생각하지만 사실 한자가 더 중요해."

한자라는 말에 순애는 민수의 주소를 번뜩 떠올렸다.

'이 사람에게…… 부탁해 볼까……'

순애는 저도 모르게 민수를 생각했다. 벌써 일 년 넘게 소식도 듣지 못한 그녀의 정혼자. 정혼자라고 해 봤자 정식 약혼을 한 것도 아니고, 일본에서 돌아오면 같이 살자는 수줍은 고백에 겨우 고개를 끄덕인 것에 불과했다.

"이봐."

순애는 번뜩 정신을 차렸다. 호시가 미간을 잔뜩 찌푸린 채 그녀를 가만히 응시하고 있었다.

"내 말 듣고 있나?"

"아, 죄송해요. 잠깐……."

호시가 못마땅한 듯 깊은 침음을 내었다. 순애의 어깨가 바싹 좁아들었다.

"다시 말하지. 우리가 결혼하기 위해서는 이 질문지를 작성해서 제출해야 해. 국제결혼 시 필수적으로 작성해야 하는 서류야."

그가 들고 있던 서류를 순애에게 보여 주었다.

"첫 만남부터 연애, 결혼을 결심하기까지 모든 과정을 자세히 적어야 해. 연애할 때 같이 찍은 사진도 첨부해야 하고, 모든 자료를 동원해서 우리가 정말 사랑하는 연인임을 입증해야 하는 거야."

"왜 그렇게까지……?"

"우리같이 비자를 목적으로 한 위장 결혼을 막기 위해서지."

순애의 얼굴이 붉어졌다. 그러나 남자는 태연자약했다.

"너는 아직 글을 적을 수 없으니 내가 적지. 대신 네가 이야기를 꾸며 봐."

"네?"

"너는 사랑하는 남자가 있다고 했잖아? 그러니 나보다 더 사실적인 이야기를 생각할 수 있을 거야. 우리가 어떻게 사랑에 빠지게 됐는지, 또 얼마나 서로 사랑하는지."

호시가 느릿느릿 말했다. 순애의 가슴이 저도 모르게 빠르게 뛰었다.

"자, 첫 만남부터. 우린 어떻게 만났지?"

"……."

"그 남자는 동네 오빠라고 했나? 그럼 그건 그대로 적용하기 힘들겠군."

남자가 순애를 뚫어져라 쳐다봤다. 어서 이야기를 생각해 보라는 압박이었다. 당황한 순애가 눈을 이리저리 굴렸다.

"제가 긴자의 유흥업소에서 일하고 있었고, 제 손님으로 오셔서 만난 걸로……."

"안 돼. 외국인인 네가 유흥업소에서 일한 것부터가 불법이야."

남자가 칼같이 잘랐다. 순애는 진땀을 흘리며 다시 열심히 머리를 굴렸다.

"그럼 제가 이 집 가정부로 들어온 건 언제요?"

"흠……. 썩 좋진 않은데. 일단 그렇다 치고. 그래서 집주인과 가정부가 어떻게 사랑에 빠졌지?"

남자는 슬쩍 이맛살을 찌푸렸으나 계속해 보라는 듯 턱짓을 했다. 순애의 얼굴이 더 붉어졌다.

"제가 해 드린 두부조림과 오이김치를 드시고 결혼하자고……."

순간 남자가 픽, 바람 빠진 웃음소리를 냈다. 순애는 민망한 나머지 얼굴이 화끈 달아올랐다. 제 딴에는 나름 용기를 낸 것이었는데.

"고작 두부조림 때문에 결혼하자 하는 남자가 어디 있어? 그런 걸 누가 믿어? 그런 소리에 비자가 나오겠어?"

남자의 핀잔에 순애는 쥐구멍이라도 있으면 꼭꼭 숨고 싶은 심정이었다.

"아무래도 가정부도 좀 그래. 하필 지어내도 가정부가 뭐야, 가정부가……."

호시가 혀를 쯧, 찼다. 이래저래 다 마음에 들지 않는 눈치였다. 하지만 지금으로서 순애가 생각해 낼 수 있는 건 그게 다였다. 난감한 순애가 다시 남자의 눈치를 살폈다.

"그럼……?"

"넌 부모님이 돌아가신 후 친척에게 몸을 의탁하러 일본에 왔고, 내가 길을 잃은 널 도와주다 반한 걸로 하지."

무안을 당한 후 축 처져 있던 순애가 놀란 나머지 발딱 고개를 들었다.

"저한테 반했다고요?"

"응."

남자가 태연히 고개를 끄덕였다.

"왜…… 왜요?"

제 질문이 바보같이 들렸는지 남자가 픽, 웃었다.

하지만 아무리 설정이라 해도 어느 정도 납득이 가야 할 것 아닌가. 준수한 외모에 출셋길이 보장된 젊은 엘리트, 무엇 하나 남부러울 것 없어 보이는 저 남자가 대체 왜 저와 사랑에 빠진단 말인가. 순애는 차라리 두부조림에 반해 결혼하는 설정이 더 그럴싸하다고 생각했다.

"왜? 사랑에 빠졌는데 이유가 어디 있어?"

여전히 입가에 옅은 웃음이 묻은 남자가 조금 퉁명스럽게 내쏘았다.

"아니…… 아무리 그래도 좀 그럴싸해야……."

순애가 안절부절못하자 남자가 살짝 미간을 좁혔다. 또, 또 그 눈빛이었다. 사람 얼굴을 그대로 뚫어 버릴 것 같은 숨 막히는 눈빛. 그 위압감에 눌린 순애는 괜히 나댔나 싶어 제 주둥이를 한 대 치고 싶었다. 그때였다.

"예뻐서."

"네?"

"예뻐서 첫눈에 반했어. 그거보다 더 간단하고도 납득할 만한 이유는 없지."

남자의 무심한 말에 순애가 날카로운 것에 찔린 듯 움찔거렸다. 얼굴이 불에 덴 듯 화끈거렸다.

"저, 전 예쁘지 않은데……."

그저 설정일 뿐이란 걸 알면서도 얼굴이 화화해서 순애는 고개를 들지 못하고 괜히 손가락만 꼼지락댔다.

"그게 뭐가 중요해? 내 눈에 예쁘다고 하면 예쁜 거지."

남자가 다시 그녀를 쏘아보자 순애는 쩔쩔매며 마지못해 고개를 끄덕였다.

"아, 네……."

그래, 예뻐서 반하든 두부조림에 반하든 그게 뭐가 중요한가. 뭐든 그럴싸한 이유만 만들면 되지. 비자만 나오면 되지. 어차피 진짜도 아닌데…….

"너는 뭐라고 할 거지?"

"네?"

"네가 날 사랑하는 이유."

원래 사람을 그렇게 보는지 그는 또 빤히 순애를 직시하고 있었다. 고개를 돌려 버리고 싶은데 도저히 그럴 수가 없었다. 꼼짝할 수가 없었다. 남자의 시선이 핥아 대는 얼굴이 너무 뜨거웠다.

"그 남자를 사랑하는 이유를 갖다 대면 되겠군. 다음은 연애 과정."

호시는 진땀을 흘리며 눈만 또록또록 굴리는 순애를 못 본 척하며, 서류를 한 장 넘겼다. 그러나 순애는 다음으로 넘어가지 못하고 있었다.

'민수 오빠를 사랑하는 이유? 민수 오빠를…… 사랑……?'

사랑이라고? 물론 사랑하겠지. 결혼할 사람이니 당연히 사랑할 것이다. 그런데 그 당연한 것이 어색했다.

당황한 순애는 민수를 떠올려 보았다. 다정한 사람. 고마운 사람. 의지가 되어 준 사람. 편안한 사람……. 그러나 사랑하는 사람이란 말은 끝내 떠오르지 않았다.

"이봐."

호시가 테이블을 톡톡 두드렸다. 순애는 퍼뜩 정신을 차렸다.

"오늘 계속 딴생각만 하는군. 무슨 일이 있었나?"

"아, 죄송……."

여자가 다시 몸을 뻣뻣이 굳히며 사과하자 호시의 미간이 깊게 찌푸려졌다. 겁을 집어먹은 눈을 하고 흠칫흠칫 떠는 꼴을 보고 있노라면 제가 여자에게 무슨 못 할 짓이라도 하는 느낌이었다.

"됐어. 오늘은 이만하지. 이 서류는 빨리 작성해야 하니까 내용은 계속 생각해 둬."

호시가 언짢은 표정으로 서류를 갈무리하더니 그대로 일어섰다.

"아, 내일은 토요일이니 같이 외출하자. 갈 곳이 있어."

"네……."

남자의 못마땅한 기색에 눌린 순애는 기어들어 가는 목소리로 겨우 대답했다.

"아, 그리고 이따 잠옷으로 갈아입고 잠시 내 방으로 와."

"……."

순애는 남자의 말을 바로 이해하지 못하고 눈만 끔뻑거렸다. 호시는 그런 순애를 못 본 척, 그대로 제 방으로 들어가 버렸다.

'잠옷…… 방으로……!'

겨우 남자의 지시를 이해하자 두려움과 불안이 그녀의 가슴을 조였다. 겁이 덜컥 났다. 그러나 순애는 그의 말을 무시할 수 있는 입장이 아니었다. 남자가 그녀를 기다리고 있었다.

그녀는 욕실로 가 간단히 샤워한 후 잠옷으로 갈아입었다. 그리고 안 내키는 걸음으로 남자의 방문 앞에 섰다. 하지만 아무리 그래도 그렇지, 이 깊은 밤, 남자 혼자 쓰는 방에 어떻게 들어간단 말인가. 순애는 어쩔 줄 모르고 한동안 방문 앞에서 서성였다.

"들어와."

여자의 기척을 느낀 호시가 말했다. 순애는 망설이다 조용히 문을 열었다.

그의 방은 제 방과 비슷한 크기였고, 내부 역시 별다르지 않았다. 옷장과 서랍장, 벽장이 있는 단출한 방. 그러나 제 방과는 다른 냄새가 배어 있었다. 그건 아마도 사내의 체취일 것이다.

호시는 잠옷을 입은 채 이불을 펴고 앉아 문고본 책을 읽고 있었다. 평소 쓰지 않는 안경을 쓰고 있는 모습이 새로웠다. 책 표지는 가죽 책 커버로 가려져 보이지 않았다. 남자가 손짓했다.

"이리 와."

"……."

"이리 오라고."

남자가 제 이부자리를 가볍게 두드렸다. 순애는 주뼛주뼛 호시에게 다가갔으나 차마 그 이불 안으로 들어가지는 못했다.

"사진을 찍을 거야."

그가 책을 덮고 일어나더니 서랍에서 카메라와 삼각대를 꺼냈다. 그가 능숙하게 삼각대를 펴고 카메라를 설치하기 시작했다.

"아까 말했지? 우리가 진짜 연인이란 걸 증명하는 사진을 제출해야 한다고. 원래 연애하면서 찍은 사진을 내야 해. 하지만 우리는 과거 사진이 없잖아. 그러니 지금 찍을 수 있는 사진의 수위를 좀 높이는 수밖에 없어."

"……."

"이건 들은 얘긴데 잠자리의 남녀가 잠옷 바람인 사진을 제출하면 큰 의심 없이 서류가 통과된다고 하더군."

카메라 설정까지 마친 호시가 다시 이불 안에 들어가 앉았다. 온몸이 장밋빛으로 붉어진 순애는 어쩔 줄을 모르고 그 자리에 장승처럼 서 있었다.

"이리 와. 어서."

남자가 다시 제 옆자리를 가리켰다. 결국 순애는 주뼛거리며 조심스레 호시의 옆에 가서 앉았다. 남자의 체온으로 더워진 이불 속은 이미 뜨끈뜨끈했다. 순애가 저도 모르게 발가락을 꼼지락거리는데 호시가 그녀의 허리를 확 잡아끌었다. 순애는 저도 모르게 헉, 하고 놀라며 몸을 굳혔다. 머리가 하얗게 텅 비고 가슴은 쿵쾅쿵쾅 뛰었다.

"카메라를 봐."

플래시가 터지는 것과 동시에 순애는 저도 모르게 얼굴을 찌푸리며 몸을 움츠렸다.

"이런."

이불 속에서 살과 살이 닿았다. 그 마찰 지점에서 열기가 피어오르는 것 같은데 남자가 허리를 감은 손에 더 꽉 힘을 주었다.

"긴장 풀어."

호시가 꾸짖듯 말했다. 그럴수록 그녀는 더 긴장했다. 쏟아지는 남자의 시선에 순애는 어쩔 줄 몰랐다. 방금 샤워를 한 몸에 끈적하게 땀이 배었다. 모두 다 이불이 너무 따뜻한 탓이다. 아니, 따뜻하다 못해 뜨거운 탓이다.

"쯧."

호시가 혀를 찼다. 여자는 나무 막대기처럼 뻣뻣하게 굳어 있었다. 그는 제 안경을 벗었다.

"너, 비자가 필요하지?"

순애가 겁먹은 눈으로 작게 고개를 끄덕였다. 그런 그녀를 내려다보던 남자가 작게 중얼거렸다.

"너무 단정하군."

호시가 여자의 가슴께에 손을 대더니 목까지 꽉 채운 잠옷 상의의 위쪽 단추 두 개를 풀었다. 깊은 가슴골이 보일 듯 말 듯 했다. 여자는 더는 숨길 수 없을 만큼 떨고 있었다.

'겁을 먹었군.'

그는 여자가 가여운 생각이 들었다. 남자의 손이 여자의 눈을 쓰다듬듯 가렸다.

"잠깐 눈 감고 있어."

이윽고 남자의 손이 순애의 머리칼을 쓰다듬는 듯하더니 이내 헝클어뜨렸다. 숱 많고 윤기 나는 머리카락이 남자의 긴 손가락 사이를 사르르 빠져나갔다. 호시가 여자의 턱을 잡아 돌렸다. 여자의 달뜬 숨이 느껴졌다.

"……."

잠자리 날개같이 가벼운 여자의 속눈썹은 파르르 떨렸고, 그녀의 볼은 복숭앗빛으로 은은히 물들어 있었다.

"……."

그 모습을 잠시 멍하니 바라보던 호시는 제가 카메라 설정도 잊었단 걸 겨우 깨달았다.

"잠깐 그대로 있어."

그는 저도 모르게 여자에게 향하던 손을 거두고 일어나 다시 카메라를 설정했다. 그리고 순애 곁으로 돌아와 그녀의 어깨를 안았다. 그에게 기대 오는 부드러운 몸이 느껴졌다. 너무 가볍고도 상냥해 마치 금세 사라질 환상 같았다.

"눈 떠."

남자의 나직한 목소리에 순애는 살며시 눈을 떴다. 심장이 뛰는 소리가 너무 컸다. 꼭 남자에게도 들릴 것만 같아 순애는 겁이 났다.

"카메라를 봐."

그리고 플래시가 터졌다.

순애는 황급히 남자에게서 몸을 떼어 냈다. 심장이 평소보다 서너 배는 빠르게 뛰는지 저도 모르게 숨이 찼다. 남자가 일어나 카메라와 삼각대를 정리했다.

"잘 나왔는지 모르겠군…… 일단 고생했다. 가서 자라."

"네…… 그, 그럼……."

그녀는 잘 자란 인사도 못 하고 도망치듯 방을 나갔다.

미닫이문이 탁 닫히자 호시는 저도 모르게 옅은 한숨을 내쉬었다. 여자가 있던 자리는 그새 따뜻해져 있었다. 곧 여자 방의 불이 꺼졌다.

순애는 제 방에 돌아오자마자 불을 끄고 이불을 뒤집어썼다. 그녀는 이불 안에서 참고 참았던 숨을 몰아쉬었다. 심장은 벌떡거리다 못해 그대로 입으로 튀어나올 것만 같았다. 아직도 제 몸에 닿았던 남자가 너무 생생해서 그녀는 저도 모르게 몸을 비비 꼬았다.

그렇게 얼마나 시간이 지났을까. 잠을 이루지 못하고 한참을 뒤척이던 순애는 자리에서 일어났다. 목이 탔다.

'몇 시지?'

그녀는 어둠에 익은 눈으로 더듬더듬 탁상시계를 찾았다. 시계의 시침은 새벽 한 시를 가리키고 있었다. 남자의 방에 불이 꺼진 것을 확인한 순애는 살금살금 방문을 열고 나왔다가 흠칫 놀랐다. 툇마루에 앉은 커다란 남자의 뒷모습이 보였다.

인기척을 느꼈는지 그가 뒤돌아보았다.

"안 잤어?"

"아, 목이 말라서……."

남자 옆에 놓인 양주잔 하나가 순애의 눈을 끌었다. 그가 술을 마시는 모습은 처음이었다. 그녀의 시선을 눈치챈 남자가 엷게 웃었다.

"너도 한잔할래?"

같이 밥 먹는 것도 어려운데 술이라니……. 순애는 손사래를 쳤다.

"아뇨. 아녜요. 그런데 안주도 없이……."

호시가 피식 웃더니 손짓했다.

"이리 와 봐."

사위는 온통 고요했다. 순애가 머뭇대며 그에게 다가가자 호시가 제 옆을 가리켰다.

"앉아."

순애가 남자와 조금 거리를 두고 앉자 그가 하늘을 가리켰다.

"안주."

"아!"

순애의 입에서 절로 탄성이 나왔다. 거짓말처럼 크고 환한 보름달이 둥실 떠 있었다. 참으로 넉넉하고, 넉넉하고, 넉넉한 달빛.

마지막으로 달을 보았던 게 언제였던가. 엄마를 차가운 땅에 묻은 날이었던가. 홀로 피눈물을 삼키며 봤던 달을 지금 남의 나라 땅에서, 남의 지붕 아래서 이 남자와 함께 보고 있었다. 그런데 이상하게도 달은 더는 슬픈 얼굴이 아니었다.

"참 좋은 달이지?"

순애는 그제야 정신을 차리고 일어났다.

"안줏거리 좀 갖다드릴게요."

"됐어. 이것만 마실 거야. 잠이 안 올 때 한 잔 마시면 바로 자거든."

"아니, 그래도……."

"됐다니까."

호시가 손을 내저었다. 순애가 어쩔 줄 모르고 서 있자 그가 쓱 순애의 손목을 잡아 끌어당겨 다시 제 옆에 주저앉혔다.

"정 그렇게 신경 쓰이면 잠깐 술친구나 해 주고 가든지."

순애의 얼굴이 발갛게 물들었다. 잡힌 손목이 화끈거렸다.

"저, 저는 됐어요."

"안 마셔도 돼. 나도 술이 약해서 누구한테 강권은 안 해. 그냥 옆에 있기만 해."

그는 여전히 순애의 손목을 잡고 있었다. 순애는 그게 불편해 죽을 지경이었지만, 대놓고 손을 빼면 그가 민망할 것 같아 이러지도 저러지도 못하고 혼자 꼼지락댔다.

"불편해?"

남자가 시선도 주지 않은 채 툭 물었다.

"네? 네……."

순애가 슬쩍 말끝을 흐렸다. 눈치챘으면 진작 좀 놔줄 일이지…….

"참아."

남자가 간단히 결론을 내리고는 다른 한 손으로 양주잔을 입에 가져갔다.

'장난은…….'

순애는 그를 흘겨보다가 손을 빼내려 힘을 주었다. 그러나 남자의 힘은 완강했다. 말은 그렇게 짓궂어도 금방 놔주려니 생각했던 순애는 그만 당황하고 말았다.

"안주 해 준다며?"

그제야 남자의 시선이 순애를 똑바로 향했다.

"……."

"잠깐이면 돼."

그의 말에는 거스르기 어려운 무엇이 있었다. 순애는 저도 모르게 손에 넣은 힘을 풀었다. 그를 따라 하늘을 올려다보자 보석 같은 달빛이 찬란히 쏟아져 내렸다.

잠시 후 남자가 슬며시 그녀의 손목을 놓았다.

"늦었다. 들어가 자라."

순애는 잡혔던 제 손목을 살짝 문지르며 엉거주춤 일어섰다.

"그, 그럼."

순애가 고개를 꾸벅했으나 그는 곁눈질도 하지 않았다.

제 볼일도 잊은 채 허둥지둥 방으로 향하던 순애의 발걸음이 서서히 느려지다 방문 앞에서 우뚝 멈췄다. 돌아보자 아직도 툇마루에 혼자 앉은 남자의 뒷모습이 보였다. 그 큰 뒷모습이 어쩐지 좀 안쓰럽다는 생각이 드는 순간, 순애는 저도 모르게 얼굴을 붉히고 말았다.

'나도 참…… 안쓰럽긴 대체 뭐가…….'

순애는 방으로 들어가자마자 와락 이불을 뒤집어썼다. 그리고 화끈거리는 손목을 꼭 쥔 채 질끈 눈을 감았다. 그러나 야속한 잠은 오지 않고 가슴만 멋대로 쿵쿵거릴 뿐이었다.

2. 결혼사진

커튼 사이로 햇살이 쏟아져 들어왔고, 마당에서는 새들이 지저 귀는 소리가 들려왔다. 평화로운 토요일 오전, 느지막이 일어난 순 애는 시계를 보고 기겁하고 말았다.

'또 늦잠을……. 대체 왜 이렇게 잠이 쏟아지는 거야.'

순애는 남자의 방 기척부터 살폈다. 다행히 건넛방은 아직 조용 했다.

'어제 늦게 잤을 테니 아직 자겠지? 깨기 전에 어서 밥해야지.'

순애는 서둘러 실내복으로 갈아입고 살금살금 부엌으로 향했 다. 그런데 아직 자고 있으리라 생각한 남자가 부엌에서 뭔가를 만 들고 있었다. 고소한 커피 향도 났다. 세수도 하지 않은 제 모습이 창피해 순애가 후다닥 몸을 돌리는데 식탁 위에 접시를 놓던 호시 가 다 안다는 듯 말했다.

"아침 준비라면 됐어. 세수하고 와."

순애의 얼굴이 아침 사과처럼 붉게 달아올랐다.

순애가 씻고 돌아오자 식탁 위에는 간단한 토스트와 샐러드, 계란프라이가 놓여 있었다. 서구식 아침 식사가 낯선 순애는 조금 어색하게 식탁에 앉았다.

"커피 마셔?"

"네."

호시가 순애의 컵에 갓 내린 커피를 따라 주었다.

"잘 먹겠습니다."

커피를 한 모금 마신 순애의 고운 미간이 살짝 찡그려졌다. 제가 먹어 본 다방 커피와는 완전히 달랐다. 단맛이라고는 전혀 없이 쓰디쓰기만 했다.

"에티오피아 원두야. 내가 커피를 잘 몰라서 그런지 그냥 그게 제일 낫더라고."

순애의 반응에 당황한 듯 얼굴이 살짝 붉어진 호시가 말했다.

"에…… 뭐라고요?"

그제야 호시는 순애가 드립 커피에 익숙하지 않다는 것을 눈치챘다.

"에티오피아. 아프리카에 있는 나라야. 거기서 많이 나는 커피 원두에 아예 그 나라 이름이 붙은 거야."

"아…… 네."

무슨 말인지도 잘 모르면서 순애는 얌전히 고개를 끄덕였다. 어쩌다 잠시 동거하게 되었지만 어차피 그와 저는 완전히 다른 세상의 사람인 것이다. 다방 커피와 원두커피가 같은 커피지만 그 맛이 완전히 다른 것처럼. 그러니 남자의 세계를 이해할 수 있을 리가.

순애는 커피를 한 모금 더 마셔 보았다. 여전히 쓰디썼다.

"별로야?"

"아, 아뇨. 이런 커피는 처음이라."

호시가 눈치 빠르게 순애의 커피에 설탕과 우유를 넣어 주었다. 그제야 순애에게 조금 익숙한 맛이 났다.

순애는 호시를 곁눈질로 따라 하며 토스트에 잼과 버터를 발라 계란프라이와 곁들여 먹었다. 빵이 식사라는 게 너무 이상했지만 먹을수록 입에 감기는 맛이 있었다. 다만 저는 그렇다 치고 남자가 신경 쓰였다.

'저 큰 남자가 고작 빵 한 쪽 먹고 되려나……'

순애의 생각을 읽은 듯 호시가 입을 뗐다.

"주말엔 이시다 상이 안 오니까 아침은 대충 이렇게 먹어. 점심이나 저녁은 외식하고. 너도 신경 쓸 것 없어."

"괜찮으시면 제가……"

"됐다니까. 괜히 번거롭게 할 거 없어."

"……."

"식사하고 나갈 거니까 준비해. 되도록 신발은 편한 거로 신고."

"네."

일단 대답은 했지만 지금 순애가 가진 신발이라고는 유흥업소에서 얻어 신은 하이힐 한 켤레뿐이었다. 그것도 싸구려여서 발뒤꿈치가 아픈. 순애는 지난번 쇼핑에서 신발을 미처 사지 못한 것이 후회스러웠다.

식사를 마치자 호시가 소매를 걷더니 접시를 치웠다.

"이건 내가 할 테니 너는 외출 준비해."

순애가 옆에서 우물쭈물했다.

"어서."

목소리가 단호해지면 남자는 그걸로 끝이었다. 순애도 이제 그 정도는 알고 있었다.

그녀는 제 방으로 돌아가 새로 산 꽃무늬 원피스를 입고 머리를 다시 빗어 단정히 묶었다. 그리고 작은 손가방에 남은 돈 몇 푼을 넣었다. 외출 준비라고는 그게 다였다. 그녀에겐 그 흔한 분 하나, 연지 하나 없었다.

"준비됐으면 나와."

호시는 셔츠에 청바지 차림이었다. 늘 깎은 듯 단정한 슈트 차림만 보다가 가볍게 입은 모습을 보니 마치 다른 사람 같았다. 하지만 그런 캐주얼 차림도 모델처럼 잘 어울렸다.

'저렇게 입으니 느낌이 또 다르네. 민수 오빠도 청바지를 자주 입었는데……'

나랏일 하는 높은 양반이 아닌, 민수 같은 오빠뻘로 생각하자 늘 어려웠던 그가 아주 조금 친근하게 느껴졌다.

"가자."

한 손에 카메라를 챙긴 그가 출근할 때 신는 구두 대신 운동화를 꺼내 신었다. 그를 따라 순애가 제 구두에 발을 밀어 넣자 그 모습을 본 호시의 미간이 조금 찡그려졌다.

"신발 그것 말고 없어?"

순애가 그의 눈치를 보며 슬쩍 제 구두를 내려다보았다.

"네."

호시의 시선이 반창고를 붙인 그녀의 뒤꿈치에 멈췄다. 반창고 가장자리에는 피가 말라붙어 검게 굳어 있었다.

"쯧."

남자의 혀 차는 소리에 순애가 움찔했다.

"일단 타."

순애는 죄지은 것도 없이 잔뜩 움츠러들어 조수석에 탔다. 호시가 시동을 걸더니 곧 차를 출발시켰다. 어쩐지 어딘가 언짢아 보이는 얼굴이었다.

"어디로 가세요?"

한동안 눈치를 살피던 순애가 어렵게 입을 뗐다.

"긴자."

긴자는 왜……?

순애가 묻지도 못하고 눈만 이리저리 굴리고 있자 남자가 핀잔을 주듯 말했다.

"일단 네 신발부터 어떻게 해야 할 거 아냐?"

그제야 그가 제 신발을 사 줄 생각임을 알아챈 순애의 얼굴이 확 붉어졌다. 꼭 낡은 속옷이라도 보인 듯 창피했다.

"저, 전 괜찮은데……."

순애가 닳고 닳은 에나멜 구두 끝을 내려다보며 어물거렸다.

"그 신발로 동물원엔 못 가. 계속 걸어야 하는데 어떻게 그걸 신고 가?"

"동물원이요?"

여자의 목소리가 한 톤 높아졌다. 생각지도 못한 반응에 놀란 호시는 여자를 곁눈질했다. 그녀의 얼굴은 기쁨으로 환하게 빛나고 있었고, 환희에 찬 눈망울은 초롱초롱했다. 여자는 흥분해 있었다.

"동물원이요? 정말 동물원에 가요?"

"사진을 찍어야 한다고 했잖아."

호시는 그에게 쏟아지는 여자의 기대에 찬 시선을 느끼며 부러 무뚝뚝하게 말했다. 그러나 묘하게도 기분이 나쁘지는 않았다.

"저는 이 신발도 괜찮은데……."

빨리 동물원에 가고 싶은지 순애가 엉덩이를 들썩였다. 긴자에 가서 신발을 사면 그만큼 동물원을 둘러볼 시간이 줄어들 것이다.

"안 돼. 우에노 동물원은 커. 그 신발을 신고 가면 삼십 분도 안 돼서 내가 업고 다녀야 할 거야. 그러길 바라?"

그러자 순애는 더는 고집을 부릴 수 없었다. 그리고 이런 건 사정을 잘 아는 그의 말을 듣는 게 좋으리란 생각도 들었다. 남자는 무뚝뚝하고 퉁명스러웠지만 결코 나쁜 사람은 아니었다. 아니, 나쁜 사람은커녕 오히려 따뜻하고 다정한 사람이라고 순애는 생각했다.

"혹시 동물원 처음 가는 거야?"

아이처럼 기대에 부푼 순애를 바라보던 호시가 괜히 퉁명스레 물었다.

"네."

순애는 부끄러워 몸을 살짝 꼬았다.

"네 약혼자는 뭐 하는 사람인데 지금껏 동물원 한 번 안 데려갔어?"

남자의 어조가 다소 심술궂어 순애는 움찔했다. 아마 신발 때문에 일정이 지체되어서 짜증이 난 것이리라.

"늘 일하니까요. 자동차 정비소를 차리는 게 꿈인 사람이에요. 어깨너머로 기술 배우랴, 일하랴 늘 바빴어요."

"그래도 데이트도 하고 했을 거 아냐?"

"데이트라니……."

여자가 쑥스럽게 웃으며 말꼬리를 흐렸다.

"저도 늘 잔업에 지쳐 있었고 주말도 대부분 특근이었어요. 조금만 짬이 나면 시체처럼 자기 바빴는데요, 뭐."

"그럼 연애는 대체 언제 한 거야?"

순애가 머쓱하게 웃으며 몸을 비비 꼬았다.

"연애랄 것도 없어요. 한두 번 빵집 가서 크림빵 먹고…… 그게 다예요."

그 수줍은 대답에 호시는 그야말로 기가 막혔다.

"아니, 그 정도 남자를 찾아서 여자 혼자 여기까지 왔단 말이야?"

믿을 수 없다는 남자의 반응에 순애가 조금 머뭇거리다 입을 뗐다. 그녀의 목소리는 조금 가라앉아 있었다.

"그 사람은 엄마가 돌아가셨을 때 저 혼자이던 빈소를 같이 지켜 준 유일한 사람이에요. 장례도 도와줬고."

듣고 있던 호시의 미간이 살짝 찌푸려졌다.

"그게 다야?"

"네?"

"그게 다냐고."

순애는 눈만 끔뻑거렸다.

"물론 네가 그 남자에게 은혜를 입은 건 맞아. 하지만 그게 사랑인가? 네 이야기만 들어서는 사랑보다는 고마움에 가까운 것 같은데…… 또 그 남자는 엽서 한 장 보내고 연락도 없다며? 그 정도 남자 때문에 여자 혼자 여기까지 오다니…… 너, 너무 무모한 거 아냐?"

"그, 그렇게 말씀하지 마세요."

순애의 목소리가 살짝 떨렸다. 그녀는 저도 모르게 주먹을 꽉 쥐고 있었다.

"제게 그런 친절을 베푼 사람은 그 사람뿐이었어요. 천지간에 저를 불쌍히 여긴 사람은 그 사람 하나뿐이었다고요. 그리고 부모가 다 돌아가신 지금, 이 세상에 저를 조금이라도 생각해 줄 사람은 그 사람밖에 없어요."

여자의 단정적인 말이 어딘지 그의 신경을 긁었다. 알 수 없는 불쾌감이 치밀어 올랐다.

"넌 정에 굶주려 호의와 사랑을 헷갈리고 있어. 그 남자는 단순한 동정이었을지도 몰라. 아니면 너처럼 깊은 마음이 아니었을 수도 있고. 그래서 일본에 온 후 변심했거나 일부러 연락을 끊었을지도 몰라. 너무 매달리는 여자는 부담스럽거든."

남자가 그녀의 아픈 곳을 콕 찌르자 순애는 저도 모르게 발끈했다.

"대체 나리가 뭘 아세요? 뭘 아신다고 그렇게 말씀하시는 거예요? 그게 사랑이냐고요? 꼭 불붙는 것처럼 뜨거워야만 사랑이에요? 또 사랑이 아니면 어때요? 서로 가련해서 옆에 있어 주겠다는데! 나리는, 나리 같은 분은 어떤지 모르겠지만 저처럼 아무것도 없는 사람에겐 사랑도 사치라고요! 아무것도 모르면서 함부로 말씀하지 마세요!"

"넌 대체! 나리라고 하지 말랬지! 똑같은 말을 대체 몇 번이나 하게 하는 거야!"

호시는 저도 모르게 언성을 높였다. 무엇이 그렇게 그를 화나게 하는 건지 몰랐다. 계속해서 나리라고 부르며 저와의 간극을 좁히지 않는 여자인지, 제 말에 한마디도 지지 않고 또박또박 말대꾸하는 여자인지.

그는 핸들을 확 꺾었다. 여자의 몸이 확 움츠러들었다.

"아무래도 안 되겠다. 오늘은 이만 돌아가자."

"……"

여자의 큰 눈은 금방이라도 눈물을 한 바가지 쏟을 기세였다. 한동안 그의 옆모습을 노려보던 그녀는 입술을 꼭 깨물더니 홱 고개를 돌려 버렸다. 호시는 애써 그 원망 섞인 눈빛을 모른 척했다. 차 안에는 숨도 쉬기 힘든, 꽉 막힌 침묵이 내려앉았다. 다시 집에 도착할 때까지 두 사람은 고집스럽게 한마디도 나누지 않았다.

집에 도착하자마자 순애는 차에서 내려서는 뒤도 돌아보지 않고 안으로 들어가 버렸다. 그가 뭐라고 말을 붙일 틈도 없었다. 호시는 사이드 미러로 냉기가 흐르는 여자의 뒷모습을 바라보다 저도 모르게 한숨을 내쉬었다.

"내가 대체 뭐 하는 거야……"

여자의 말은 다 옳았다. 잘 알지도 못하는 남의 일에 왈가왈부한 것 자체가 무례한 일이었다. 평소의 그라면 선을 넘는 그런 말은 절대 하지 않는다. 그런데 왜 아까는 그토록 깊숙이 들어갔을까. 왜 잔인하게 굴었을까. 마치 그녀와의 사이에 선이 있다는 것조차 잊은 것처럼.

집 안은 조용했다. 여자는 제 방에 틀어박혀 있었다. 그는 언짢고도 미안한 마음으로 여자의 방문 앞에서 서성이다 노크를 했다.

"……."

안에서는 아무 반응이 없었다. 그는 멋쩍게 헛기침을 한 번 하고는 다시 노크했다.

"네."

그제야 가냘픈 여자의 목소리가 들렸다. 방문을 열고 들어간 호시는 한눈에 뭔가 심상치 않다는 것을 눈치챘다. 여자는 구석에 쪼그리고 앉은 채 제 머리를 감싸 쥐고 있었다.

"왜 그래? 어디 아파?"

호시가 순애 앞에 몸을 굽히고 앉아 그녀의 손을 머리에서 치우고 얼굴을 들게 했다. 여자의 손은 깜짝 놀랄 만큼 찼다.

"괜찮아요. 조금만 있으면 괜찮아져요."

여자가 고통으로 일그러진 파리한 얼굴로 애써 웃어 보였다.

"어디가 안 좋은데?"

"두통이랑 어지럼증……."

"……."

"괜찮아요. 주위 여공들도 다 이랬어요. 조금만 있으면……."

"자주 이러는 거야?"

여자의 관자놀이가 파르르 떨렸다. 호시는 더는 묻지 않고 일어나 이불을 폈다.

"누워."

"괜찮······."

호시가 그녀의 팔을 잡아끌었다.

"손이 많이 가는군."

순애는 못 이기는 척 그에게 이끌려 자리에 누웠다. 머리에 대못을 박는 듯한 두통과 어지럼증으로 정신을 차릴 수 없었다. 남자가 그녀에게 이불을 꼭 덮어 주었다. 그제야 백지장처럼 창백한 얼굴이 조금 붉어졌다.

"고마워요. 조금만 쉬었다가 식사 차려 드릴게요."

"······."

순애는 그가 이만 자리를 비켜 주리라 생각했다. 그러나 남자는 뜻밖에도 순애의 곁에 앉더니 그녀의 팔을 이불 밖으로 빼내고는 손가락부터 팔뚝까지 정성스레 주무르기 시작했다.

"!"

깜짝 놀란 순애가 팔을 빼려는데, 남자가 그녀의 손바닥 가운데를 깊이 눌렀다. 순애는 움찔했다.

"가만있어."

길고 마디가 굵은 손가락이 순애의 살과 근육을 부드럽게 지압했다.

"손이 이렇게 차잖아. 혈액 순환이 되면 좀 더 나아질 거야."

여자의 부스러진 손톱 끝에 호시의 시선이 잠시 멎었다. 그가 뭔가를 생각하는 듯 눈을 가늘게 떴다.

"빈혈이군."

"네?"

"손톱 가운데가 파여 있잖아. 거기에 두통에 어지럼증까지……
전형적인 빈혈 증상이야. 정확한 건 병원에 가 봐야겠지만."

안 그래도 파리한 순애의 얼굴에서 핏기가 싹 사라졌다.

"그거 무서운 병인가요? 혹시…… 저, 죽는 거예요?"

두려움이 가득 담긴 연약한 목소리에 남자가 가볍게 웃었다.

"죽기는. 약 먹고 잘 쉬면 나아. 걱정할 거 없어. 내가 낫게 해 주
지."

그의 음성은 놀랍도록 다정했다. 아까 순애의 아픈 곳을 마구
헤집어 놓던 남자라고는 믿을 수 없을 정도로.

그는 순애의 손을 놓더니 이불을 걷고 그녀의 발을 잡았다. 놀
란 순애가 몸을 새우처럼 동그랗게 말아 웅크리려는데 억센 손이
다리를 쑥 잡아 뺐다. 그는 순애의 치마 아래를 이불로 잘 가리고
는 발을 주무르기 시작했다.

"시, 싫어요……."

순애는 어쩔 줄을 몰랐다. 손도 부끄러웠지만 발에는 댈 게 아
니었다. 외간 남자가 이부자리에서 제 발을 주무르다니 상상도 못
할 일이었다.

여자가 앙탈을 부리자 호시가 살짝 인상을 썼다.

"가만히 좀 있어."

"괜찮아요. 괜찮으니까 제발 놔주세요."

순애는 거의 애원했다.

"쯧."

그는 귀찮다는 듯 혀를 한번 차더니 발바닥의 깊숙이 들어간 곳
을 꾹 눌렀다.

"읏!"

순애는 저도 모르게 짧은 신음을 뱉었다.

"그러게 가만있으라니까."

그가 나무라듯 말했다. 발바닥 지압을 마친 손이 곧 가는 발목을 움켜쥐었다. 그리고 서서히 종아리를 타고 올라오기 시작했다.

'더워…….'

아랫도리가 뜨거웠다. 어지러움이 조금씩 가라앉았는데도 가슴은 아까보다 더 빠르게 뛰었다. 이상한 기분이었다. 그의 말마따나 피가 돌기 시작해서 이러는 걸까…….

무릎까지 올라왔던 남자의 손이 다시 순애의 말랑거리는 종아리를 주무르며 발로 내려갔다. 압이 어찌나 강한지 하얀 피부에 남자가 훑고 지나간 자국이 그대로 남을 것 같았다.

"저기…… 이, 이제 괜찮은데……."

그는 아무 대꾸도 하지 않았다. 남자의 손이 그녀의 발을 조용히 압박할 뿐이었다. 남자의 침묵과 강한 악력은 숨도 쉬지 못할 정도로 그녀를 몰아붙였다.

순애는 저도 모르게 두 손으로 입을 꾹 틀어막았다. 제 몸에서 한 번도 내지 않은 이상한 소리가 흘러나올 것만 같았다. 꼭 툭 건드리기만 하면 그대로 펑 터져 버릴 것 같았다. 그녀가 한계에 다다를 즈음, 그가 그녀의 발을 내려놓더니 다시 이불을 덮어 주었다.

순애는 그제야 겨우 안도했다. 숨이 차고 뭔가 부끄러운 한편, 나른하고 기분 좋기도 했다.

"저녁은 신경 쓰지 말고 이대로 한숨 자."

"……."

얼굴이 새빨개져 몸을 돌돌 말고 있는 여자를 조용히 내려다보던 호시가 조금 머뭇대더니 툭 한마디 던졌다.

"다음에 꼭 가자. 동물원."

남자가 나가고 미닫이문이 드르륵 닫히자마자 순애는 이불을 뒤집어쓰고 숨을 몰아쉬었다. 온몸이 따뜻하다 못해 뜨거웠다. 아랫배가 찌릿했다. 어지러움은 어디론가 날아가고 묘한 흥분이 몸을 꽉 채웠다. 이런 감각은 처음이었다.

순애는 몸을 웅크렸다. 제 살에 닿던 남자의 손, 제 몸을 만지던 그 악력이 생생히 떠올랐다. 동물원에 데려가겠다는 약속도. 그건 그 남자 나름의 사과였다.

'이상한 사람…….'

그렇지만 순애의 마음은 그가 만져 준 제 팔다리처럼 따뜻했다. 그녀는 그 손길을 음미하듯 살포시 눈을 감았다가 그대로 잠이 들고 말았다.

순애가 눈을 떴을 때 이미 창밖은 어둑어둑했다.

'내가 얼마나 잔 거야. 식사 준비해야 하는데…….'

허겁지겁 옷매무새를 고치고 부엌으로 나가려던 순애의 눈에 이부자리 옆에 놓인 작은 상자 하나가 들어왔다. 순애는 그 옆에 놓인 메모를 주워 들었다. 단정하고 유려한 글씨체였다. 순애는 떠듬떠듬 메모를 읽었다.

"야, 약…… 하…… 루…… 한 알……."

잠시 후 여자의 방문이 드르륵, 거칠게 열렸다.

거실에서 책을 읽던 호시가 돌아보자 얼굴이 잔뜩 상기된 순애가 그 자리에 우뚝 서 있었다. 무슨 보물단지라도 되는 듯 약상자를 꼭 쥔 채였다.

"저기!"

호시가 뭐냐는 듯 그녀에게 눈짓했다.

"저, 저기……."

순애는 눈을 내리깔며 말을 더듬더니 더는 말을 잇지 못했다. 그녀는 남자에게서 몸을 돌리더니 갑자기 제 눈가를 닦아 냈다.

"왜 그래?"

결국 호시가 보던 책을 덮고 일어섰다. 잘 자던 여자가 일어나자마자 난데없이 울기 시작하자 그는 당황했다. 그는 가늘게 떨리는 여자의 어깨에 가볍게 손을 얹었다.

"왜 그러는 거야? 그렇게 아파?"

여자가 격렬하게 고개를 흔들었다.

"고마워서…… 너무 고마워서요……."

호시는 그제야 긴장했던 어깨를 떨어뜨렸다. 그는 저도 모르게 안도하고 있었다.

"넌 정말, 사람 놀라게……. 말했잖아. 일일이 그럴 필요 없다고."

여자가 여전히 훌쩍거리며 뭐라고 웅얼댔다. 흐트러진 긴 머리 때문에 얼굴은 보이지도 않고, 울음소리 때문에 말은 제대로 알아들을 수 없었다.

"두부조림……."

"응?"

"두부조림…… 매일 해 드릴게요. 오이김치도…… 아니, 뭐든 좋아하시는 거…… 매일 해 드릴게요……."

호시는 저도 모르게 피식 웃음을 흘렸다.

"너, 그러면 안 돼."

"네?"

그제야 순애는 눈물로 젖은 눈을 들었다. 남자의 눈에 짓궂은 웃음이 반짝이고 있었다.

"네 약혼자를 만나더라도 그렇게 쉽게 감동하지 마라. 남자는 그런 여자 재미없어해. 적당히 도도하게 구는 여자가 재밌지."

여자의 얼굴이 새빨개졌다.

"그, 그건 나리 취향…… 아, 아니, 어쨌든 그 사람은 그런 못된 취향 아니에요. 그리고 전 어차피 재밌는 여자도 아닌걸요."

순애는 살짝 샐쭉해져 손등으로 뺨에 번진 눈물을 마구 닦아 냈다. 슬쩍 티슈를 내미는 호시의 입가에는 옅은 미소가 번져 있었다.

"너도 꽤 재미있어."

"네?"

고개를 돌리고 훌쩍이던 코를 팽 풀던 순애가 반문했다.

"저녁은 초밥 시켰다고. 곧 올 거야. 같이 먹자."

"초밥?"

순애의 얼굴이 거짓말처럼 환해졌다. 호시는 저도 모르게 웃음을 삼켰다. 별것도 아닌 것에 잘 울고 잘 웃는 여자였다.

"좋아해?"

"어렸을 때 한 번 먹었던 기억이 나요. 아마 아빠 월급날이었을 거예요. 세 식구가 모처럼 목욕 갔다 오는 길에 초밥을 먹었어요. 어렸을 때라 솔직히 무슨 맛이었는지는 잘 기억이 안 나요. 다만 그 기억이 참⋯⋯."

여자의 얼굴이 그리움으로 아련해졌다.

"아버지는 일본에서 무슨 일을 하셨지?"

"부두에서 일하는 하역 노동자였어요. 일하다 중장비에 깔려서 돌아가셨대요. 제가 여덟 살 때요."

담백한 어조에 담긴 비극에 호시는 할 말을 잃었다. 그렇지만 함부로 어설픈 위로를 건네고 싶지 않았다.

"그 약은 그렇게 껴안고만 있을 거야?"

"아⋯⋯."

순애의 얼굴이 다시 발갛게 물들었다. 그래도 그녀는 여전히 약 상자를 신줏단지처럼 꼭 껴안고 있을 뿐, 선뜻 상자를 뜯지 못했다. 꼭 그대로 영원히 간직하고 싶은 것처럼.

"쯧."

남자가 혀를 차더니 그녀에게서 상자를 빼앗아 종이 포장지를 북 뜯어 버리고는 내용물을 꺼냈다. 그러고는 여자의 손에 약병을 꼭 쥐여 주었다.

"약 먹고 몸을 챙기면 낫는 병이야. 하루 한 알씩이니 잊지 마."

순애가 황송한 듯 약병을 받아 쥐었다. 그때 마침 초밥 배달이 왔다. 호시가 챙겨 둔 지갑을 가지고 마당으로 나가 음식을 받는 사이, 순애는 약을 삼켰다.

곧 호시가 받아 온 음식을 식탁에 올려놓았다. 한눈에도 윤기가 좔좔 흐르고 색깔이 선명한 초밥이 먹음직스러웠다. 호시가 그릇을 세팅하고 컵에 차를 따르더니 순애를 손짓해 불렀다.

"앉아."

그가 간장 종지에 고추냉이를 조금 덜더니 순애에게 내밀었다.

"이건 생와사비야. 조금만 찍어 먹어 봐."

순애는 그가 덜어 준 연한 새싹 빛깔의 고추냉이를 살짝 찍어 제 혀에 댔다. 처음에는 조금 아릿했으나 곧 은은하고 깊은 단맛이 입 안 가득 퍼졌다.

"이거…… 달아요."

그 말에 호시가 씩 웃었다.

"먹을 줄 아는구나. 생와사비는 그래. 좋은 와사비는 달거든. 자, 먹자."

"잘 먹겠습니다."

그가 순애의 앞접시에 참치 초밥을 덜어 주었다.

"먹어 봐."

초밥을 입에 넣은 순간, 순애의 얼굴에 숨길 수 없는 감탄이 떠올랐다. 마치 느낌표가 가득 찍힌 듯한 얼굴이었다. 여자의 눈이 반짝반짝 빛났다.

"이거 정말 맛있어요!"

여자는 참치 뱃살에 완전히 감동한 눈치였다. 그 천진스러움에 호시는 픽 웃음이 났다.

"지금 네가 먹은 건 참치 뱃살이야. 기름지고 맛있는 부위지. 자, 초밥을 하나 먹고는 이 생강을 먹어. 생강으로 입을 깨끗하게 하고 다음 초밥을 먹는 거야."

식초에 절인 생강조차 달고 맛있었다. 그녀는 호시가 권하는 대로 정신없이 초밥을 먹었다. 그는 계속 순애의 접시에 초밥을 덜어 주며 생선에 관해 설명해 주었고, 잔에는 따뜻한 차를 따라 주었다.

"세상에 이렇게 맛있는 것도 있네요. 정말 살아 있길 잘했다는 생각이⋯⋯."

순애는 말하다 말고 멈칫했다. 요즈음 늘 그랬다. 살아 있길 잘했다는 생각이 들었다. 이 이상한 남자를 만나고 나서부터.

그는 순애를 차가운 유치장에서 꺼내 보호를 제공해 주었다. 또 이 낯선 땅에서 그녀의 의식주를 해결해 주었으며, 일본 글도 가르쳐 주었다. 그뿐이 아니었다. 이제는 그녀의 병까지 낫게 해 주겠다 했다.

지금껏 살면서 이렇게 사람다운 대접을 받았던 적이 있었던가. 하루 열두 시간 중노동에 시달리고 나면 축사 같은 공장 기숙사에서 지쳐 잠드는 생활. 기껏 코딱지만 한 월급을 받아 봤자 기숙사비를 제하고 나면 남는 것은 손이 부끄러울 정도의 푼돈뿐. 아파도 마음 놓고 약 한 첩 쓰기는커녕 이를 악물고 공장에 나가야 했다. 그런데도 터놓고 하소연할 사람도 없었다. 하물며 그 누가 제 찬 손과 발을 어루만져 주었는가.

"뭘 그렇게까지⋯⋯ 그러지 말랬잖아. 그렇게 쉽게 감동하고, 쉽게 좋아하지 말라고."

호시가 공연히 타박을 주었다. 고작 초밥 한 접시 사 주고는 살아 있길 잘했다는 말까지 들으니 괜히 멋쩍고 민망했다.

"전 그렇게 못해요."

갑자기 여자의 어조가 달라졌다. 마치 전장에 나가는 장수처럼 결연한 얼굴은 호시의 눈치만 살피던 여자라고는 생각하기 어려울 정도였다.

"전 그런 것 못해요. 좋으면 좋고 싫으면 싫지, 뭐 그렇게 어렵게 산대요? 맛있어서 좋은데 그런 걸 왜 아닌 척해요? 사 주신 분 앞에서 맛있다고 하는 게 실례도 아닌 것 같은데."

여자는 또박또박 제 할 말을 다 하더니, 아까 제가 먹은 참치 뱃살 하나를 집어 당황한 호시의 앞접시에 놓았다.

"자, 드셔 보세요. 호시 상도 드시면 감동하실 거예요. 아주 끔찍하게 맛있어요."

"……."

호시는 입술을 안으로 꾹 말아 넣으며 터지려는 웃음을 참아 냈다. 하지만 이미 그의 입가에는 어쩔 수 없는 웃음기가 번져 있었다.

그가 선뜻 젓가락을 들지 않자 여자는 다른 초밥도 그의 앞접시에 덜었다.

"자, 이것도 드세요. 어서 드시라니까요."

그는 여자가 놓아 준 초밥을 순순히 입에 넣었다. 순하고 무른 줄만 알았는데 여자는 강단 있게 제 할 말은 다 할 줄 알았다. 배움은 짧았지만 고마워할 줄도 알고 부끄러워할 줄도 알았다. 사회에서 만난 많이 배우고 많이 가진 사람들, 손톱만 한 이익에도 그들이 경우 없고 상식 없이 구는 데 질려 있던 그에게 그녀는 마치 신선한 공기 같았다.

'호시 상이라……'

그의 입가에 살짝 웃음이 흘렀다.

"거봐요. 맛있잖아요. 맛있으면 그렇게 웃으면 되는 걸 뭐 아닌 척한데요?"

순애는 그의 웃음을 제 맘대로 해석하고는 마치 제가 밥값이라도 낸 것처럼 의기양양하게 말했다. 호시는 그 모습이 귀여워 저도 모르게 웃음을 지었다가 계속 웃고 있는 저 자신에게 깜짝 놀랐다. 이상한 일이다. 별것도 아닌데, 아무것도 아닌데 왜 이렇게 유쾌할까.

그는 공연히 차를 한 모금 마시고 화제를 바꿨다.

"그건 그렇고 너, 다도 교실에 다녔으면 하는데."

"다도 교실?"

"그래. 곧 부부 동반으로 참석해야 할 파티가 있어. 나에겐 꽤 중요한 일이야. 거기서 너를 내 아내로 소개할 거야."

초밥을 맛있게 먹던 순애의 얼굴이 살짝 굳었다.

"시간이 얼마 남지 않았지만 다도 교실에 다니면서 귀부인의 몸가짐을 배웠으면 해. 마침 인근에 내가 아는 다도 교실이 있어. 점잖은 노부인이 하는 곳이야. 내가 없는 오후 시간에 이시다 상에게 집안일을 맡겨 놓고 가면 돼. 어때?"

"네. 그렇게 할게요."

순애가 순순히 응했다.

"그래. 그럼 내가 등록해 놓지."

호시가 다시 식사를 시작했다. 그러나 순애는 눈앞의 초밥도 보이지 않는 듯 오도카니 앉아 있더니 한참 만에 겨우 입을 뗐다.

"저……."

"응?"

"그 파티는 어떤 파티인데요? 어떤 사람들이 와요?"

"법무대신이 주최하는 자리야. 법무부의 고위 공무원들이 다 동부인해서 오지."

순애의 얼굴이 살짝 질렸다.

"저 같은 게 감히 그런 데에 갈 수 있을까요? 가서 실수나 하지 않을지……."

여자는 벌써 긴장한 듯했다.

"괜찮아. 나와 같이 다니면서 인사말 정도만 하면 돼. 하지만 몸가짐은 중요하니까 다도 교실에 가라는 거야. 그리고 꼭 그 파티가 아니어도 그런 고요한 시간을 갖는 건 너에게 도움이 될 거야."

"네……."

그러나 여자는 다시 젓가락을 들지 않았다. 아까는 그렇게 맛있게 먹더니 파티 이야기에 겁을 집어먹고는 그 좋은 먹성도 잃은 것 같았다.

'쯧, 이럴까 봐 일찍 말하지 않은 건데.'

호시가 그녀의 접시 위에 초밥을 덜었다.

"먹어."

"네……."

그러나 순애는 여전히 풀이 죽어 있었다. 호시는 절로 눈살을 찌푸렸다. 차라리 아까처럼 큰소리치던 게 낫지, 비 맞은 강아지처럼 처량히 축 늘어진 꼴이 보기 언짢았다.

"대체 뭐가 그렇게 마음에 걸리는 거야?"

여자가 우물쭈물하다 겨우 입을 뗐다.

"저는 겨우 국민학교나 나왔고 말도 잘 못 하는데…… 그런 데

가서 실수하고 웃음거리나 되지 않을지······."

여자의 속내를 들은 호시가 그제야 엷게 웃었다.

"걱정하지 마. 내가 하라는 대로 하면 돼."

"어떻게 하면 되는데요?"

여자가 솔깃한지 몸을 테이블 가까이 붙여 왔다.

"일단 이거 다 먹어."

호시가 순애 앞에 놓인 초밥을 가리켰다.

"그리고 오늘은 푹 쉬는 거야. 그리고 내일부터 뉴스라도 챙겨 봐. 신문을 읽는 게 제일 좋지만 아직 글 읽는 게 어려우니까. 급한 대로 그렇게 하면 사람들이랑 얘기할 때 모르는 얘긴 안 나올 거야."

"네."

무슨 대단한 비법이라도 알려 줄 줄 알았는지 여자는 실망한 듯 조금 어깨를 늘어뜨렸다. 그래도 대답만은 순순했다.

"근처에 도서관도 있어. 가서 틈나는 대로 책을 봐. 아이들 책부터 시작해도 상관없어. 내가 너한테 바라는 건 그런 거야. 집안일은 이시다 상에게 맡겨 두고, 너는 내가 바라는 일을 해."

"네."

"그리고 내가 전에 말한 건 생각하고 있어? 우리가 사랑에 빠지게 된 경위."

다시 초밥을 입 안에 밀어 넣던 순애의 얼굴이 화르르 달아올랐다.

"처음부터 다시 해 보자. 나는 길을 잃은 너를 돕다가 네게 첫눈에 반했지. 그래서 내가 너에게 구애했고······."

"근데…… 그건 안 어울려요."

"응?"

"호시 상이 여자한테 반해서 구애하는 건 왠지 안 어울려요. 차라리 제가 호시 상에게 반한 걸로 해요."

"그래서? 그래서 내가 너한테 넘어갔다고?"

호시가 어이없다는 듯 반문하자 차를 마시던 순애의 얼굴이 잘 익은 사과처럼 새빨개졌다.

"그, 그래도 저한테 반한 것보다는 낫잖아요. 제가…… 호시 상이 좋아서 꼬신 걸로 해요."

"내 어디가 좋아서?"

남자의 눈이 탐색하듯 순애의 얼굴을 훑었다. 당황한 순애는 우물쭈물했다.

"아, 저…… 이렇게 맛있는 초밥도 사 주고, 예쁜 옷도 사 주고, 약도 사 주고……. 또…….'

"뭔가를 사 줘서 결혼한다고 쓸 거야? 그럼 비자가 참 잘도 나오겠다."

남자가 느른히 비꼬았다. 순애는 식은땀을 흘렸다.

"아니, 그게 아니고…… 호시 상은 자, 잘생겼잖아요. 키도 크고, 공부도 많이 하고, 직업도 좋고…….'

순애가 남자의 눈을 마주치지 못하고 기어들어 가는 목소리로 겨우 말했다. 호시의 눈매가 조금 부드럽게 휘었다.

"그게 다야?"

은근한 목소리가 순애를 재촉했다. 그가 원하는 말은 아직 안 나온 모양이었다.

"아니, 그리고 또…… 다, 다, 다정하니까……."

그 말을 입 밖으로 끌어내는데 제 몸의 온 힘을 다 끌어다 쓴 느낌이었다. 창피해 죽을 것 같았다. 마치 남자 앞에서 발가벗겨진 것처럼 그를 도저히 마주 볼 수 없었다. 하지만 그는 거기서 끝낼 생각이 없었다.

"그래? 그럼 날 어떻게 꼬셨는데?"

숨이 턱 막혔다.

'말도 안 돼. 저 차갑고 단단한 남자를 내가 어떻게…… 아니, 그보다 여자는 남자를 대체 어떻게 꼬시지?'

순간 유흥업소의 기억이 떠올랐다. 야한 옷을 입고 눈웃음치는 여자들과 은근슬쩍 여자의 옷 속으로 손을 디밀던 남자들…….

순애의 얼굴이 확 달아올랐다. 제가 그를 꼬신 걸로 하자는 말이 그에게 어떻게 들렸을까……. 남자의 진득한 시선을 느끼자 순애는 거의 진땀을 흘렸다. 그런 그녀를 조용히 지켜보던 남자가 야릇한 입매로 피식, 비웃음을 흘렸다.

"그거 봐, 남자 꼬실 줄도 모르면서 무슨. 그것보다 내가 너를 간절히 원해서 결혼한다는 뉘앙스를 풍기는 게 나아. 그래야 위장결혼이라는 의심을 줄일 수 있거든. 처음 생각했던 대로 내가 먼저 반한 걸로 하지."

'어차피 그럴 거면 물어보긴 왜 물어본 거야. 사람 민망스럽게.'

어느새 귓불까지 새빨개진 순애는 그가 얄미운 마음에 입술을 삐쭉 내밀어 보였다.

"그럼 다음 얘기는 호시 상이 만드세요. 전 호시 상이 제게 반한다고는 도저히 상상이 안 가니까."

"그래?"

남자의 눈빛이 살짝 짓궂어지더니 입가가 씰룩거렸다. 갑자기 그가 순애의 허리를 잡아 끌어당겼다.

"어엇……!"

두 사람의 몸이 꼭 밀착했다. 호시가 고개를 숙이더니 순애의 눈을 지그시 바라봤다. 두 사람의 코가 금방이라도 닿을 것 같았다.

남자의 눈을 마주 본 순간, 순애는 마치 마비된 것처럼 꼼짝할 수 없었다. 저를 바라보는 눈빛이 너무 뜨겁고, 제 입술에 닿는 숨결이 너무 뜨겁고, 제 허리를 쥐고 있는 손이 너무 뜨거웠다. 아니, 뜨거운 건 그가 아니라 자신인지도 몰랐다. 그녀는 저도 모르게 마른침을 꿀꺽 삼켰다. 그런 그녀를 내려다보던 그의 입가에서 피식, 가벼운 웃음이 새어 나왔다.

"이러면 상상이 갈까?"

"자, 장난치지 마세요!"

목까지 새빨개진 순애가 호시를 힘껏 떠밀었다. 그러나 그는 끄떡도 하지 않고 오히려 순애의 허리를 쥔 손에 더 힘을 넣었다.

"장난이 아니면?"

순애는 숨을 흡, 들이마셨다.

"상상해 봐. 내가 네게 반했다고. 너를 간절히 원한다고. 그래서 우리는 결혼하는 거라고."

남자가 그녀의 귓불에 대고 낮게 속삭이자 순애는 저도 모르게 몸을 움츠렸다.

"다른 사람을 속이려면 자기 자신부터 속여야 해. 우린 정말 사랑에 빠져야 한다고."

남자는 뱀처럼 그녀를 칭칭 감아 제 품속에 꼭 집어넣더니 그녀의 머리를 부드럽게 쓰다듬었다.

"우린 서로 사랑하는 거야. 아주 깊이. 간절히. 뜨겁게."

남자의 목소리가 가슴속을 파고들었다. 눈앞이 하얘지더니 가벼운 현기증이 일었다. 그러나 그건 빈혈 증상처럼 괴롭지 않았다. 괴롭기는커녕 아주 나른하고, 안온하고, 따뜻한 감각이었다.

"그럼 더는 위장이 아니야. 그것만큼 위장하기 좋은 방법은 없지."

순간 순애의 투명한 눈동자가 흔들렸다.

'그럼 지금까지의 모든 친절은 위장을 위한 위장일 뿐일까…….'

순애는 저도 모르게 아랫입술을 꼭 물었다. 왜인지 마음 한편이 찌르르 아팠다.

"잊지 마."

남자가 조용히 그녀를 놓았다.

남자에게서 놓여난 순애는 어쩐지 아쉬웠다. 무뚝뚝하고 차가운 말과 달리 남자의 품은 너무 포근해 당황스러울 지경이었다. 순애가 어쩔 줄 모르고 식탁 모서리만 바라보고 있는데, 야속한 남자는 쉴 틈 없이 다음 이야기를 재촉해 댔다.

"그래서 우린 어떻게 됐지?"

"호시 상이 갈 곳 없는 저를 호시 상 집으로 데려왔어요. 친척을 찾을 때까지 보호해 주겠다고……."

"동거가 시작된 거군. 그래서?"

"같이 살다 보니 서로 정이 들어서……."

"같이 살면서 뭘 했는데 정이 들었어?"

"초밥도 먹고, 일문도 배우고, 쇼핑도 하고, 동물원도 가고……."

달아오르는 얼굴과 달리 목소리는 점점 기어들어 갔다. 남자가 만족스럽다는 듯 씩 웃었다.

"좋아. 그런대로 자연스러워. 그럼 네가 나한테 마음을 열게 된 계기는?"

"그, 그냥 서서히. 아, 제 병…… 병이 낫도록 신경 써 주셔서……."

남자의 시선이 힐끗 그녀 옆의 약병을 향했다.

"그럼 결혼을 결심하게 된 계기는?"

"……."

호시는 목까지 새빨개져 아무 말도 못 하는 순애를 한동안 지그시 바라보더니 툭툭 서류를 갈무리했다.

"됐어. 일단 이 정도로 내가 써 보고, 막히면 그때 다시 얘기하자. 고생했다."

"네……."

순애는 그제야 기나긴 고문에서 풀려난 듯 저도 모르게 한숨을 토해 냈다. 그러나 아직 끝이 아니었다.

"내일은 사진관에 갈 거니까 그렇게 알아."

"사진관이요?"

"결혼사진을 찍어야지."

남자가 당연하다는 듯 말했다. 결혼사진……. 순애는 갑자기 허둥거렸다. 정말 저 남자와 결혼한다는 실감이 밀려왔다.

"저, 저기…… 꼭 찍어야 해요? 마땅한 옷도 없는데……."

순애를 조용히 바라보던 남자가 일어서 다용도실로 들어가더니, 잠시 후 기모노 한 벌을 꺼내 들고 나왔다. 차르르한 비단에 화사한 모란 무늬가 정교하게 수놓인 것이 한눈에 봐도 우아한 고급품이었다.

"급한 대로 이걸 입어."

순애는 얼떨결에 그 기모노를 받았다. 손에 닿는 비단의 감촉이 꿈결같이 부드러웠다.

"저, 이건……?"

"돌아가신 내 어머니 물건이야. 며느리에게 물려준다고 애지중지했었지. 뭐, 가짜긴 해도 며느리는 며느리니 소원대로 됐군."

호시가 퉁명스레 말했다. 말은 그렇게 해도 모친의 유품이라면 그에게도 소중한 물건일 테였다.

'진짜 주인에게 돌려줘야 하니 조심히 입어야겠다.'

순애는 조심조심 기모노를 갈무리했다. 이제야 첫날 그가 제게 준 여성용 실내복도 그의 어머니 물건이리라는 생각이 들었다. 순애는 저도 모르게 그 실내복의 주인을 여태 신경 쓰고 있었다.

"내일 널 도와줄 출장 미용사가 올 거야. 기모노 입는 법은 꽤 까다롭거든. 옷이랑 머리, 화장 다 그 사람이 도와줄 거니까 넌 신경 안 써도 돼. 그럼 이만 쉬어라."

"네. 그럼 쉬세요."

순애는 호시에게 고개를 꾸벅 숙이고 기모노를 챙겨 제 방으로 들어갔다.

'휴……'

남자 앞에서의 팽팽한 긴장이 풀어지자 순애는 방구석에 무너지듯 주저앉아 아직도 화끈한 얼굴에 찬 손을 올리고 눈을 감았다.

여전히 가슴이 두근거렸다.

한동안 그렇게 있던 순애는 구석에 치워 두었던 일문 책을 폈다. 호시에게 들은 부부 동반 파티에 대한 부담이 다시 그녀를 압박했다.

'적어도 호시 상에게 망신을 줘선 안 돼.'

순애는 노트에 더듬더듬 히라가나를 써 내려가기 시작했다.

"일어났어?"

미닫이문을 가볍게 두드리는 소리에 순애는 눈을 떴다. 부엌에 나가 보니 호시는 어제처럼 커피에 토스트를 만들고 있었다.

"죄송해요. 원래 이렇게 잠이 많지는 않은데……."

요즘 계속 늦잠을 잔 순애는 부끄러워 어쩔 줄 몰랐다. 왜 이리 요새 잠이 쏟아지는지. 그동안 못 잔 잠을 한꺼번에 다 몰아 자는 것 같았다.

순애가 어물어물 변명하자 남자가 픽 웃었다.

"잠이 많은데, 뭐. 됐어. 잘 자는 건 좋은 거야."

"그래도 매번 식사를……."

"됐어. 공부하다 잤으니 봐주지."

순애의 얼굴이 화르르 붉어졌다. 그건 또 어떻게 알았을까.

호시가 그녀의 잔에 커피를 따르고는 설탕과 우유를 넣으려고 하자 순애가 만류했다.

"저도 그냥 마셔 볼게요."

두 번째라고 어제보다 훨씬 먹을 만했다. 살짝 인상을 쓰던 그녀가 곧 홀짝홀짝 커피를 마셔 대자 호시가 씩 웃었다.

"어제는 못 먹을 거라도 먹은 것처럼 잔뜩 인상을 쓰더니."

순애가 멋쩍게 웃었다.

"근데 이거 묘하게 들어가네요. 향도 좋고."

"나중에 내리는 법도 알려 줄게. 근데 너무 많이 마시면 저녁에 잠 못 자."

"아……."

그 말에 순애가 커피 잔을 그만 놓으려는데, 남자가 슬쩍 웃으며 한마디 덧붙였다.

"아니다, 넌 잠이 워낙 많으니 상관없을 것 같기도 하네."

남자는 순애를 놀려 먹고 있었다. 그걸 깨달은 순애가 그를 살짝 흘겨보자 남자가 고개를 돌리며 쿡 웃었다.

그렇게 식사를 마치고 상을 치우고 있는데 미용사가 왔는지 밖에서 부르는 소리가 났다. 호시가 순애의 손에서 행주를 빼앗고는 부엌 밖으로 내몰았다.

"나머지는 내가 할 테니 너는 어서 가서 준비해."

마당에는 금방이라도 터질 듯한 검은 가방과 각진 도구함을 양손에 든, 싹싹해 보이는 중년 여성이 서 있었다.

"오늘 출장 미용 부르셨죠?"

"네. 어서 오세요."

순애는 엉겁결에 미용사를 맞았다. 제집도 아닌데 주인인 체하려니 마치 남의 옷을 훔쳐 입은 것처럼 어색하고 불편했다.

"사토라고 합니다. 잘 부탁드립니다, 마님."

미용사가 깊이 고개를 숙였다. 마님이라는 말에 순애는 당황했으나 뭐라고 하기도 뭐해 그냥 어물어물 웃고 말았다.

순애가 미용사를 제 방으로 안내하자마자 사토는 먼저 입을 옷부터 보여 달라 했다.

"옷 분위기에 맞춰 머리랑 화장을 해야 하거든요."

순애가 기모노를 꺼내 보여 주자 사토가 짧은 감탄을 터뜨리더니 씩 웃었다.

"마님 같은 미인에 이런 고급 기모노라니…… 오늘은 제가 다 흥이 나네요."

사토는 그 터질 듯한 가방을 열어 고데며 여러 모양의 빗, 실핀 세트, 스프레이 등속을 잔뜩 꺼내더니 순애를 거울 앞에 앉혔다. 그리고 그녀의 긴 머리칼을 풀어 어깨 위에 늘어뜨렸다.

"아이고, 마님은 복이 많으시네요. 얼굴도 고우신데 이렇게 풍성한 머리카락을 갖고 계시니."

미용사는 참빗을 꺼내 순애의 머리를 쫙쫙 빗어 내렸다.

"기모노에 어울리는 단아한 올림머리로 해 드릴게요."

미용사는 불필요한 동작이라고는 전혀 없는 시원시원한 손놀림으로 금세 순애의 머리를 우아하게 틀어 올렸다. 거울을 보고 있던 순애의 입이 떡 벌어졌다. 머리만으로도 제 모습이 훨씬 근사해 보였다. 그런 순애를 보던 미용사가 씩 웃었다.

"아직 완성 아니에요. 화장하고 옷까지 입은 후에 한 번 더 만질 거예요. 그럼 화장 시작할게요."

미용사는 화장수를 덜어 순애의 얼굴을 가볍게 닦아 냈다.

"피부도 참 고우시네. 근데 혈색이 좀 좋지 않으신데…… 혹시 임신 초기면 말씀하셔요. 옷 입으실 때 품을 좀 넉넉하게 해 드릴게요."

"그, 그런 거 아니에요!"

순애의 격한 반응에 미용사가 놀랐는지 조금 멈칫했다. 순애는 아차 싶었다.

'아……. 내가 너무 예민했네. 날 결혼한 여자로 알고 있으니 못할 말도 아닌데.'

당황한 미용사가 머쓱하게 웃었다.

"……아, 그, 그런 거 아녜요."

순애는 얼굴이 시뻘게져서는 기어들어 가는 목소리로 다시 한번 부정했다.

"부끄러워하시기는. 누가 새색시 아니랄까 봐 그러세요."

미용사는 프로답게 어색한 순간을 넘기고는 순애의 얼굴을 빠르게 만졌다. 곧 창백한 그녀의 얼굴에 화사한 꽃이 피어났다. 순애는 저도 모르게 거울 속의 미인을 홀린 듯 바라보았다. 제 작품에 만족하는 듯 미용사의 얼굴에도 흐뭇한 미소가 번졌다.

"그럼 옷을 입으실까요?"

미용사는 순애의 실내복을 벗기더니 기모노용 버선과 속옷부터 입혔다. 그다음 나가주반이라는 긴 속옷을 입히고는 그 위에 기모노를 입혔다. 미용사의 야무진 손이 재주 좋게 움직이더니 어느새 허리띠인 오비 매듭의 맵시를 만지고 있었다.

"세상에, 이 버드나무 가지 같은 허리 좀 봐. 여리여리한 게 꼭 풍속화에서 막 튀어나온 미인 같네."

미용사가 호들갑을 떨었다. 그건 고객에게 으레 하는 입에 발린 칭찬만은 아니었다. 순애 제가 봐도 거울 속에 비친 모습이 꽤 그럴싸했다. 비록 허리를 몇 겹이나 감아 놓는 바람에 몸은 좀 불편했지만.

미용사는 순애의 머리 맵시를 다시 보고는 도구함의 가장 마지막 칸을 열었다. 그곳에는 각양각색의 머리 뒤꽂이가 가득 들어 있었다.

"어떤 게 좋을까……."

한참 망설이던 미용사가 자개가 박힌 뒤꽂이를 골라 들었다.

"기모노가 흰색이니까 이게 좋을 것 같아요. 청아한 마님 분위기와도 딱이고."

미용사가 순애의 틀어 올린 머리에 마침표를 찍듯 뒤꽂이를 꽂았다.

"아이고, 정말 곱네. 이대로 기모노 잡지 표지 모델 해도 되겠어요."

순애가 쑥스럽게 웃었다.

"감사합니다."

"별말씀을요. 마님이 고우시니 해 드리는 저도 신이 나네요. 뒤꽂이는 내일 사람을 보낼 테니 그때 돌려보내시면 돼요."

미용사가 돌아가자 순애는 거울에 제 모습을 한 번 비춰 보고 조금 긴장한 모습으로 방문을 열고 나갔다. 정장을 갖춰 입은 호시가 그녀를 기다리고 있었다.

"괜찮군."

그는 한동안 순애에게서 눈을 떼지 못하더니 마지못한 듯 한마디 내뱉었다. 그러고는 그녀를 향해 손을 내밀었다.

"손 줘 봐."

"네?"

그가 머뭇거리는 순애의 왼손을 잡아 빼더니 약지에 반지 하나를 끼웠다. 가운데에 작은 다이아 하나가 콕 박힌 금반지였다. 순애는 저도 모르게 흡, 숨을 멈췄다. 다이아가 하얀 손 위에서 영롱하게 빛났다.

"결혼사진인데 반지가 없으면 안 되잖아."

남자가 조금 퉁명스레 말했다. 그러는 그 역시 왼손 약지에 반지를 끼고 있었다. 다이아가 없을 뿐 순애의 것과 같은 디자인이었다.

"……"

순애는 제 손을 바라보며 어쩔 줄을 몰랐다. 눈이 부셨다. 이렇게 아름다운 물건을 가진 건 난생처음이었다. 하지만 그것은 진짜 제 것이 아니었다. 이 결혼이 진짜가 아니듯이. 순애는 순간 남자가 원망스러웠다.

'어차피 가짜 결혼반지인데 아무거로나 사지. 이렇게 예쁜 걸 주면 난 어떡하라고……'

순애가 아무 말이 없자 호시가 슬쩍 그녀의 안색을 살폈다.

"왜 그래? 마음에 안 들어?"

"아녜요. 너무 예뻐서……. 조심히 끼다가 다시 돌려드릴게요."

남자의 얼굴이 순간 살짝 굳었다.

"근데 제 사이즈는 어떻게 아셨어요?"

"전에 손, 잡았었잖아."

그가 다소 짜증스럽게 말했다. 아까까지 괜찮아 보였던 남자의 기분이 갑자기 언짢아 보여 순애는 움찔했다. 그녀가 어색하게 눈알만 데구루루 굴리자 호시는 그녀가 기억하지 못한다는 걸 눈치 챘다.

"기억 안 나?"

"……."

호시가 어릿어릿 서 있는 순애를 보고 어이없다는 듯 헛웃음을 지었다. 무슨 여자가 남자랑 손을 잡았는지 어쨌는지도 모르는지.

"됐다. 가자."

혼자 뭐라고 중얼대던 호시가 먼저 집 밖으로 나가 버리자 순애는 한숨을 한번 쉬고는 그를 따라 나갔다.

'도무지 종잡을 수 없다니까.'

남자는 무엇이 그렇게 언짢은지 여전히 눈살을 찌푸린 채 그녀를 기다리고 있었다. 남자의 찡그린 표정에 순애는 괜히 조급해져 걸음을 서둘렀다. 그러나 기모노의 치마폭이 워낙 좁은 데다 처음 신는 굽 높은 게다도 어색해서 그녀는 뒤뚱거리다 중심을 잃고 말았다.

"어엇!"

순간 호시가 그녀의 허리를 낚아챘다. 두 사람의 눈이 마주쳤다. 순애가 어쩔 줄을 모르는데 남자가 아예 그녀를 덥석 안아 들었다.

"앗! 괜찮아요! 괜찮……."

"가만히 좀 있어."

남자의 낮은 목소리가 엄하게 말했다. 버둥거리던 순애는 그 목소리에 눌려 움찔했다.

"괘, 괜찮은데……."

"기모노를 다 버릴 셈이야?"

그 말에 순애가 깨갱 했다. 그의 어머니의 유품이자 며느리에게 물려주길 원했다는 기모노를 제 실수로 버려 놓을 수는 없는 일이었다. 기모노도, 반지도, 이 남자의 호의도 모두 잠시 빌린 것뿐, 무엇 하나 제 것인 게 없었다. 왠지 모르게 순애의 가슴 한쪽이 싸해졌다.

호시는 보물단지를 들여놓듯 순애를 조심스레 차 안에 앉히고는 곧 차를 출발시켰다.

차는 시내의 어느 작고 오래되어 보이는 사진관 앞에 섰다. 사진사는 인상 좋은 노인으로, 두 사람을 깔끔한 배경 위에 세우고는 포즈를 주문했다.

"신랑분이 좀 더 신부 쪽으로 몸을 틀어 주세요. 좋습니다. 신부님, 좀 더 웃으세요. 네, 아주 좋아요. 찍습니다."

순애는 저도 모르게 활짝 웃었다. 곧 플래시가 터졌다. 그렇게 자세를 바꿔 가며 몇 장을 더 찍자 촬영이 끝났다.

"촬영은 잘된 것 같군요. 인화되는 대로 액자로 제작해서 댁으로 보내 드리겠습니다."

"네. 부탁드립니다."

"그런데…… 저……."

기사가 조금 머뭇거리다 어렵게 말을 꺼냈다.

"혹시 괜찮으시다면 두 분 사진을 저희 가게 쇼윈도에 걸어 둘수는 없을까요? 너무 선남선녀 부부시라 제가 욕심이 나서…… 허락해 주시면 비용은 반액만 받지요."

호시는 뜻밖의 제안에 조금 당황한 듯했다. 그러나 이내 그는 가볍게 웃었다. 선남선녀 부부라는 말이 듣기에 과히 나쁘지 않았다.

"여보, 당신 생각은 어때?"

그가 순애를 돌아보았다. 애처를 바라보는 듯한 그 다정한 눈빛과 말투에 순애는 순간 숨이 턱 막혔다.

"다, 당신 뜻대로 하세요."

순애는 얼굴을 붉히며 말끝을 흐렸다. 제가 말하고도 부끄러웠다. 당신이라니……

"그럼 그렇게 하시죠. 사실 제가 어릴 때 여기서 시치고산[2] 사진을 찍었죠. 결혼사진도 꼭 이곳에서 찍고 싶어서 다시 온 겁니다."

그 말에 노인이 반색했다.

"아이고, 이렇게 고마울 데가! 감사합니다. 자녀가 생기면 언제든 다시 방문해 주세요. 자녀분의 시치고산 사진까지 저희가 찍어 드리면 영광일 겁니다."

"그럼 저희에게도 의미가 있겠네요. 꼭 다시 오죠."

호시는 너무나 천연덕스레 사진 기사의 말을 받았다.

그렇게 촬영을 마치고 집으로 돌아가는 길. 호시는 뭐가 그리 기분 좋은지 나직이 콧노래를 흥얼거리며 차를 몰았다.

'도대체 알 수가 없다니깐……'

순애는 절레절레 고개를 저었다. 오후의 햇볕을 받은 작은 보석이 그녀의 가는 손 위에서 찬란하게 빛났다.

---

2) 아이의 3, 5, 7세를 축하하는 행사

3. 초야

"오늘 혼인 신고를 할 거야."

출근 준비를 하던 호시의 말에 깨끗이 다린 손수건을 건네주려 던 순애가 움찔했다.

"마음이 바뀌었으면 지금이라도 말해."

호시는 순애에게서 시선을 떼지 않은 채 능숙히 넥타이의 매듭 을 지었다. 순애는 고개를 떨군 채 한동안 말이 없었다. 그가 넥타 이의 맵시를 고치고 외투까지 다 입었을 때에야 순애가 겨우 입을 뗐다.

"……아니에요."

"좋아. 혼인 신고를 마치면 바로 비자 신청을 할 거야."

"네."

"그럼 연습해. 날 사랑하는 걸 연습하라고. 연습하면 할 수 있 어."

고개를 수그리고 제 발끝만 보고 있던 여자가 얼굴을 발딱 들었다.

"그, 그렇게까지 안 해도……."

"잊었어? 진짜가 되는 것보다 더 좋은 위장은 없어."

여자의 깊고 투명한 눈에 파문이 일었다.

"그러다 정말 호시 상을 사랑하게 되면요?"

가방을 찾던 남자의 손이 순간 멈췄다.

"그럼 어떡해요?"

"그럴 일 있겠어? 넌 정혼자가 있잖아. 목숨 걸고 밀항할 만큼 네가 사랑하는 남자."

호시가 뱀처럼 차가운 눈으로 그녀를 지그시 바라보더니 가방을 찾아 들고 휙 나갔다. 순애는 멍하니 서 있다가 제 손에 그대로 들린 손수건을 깨닫고는 그를 쫓아 나갔다.

"손수건 가지고 가요!"

그러나 차는 이미 출발한 후였다.

순애는 저도 모르게 한숨을 쉬고는 방에 들어가 책을 폈다. 그러나 어쩐지 심란해 글자가 도통 눈에 들어오지 않았다.

한동안 그렇게 앉아 있던 순애는 결국 책을 덮고 부엌으로 갔다. 아침에 호시가 내려 둔 커피가 그녀의 눈에 띄었다. 순애는 아직 식지 않은 커피를 한 잔 따라 툇마루로 나왔다.

구월의 볕은 아직 뜨거웠으나 하늘만큼은 높고 푸르렀다. 초가을 바람이 살랑거리며 불어오자 풍경에서 유리알처럼 맑은 소리가 울려 퍼졌다. 순애는 그 풍경 소리를 들으며 천천히 커피를 홀짝였다.

'참, 오늘은 이시다 상이 안 오는 날이지.'

커피를 다 마신 순애는 집 안의 창문을 활짝 열었다. 신선한 공기가 집 안으로 쏟아져 들어왔다. 순애는 세탁기를 돌린 후 집 안 구석구석을 청소하기 시작했다. 반짝반짝 빛나는 집 안을 보고 있으니 제 마음도 환기되는 느낌이었다.

때마침 세탁이 끝나자 그녀는 세탁물을 야무지게 털어 볕 좋은 마당에 널었다. 새하얀 빨래를 바라보는 순애의 가슴에 잔잔하고 평온한 보람이 밀려왔다.

'이런 게 행복일까……'

그때 황홀한 향기가 바람을 타고 와 순애의 코끝을 간질였다. 순애는 코를 킁킁대며 마당을 한 바퀴 돌다가 황금빛 꽃을 피운 어느 정원수 아래 멈춰 섰다. 처음 보는 나무였다.

'이 나무구나. 어쩜 이렇게 향이 좋을까……'

순애는 눈을 감고 크게 숨을 들이쉬었다. 나무에서 쏟아지는 황금빛 향기가 제 몸 깊이 스며드는 것 같았다.

'이 모든 것은 진짜 내 것이 아닌데…… 정말 사랑하게 되어 버리면……'

삶의 아름다운 순간 한가운데에서 순애는 몹시 서글퍼졌다.

어느새 오후의 볕이 서서히 가늘어졌다.

순애는 외출복으로 갈아입고 어제 호시가 그려 준 다도 교실의 약도를 챙겨 길을 나섰다. 곧 그녀는 인근의 작고 정갈한 단독주택을 찾을 수 있었다. 아마 살림집과 다도 교실을 겸하는 것 같았다.

"실례합니다."

순애가 목소리를 가다듬어 기척을 내자 곧 기모노를 곱게 차려 입은 노부인이 나왔다.

"오늘부터 차를 배우러 왔습니다. 저……."

제 소개를 뭐라 할까 망설이는데 노부인이 환히 웃으며 아는 척을 했다.

"아, 호시 상의 부인, 박 상이죠? 전 스즈키입니다. 잘 부탁드려요."

"아, 저야말로 잘 부탁드려요."

순애가 선생에게 깊게 고개를 숙이자 선생이 상냥하게 웃었다.

"아직은 좀 덥죠? 어서 올라와요. 다실은 이쪽이에요."

순애를 안내하는 선생에게는 절제된 우아함이 있었다. 순애는 선생을 따라가며 저도 모르게 제 머리와 옷매무새를 가다듬었다. 선생을 보니 호시가 저를 이곳에 보낸 이유를 조금 알 것 같았다. 어느 미닫이문 앞에서 선생이 걸음을 멈췄다.

"자, 여기가 다실이에요. 다실로 들어갈 때도 예법이 있답니다. 오늘은 이것부터 배워 보죠."

'응? 방에 들어가는 예법이라고?'

순애는 조금 당황했다.

"먼저 이렇게 문 앞에 꿇어앉아서 한 손으로 문을 열어요. 자, 이 정도에 손을 두고."

선생이 순애의 손을 문의 아래에서 한 25cm쯤 되는 지점으로 이끌었다. 순애가 드르륵, 문을 열자 선생이 살짝 미간을 모았다.

"아니, 소리 나지 않게 조심히. 미닫이에 겨우 손이 들어갈 정도로 살짝 열어요."

이제 몸을 긴장시킨 순애가 선생의 눈치를 보며 조심스레 문을 열었다.

"좋아요. 그럼 다른 손으로도 반대쪽 문을 열어요. 몸의 반 정도까지. 잘했어요. 이제 일어나요. 오른쪽 무릎을 먼저 세워서."

'오, 오른쪽?'

순애가 엉거주춤 일어나 겨우 문지방을 넘자 곧바로 다른 지시가 떨어졌다.

"자, 다다미 1조는 여섯 걸음에 걷는 거예요."

편히 걷던 순애가 다시 움찔하며 몸을 굳혔다. 아니, 무슨 걸음걸이 수까지…….

어쩔 수 없이 순애가 제 걸음 수를 세며 도둑고양이처럼 살금살금 걸음을 옮기는데, 다시 선생의 호령이 떨어졌다.

"아, 다다미의 선은 절대 밟지 말아요."

그렇게 한참 진땀을 빼고 나서야 순애는 겨우 다실에 앉을 수 있었다. 고작 방에 들어가는 게 이렇게 어려운데, 어떻게 차를 내릴까. 호시가 하라 했으니 하긴 해야겠는데 솔직히 순애는 눈앞이 캄캄했다. 그녀는 조금 지친 기분으로 어렵게 어렵게 들어온 다실을 휘 둘러보았다.

작고 소박한 다실이었다. 장식이라고는 글씨 족자와 화병 하나뿐이었으나 오랜 명문가같이 깊은 품위가 배어 있었다. 열린 미닫이문 밖으로는 잘 가꾼 작은 정원이 보였다.

"힘들었죠?"

온화한 표정의 선생이 순애를 보며 조용히 웃고 있었다.

"아무리 예법이라지만 좀 과하다 싶기도 할 거예요."

선생의 말에 순애는 화들짝 놀랐다. 속마음을 들킨 그녀의 얼굴이 새빨개졌다.

"괜찮아요. 처음 온 학생들이 다들 하는 말이니까요."

선생이 엷게 웃었다.

"다도는 형식이에요. 아니, 정확히 말하면 형식이 먼저죠. 일단 형식을 익힌 다음, 그 안에 마음을 담는 거예요."

순애는 그 말이 잘 이해되지 않았다. 형식이 먼저라니, 희한한 말이었다.

"흔히 마음이 먼저라고 말하지만 잘 생각해 보면 그렇지도 않아요. 형식을 따르다 보면 마음도 저절로 가게 되는 경우가 얼마나 많은가요. 아니, 형식에 따라 마음이 만들어진다는 게 더 정확할지도 모르겠네요."

"마음이…… 만들어져요?"

"단정한 행동을 하는 사람은 저절로 단정한 마음이 되고, 지저분한 행동을 하는 사람은 지저분한 마음이 되지요. 물은 형태가 없지만 담긴 그릇의 모양에 따라 그 모양이 달라지지 않나요? 마음도 그런 겁니다."

순애는 저도 모르게 움찔했다.

"그러니 먼저 형식을 익히세요. 생각하지 않고 할 정도로 몸에 익게 되면 그땐 마음을 담을 수 있어요."

"네……."

순애는 겨우 고개를 끄덕였다.

"자, 오늘은 첫날이니까 이만하고 차를 대접해 드리죠. 다도를 익히는 건 단순히 차만 배우는 게 아니에요. 도자기, 다식, 글씨, 꽃꽂이, 차의 철학까지 모두 익히는 종합 예술이에요. 하지만 제일 중요한 건 차를 좋아하는 거예요. 좋아하지 않으면 이 모든 걸 익힐 때까지 오래 할 수가 없거든요."

선생은 엷게 웃고는 화로 앞에 조용히 꿇어앉더니 찻물을 달이기 시작했다. 순애는 다시 한번 선생의 말을 찬찬히 곱씹었다. 그녀는 저도 모르게 왼손 약지의 결혼반지를 슬쩍 만지작거리고 있었다.

다도 교실이 끝나자 어느새 호시의 퇴근 시간이 가까워졌다. 순애는 서둘러 저녁거리를 사서 집에 돌아왔다.

부엌에서 저녁 준비를 하고 있자니 현관문 열리는 소리가 났다.

"오셨어요?"

"응. 오늘은 어지럽지 않았어?"

호시가 구두를 벗으며 그녀를 체크하듯 쭉 훑었다. 얼마 전 다녀온 병원에서 빈혈 판정을 받고 약을 타 온 순애였다.

"……."

순애는 호시의 시선에 저도 모르게 얼굴을 붉혔다. 이상하게 남자가 의식되었다. 물끄러미 저를 바라보는 호시와 눈이 마주치고 나서야 순애는 그가 제 대답을 기다리고 있음을 깨달았다.

"괜찮아요. 식사 준비할게요."

순애는 도망치듯 후다닥 부엌으로 들어갔다.

곧 옷을 갈아입은 호시도 부엌으로 들어왔다. 그는 아무 말 없이 순애의 식사 준비를 돕더니 식사를 하면서도 별말이 없었다. 순애는 괜히 어색해서 묻지도 않은 말을 꺼냈다.

"다도 교실 다녀왔어요. 생각보다 힘들더라고요. 계속 무릎 꿇고 앉아 있어야 하는 것도 그렇고……."

순애가 푸념을 늘어놓자 호시가 슬쩍 눈매를 휘었다.

"다도는 일종의 수양이기도 하니까. 몸이 편한 취미는 아니지."

"호시 상도 다도를 배웠어요?"

"돌아가신 어머니가. 나는 잘은 몰라. 참, 혼인 신고했어."

물 흐르듯 연결되던 대화가 갑자기 뚝 끊겼다. 순애는 뭐라 해야 좋을지 몰라 젓가락을 든 채 아연히 남자만 바라보았다.

그런 순애를 지그시 보던 호시가 갑자기 몸을 일으키더니, 부엌 찬장 깊은 곳에서 고급스러운 양주병 하나를 꺼내 왔다. 아름답게 조각된 크리스털 잔 두 개도 가져와 식탁에 놓았다.

"아무리 가짜라도 인연을 맺는데 합환주라도 한잔해야지."

남자가 반듯하게 정좌한 후 술병을 따더니 순애에게 잔을 권했다. 순애도 저도 모르게 자세를 바르게 하고 두 손으로 술을 받았다.

"그, 그럼 저도 드릴게요……."

남자가 잠시 순애를 보더니 술병을 넘겨주고는 조용히 술잔을 내밀었다. 그 한 잔을 채우는 게 왜 그리 긴장되던지 순애는 진땀을 흘렸다. 곧 두 사람의 손에서 술잔이 영롱하게 빛났다.

"어쨌거나 우린 이제 법적인 부부야. 앞으로 잘 부탁해."

그가 두 손으로 잔을 받친 후 순애에게 고개를 숙여 정중히 인사했다. 당황한 순애도 허둥지둥 답례했다.

"저, 저야말로……."

호시가 순애의 잔에 제 잔을 가져다 부딪치자 맑고 선명한 소리가 울렸다. 순애는 남자를 따라 술잔을 입에 댔다. 독하지만 은은하고 깊은 향이 올라왔다.

"이제 정식 부부가 됐으니까 오늘부터는 내 방으로 들어와."

술잔을 내려놓던 순애가 뻣뻣이 굳었다.

"신혼부부가 각방을 쓰면 어떻게 생각하겠어?"

"그래도…… 이시다 상이 여기 상주하는 것도 아닌데 굳이 그렇게까지……."

"모르는 소리 마. 공무원이 직접 집에 찾아오기도 해."

"공무원이 왜요?"

"위장 결혼인지 아닌지 확인하러."

순애의 얼굴이 하얗게 질렸다.

"호시 상은 고위 공무원인데 감히 집까지 올까요?"

"고위 공무원이니 더 조심해야지."

순애는 그만 할 말을 잃었다.

"알았으면 오늘 밤부터 내 방에서 자."

호시는 어쩔 줄 모르는 순애를 모르는 척, 맛있게 술잔을 비우며 딴청만 부릴 뿐이었다. 그런 남자의 얼굴은 어느새 부드럽게 풀어져 있었다. 방 얘기를 더 하려던 순애는 그런 호시의 모습에 조금 멈칫했다. 모처럼의 그의 기분을 망치고 싶지 않았다.

'술을 마셔서 그런가? 저런 표정도 짓고. 참 별일이네…… . 방 얘기는 나중에 다시 해야겠다…… .'

어느새 호시의 잔은 바닥을 보이고 있었다. 순애가 잔을 채워 주자 호시가 옅게 웃었다.

"아, 고마워."

남자가 다시 잔을 들자 순애도 그를 따라 술을 한 모금 마셨다. 깊은 맛이 났다. 술을 잘 모르는 순애였지만 고급주라는 건 확실했다.

"이 술, 좋은 술이죠? 맛있어요."

그 말에 호시가 기특하다는 듯 씩 웃었다.

"넌 좋은 술을 알아보는구나. 이건 꽤 귀한 술이야. 내가 대학 붙었을 때 아버지가 두 병 더 사 두셨지. 좋은 날 마시자고."

"아……."

"한 병은 고시 붙고 아버지랑 마셨어. 하나는 나중에 내가 결혼하면 아내랑 마시라고 주셨지. 아내와 마시는 술보다 더 맛있는 술은 없다고."

"그런 귀한 술을 저랑 마시면 어떡해요!"

순애는 깜짝 놀라 서둘러 술병의 마개를 닫았다. 다행히 술은 아직 많이 남아 있었다.

"어떡하긴 뭘 어떡해. 아내랑 마시라는 술을 아내랑 마시는데. 너도 더 할래?"

남자는 순애의 손에서 술병을 빼앗더니 다시 마개를 열었다. 술을 마셔도 늘 한 잔을 넘지 않던 남자였다. 그런 그가 오늘은 희한하게 술이 내키는 모양이었다.

"그래도……."

"괜찮아. 자, 받아."

순애는 주저하다 술잔을 내밀었다. 그녀 역시 술맛이 나쁘지 않았다. 오랜만에 마시는 술이어서 그런 건지, 좋은 술이어서 그런 건지, 아니면 거짓이어도 합환주여서 그런 건지.

호시가 찰랑찰랑 잔을 채워 주자 순애가 술을 쭉 들이켰다. 호시가 그런 그녀를 놀란 눈으로 보더니 한마디 했다.

"이거 독주야. 천천히 마셔."

"괜찮아요. 저 술 세요. 우리 집안 피는 피가 아니라 술이라고 아빠가 그랬어요. 얼마나 입이 닳게 얘기했는지 어릴 때인데도 다 기억해요."

호시가 그 말에 크게 웃었다.

"재밌는 분이셨구나. 우리 집은 술이 다 약해. 나도 처음에 사회생활 시작하고는 회식 때 얼마나 애를 먹었다고. 그래도 처음보단 많이 늘었지."

이야기를 주고받으며 술잔을 기울이다 보니, 어느새 술병의 반은 없어졌다. 그제야 순애는 좋은 술에 비해 안주가 너무 빈약하다는 생각이 들어 자리에서 일어났다.

"제가 안주 좀 만들어 올까요? 두부조림?"

"됐어. 귀찮게 뭘. 여기 있는 반찬으로 충분해."

호시가 손을 내젓더니 그녀의 손목을 잡아 제 옆에 앉혔다. 술이 약하다는 말은 거짓이 아닌 듯 그의 얼굴은 어느새 불그스름했다.

"그냥 앉아 있어. 말했잖아. 이건 합환주라고. 합환주를 혼자 마시는 게 어디 있어?"

남자가 잡은 손목이 그대로 타들어 가는 것 같았다. 순애가 손을 빼려 하자 남자가 더 힘주어 그녀의 손목을 잡았다.

"가만있어. 안주는 됐대도."

"아니, 그게 아니라……."

그러나 그는 들은 척도 하지 않았다. 순애는 한쪽 손목을 잡힌 채 그가 기분 좋게 술을 마시는 모습을 조마조마한 마음으로 바라보았다. 호시의 옆얼굴은 이미 불덩이처럼 빨갰다.

"저기, 인제 그만 드세요."

순애는 슬쩍 남자를 흔들었다.

"인제 그만하세요."

"응…… 그럴까……."

그의 입에서 조금 느른한 발음이 새어 나왔다.

'이 사람이 흐트러질 때가 다 있네…….'

순애는 착한 아이처럼 순순히 술잔을 놓고 일어서는 호시를 신기한 눈으로 바라보았다. 그 순간 남자가 조금 휘청했다.

"아!"

순애가 서둘러 그를 부축했다. 그러나 남자의 몸이 워낙 커서 그녀가 부축했다기보다는 그의 품에 달라붙었다는 표현이 더 정확할 판이었다.

"조, 조심하세요."

어느새 붉게 충혈된 남자의 눈이 제 몸에 매달린 채 걱정스레 올려다보는 여자에게 고정되었다. 그 서늘하고도 뜨거운 눈과 마주친 순간, 순애는 마비된 듯 꼼짝할 수 없었다. 마치 취한 건 그가 아니라 저인 것 같았다.

"조심?"

언제 흐트러졌냐는 듯 그의 발음은 평소처럼 분명했다. 그녀의 허리를 남자의 큰 손이 단숨에 감아쥐었다. 순애의 긴 속눈썹이 잠자리 날개처럼 파르르 떨렸다.

"그래…… 조심해야지……. 잘못하면 이거 정말 큰일 나겠어……."

남자가 마치 여자를 맛보듯 제 입술을 나른히 핥았다.

"!"

얼굴이 시뻘게진 순애가 저도 모르게 호시를 확 밀치자마자 그는 그대로 쿵, 나동그라지고 말았다.

'뭐, 뭐야…… 정말 취한 거였어?'

당황한 순애가 다시 호시에게 다가가 그를 살짝 찔러 보았지만 남자는 잠든 듯, 고른 숨소리를 내며 미동도 하지 않았다.

'뭐야…… 아까 그게 주사야?'

순애는 어처구니가 없었다.

그렇게 한동안 멍하니 잠든 남자를 바라보던 순애는 깊은 한숨을 내쉬고는 다시 그를 살살 흔들어 깨웠다. 제 덩치의 두 배는 될 것 같은 그를 방까지 데려갈 자신이 없었다.

"일어나세요. 여기서 이렇게 주무시면 안 돼요."

"으_으응……."

"저기, 일어나시라고요."

순애가 좀 더 세게 그를 흔들자 그가 번쩍 눈을 떴다. 눈은 아직도 붉게 충혈된 채였다. 순애는 깜짝 놀라 하마터면 소리를 지를 뻔했다.

'정말 여러 가지로 사람 놀라게 하네. 내가 다음에 또 같이 술을 먹나 봐라.'

그녀는 눈을 흘기며 남자의 한쪽 팔을 들어 제 어깨 위에 걸쳤다.

"자, 일어나요. 방으로 가요."

"괜찮아. 괜찮아."

호시는 호기롭게 그녀의 부축을 거절하더니 불안한 걸음걸이로 제 방을 찾았다.

"괜찮기는. 겨우 그 정도에 취해 놓고선……."

남자의 위태로운 뒷모습을 흘겨보던 순애는 다시 그를 쫓아가 한쪽 옆구리에 달라붙었다.

"아휴, 힘들어. 아니 이렇게 못 먹으면 알아서 그만 먹어야지, 대체 무슨 사람이……."

순애가 구시렁거리며 그를 방 안에 들여놓자마자 호시는 방구석에 그대로 허물어졌다. 순애는 서둘러 이불을 꺼내 폈다.

"저기, 이불에서 자요."

"……."

"아휴, 정말…… 내가 다시 술을 같이 먹으면…… 사람도 아냐. 아휴……."

할 수 없이 순애는 용을 쓰며 남자를 이불 위로 질질 끌었다. 어찌나 무거운지 마지막에는 정말 젖 먹던 힘까지 짜냈다. 어느새 온몸이 땀에 젖어 있었다.

"하아……."

겨우 한숨 돌린 후, 순애는 구겨지다시피 던져진 남자의 팔다리를 바르게 펴 주었다. 머리에 베개를 대어 주자 어쩐지 남자가 웃은 것 같은 기분이었다. 그 얼굴을 가만히 내려다보던 순애는 저도 모르게 그 옆에 슬쩍 주저앉았다.

'무슨 남자가 이렇게 그림처럼 생겼냐…….'

대담해진 순애의 시선이 그의 얼굴 구석구석을 훑었다. 깎은 듯

한 잘생긴 이마에 수려한 콧대, 짙고 잘생긴 눈썹, 그리고…… 살짝 벌어진 붉은 입술을 보는 순간, 아까 남자가 제게 흘리던 노골적인 유혹이 생각났다.

얼굴이 달아오른 순애가 그만 남자의 방을 나서려는데, 어느새 몸을 반쯤 일으킨 호시가 그녀의 손목을 턱 잡았다.

"어디 가?"

"!"

순애는 기겁했다. 귀신을 봐도 이렇게 놀라지는 않을 것 같았다.

"구경 다 했어?"

당황한 순애가 어쩔 줄을 모르는데 그가 대뜸 그녀의 손목을 당겼다.

"오늘부터 여기서 자랬잖아."

남자가 순애의 허리를 한 손으로 단단히 옭아맸다. 순애의 다리와 남자의 다리가 엉겼다. 남자의 뜨거운 숨에는 독한 술 냄새가 섞여 있었다. 아니, 그건 제 숨인가. 이제는 이 술 냄새도, 뜨거운 체온도, 두근대는 가슴도 그의 것인지 제 것인지 모를 지경이었다. 순애는 숨이 턱 막혔다.

"이, 이것 좀 놔요."

순애가 버둥거리는데도 그는 아랑곳하지 않고 그녀를 제 몸에 꽉 밀착시켰다. 그러자 순애가 발버둥 칠수록 오히려 남자의 품을 파고드는 모양새가 되었다.

"가만 좀 있어."

그가 순애의 머리끈을 부드럽게 잡아당기자 단정히 묶여 있던 삼단 같은 머리채가 폭포처럼 흘러내렸다.

"가짜라도 초야 아닌가……."

순간 순애는 숨을 흡, 들이마셨다. 몸이 뻣뻣이 굳었다. 남자는 여전히 그녀의 허리를 단단히 쥔 채, 다른 손으로 순애의 머리카락을 살살 쓸었다.

"아내와 마시는 술이라……."

남자가 피식 웃었다.

"아버지 말이 맞네……."

순애를 쓰다듬던 손이 서서히 느려지더니 잠시 후 툭 떨어졌다.

순애는 그제야 간신히 숨을 쉴 수 있었다. 아직도 심장이 터질 듯 뛰고 있었다. 이 유별난 심장 소리에 남자가 다시 깰까 겁날 만큼.

아무래도 오늘 밤 이 남자는 여우가 둔갑한 것 같았다. 그렇지 않고서야 무슨 남자가 이렇게 사람을 홀릴까.

허리 위에 감긴 팔은 아직도 묵직하게 순애를 짓누르고 있었다. 겨우 숨을 고른 순애가 팔을 치우려 했지만 야속하게도 팔은 꼼짝도 하지 않았다.

'깨우면 안 되는데…….'

순애는 진땀을 흘리며 다시 한번 조심스레 남자의 팔을 건드렸다.

"으응……."

남자가 뒤척이더니 어림도 없다는 듯 아예 제 다리 사이에 그녀를 꽉 끼웠다. 순애의 얼굴에 짙은 낭패감이 떠올랐다.

"저, 저기……."

이제 어쩔 수 없어진 순애가 호시를 살살 흔들자, 그는 커다란 애견처럼 순애의 머리칼에 제 코를 비비적대다 이내 잠잠해졌다.

'아무래도 오늘은 이렇게 자야 하려나……'

순애의 몸에 묘한 긴장이 스멀스멀 차올랐다. 온몸의 감각이 평소의 몇 배는 더 예민해진 것 같았다. 몸에 감긴 남자의 큰 손과 날렵하고 긴 다리가, 그 체중이, 목덜미에 닿는 뜨거운 숨이 어딘가 깊은 곳을 간질였다. 불편하고 이상하고 낯선 기분, 그러나 그렇게 싫지만은 않은 기분. 더웠다. 목이 바짝 탔다. 이상하게 가슴이 단단해졌다.

"으음……"

그 한없이 깊고 팽팽한 고요를 더는 견딜 수 없을 때, 남자의 편안하고 고른 숨소리가 흘러나왔다. 그녀는 저도 모르게 날 선 긴장을 허물어뜨리며 피식 웃고 말았다.

'바늘 하나 안 들어갈 것 같던 사람이 잘 때는 꼭 아기같이……'

그녀는 슬쩍 그의 품에 얼굴을 묻었다.

'아늑하다……'

이 어려운 남자의 품이 이토록 편안할 줄이야. 사내의 체취가 훅 끼쳐 왔지만 이상하게도 그마저 나쁘지 않았다.

'따뜻해……'

순애는 눈을 감았다. 긴장이 풀리자 오랜만에 마신 독주가 혈관을 타고 빠르게 돌기 시작했다. 그녀는 나른한 온기에 휩싸여 저도 모르게 잠이 들었다.

"으으…… 아으으응……"

순애는 신음하며 뒤척였다. 머리가 깨질듯 아팠다.

'왜 이렇게 머리가 아픈 거지? 어젯밤…… 술…… 그리고……!'

벌떡 일어난 순애는 절로 끙, 신음을 흘렸다. 제가 일어난 곳은 남자의 방, 남자의 이불 위였다. 호시의 모습은 보이지 않았다. 시계를 보니 아마 이미 출근한 모양이었다.

'차라리 다행이다. 아침에 얼굴 봤으면 얼마나 민망했을까……'

순애가 그렇게 생각하며 막 미닫이문을 열었을 때, 막 집을 나서려던 호시와 그대로 눈이 마주치고 말았다. 어제 술 몇 잔을 못이기던 남자는 어디 갔는지, 그는 평소와 다를 바 없이 차분하고 단정한 모습이었다.

"!"

기겁한 순애는 그대로 방 안으로 도망가서는 미닫이문을 탁 닫아 버렸다. 그를 피할 이유도 없는데 저도 모르게 몸이 먼저 움직였다. 미닫이문 뒤에서 콩닥콩닥하는 가슴을 부여잡고 있는데 문 바깥에서 남자의 목소리가 들렸다.

"부엌에 숙취 해소제 있어."

그리고 현관문이 열렸다 닫혔다. 문 소리로 호시가 떠난 것을 확인하고야 순애는 겨우 방에서 나왔다. 화장실 거울에 비친 제 모습을 보자 앓는 소리가 절로 나왔다. 얼굴은 누렇게 떠 있었고, 머리는 까치집이 따로 없었다.

'왜 이렇게 머리가 아프지. 정작 인사불성으로 취한 사람은 멀쩡한데……'

순애는 기다시피 부엌으로 가서 숙취 해소제를 한입에 털어 넣었다. 속이 가뭄 든 땅처럼 쩍쩍 갈라지는 것 같았다. 순애는 물 한 통을 벌컥벌컥 비우고는 비실비실 호시의 방으로 돌아와 아직 개지 않은 이불 위에 쓰러지듯 누웠다. 눈을 감자 이불에 밴 남자의 체취가 물씬 풍겼다. 어젯밤의 묘한 감각이 생생히 되살아났다. 저를 감싸 안던 손, 제 몸에 전해지던 체온, 다정하고 뜨겁던 붉은 눈빛…….

순애는 벌떡 일어나 창을 확 열었다. 차가운 공기가 불그레한 얼굴에 닿자 정신이 번쩍 났다. 그녀는 어젯밤의 잡념을 접어 넣듯 이불을 개어 넣었다. 아직 속이 편치 않았지만 몸을 움직여야 할 것 같았다.

한참 동안 순애가 집 안을 쓸고 닦고 있는데 때마침 이시다가 출근했다.

"오셨어요?"

순애가 눈인사를 하자 이시다가 감탄사를 흘렸다.

"아유, 아침부터 무슨 청소를 이렇게 해요? 아이고, 참 야무지기도 하다. 너무 닦아 놔서 파리도 낙상하겠네. 근데 오늘따라 색시 안색이 안 좋은데 괜찮수?"

이시다가 순애의 얼굴을 들여다보자 순애가 쑥스럽게 고개를 돌렸다. 이시다가 순간 뭔가를 깨달은 듯 무릎을 쳤다. 그녀의 얼굴에 화색이 돌았다.

"아이고! 세상에! 근데 이렇게 몸을 움직이면 어째요! 큰일 나려고!"

"네?"

이시다가 영문을 모르고 서 있는 순애의 손에서 걸레를 빼앗아 들더니 그녀를 방으로 몰아댔다.

"어서 들어가요. 들어가서 누워 있어요. 방에서 나올 생각 말고. 어서!"

"아, 아……."

순애는 영문을 몰라 하다가 이시다가 오해하고 있다는 걸 깨닫고는 얼굴이 붉어졌다.

"그, 그런 거 아녜요."

"아, 일단 들어가시라니깐."

이시다는 순애를 호시의 방에 몰아넣고는 순애가 방금 개어 놓은 이불을 폈다.

"누워요. 청소는 내가 마저 할 테니까 한숨 주무시구려. 이따 점심 준비해서 깨워 드릴 테니."

순애가 뭐라고 하기도 전에 이시다는 흐뭇한 웃음을 흘리며 자리를 비켜 주었다.

"……."

순애는 어깨를 늘어뜨리며 쓰게 웃었다. 그녀는 이시다가 펴 준 이부자리를 다시 정리하고, 호시의 방에서 제 방으로 연결되는 미닫이문을 열었다. 이왕 이렇게 된 거 제 방에서 한자 공부나 할 생각이었다.

그때 호시의 서랍 위에 놓인 한 뭉치의 서류가 눈에 띄었다. 서류 앞장에 똑똑히 박힌 제 이름 석 자를 본 순애는 저도 모르게 그 서류를 집어 들었다.

"혼인…… 신고서……. 호시…… 히로시…… 박순애."

지금 순애가 읽을 수 있는 것은 그뿐이었다. 하지만 그것으로 충분했다.

'혼인 신고서…….'

말로 형용할 수 없이 이상한 기분이었다. 결혼반지를 낀 채 사진을 찍고, 합환주를 나눠 마시고, 심지어 같은 이불에서 잠이 들었을 때도 이런 기분은 아니었는데. 순애는 이 종이 한 장으로 이제 그 남자와 제가 정말 부부가 되었음을 실감했다.

순애는 떨리는 손으로 서류를 넘겼다. 한자투성이에 붉은 도장이 찍힌 서류가 나왔다. 아마도 관공서에서 떼 온 등본 같았다.

그런 서류가 몇 장 나오고 마지막으로 호시의 단정한 글씨체가 빽빽한 서류가 나왔다. 순애는 직감적으로 이게 그 서류라는 걸 알았다. 혼인 경위를 설명해야 한다는.

순애는 그 서류를 읽어 보고 싶었다. 그들이 만든 얼기설기한 이야기를 그가 어떻게 매끄럽게 바꿔 놓았을지 궁금했다. 하지만 서류는 온통 모르는 한자투성이였다. 결국 순애는 서류를 처음처럼 잘 접어 두고 제 방으로 가서 한자 공부를 시작했다.

"색시, 식사해요."

조금 있으니 이시다가 방문을 두드렸다. 그러고 보니 곧 다도 교실에도 가야 했다. 순애는 책을 덮고 이시다와 간단히 점심을 먹은 후 외출 준비를 했다.

"이시다 상, 제가 안 오더라도 시간이 되면 가세요."

"그래요. 조심해서 다녀와요. 마당 청소랑 저녁 준비를 해 둘 테니."

"그럼 부탁드릴게요."

순애가 집을 나서려는데 쏴아, 바람이 불어 그녀의 긴 머리를 날렸다. 달콤한 향기가 바람결을 타고 순애를 감쌌다. 또 그 노란 정원수였다.

"아⋯⋯."

그녀의 입에서 짧은 탄성이 터지더니, 가슴속에서 뜨거운 것이 울컥 복받쳐 올라왔다. 그 향긋한 바람이 부드럽게 제 등을 밀어 주는 것 같았다. 묵묵히 뒤에서 격려해 주는 것 같았다. 앞으로 나아갈 수 있도록. 그게 너무나 상냥하고 다정해서 그만 눈물이 터질 것 같았다.

삶이란 원래 이렇게 찬란한 것이었던가. 눈물만 있던 시절이 엊그제 같은데. 약 한 첩 제대로 못 쓰고 보낸 엄마를 차가운 땅에 묻고는 눈물도 나지 않던 시절이 있었는데. 월 이천오백 원 월급에서 기숙사비 명목으로 천오백 원을 공장에 내고 나면 주머니에 남은 돈은 달랑 천 원, 그걸로 한 달을 버텨야 했던 시절이 있었는데. 지독하게 배고프고 사무치게 외로웠던, 작고 작은 제 모습이 아직도 생생한데⋯⋯.

순애는 이제야 비로소 지금껏 제가 까맣게 속았다는 걸 알았다. 그 먼지 많은 공장만이, 그 새까만 어둠만이, 그 천대와 가난과 서러움만이 제 인생이라고 생각했었다. 아예 상상도 하지 못했다. 다른 삶이 있으리라고는. 설마 인생이 이렇게 아름다우리라고는.

"저기, 혹시⋯⋯."

다도 교실에 거의 도착할 즈음, 난데없이 들려오는 모국어에 순애는 우뚝 걸음을 멈췄다. 허름한 작업복 차림의 여자가 긴가민가한 표정으로 그녀의 얼굴을 힐끔거리고 있었다. 분명 어디선가 낯이 익은 얼굴이었지만 누구인지 바로 떠오르지 않았다.

순애의 반응을 본 여자가 확신을 얻었는지 한 걸음 더 가까이 다가왔다.

"혹시…… 순애? 너, 순애니?"

"누구……?"

순애가 한국말을 뱉자 여자가 순애의 손을 덥석 잡으며 반색을 했다.

"정말 순애구나! 세상에! 나 모르겠어? 나 명희야. 가발 공장 명희."

"아, 명희 언니……."

그러고 보니 기억이 났다. 가발 공장 기숙사에서 옆방을 썼던 언니. 동향이란 이유로 순애가 공장 일을 시작할 때 도와준 적도 많았었다. 순애보다 먼저 공장을 그만두고는 고향으로 가서 결혼 했다는 둥, 노조 지도부였던 애인의 아이를 뱄다는 둥, 일본에 돈 벌러 갔다는 둥 여러 소문이 떠돌다 잊혔다. 그런데 이렇게 만날 줄이야.

"혹시나, 혹시나 했어. 세상에, 세상 참 좁구나. 이런 데서 널 볼 줄은 생각이나 했겠니? 얼굴은 너 같은데 어디 양갓집 아가 씨 같아서…… 넌 아주 좋아 보이네."

명희가 순애를 다시 한번 쭉 훑었다. 괜한 자격지심일까? 순애 는 그 말이 곱게 들리지만은 않았다. 그녀는 어색한 웃음을 띠었 다.

"어, 언니도 일본 왔구나. 그런 소문은 있었는데……."

"응. 일 년 좀 넘었어. 지금은 이사하는 집 청소일하고 있어. 오늘 이 동네에 이사가 있어서."

명희의 목소리가 저도 모르게 살짝 커졌다. 그것은 궂은일일지
언정 남부끄러운 일은 하지 않는다는 자부심인 동시에 상대에 대
한 미묘한 경멸이기도 했다.

순애는 저도 모르게 고개를 떨구었다. 명희가 고생하는 티 하나
없이, 비싼 옷을 빼입고 다니는 저를 어떻게 생각할지는 말하지 않
아도 잘 알고 있었다.

"순애, 넌 언제 일본에 왔니?"

"얼마 안 됐어요."

"그래? 그래도 잘 풀렸나 보네. 하긴, 넌 젊고 예쁜 데다 일본말
도 잘하니."

"도, 돌봐 주시는 분이 계셔서⋯⋯."

명희의 입가에 슬쩍 비웃음이 스쳤다. 오죽이나 그러겠냐는 그
웃음에 순애는 뭐라 할 수 없는 수치심을 느꼈다. 떳떳하지 못할
것이 없는데도 뭔가 떳떳하지 못한 기분이었다. 그리고 그런 기분
도, 죄지은 것 없이 괜히 주눅 드는 저 자신도 싫었다.

순애는 인제 그만 이 자리를 피하고 싶었다. 그녀가 용무를 핑
계 삼아 막 작별 인사를 하려는데 명희가 뜻밖의 이름을 입에 올
렸다.

"아, 근데 너 이민수 씨라고 알아?"

순간 순애의 얼굴이 하얗게 질려 버렸다.

"박 상."

순애는 퍼뜩 정신을 차렸다. 스즈키 선생이 엄한 눈으로 순애를

바라보고 있었다. 지금 그들은 다도구 다루는 법을 익히는 중이었다.

"……아, 죄송합니다."

순애가 고개를 떨궜다. 스즈키 선생은 평소 후덕하고 인자한 성품이었지만, 수업을 시작하면 엄하기 그지없었다.

"박 상, 다도에는 일기일회라는 말이 있어요."

순애를 지그시 보던 선생이 손에 들고 있던 다구를 천천히 내려놓았다.

"지금 이 순간은 평생 단 한 번, 지금뿐이고 다시 돌아오지 않아요. 오늘의 나는 어제의 나와 동일 인물이지만 한편으로 분명 다른 사람이잖아요? 차도 마찬가지죠. 오늘 내린 차는 어제 내린 차와도, 내일 내릴 차와도 달라요. 그걸 깨달으면 자연히 지금 이 순간에 모든 감각을 집중하게 되고, 정성을 다하게 되죠."

"네……."

순애는 무슨 말인지도 잘 모르면서 일단 고개를 주억거렸다.

"앞으로 차를 마주할 때는 머리를 쓰지 말아요. 생각하지 말아요. 지금 이 순간에만 집중하는 거예요."

하지만 도저히 생각을 안 할 수가 없었다. 어떻게 생각하지 않는단 말인가. 그 사람이, 민수 오빠가 그렇게 되었다는데. 순애는 간신히 눈물을 참았다. 명희의 말이 머릿속을 떠나지 않았다.

'공장에서 일하다 크게 다쳤대. 자세한 건 나도 잘 모르지만 장애가 남을 수도 있다고 하더라……. 그 사람, 내가 다니는 한인 교회에 몇 번 나왔거든. 동향이라 인사하다 가발 공장 얘기가 나왔고, 그러다 보니 네 얘기까지 나온 거야. 세상 참 좁다고 서로 놀랐는데……. 교회에서 병문안 갔다고 하던데, 어디 병원인지 알아봐 줄까?"

병 수발 들어 줄 사람 하나 없이 낯선 타국에서 중병을 앓고 있을 민수를 생각하니 순애는 애가 탔다. 민수는 제가 힘들 때 항상 곁에 있어 주었는데, 저는 이렇게 차나 끓이며 신선놀음을 하고 있다니. 죄책감이 그녀의 가슴을 짓눌렀다. 지금이라도 당장 민수의 병원을 수소문해 달려가고 싶었다.

가늘게 떨리는 순애의 어깨를 본 선생은 그녀를 그대로 둔 채 조용히 차를 끓이기 시작했다. 곧 순애의 앞에 딱 기분 좋게 따끈한 찻잔이 놓였다.

"드세요."

순애는 고개를 돌리고 눈물을 훔쳐 냈다.

"죄송합니다……."

"오늘은 이만하죠. 천천히 들어요."

순애는 얼굴을 정돈하고 찻잔을 들었다. 따뜻하고 쌉싸름한 차 한 모금에 온통 들쑤셔졌던 마음이 조금씩 가라앉았다.

그때 다실의 열린 미닫이문을 통해 또 그 향기가 날아들어 왔다. 아까는 제 가슴을 말도 못 하게 벅차오르도록 한 향기가 지금은 그저 서럽고 서럽기만 했다.

"저, 선생님……."

차를 들던 스즈키 선생이 조용히 눈을 들어 순애를 보았다.

그 잔잔한 호수 같은 눈을 보며 순애는 어서 빨리 나이를 먹었으면 좋겠다는, 엉뚱한 생각을 했다. 선생의 나이쯤 되면 삶의 찬란한 기쁨에도, 쓰디쓴 괴로움에도 닳아지고 무뎌져서 이렇게 괴로운 일도 그리 괴롭지 않게 넘길 수 있을 것만 같았다.

"저 나무 이름이 뭔가요?"

순애가 아직 젖은 눈을 들어 황금빛 꽃을 피운 정원수를 바라보자 스즈키 선생도 순애를 따라 정원을 내다보았다. 정원에서는 수반을 가득 채우고 넘쳐흐르는 청명한 물소리가 끊이지 않고 들려왔다.

"금목서. 금목서예요. 향이 만 리까지 간다고 해서 만리향이라고도 하죠."

"금목서……."

"향이 참 좋죠? 금목서는 가을을 알리는 향기예요. 아직 늦더위가 남아 있긴 하지만 금목서 향기가 날리면 여름은 다 간 거나 마찬가지죠."

"……."

"박 상, 때론 사람의 일도 그렇답니다. 무더위가 영영 끝나지 않을 것만 같아도, 좋은 향기가 시작되면 반드시 새 계절이 와요. 더 선선하고 좋은 계절이…… 그런 거랍니다."

다도 교실에서 순애가 돌아왔을 때, 이시다는 이미 돌아가고 없었다. 마당은 깨끗했고 저녁 준비 역시 다 되어 있었다.

순애는 차디찬 제 방의 한쪽 구석에 쪼그려 앉았다. 평소라면 호시가 좋아할 만한 한식 반찬을 한두 개 했겠지만 오늘은 그럴 생각도, 기운도 없었다. 그녀는 호시가 들어오는 인기척도, 제 방문을 두드리는 노크 소리도 듣지 못하고 그렇게 멍하니 앉아 있었다.

그때 드르륵, 문이 열렸다.

"불도 켜지 않고 뭐 해?"

순애가 화들짝 놀라 고개를 들었다. 언제 왔는지 퇴근한 호시가 외투도 벗지 않은 채 제 방문 앞에 우뚝 서 있었다.

"어, 언제 오셨어요?"

남자가 불을 켜더니 그녀에게 가까이 다가와 안색을 살폈다. 순애의 얼굴 구석구석을 뜯어보던 그의 미간에 주름이 푹 패었다.

"무슨 일이야?"

"네?"

"무슨 일이 있잖아? 무슨 일이냐고."

"아니, 아무 일도요. 아무 일도 없어요."

순애가 호들갑스럽게 부인하자 그녀를 바라보는 호시의 얼굴에 짙은 그늘이 꼈다.

"그, 그냥 피곤해서 그래요. 식사 준비할게요."

도망치듯 방을 나서는 순애의 손을 호시가 턱 잡았다.

"너, 무슨 일이 있으면 꼭 나한테 말해야 해. 알았어?"

"……."

"이제 내가 네 보호자야. 너한테 생기는 일은 다 내 책임이라고. 알았어?"

남자의 말에 순애는 낮에 본 혼인 신고서를 떠올렸다. 그러나 바싹 마른 입술이 작게 달싹거릴 뿐, 대답은 쉽게 나오지 않았다. 그런 그녀가 답답한지 남자가 한 번 더 순애를 재촉했다.

"대답해."

"네……."

순애는 남자의 매서운 기세에 눌려 고개를 살짝 끄덕였다. 그제야 그는 순애의 손을 놓아주었다.

순애는 호시에게 잡혔던 손목을 열없이 주무르며 부엌으로 갔다. 국을 데우고 반찬을 접시에 옮겨 담는 손놀림은 평소와 다름이 없었으나 그녀의 머릿속은 온통 명희의 이야기로 꽉 차 있었다.

'불법 체류자라고 회사에서 산재 처리를 안 해 주고 버틴대. 교회에서 성금 모금은 했는데 그게 얼마나 되겠어. 당장 병원비부터 걱정인가 봐.'

그리고 그녀의 고급스러운 차림을 힐끔 훑어 내리던 눈길. 병신이 된 정혼자를 그렇게 내팽개치고 너는 돈 많은 남자를 잡아 호강하는구나, 하는 조용하지만 강렬한 경멸.

순애는 입술을 꽉 깨물었다. 귓가에 민수가 홀로 끙끙 앓는 소리가 들리는 것만 같았다.

'비자가 나오면 나도 합법적으로 일할 수 있어. 그럼 일단 내가 조금이라도 돈을 벌면서 병 수발을 들어야지.'

곧 옷을 갈아입은 호시가 부엌에 들어와 수저를 놨다. 아까 일이 머쓱한지 두 사람은 묵묵히 식사를 시작했다.

"약은 잘 먹고 있어?"

한참 만에 남자가 입을 뗐다.

"네⋯⋯."

"다도 교실은 좀 어때?"

"네. 좋아요. 아직 서툴지만⋯⋯ 선생님도 좋으시고⋯⋯."

"다행이군. 네가 원한다면 계속 다녀. 너도 집에 혼자 있으면 적적하잖아."

순애는 순간 번뜩 떠오른 생각이 있었다.

"저, 그보다 한인 교회에 나가 볼까 하는데……."

남자의 짙은 눈썹이 살짝 꿈틀거렸다.

"신오쿠보에 있대요. 일요일 오전 예배……."

순애는 저도 모르게 호시의 눈치를 슬슬 보았다. 그는 갑자기 기분이 언짢아진 듯 아무 말도 하지 않더니 조용히 제 밥만 먹고 일어섰다.

순애가 식탁을 치우고 나가니 호시는 툇마루에 걸터앉아 마당을 바라보며 담배를 피우고 있었다.

"저, 아침에…… 약 고마워요."

영문을 모르는 순애는 그의 눈치를 살피다 어렵게 말을 걸어 보았다. 그러나 남자는 여전히 대꾸 한마디 없었다. 뭐가 그렇게도 못마땅한지 언짢은 기색도 여전했다.

'어휴, 저 이상한 성질은……. 그냥 내버려 두고 갈까.'

하지만 아무래도 마음에 걸렸다.

"저기, 왜 언짢아하는 거예요?"

답답한 순애가 더는 못 참겠는지 돌리지도 않고 바로 물었다.

"누가 언짢대? 안 언짢아."

그는 이제 아예 대놓고 언짢아하고 있었다.

"언짢아하고 있잖아요. 거짓말은."

순애가 입술을 삐죽 내밀었다. 호시가 더는 못 참겠다는 듯 내뱉었다.

"교회 말인데, 일단 이번 주는 안 돼. 그리고 다음 주도 안 돼."

"네?"

"이번 주는 나랑 동물원 가기로 했잖아. 그리고 다음 주는 미술관 갈 거야."

"미술관? 그런 얘긴 처음이잖아요?"

황당해진 순애의 목소리가 절로 높아졌다.

"했어. 그리고 다다음 주는 박물관 갈 거야."

호시의 얼굴이 살짝 상기되었다. 그는 대놓고 억지를 부리고 있었다. 평소 별 표정 변화가 없는 그가 스스로 그렇게 얼굴을 붉힐 만큼.

"대체 왜 그래요? 교회 못 가게 하는 건, 그, 그 뭐냐…… 그, 그래! 종교의 자유! 그래요! 종교의 자유를 침해하는 거예요!"

흥분한 순애가 나름 문자를 쓰며 의기양양하게 큰소리를 쳤다. 호시의 권유대로 매일 뉴스를 듣고 도서관에서 책을 빌려 읽으면서, 국민학생 수준에 머물렀던 그녀의 어휘력은 전보다 크게 향상되어 있었다. 말문이 턱 막힌 남자가 살짝 아랫입술을 깨물더니 분하다는 듯 그녀를 노려보았다.

"아니잖아."

"네?"

"신앙이 있어서 가는 거 아니잖아. 그러니까 종교의 자유를 침해하는 게 아니야."

"그게 무슨!"

뻔히 보이는 거짓말을 끝까지 우겨 대는 여자를 보자 호시는 저도 모르게 울컥 부아가 치밀었다.

'종교의 자유? 하! 그 남자를 찾으러 가는 걸 누가 모를 줄 알고?'

남자의 눈에 시퍼렇게 날이 섰다.

"넌 일 년 동안은 내 아내란 걸 잊었나? 허튼 생각 말고 네 역할에나 충실해."

이번엔 순애가 말문이 턱 막혔다. 그는 제 속을 빤히 들여다보고 있었다. 저는 결국 저 남자의 손바닥 안이었다. 순애는 그게 창피하면서도 고압적인 그의 태도에 화가 치밀었다.

"우린 계약 관계지, 진짜 부부가 아니에요. 제가 어딜 가서 누굴 찾든 혹시 상이 상관할 바 아니에요!"

"하! 상관이 없어? 이 결혼이 위장이란 게 들통나면 너와 나 똑같이 처벌을 받아! 나는 기껏해야 면직이라 쳐도, 넌 바로 수용소로 끌려갈 거야. 수용소가 어떤 곳인지 네가 알기나 해?"

수용소란 말에 순애는 절로 몸을 떨었다. 유치장 안에서 들었던 참혹한 이야기가 다시 생생하게 떠올랐다. 생각만 해도 발밑이 무너져 내리는 기분이었다. 싫었다. 이젠 다신 비참한 생활을 하고 싶지 않았다. 이제 그녀는 너무 많은 것을 알아 버렸다. 사람답게 사는 기쁨을 알아 버리고야 말았다.

그녀의 동요를 알아차린 남자가 뱀처럼 스르르 다가왔다. 그는 여자의 어깨를 꽉 잡더니 뚫어져라 눈을 맞춰 왔다. 겨울 북풍처럼 차갑고 매서운 눈이었다. 꼭 처음 만났을 때처럼.

"정신 똑바로 차려."

"……"

"이번 주 금요일 저녁, 전에 말한 법무대신 주최 파티가 있어. 네 비자를 내주는 것도 결국 법무성이니 이 파티에서 실수가 없으면 네 비자도 바로 나올 거야."

"……."

"넌 비자가 목적이잖아? 적어도 비자가 나올 때까진 경거망동하지 마. 알았나?"

"네……."

순애는 순순히 남자의 말에 수긍했다. 얄밉지만 그의 말은 틀린 곳이 없었다. 그제야 남자의 목소리가 조금 수그러들었다.

"내일 긴자 백화점 앞에서 보자. 살 게 있어."

"네……."

시무룩해진 순애를 한참 가만히 보던 호시가 퉁명스레 한마디 던졌다.

"짐은 왜 안 옮겼어?"

"네?"

"내 방으로 옮기라고 했잖아."

순애는 당황했다. 어젯밤 남자의 다리 사이에 끼어 잠든 게 떠올랐다. 그녀가 어떻게 말해야 할지 몰라 눈알만 데구루루 굴리고 있자, 남자가 이유를 눈치챘는지 얼굴을 살짝 붉혔다.

"어제는 미안하다. 이상하게 너무 일찍 취했어. 원래 그 정도는 아닌데……."

말하는 투로 보아 그는 아무것도 기억하지 못하는 것 같았다. 그럼 차라리 다행이라고, 순애는 가슴을 쓸어내렸다.

"근데 아침에는 어떻게 그렇게 멀쩡했어요? 그 정도에 취해서 기억도 못 하면서."

"기억 못 한다고는 안 했는데?"

순애는 순간 귀를 의심했다.

"네?"

"기억해. 전부."

"……"

"술에 취한 거지, 정신을 잃은 게 아니라서."

남자가 능청스레 웃었다. 그럼…… 어젯밤…… 어젯밤은 대체…….
순애의 얼굴이 서서히 새빨개졌다.

"내 얼굴은 왜 그렇게 빤히 봤어? 왜? 마음에 들었어?"

얼굴이 화끈 달아오른 순애를 바라보며 호시가 쿡, 짓궂게 웃었
다.

"모, 못됐어! 정말!"

순애가 몸을 바르르 떨며 겨우 한다는 말에 호시가 그만 빵, 웃
음을 터뜨리고 말았다. 순애는 저 혼자 정신없이 웃는 남자가 얄미
워 있는 힘껏 눈에 힘을 주고 그를 노려보았다.

허리를 접고 한참을 웃던 호시가 겨우 웃음을 멈추고는 순애에
게 한 손을 내밀었다.

"이리 와."

순애가 움찔하자 그가 그녀의 손을 잡아 부드럽게 끌었다. 어느
새 가는 허리가 남자의 손에 붙들렸다.

"뭐, 뭐 하려고……"

"춤."

"춤이요?"

순애가 하얗게 질렸다.

"못된 남자라 미안하지만 얼굴은 마음에 드는 모양이니 대충 참
아 줘."

남자의 입가에는 아직도 웃음이 매달려 있었다. 순애가 다시 눈을 흘기는데 호시가 그녀의 손을 잡아 제 어깨에 턱 올렸다.

"파티에 가야 하니 혹시 몰라서 연습해 두는 거야. 그래 봤자 대단한 춤도 아니지만."

"춤 같은 거 춰 본 적 없는데……."

"그러니까 연습하는 거라니까."

그가 부드럽게 여자를 리드했다. 순애는 버벅대다 살짝 그의 발을 밟고 말았다.

"앗, 미안해요."

순애가 호시의 눈치를 살피며 어깨를 움츠렸다.

"괜찮으니까 춤이라고 생각하지 말고, 나한테 몸을 맡긴다고 생각해. 자연스럽게."

그러나 그게 그렇게 쉽게 될 리 없었다. 순애는 다시 그의 발을 밟고 말았다.

"자꾸 머리로 생각해서 그래. 생각하지 말고 그냥 따라와."

그러고 보니 어디선가 비슷한 말을 들은 것 같았다. 어디였지…….

"어…… 다도 선생님이랑 비슷한 말을 하네요?"

남자가 쯧, 혀를 찼다.

"다도 시간에도 집중 못 했나 보군."

순애의 얼굴이 다시 새빨개졌다. 제 입이 원수였다. 그런 그녀를 묵묵히 바라보던 남자가 다시 나지막이 되물었다.

"말해 봐. 대체 무슨 일인데 그래?"

모르는 척한 것은 배려였을 뿐, 그는 역시 눈치채고 있었다. 순애는 순간 그에게 모든 사정을 다 털어놓고 도움을 구하고 싶은 충동을 느꼈다. 이 무심하고도 다정한 남자는 틀림없이 그만의 방식으로 그녀를 도와줄 것이다.

'하지만 그럴 순 없어. 이 사람과 상관없는 일로 부담을 줄 순 없어. 내가 감당해야 해.'

무엇보다 순애는 이제 조금씩 겁이 나기 시작했다. 그의 호의와 친절에 익숙해지는 제가. 제 남자도 아닌 그에게 기대고 싶어지는 제가.

그녀는 남자를 바라보지도 못하고 입술만 달싹이다 겨우 말을 돌렸다.

"음악…… 음악이 없잖아요."

"응?"

"음악이 없으니까 제가 자꾸 호시 상 발을 밟는 거예요."

그녀는 입술을 삐죽이며 말 같지도 않은 핑계를 댔다. 하지만 그걸로 충분했다.

"……그렇군."

호시가 엷게 웃더니 뜻밖에도 낮게 허밍을 읊조리기 시작했다. 어디서 들어 본 듯 아련한 곡조였다. 그는 제 허밍에 맞추어 순애의 허리를 부드럽게 안고 툇마루를 돌았다. 달이 밝은 밤, 바람이 쏴, 불어 나뭇가지를 흔들자 황금빛 향기가 달콤하게 그들을 감쌌다.

그 순간, 순애는 종일 그녀를 짓누르던 걱정과 불안, 죄책감을 거짓말처럼 모두 잊었다. 스즈키 선생의 말이 맞았다. 지금 여기엔 오직 이 순간만 존재했다. 그녀를 바라보는 남자의 따뜻함과 다정함만이.

찬란한 달빛 아래 남자의 나직하고 부드러운 허밍이 은은히 이어졌다.

4. 재회

순애는 긴자의 인파를 헤치며 정신없이 뛰어가고 있었다. 아무래도 약속 시간에 조금 늦을 것 같았다. 기다리고 있을 호시를 생각하자 속이 타는 한편으로 그녀의 마음 한구석은 한없이 착잡했다.

결국 오늘도 민수의 소식을 듣지 못했다. 명희가 알려 준 그녀의 청소 회사로 전화를 걸었지만, 명희는 작업 중이라 연결되지 않았다. 혹시라도 작업이 끝나면 명희가 연락 주지 않을까 하는 마음에 기다리다가 집에서 조금 늦게 출발하고 말았다.

"여기."

백화점 앞에 퇴근한 호시가 서 있었다. 지나가는 여자들의 노골적인 관심을 받으면서도 그는 전혀 개의치 않는 눈치였다.

"미안해요. 조금 늦었죠? 반찬 만들고 나오느라……."

그가 뭐라 한 것도 아닌데 괜히 찔린 순애가 거짓 변명을 했다.

호시는 숨이 차 헐떡이는 순애를 가만히 보더니 별말 없이 백화점의 유리문을 당겼다.

"들어가자."

'어? 늦었다고 한마디 들을 줄 알았는데.'

평소와 다를 것 없는 표정이었지만 지각을 봐주는 걸 보니 기분이 나쁘지 않은 것 같았다.

백화점에 들어서자마자 호시는 순애의 손을 끌어당기더니 그자그만 손을 제 단단한 몸과 팔뚝 사이에 끼워 넣었다. 마치 그녀가 팔짱을 낀 것처럼. 흠칫 놀란 순애가 그를 올려다보자 남자가 조용히 그녀의 시선을 받았다.

"오늘은 파티복을 살 거야."

남자가 태연히 말했다.

순애와 함께 백화점 1층 매장을 한 바퀴 돌던 호시가 파티복 쇼윈도 앞에서 발걸음을 멈췄다. 전에 순애가 이시다와 함께 봤던 붉은 칵테일 드레스가 아직 그대로 걸려 있었다. 남자가 드레스를 쓱 훑더니 옆구리에 순애를 매단 채 성큼성큼 매장 안으로 들어갔다.

"저 옷을 보고 싶은데."

그가 고개 숙여 인사하는 점원에게 다짜고짜 쇼윈도의 드레스를 가리켰다. 점원이 눈치 빠르게 순애를 훑고는 다시 고개를 숙였다.

"네. 곧 준비해 드리겠습니다."

엉겁결에 끌려 들어온 순애가 당황해서는 점원에게 들리지 않게 작게 웅얼거렸다.

"저건 너무……."

"뭐라고?"

남자가 고개를 기울여 주자 까치발을 한 순애가 겨우 그의 귀에 속삭였다.

"저건 너무 비싸다고요."

"저 정도는 괜찮아. 그리고 이건 중요한 자리야."

"그럼 어머님 기모노를 한 번 더 입고 가면 안 돼요? 굳이 저렇게 비싼 옷을⋯⋯."

"드레스 코드라는 게 있어. 어떤 옷을 입고 오라는 일종의 지시야. 그걸 따라야 해."

"아무리 그래도 그렇지⋯⋯."

"손님, 준비됐습니다. 이쪽으로 오시죠."

호시가 잔말하지 말라는 듯 슬쩍 순애의 등을 밀었다. 순애는 분위기에 밀려 점원을 따라가긴 했지만 마음이 영 편치 않았다.

'아무래도 안 되겠어. 좀 미안하긴 하지만 입어만 보고 나가야지. 입어 본다고 꼭 사야 하는 건 아니니까⋯⋯.'

"옷 입으시기 전에 머리 먼저 올려 드릴게요."

점원은 순애를 화장대 앞에 앉히더니 숱 많은 머리를 솜씨 좋게 틀어 올렸다.

"손님, 혹시 화장 안 하셨나요?"

"네⋯⋯."

"이대로도 고우시지만 드레스를 제대로 보시려면 간단히라도 화장하시는 건 어떨까요? 드레스란 옷은 너무 화려해서 잘못하면 사람이 묻히거든요. 괜찮으시면 저희가 도와드릴게요."

순애는 난감했다. 화장까지 받아 버리면 사지 않을 도리가 없었다. 그렇다고 인제 와서 나긋나긋한 점원을 거절하기도 어려웠다.

"그, 그럼 조금만……."

점원은 상냥히 웃으며 순애의 얼굴을 살펴보더니 곧 화장 도구를 꺼냈다.

"손님 얼굴은 워낙 곱고 깨끗해서 많이 할 필요도 없네요. 피부는 간단히 정리하고, 블러셔랑 립스틱만 할게요."

점원의 손길이 순애의 볼과 입술을 스치자 그녀는 마치 물을 머금은 꽃봉오리처럼 화사하게 피어났다.

화장이 끝나자 점원은 순애의 원피스 지퍼를 내려 옷 벗는 것을 돕더니, 재빨리 그녀에게 드레스를 입히고는 그녀의 몸에 맞게 피팅했다. 고급 실크가 마치 날개옷처럼 가볍고 부드럽게 몸에 감겼다. 점원은 그녀의 발 치수를 확인하고는 옷과 같은 붉은 하이힐 하나를 가져와 신겼다.

"그럼 커튼 걷겠습니다."

눈앞의 커튼이 걷히자 순애는 저를 바라보는 깊은 눈동자와 그대로 마주쳤다.

정적이 흘렀다. 으레 호들갑을 떨며 손님을 칭찬하기 일쑤인 점원조차 순간 아무 말도 할 수 없을 정도로 그 순간은 완벽했다.

"이걸로 하지."

잠시 굳은 듯 서 있던 호시가 몸을 돌리더니 그대로 계산대로 향했다. 넋을 놓고 있던 점원이 그제야 더듬더듬 순애의 미모에 칭찬을 늘어놓기 시작했다. 그러나 그는 그 말조차 들리지 않는 듯했다.

"환복 도와드리겠습니다."

다시 눈앞에 커튼이 드리워졌다. 그제야 순애는 참았던 숨을 내쉬었다. 남자의 눈빛은 여전히 그녀를 꽉 붙잡고 놔주지 않았다. 저를 널름널름 삼키고, 안고, 입 맞추고, 결국에는 부서뜨리고야 말 눈빛. 그 깊고 끝없는 심연을 떠올리며 순애는 잘게 몸을 떨었다. 다리에 힘이 들어가지 않아 순애는 살짝 비틀거리며 하이힐에서 내려왔다.

"이대로 가시겠어요? 화장하니 더 고우신데."

맑은 눈동자가 잠시 흔들리나 싶더니 곧 고요히 침잠했다.

"……지워 주세요."

점원은 제가 다 아쉽다는 듯 그녀의 화장을 지웠다.

순애는 올림머리도 풀고 원래의 원피스로 갈아입은 후 피팅룸을 나왔다. 바깥에는 이미 계산을 마친 호시가 그녀를 기다리고 있었다. 순애는 왠지 그를 다시 전처럼 바라볼 수 없었다.

"그럼 준비되는 대로 댁으로 배달해 드리겠습니다. 구두는 230 사이즈 맞으시죠?"

"네."

여전히 시선은 구두 끝에 둔 채로 순애가 작게 고개를 끄덕였다.

"그럼 늦지 않게 배달 부탁해요."

호시의 당부에 점원이 공손히 고개를 숙였다.

"가자."

호시가 순애의 손을 덥석 잡아끌었다. 순애는 저항하지 못하고 남자가 이끄는 대로 엘리베이터를 탔다. 엘리베이터 안에서도 그는 순애의 손만 꽉 쥐고 있을 뿐 아무 말이 없었다. 순애 역시 할 말이 마땅치 않았다. 그만 손을 놓아 달라고 하고 싶었지만 왠지 지금은 그런 말을 하면 안 될 것 같았다.

곧 경쾌한 소리와 함께 엘리베이터 문이 열리자 고급 시계 매장이 보였다. 남자는 망설임 없이 그녀를 끌고 들어갔다.

"여성용 시계를 보려고 하는데."

순애가 흠칫 놀라자 호시가 가만있으라는 듯 그녀의 손을 더 세게 쥐었다.

"결혼 선물이야."

그렇게 말하는 그는 누가 봐도 영락없이 사랑에 빠진 남자였다. 사람 상대하는 데 도가 튼 판매 점원이 그걸 모를 리 없었다. 사랑에 빠진 남자라니, 그만큼 손쉬운 고객이 있을까. 점원은 함박웃음을 지으며 한눈에도 고급스러운 시계 몇 점을 진열장에서 꺼내 순애 앞에 내밀었다.

"한 번 차 보시죠. 시계도 보시는 거랑 팔에 올려 보는 게 다릅니다."

점원의 권유에도 순애는 선뜻 시계에 손을 뻗지 못했다. 손목시계라니…… 그건 가난한 여공 출신인 그녀는 감히 엄두도 못 낼 귀물이었다. 게다가 여긴 긴자의 고급 백화점이 아닌가. 과장 조금 보태서 이 나라에서 제일 좋은 물건을 파는 곳이었다. 순애도 이젠 그 정도 물정은 알고 있었다.

'아무리 고위 공무원이라지만 공무원 월급이 얼마나 된다고……'

여자가 시계를 건드릴 생각도 하지 않자 결국 호시가 제가 잡고 있던 순애의 손을 끌어 올렸다. 그리고 제멋대로 그녀의 팔목에 시계 몇 점을 채웠다. 순애는 그런 남자가 곤란했지만 그런 그들의 모습을 흐뭇하게 바라보고 있는 점원 때문에 뭐라 하지도 못하고 얼굴만 붉혔다.

"다 괜찮군."

호시는 어쩔 줄 모르는 순애를 모르는 척, 제가 시계를 채운 그녀의 손목을 들여다보며 빙긋 웃었다. 하얀 팔목 위에서 투명한 크리스털 글라스와 시계판에 박힌 작은 다이아 조각이 찬란히 빛났다.

"참고로 오른쪽, 로즈 골드가 섞인 게 이번 신상품입니다."

점원이 살짝 끼어들었으나 호시는 들은 척도 하지 않고 순애의 의견만을 물었다.

"어떤 게 마음에 들어? 당신이 할 거니까 당신이 좋은 걸로 해야지."

"저기, 아까 옷도 샀는데……."

"그건 파티에 가야 하니까 산 거고. 당신이 시계가 없으니 내가 불편하잖아. 아까도 늦고."

"저기…… 앞으론 안 늦을게요. 그러니까……."

순애가 애원하듯 그를 올려다보았다. 그러나 그의 고집은 꺾일 기미가 없었다.

"어서 골라. 내 마음대로 살까 하다가 이건 같이 고르는 게 더 의미가 있을 것 같아서 그러는 거니까."

"……."

"계속 여기서 이렇게 실랑이할 거야? 다른 사람 눈도 있는데."

남자가 점원을 살짝 눈짓하며 짐짓 엄하게 말했다. 하는 수 없이 순애는 제 팔목의 시계를 찬찬히 살펴보았다. 그러나 어느 것 하나 할 것 없이 저에게 과분한 물건이라는 생각에 그녀는 차마 고르지 못하고 주저했다.

"이거 어때? 난 이게 제일 좋은 것 같은데."

결국 그가 점원이 권한 신상품을 이리저리 돌려보며 그녀의 손목을 지분거렸다. 살갗에 닿는 남자의 손길에 순애는 저도 모르게 몸을 움츠렸다. 아까까지 손을 잡고 있긴 했지만 피부를 살짝살짝 문지르는 손길은 또 다른 의미로 다가왔다.

"……그럼 그걸로 할게요."

"아니, 내 마음에 들면 뭐해. 당신 마음에 들어야지."

"……저도 그게 좋아요."

순애가 얼굴을 붉히며 겨우 말하자 그제야 호시가 만족스럽다는 듯 씩 웃었다.

"이걸로 하죠. 이대로 하고 갈 거니까 포장은 필요 없어요."

호시가 결제를 할 동안 점원이 순애의 손목에 맞게 시계 줄을 조절해 주었다. 사이즈를 맞추니 원래부터 순애 것인 양, 시계는 그녀의 희고 가는 손목에 기가 막히게 어울렸다. 순애가 멍하니 시계를 매만져 보는데, 남자가 다가와 그녀의 어깨에 다정히 손을 올렸다.

"결혼 선물로는 시계가 제일 좋을 것 같았어. 앞으로 함께할 시간을 선물하는 거잖아. 꼭 같이 와서 고르고 싶었어."

정말 사랑하는 아내를 대하듯 애틋한 눈빛에 순애의 가슴이 아플 정도로 설레었다.

'저 눈빛이 정말 연기일까. 저 사람은 대체 어쩌면 저렇게…….'

그 반짝하던 강렬한 설렘이 지나간 자리에 말 못 할 쓸쓸함이 파도처럼 밀려들었다. 이렇게 좋은 선물을 받고도 왜 이토록 가슴이 텅 빈 것 같은지, 왜 펑펑 울고 싶은지 순애는 알 수가 없었다.

두 사람은 다시 백화점 1층으로 내려왔다. 여전히 순애의 한 손은 호시에게 붙들려 있었고, 다른 한쪽 손목에는 새 시계가 반짝반짝 빛나고 있었다. 그러나 순애의 마음은 전혀 기쁘지 않았다.

"넌…… 이런 건 안 해?"

넋을 놓고 제 생각에 잠겨 있던 순애가 그제야 정신을 차렸다. 뜻밖에도 남자는 웬 화장품 매장 앞에서 머뭇거리고 있었다. 그의 말을 미처 듣지 못한 순애가 되물었다.

"네?"

때마침 두 사람을 본 점원이 바로 뛰어나와 살갑게 응대했다.

"어서 오세요. 뭐 찾으시는 거라도?"

점원이 짙은 화장품 향기를 풍기며 호시와 순애를 번갈아 보았다.

"아, 우리 아내가 좀 필요한 게 있다고……."

화장품 매장은 아무래도 좀 민망한 듯 호시가 순애를 살짝 앞으로 떠밀었다. 점원의 시선은 자연스레 순애를 향했다.

"네, 손님. 뭘 도와드릴까요?"

점원이 싹싹하게 묻자 엉겁결에 공을 넘겨받은 순애가 당황했다.

"네? 아, 저, 로…… 션……."

호시가 흠, 작게 헛기침 소리를 내자 순애가 재빠르게 눈을 굴렸다. 그가 살짝 멋쩍은 얼굴로 제 입가를 슬쩍 매만졌다.

"아, 저…… 그, 그게 아니고 그……. 립스틱……."

순애가 눈치 좋게 알아듣자 그제야 남자의 입가에 슬쩍 미소가 떠올랐다.

"난 아래층 커피숍에 있을게. 천천히 고르고 와."

그는 순애에게 제 지갑을 통째로 쥐여 주며 눈을 찡긋하더니 그대로 아래층으로 내려갔다.

"어머, 손님, 저런 남편분이라니 너무 좋으시겠어요."

순애는 점원의 호들갑을 귓등으로 들으며 멍하니 그의 뒷모습을 바라보았다. 남자의 넓은 등을 바라보자 겨우 참고 있던 이유 없는 슬픔이 울컥 올라왔다.

순애는 이것저것 권하는 점원을 겨우 피해 장밋빛 립스틱 하나만을 사서 커피숍으로 내려갔다. 그는 커피 한 잔을 앞에 놓고 앉아 있었다. 틈나는 대로 보는 신문이나 책도 없이, 그저 생각에 잠긴 얼굴이 어딘지 쓸쓸한 분위기를 풍겼다. 그러나 순애는 그 미묘한 변화를 눈치채지 못했다.

"대체 무슨 생각이세요?"

그제야 남자가 힐끗 그녀를 쳐다보았다.

"옷이야 파티 때문이라고 쳐도, 이런 비싼 시계에 립스틱은 또 뭐예요? 아무리 호시 상이 고위 공무원이라고 해도 공무원 월급이 얼마나 된다고……."

"결혼했다고 이제 바가지 긁는 거야?"

"네?"

순애는 말문이 콱 막혔다.

"그 정도는 벌어. 그리고 사람이 쓸 때는 써야지. 이제 가자."

남자는 태연한 얼굴로 일어섰다.

"아니, 저기……."

"가자니까. 여기 곧 문 닫아."

"……."

남자는 성큼성큼 앞서 나가 버렸다. 순애는 아랫입술을 꼭 물며 그 뒷모습을 흘겨봤지만 결국 그의 뒤를 따를 수밖에 없었다.

집에 도착한 뒤 순애가 늦은 저녁을 차리려고 하자 호시가 손을 내저었다.

"난 됐어. 피곤하니 씻고 그냥 잘게."

"간단히라도……."

"됐다니까."

집으로 돌아올 때도 그는 입을 굳게 다물고 한마디도 하지 않았다. 순애는 그런 그가 영 신경 쓰였지만 어쩐지 더는 말을 걸 수 없었다.

집안일을 마무리하고 샤워까지 마친 순애가 방에 들어오자 호시는 돌아누운 채 잠이 들어 있었다. 그의 깊고 고른 호흡이 들렸다.

'많이 피곤했나…….'

순애는 가만히 오르내리는 그의 몸을 바라보다 살며시 불을 껐다. 까치발로 살금살금 남자가 펴 준 이불에 들어가자 이불이 묵직하게 순애의 몸을 눌렀다. 곧 빽빽하게 짙은, 농밀한 어둠이 방 안을 꽉 채웠다. 그 어둠이, 정적이 오늘따라 유난히 숨이 막혀 순애는 산소가 부족한 금붕어처럼 입을 뻐끔거렸다.

"요새 약은 잘 먹고 있어?"

잠든 줄 알았던 호시가 나지막이 물었다.

"안 주무셨어요?"

남자가 이부자리에서 몸을 일으켰다.

"자. 난 담배나 한 대 피우고 올게."

그가 부스럭거리며 제 담배를 찾아 일어났다.

"저기……."

그가 뒤돌아보자 여자는 걱정 어린 눈길로 고요히 저를 바라보고 있었다. 내려앉은 어둠에 여자의 작은 체구가 더 가냘파 보여, 순간 그는 저도 모르게 미간을 좁혔다. 여자는 마치 가녀린 새 같았다.

"요새 무슨 일 있으세요?"

"……."

"아까 커피숍에서도 멍하니 계시던데…… 식사도 안 하시고……."

"별일 아냐. 신경 쓸 것 없어. 자."

호시는 그녀에게서 그만 시선을 거두고 제 겉옷을 챙겼다.

"저기……."

"응?"

"전 늘 호시 상에게 받기만 하는데……. 혹시라도 제가 뭔가 도울 일이 있다면…… 그럼 꼭 얘기해 주세요. 뭐든 할게요."

순간 그의 얼굴이 무서울 정도로 싸늘히 굳었다.

"전에도 그랬지."

"네?"

갑자기 그의 분위기가 뾰족해지자 여자의 얼굴에 당혹감이 스쳤다.

"전에도 넌 그랬어. 뭐든 하겠다고. 그래서 내가 한 말 기억해?"

"……."

"네가 하는 말이 무슨 말인지 알고 있냐고. 그런 말은 함부로 하는 게 아니라고 했어."

남자가 그녀에게 불쑥 다가들었다. 그가 여자의 턱을 거칠게 쥐어 올리더니 똑바로 눈을 맞췄다. 순애의 어깨가 흠칫 움츠러들었다. 그녀는 어쩔 줄 모르고 그저 남자를 바라보기만 했다. 작은 입술이 살짝 열렸으나 아무 말도 나오지 않았다.

"넌 내가 네게 뭘 요구할 줄 알고 그런 말을 함부로 해?"

여자를 바라보는 그의 눈빛이 격렬히 흔들렸다. 잠시 후 그는 이를 악물 듯 말했다.

"한 번 더 말하지. 그런 말은 함부로 하지 마. 네가 감당할 수 있는 말이 아니야."

그는 돌처럼 뻣뻣이 굳은 여자를 내버려 둔 채 그대로 나가더니 한동안 돌아오지 않았다.

순애는 입원실 문 앞에 서서 깊게 심호흡을 했다. 이윽고 떨리는 손이 힘겹게 병실 문을 당겼다. 흔들리는 시선이 병실 이곳저곳을 정신없이 헤매다 마침내 구석의 한 침대에 그대로 고정되었다. 그리고 그녀는 무너져 내렸다.

"오빠……."

여자의 떨리는 음성에 뭉툭해진 오른팔에 붕대를 감은 환자가 흠칫했다.

"오빠……."

환자의 얼굴이 충격으로 일그러졌다. 민수는 제 앞에 나타난 순애가 믿기지 않는지 마치 유령을 보는 듯한 얼굴이었다.

"오빠…… 오빠……."

울지 않으려 했다. 명희에게 민수의 병원 주소를 받았을 때도, 오른팔을 절단했다는 이야기를 들었을 때도, 미친 여자처럼 병원으로 달려오면서도 절대, 절대 울지 않으려 했다. 순애는 두 손으로 제 입을 꽉 틀어막았다.

"네가 어떻게…… 네가 어떻게 여기에……."

그제야 민수가 남은 한쪽 팔로 제 앞에 무너진 순애의 등을 정신없이 쓸었다. 순애의 잇새로 비통한 울음소리만 새어 나갈 뿐, 두 사람은 차마 말을 잇지 못했다.

"손님이 오셨네?"

난데없는 젊은 여자의 목소리가 그 눈물의 침묵을 갈랐다. 순애는 눈물을 닦는 것도 잊고 휙 뒤돌아보았다.

제 또래나 될까, 수수한 차림이었지만 어딘지 화려하고 뾰족하게 생긴 여자였다. 순애를 본 그녀의 얼굴이 순간 살짝 굳었으나 아무 말도 하지 않았다. 민수의 얼굴에 대놓고 곤혹스러운 빛이 스쳤다.

"저, 순애야…… 여긴 김경화 씨라고……. 경화 씨, 이쪽은……."

"곧 식사 나와요."

여자가 민수의 말을 매몰차게 끊어 내더니, 순애에게는 아는 체도 하지 않고 침상에 붙은 테이블을 폈다. 그 바람에 침대에 기대어 울던 순애는 몸을 일으켜야 했다.

순애가 한쪽 구석으로 돌아서서 얼굴을 정리하는 사이, 여자는 익숙하게 테이블을 한 번 훔치고는 식판을 가져다 놓았다. 숟가락을 들던 여자가 옆에 서서 어쩔 줄 모르는 순애를 곁눈질로 쓱 훑고는 퉁명스레 말했다.

"밥 먹이러 온 거예요. 아직 왼손으로 밥 먹는 게 서툴거든요. 밥만 먹이고 바로 갈 거니까 그때 얘기 나눠요."

그걸로 여자는 순애에게 신경을 꺼 버리고는 민수의 곁에 턱, 자리를 잡고 앉더니 숟가락을 그의 왼손에 쥐어 주었다.

"생각 없어."

민수가 순애를 의식하며 숟가락을 놨다.

"아침도 안 먹었잖아. 지금 안 먹으면 이따 저녁까지 쫄쫄 굶을 거야?"

여자가 마치 아이를 혼내듯 하더니, 이제는 아예 숟가락에 밥과 반찬을 올려 그의 입 앞에 들이밀었다. 능숙한 것이 한두 번 한 솜씨가 아니었다.

"자, 어서. 일단 먹고 얘기해. 손님도 이해해 줄 거야."

손님…….

그제야 순애는 이 여자가 누구인지 깨달았다. 순애의 얼굴이 확 달아올랐다. 제 눈치를 살피며 난처해 어쩔 줄 모르는 남자와 당연하다는 듯 그의 병 수발을 드는 여자. 두 사람의 친근하고 편안한 말투. 더 이상의 설명은 필요치 않았다.

순애는 뒤통수를 세게 얻어맞은 듯 충격을 받았다. 두 사람은 너무나 서로에게 익숙해 보였고 거기서 이질적인 존재는 오히려 순애였다.

"식사하세요. 저는…… 나중에 다시 올게요……."

민수가 뒤에서 뭐라 하는 것 같았지만 순애의 귀에는 들리지도 않았다.

도망치듯 병실을 뛰쳐나온 그녀는 허깨비나 된 듯 병원 로비를 휘적휘적 걸었다.

모든 게 꿈만 같았다. 저 사람 하나를 찾아 밀항선을 탔었던 게 꿈만 같았다. 너와 같은 마음이 아니거나 변심했을 거라던 호시의 말이 날카로운 칼이 되어 그녀의 마음을 쑤셔 댔다. 그가 얘기만 듣고도 다 알 정도로 뻔하디뻔했던 것을 천치같이 저만 몰랐다.

그렇다. 이젠 저 여자가 민수의 여자였고, 순애는 그저 손님에 불과했다.

'나는 어쩌면…… 어쩌면 이렇게 바보 같을까……'

순애의 눈앞이 뿌옇게 흐려졌다.

"어머, 아가씨! 이봐요. 괜찮아요?"

그대로 병원 로비에 쓰러지듯 주저앉은 순애에게 어느 중년 부인이 걱정스레 물었다.

"아니, 아가씨……! 어머, 저런……."

그녀를 일으키려던 부인이 순애의 얼굴을 보고는 딱하다는 듯 혀를 차며 조용히 물러섰다. 눈물로 범벅된 얼굴에 초점 없는 눈과 멍한 표정은 마치 정신이 반은 나간 사람 같았다. 로비의 행인들이 모두 순애를 힐끔거렸지만 그녀는 그조차 알지 못하는 것 같았다.

저 멀리서 간호사 하나가 달려왔다.

"괜찮으세요? 어디 편찮으신 거예요?"

"……."

"이보세요? 괜찮으세요?"

간호사가 넋이 나간 듯한 순애를 살짝 흔들었다.

"저기, 그 여자분, 제가 알아요."

어눌한 일본어지만 카랑카랑한 목소리에 간호사와 주위의 시선이 한곳으로 향했다. 아까 그 여자, 경화였다.

"이봐요, 정신 차려요. 나 알아보죠?"

경화가 순애를 붙잡고 눈을 맞추자 순애가 겨우 고개를 끄덕였다. 곧 경화는 바닥에 내팽개쳐진 순애의 손가방을 야무지게 챙겨 들더니 순애의 한쪽 팔을 잡아 번쩍 일으켰다.

"나가요. 바람 좀 쐐요."

그녀는 묻지도 않고 순애를 병원 바깥 흡연 구역의 한쪽 구석으로 데려갔다.

"좀 괜찮아요?"

한참 만에 경화가 물었다. 순애는 조용히 고개를 끄덕였다. 찬바람을 쐬자 조금 정신이 나는 듯했다. 그러자 비로소 다른 사람도 아니고 이 여자에게 그런 꼴을 보인 게 창피했다.

"써요."

경화가 제 가방을 뒤지더니 손수건을 순애 코앞에 들이밀었다. 어느새 눈물도 말라붙어 있었지만 순애는 얼떨결에 손수건을 받아 들었다. 여자의 손수건에는 진한 향수 향이 배어 있었다.

순애가 대충 얼굴을 정리할 동안 경화는 순애 옆의 플라스틱 벤치에 다리를 꼬고 앉더니 담배 한 대를 꺼내 꼬나물었다.

"피워요?"

그녀가 붉은 매니큐어를 바른 손으로 여성용 담뱃갑을 순애에게 내밀어 보였다. 순애는 조용히 고개를 저었다. 경화는 가방에서 싸구려 플라스틱 라이터를 꺼내 불을 붙이더니 연기를 후우, 내뿜었다.

"김경화예요."

"······박순애예요."

순애가 아직 꽉 잠긴 목소리로 답하며 살짝 고개를 숙였다.

"알아요."

경화가 담배 한 모금을 깊숙이 빨았다.

"민수 씨한테 얘기 많이 들었어요. 결혼 약속했던 사람이라고."

그녀는 민수와 순애의 관계를 이미 과거형으로 말하고 있었다.

"민수 씨는 내가 일하는 가게 공사할 때 처음 만났어요. 인부로 왔는데 같은 고향 사람이라고 내가 오빠, 오빠 했더니 중간중간 무거운 것도 들어 주고, 가끔 술 먹고 지랄하는 놈들 있으면 치워 주고 그랬어요. 아, 술집이에요. 가부키쵸에 있는."

경화가 태연히 말하고는 담뱃재를 톡 털었다.

"지금 어디 있어요? 술집 같지는 않은데?"

경화가 순애의 차림을 쓱 훑었다.

"신세 지는 분이 있어서······."

경화의 쫙 째진 눈이 더 가늘어지더니 살짝 고개를 갸웃했다. 그러나 더는 캐묻지 않았다.

"저 사람, 처음엔 건설 공사장 일을 하다가 돈 떼먹히고 공장으로 갔어요. 공장은 돈은 안 떼먹는다고······. 그러다 저 꼴이 났죠. 선반에서 연마 작업 하다가 면장갑이 회전봉에 감겼대요."

"……."

"비자도 없다 보니 공장에서 산재 처리 안 해 주고 버티려 하는데 어떻게 해야 할지 모르겠어요. 이제 슬슬 퇴원해야 할 텐데 병원비도 그렇고……. 교회에서 조금 모아 주긴 했는데 그거 가지곤 턱도 없어요. 의료 보험도 없으니까……."

"……."

"민수 씨 찾아 여기까지 온 거예요?"

"……."

경화가 피식, 힘없이 웃었다. 담뱃재가 다시 톡, 떨어졌다.

"안 그렇게 생겨서 깡 세네…… 들어가 봐요. 자기 보고는 밥도 안 먹었어요. 아마 기다리고 있을 거예요."

한동안 가만히 있던 순애가 조용히 일어나더니 경화에게 묵례했다. 그렇게 돌아서는 순애를 그녀가 불러 세웠다.

"아, 이거."

경화는 제가 쓰던 라이터를 순애에게 던져 줬다. 순애가 받아 낸 플라스틱 라이터에는 웬 유흥주점 이름과 전화번호가 박혀 있었다.

<스나크 하나>

"내가 일하는 데예요. 케이코라고 하면 알아요."

순애는 다시 한번 그녀에게 인사하고 병원으로 들어갔다. 경화는 그런 그녀의 뒷모습을 지켜보며 씁쓸한 얼굴로 담배 한 대를 더 꺼냈다.

"오빠……."

순애가 다시 돌아갔을 때 민수는 눈을 감은 채 침대에 누워 있었다.

"안 자는 거 알아요."

민수가 스르르 눈을 떴다. 그러나 그의 눈동자는 텅 비어 있었다. 그것은 지치고 지쳐서 모든 것으로부터 도망치고 싶어 하는 눈이었다.

"여긴 어떻게 왔어?"

그는 순애에게 눈길도 주지 않고 물었다.

"명희 언니한테 들었어요."

"명희?"

그가 이해가 가지 않는다는 듯 순애의 말을 되풀이했다.

"그, 오빠랑 한인 교회에서 만났다는, 나랑 같이 가발 공장에 있던 언니……."

"아니, 그게 아니고! 대체 너, 어떻게 여기까지 온 거야? 대체 여기가 어딘 줄 알고?"

남자가 몸을 벌떡 일으키며 다짜고짜 성을 냈다. 순애는 고개를 돌리며 주먹을 꽉 말아 쥐었다.

"그것도 여자애 혼자…… 너 미쳤어? 대체 무슨 생각으로 여기까지 온 거야?"

"……."

"지금 어디 있어?"

"……."

"술집이니?"

그 말에 꾹 참고 있던 순애의 분노가 터지고 말았다. 말아 쥔 주먹이 부들부들 떨렸다.

"술집이면? 술집이면 어때서? 아까 그 사람도 술집에 있다던데? 왜? 내가 술집에 있든, 어디에 있든 이제 오빠랑 상관없잖아."

"너 정말!"

차마 순애의 눈도 못 마주치던 민수가 그제야 순애를 잡아먹을 듯 노려보았다. 그러나 원망과 배신감에 가득 찬, 눈물 젖은 시선과 마주친 순간, 그는 모든 전의를 상실하고 말았다. 결국 민수는 제 입술을 꼭 깨물며 다시 고개를 떨어뜨릴 수밖에 없었다.

"가라. 지금이라도 빨리 돌아가. 너같이 순진한 애들 몸 망치는 거, 내가 한두 명 본 줄 알아? 어서 가! 가서 여공 노릇이나 하며 살란 말이야! 여기 있으면 결국 술집 여자밖에 안 돼."

순애는 밀려오는 울음을 목구멍 안으로 꾹 집어넣어 참아 냈다. 하지만 그러기 무섭게 울음은 다시 밀려왔다. 다시 집어넣으면 또 밀려오고, 또 밀려오고……

"오빠는?"

"……."

"오…… 빠는?"

순애의 말은 거의 흐느낌에 가까웠다. 남자가 눈을 질끈 감으며 깊은 한숨을 내쉬더니 결기 어린 목소리로 말했다.

"병신 된 몸으로 돌아가 봤자 구걸밖에 할 게 없어. 어떻게든 여기서 기술 배우고 돈 모아서 갈 거다."

"그 사람이랑?"

남자의 눈가가 파들파들 경련했다. 그의 미간에 짙은 괴로움이 어렸다.

"순애야……."

그건 거의 애원이었다.

"오빠를, 오빠를 찾으러 왔어. 오빠를 찾으러 왔다고."

"……."

"기다리라고 했잖아. 연락한다고 했잖아. 돈 많이 벌어서 금방 온다고 했잖아……."

"……."

"기다렸는데…… 계속 기다렸는데……."

남자가 제 입술을 질끈 물더니 고개를 돌려 겨우 눈가를 훔쳐냈다. 그러고는 남은 한 손으로 주저앉은 순애를 일으키려 했다.

"순애야. 이러지 마. 다른 사람들이 본다."

순애가 그 손을 거칠게 뿌리쳤다. 민수는 더 이상 순애를 말리지 못했다.

조용히 오열하는 여자와 그걸 차마 바라보지 못하고 고개를 돌린 채 속울음을 씹는 남자 사이에 무거운 침묵이 내려앉았다.

"순애야, 이거 봐라."

간신히 감정을 수습한 민수가 절단한 제 오른팔을 내밀어 보였다. 그의 얼굴은 차라리 담담했다.

"나 이제 네가 알던 그 이민수가 아니야. 이젠 모든 게 다 옛날 같지 않아. 나도 변했어…… 미안하다."

순애의 긴 속눈썹이 파르르 떨렸다. 이런 말이 아니었다. 오직 이 남자를 만나기 위해 눈을 질끈 감고 밀항선을 타며 상상했던 말은, 절대 이런 말이 아니었다.

"이 꼴이 되고 나니 더 그래. 불쌍한 네 인생, 나 때문에 더 망치면 되겠냐. 돌아가. 돌아가서 다 잊고 좋은 남자 만나 살아라."

"……."

"미안하다."

남자는 결국 고개를 떨어뜨리고 말았다.

"그럼 그 사람은? 그 사람은 돼?"

순애는 마지막으로 그를 붙잡았다. 그게 아무 의미 없다는 걸 이미 잘 알면서.

고개를 떨어뜨린 민수는 한동안 말이 없더니 한숨처럼 중얼거렸다.

"돌려보낼 거야. 돌려보내야지. 지금이야 정을 못 떼서 그렇지, 얼마나 가겠냐. 멀쩡한 놈도 아니고…… 짐만 될 뿐이야. 그 여자도 불쌍한 여잔데…… 나 때문에 가엾은 여자 인생 안 망치고 싶다. 너도 그렇고, 경화 그 여자도 그렇고……."

순애는 비척거리며 겨우 집에 돌아와 외출복 차림 그대로 쓰러지듯 드러누웠다. 어떻게 돌아왔는지 기억도 하지 못했다. 고운 뺨을 타고 한줄기 눈물이 흘러내렸다.

5. 착오

"이봐! 정신 차려! 이봐!"

순애는 번쩍 눈을 떴다. 걱정스레 저를 내려다보는 호시의 얼굴이 흐릿하게 시야에 잡혔다.

"괜찮아? 악몽이라도 꿨나?"

"……."

어디서부터 꿈이었을까.

밀항하던 무역선의 비좁고 숨 막히는 선창 밑에 홀로 갇혀 있었다. 새카만 어둠 속에서 아무리 두드리고 소리쳐도 아무도, 아무도 와 주지 않던 공포. 모두가 날 잊었다는, 날 버렸다는 절망감. 그리고 소름 끼치던 죽음의 예감.

아직도 살갗에 소름이 오스스 돋아 있고 온몸이 식은땀으로 흥건히 젖어 있었다. 호시가 찬물 한 잔을 가져와 그녀에게 내밀었다.

"······고, 고마워요."

물컵을 받아 드는 순애의 손이 달달 떨렸다.

"천천히 마셔."

그러나 순애는 그의 말을 들은 척도 하지 않고 허겁지겁 물을 들이켰다. 물이 달았다. 그건 살았다는 안도감이기도 했다.

"천천히 마시라니까!"

결국, 사레들린 순애가 몸을 돌리며 한바탕 기침을 쏟아 냈다. 남자가 혀를 차더니 그녀의 마른 등을 쓸어 주었다. 눈에 눈물이 맺힌 뒤에도 기침은 쉽사리 멈추지 않았다.

"미련스럽기는······."

순애는 눈물이 그렁그렁 맺힌 눈으로 주위를 천천히 둘러보았다. 이제는 어느새 익숙한 방과 제 체취가 밴 이불이 보인다. 그리고 이 남자가 있다. 크고 따뜻한 손으로 제 등을 쓸어 주는 남자가.

순애는 저도 모르게 안도하며 몸을 부르르 떨었다. 호시는 가늘어진 눈매로 그런 순애를 조용히 지켜보고 있었다.

"저기······ 이불······ 고마워요."

조금 정신을 차린 순애가 그제야 제가 펴지 않은 이불의 감촉을 깨닫고는 인사했다. 그러나 그는 대꾸도 없이 미간을 잔뜩 좁힌 채 그녀를 가만히 보고 있을 뿐이었다. 순애는 그런 그가 불편하기도 하고 볼썽사나운 모습을 보인 제가 민망하기도 해서 괜히 화제를 돌렸다.

"저 때문에 깼어요? 혹시 저 잠꼬대했어요?"

"아니."

"미안해요. 오신 것도 모르고. 식사도 못 챙겨 드렸네요······."

"됐어."

그는 여전히 순애를 꿰뚫어 보듯 바라볼 뿐 별말이 없었다. 어쩐지 순애는 그 눈빛을 더는 마주 보지 못했다. 저 눈을 피하고 싶었다. 아니, 피해야 할 것 같았다.

"주, 주무세요. 저는 좀 씻어야겠어요……."

순애가 주섬주섬 갈아입을 옷을 챙겨 방을 나가려는데, 호시의 낮은 음성이 그녀를 붙들었다.

"찾았어?"

"네?"

"찾았냐고. 그 남자."

순애는 저도 모르게 조금 머뭇거렸다. 남자는 미동도 하지 않은 채 그녀를 차분히 응시하고 있었다.

"네."

"근데?"

"네?"

"근데 왜 얼굴은 그 모양이야? 왜 울다 자고 있고?"

순애의 얼굴이 화끈 달아올랐다.

"왜? 다른 여자 생겼대?"

남자가 조용히 그녀의 심장을 후벼 팠다.

"아니, 아니에요."

극구 부정하는 순애의 목소리가 저도 모르게 조금 커졌다.

호시가 살짝 눈살을 찌푸리더니 몸을 천천히 일으켜 순애에게 다가왔다. 병아리를 노리는 독수리 같은 눈빛이 그녀를 샅샅이 훑었다. 순애는 몸을 움츠리며 그의 집요하고 날카로운 시선을 피했다.

"아니면?"

순애는 제 발끝만 보면서 입술을 겨우 달싹거렸다.

"그, 그냥…… 너무 반가워서 울고, 얘기하다 울고, 너무 좋아서 울고…… 그, 그런 거예요."

"……."

남자는 긍정도 부정도 없이 그녀를 내려다보고 있었다. 그의 침묵이 순애의 목을 죄어 왔다. 이대로 있으면 틀림없이 울음을 터뜨리고 말 것이다. 어둡고 추운 곳에 다 나를 두고 가 버렸다고, 너무 무섭다고, 외롭다고, 저 넓은 가슴에 매달려 위로를 구하고 말 것이다. 순애는 묻지도 않은 말을 제멋대로 지어내 마구 떠들기 시작했다.

"정말이에요. 얼마나 반가워하던지. 사람들 눈도 있는데 다 큰 남자가 울고불고 난리도 아니었다니까요. 창피해서 정말……."

"……."

"지금 공장에 있는데 돈도 좀 모았대요. 지금이라도 당장 자기랑 같이 가자는 걸 떼 내느라 얼마나 애먹었는지……."

그러나 그는 그리 쉽게 넘어가지 않았다.

"근데 왜 악몽을 꿔?"

"오랜만에 옛날 얘기하니까…… 옛날에 고생한 거, 서러웠던 것들이 생각났나 봐요……."

순애가 어깨를 떨어뜨리며 몸을 살짝 떨자 그제야 남자의 눈빛이 한 톤 누그러졌다. 하지만 그러고도 여전히 미심쩍은지 순애의 속을 가늠하듯 눈을 가늘게 뜨고 말없이 그녀를 주시했다.

순애는 제 속을 파고드는 남자의 뱀 같은 시선을 버텨 내느라 죽을 지경이었다. 마음 같아서는 눈을 질끈 감아 버리고 싶었으나, 그러면 그는 귀신같이 거짓말을 눈치챌 것이다. 그건 죽기보다 싫었다. 다른 사람은 몰라도 그에게만은 제가 그렇게 바보 천치라는 걸 들키고 싶지 않았다. 그에게만은 이런 비참한 모습을 들키고 싶지 않았다.

마침내 남자가 살짝 눈을 내리깔더니 천천히 입을 뗐다.

"나와 결혼했다는 얘기는 했어?"

순애가 바늘에 찔린 듯 움찔했다.

"아뇨. 아직……."

남자의 눈썹이 살짝 꿈틀하자 순애가 다급히 그의 말을 막고 나섰다.

"다, 다음에 만나면 꼭 하려고요."

"다음에?"

"네. 사정을 얘기하고 일 년 뒤에 만나자고 할게요. 걱정하지 마세요. 호시 상이랑 한 약속은 꼭 지켜요."

여자의 간절한 눈빛을 마주한 호시의 눈가에 짙은 그늘이 드리워졌다.

"알겠어."

질색하며 싫어할 줄 알았던 그가 의외로 순순히 한 수 접어 주자 순애는 조금 놀랐다.

"아, 저, 시, 식사 못 하셨죠? 지금이라도……."

"됐어."

남자는 옆에 둔 담뱃갑을 집어 들더니, 더 말을 붙일 새도 없이 방을 나갔다. 방문이 탁 닫히는 소리에 참고 있던 눈물이 후드득,

떨어졌다. 순애는 소리를 내지 않기 위해 두 손으로 입을 꽉 틀어막았다. 그러고는 온몸으로 울기 시작했다.

그날 이후, 호시의 출근 시간은 더 빨라졌고 퇴근 시간은 더 늦어졌다. 저녁도 먹고 오는 경우가 대부분이어서 순애는 따로 저녁을 준비할 필요도 없었다. 그녀는 그런 남자가 영 신경 쓰였다.

"저…… 요새 무슨 일 있으세요?"

순애가 머뭇대다 목욕 후 툇마루에 앉아 술을 마시는 호시의 등에 대고 겨우 물었다. 요즘 그는 혼자 술을 마시는 일이 부쩍 잦았다.

순애의 물음에 호시가 몸을 돌려 힐끗 그녀를 보았다. 행여 방해될까, 가까이 오지도 못하고 저를 걱정스레 바라보는 작고 하얀 여자를 발견한 순간, 그의 아름다운 눈에 어떤 안타까움이 스쳐 지나가더니 다시 제 속으로 깊이 침잠했다.

"일이 좀 많아서 그래. 신경 쓸 것 없어. 먼저 자."

"술…… 잘 못하시면서……."

"이것만 하고 잘 거야. 한 잔 마시면 바로 자니까."

그걸로 대화는 끝인지 남자는 고개를 돌려 버렸다.

'대체 무슨 일인데 요새 저렇게 기운이 없지? 일이 많이 힘든 걸까.'

남자의 축 처진 모습에 순애는 괜히 저까지 기운이 빠지는 기분이었다.

'내가 도울 수 있는 게 있으면 좋을 텐데. 하지만 나랏일 하는 사람을 어떻게 감히 도울 수 있겠어…… 귀찮게 굴지나 말아야지.'

순애가 더는 말을 붙이지 못하고 어깨를 늘어뜨린 채 방으로 들어가려는데, 그가 돌아보지도 않고 불쑥 물었다.

"약 잘 먹고 있어?"

"네? 아, 네……."

바로 순애의 얼굴에 화색이 돌았다. 그가 먼저 말을 걸어 준 게 반가웠다. 전처럼 그와 편히 얘기하고 싶었다. 오늘 콩나물이 싸서 저도 모르게 잔뜩 사 버렸다든지, 동네에 맛있는 타코야키 집이 생겼다든지 하는 별것 아닌 시시콜콜한 이야기들을. 그러나 남자는 무정했다.

"그럼 됐다. 자라."

"……."

호시가 그렇다 보니 순애 역시 혼자 조용히 시간을 보냈다. 낮에는 집안일을 한 후 한자 공부를 하거나 다도 교실에 다녀왔고, 저녁에는 도서관에서 빌려 온 책을 읽었다. 그녀의 한자 실력은 제법 늘어서 이젠 사전 없이도 청소년용 소설책 정도는 거뜬히 읽을 수 있었다.

그러는 사이, 어느새 금요일이 되었다.

"오늘 파티 있는 거 알지?"

"네……."

순애가 일어났을 때 호시는 이른 출근 준비를 다 마친 상태였다.

"제국호텔이야. 모범택시 타고 와. 퇴근 시간대니까 늦지 않게 넉넉하게 출발해."

"네."

"서랍장 열어 보면 자개 장식 상자가 하나 있을 거야. 어머니가 쓰시던 보석함이야. 마음에 드는 게 있으면 하고 와."

그 퉁명스러운 말을 끝으로 호시는 나가 버렸다. 순애는 찬바람이 부는 호시의 뒷모습을 바라보며 저도 모르게 한숨을 쉬었다. 아침을 챙겨 주고 싶어 일찍 일어난다고 한 것인데도 그는 새벽같이 나가 버렸다.

'말도 안 하고…… 사람 신경 쓰이게…….'

그런 호시도 걱정이었지만 당장 저녁에 있을 파티 생각을 하니 벌써 손발이 굳는 느낌이었다. 그녀는 어깨를 늘어뜨린 채 한동안 그렇게 울적하게 앉아 있다가 벌떡 일어섰다.

'잡생각을 없애는 데는 몸을 움직이는 게 제일이지.'

순애는 걸레를 빨아 복도와 거실, 툇마루의 나무 바닥을 야무지게 닦았다. 한참 툇마루를 윤이 나게 닦는데 선선한 바람이 풍경을 딸랑, 울리고 지나갔다. 순애는 저도 모르게 걸레질을 멈추고 그 자리에 주저앉았다.

'좋은 계절이구나…….'

마당에는 어느새 가을의 정취가 깊었다. 정성스레 가꾼 색색의 꽃과 정원수를 바라보는 순애의 얼굴에 옅은 미소가 떠올랐다. 그러나 그녀의 마음 한편은 여전히 시끄럽기만 했다.

청소를 마친 순애는 외출 채비를 하고 다도 교실로 향했다. 민수와 이별한 후 그녀는 마치 성당이나 교회, 불당에 가는 마음으로 다도 교실에 갔다. 그리고 그곳에서 순간순간 정성을 다해 차 한 잔을 우려내는 것이 그녀의 기도였다.

"참 좋은 색이에요. 박 상이 내는 차는."

순애가 낸 차를 받은 스즈키 선생이 한마디 했다. 선생은 차에 있어 칭찬이 후한 사람이 아니어서 순애는 조금 놀랐다.

"아마 마음이 예뻐서 그럴 테지요. 내 나이가 되면 이렇게 깨끗한 색의 차는 여간해서 나오지 않는답니다."

선생의 말에 순애는 저도 모르게 울컥 눈물이 터졌다.

마음이 예쁘다니, 아니다. 모르는 소리다. 제가 어떤 마음으로 다도 교실에 오는지 선생은 모른다.

집안일을 하다가도, 책을 읽다가도 순간순간 제 눈도 맞바라보지 못하던 민수가 생각나면, 그 몽땅한 오른팔이 생각나면 견딜 수 없는 기분이었다. 하루에 수십 번도 더 그의 목을 조르고 싶었다. 저를 버린 그 밉고 불쌍한 남자를. 가여워서 더 괴로운 남자를.

그러면 참지 못하고 다도 교실에 왔다. 차를 내리며 제 마음을 함께 내리면 그제야 조금 숨통이 트였다. 이제 순애는 차를 내리며 생각하지 말라던, 머리를 쓰지 말라던 선생의 말을 조금 알 것 같았다.

눈물이 후드득 떨어져 다다미에 자국을 남겼다.

"남의 나라에 와서 힘든 일이 많지요?"

부드러운 목소리 속 담긴 위로에 순애는 고개를 돌리고 눈물을 닦아 냈다. 그런 순애를 가만히 보는 선생의 눈길에는 제자를 향한 따스한 애정이 어려 있었다.

"기다려요. 곧 다 가라앉을 거예요."

"......"

"모두 다 가라앉고 나면 마음도 다시 이렇게 고운 빛깔이 날 거예요."

다도 교실에서 돌아온 순애는 집에 돌아와 간단히 점심을 먹었다. 파티 시간이 다가올수록 긴장이 되어 그러는지 입맛도 없었다. 대충 먹고 설거지를 마칠 즈음, 미용사가 왔다. 전에 결혼사진 촬영 때 치장을 도와주었던 사토였다.

"마님, 잘 지내셨어요? 아휴, 더 고와지셨네. 신혼은 신혼이네요."

미용사의 가벼운 농에 순애는 낯을 붉히며 어색하게 웃었다.

이번에도 사토는 옷을 먼저 보여 달라 하더니 붉은 드레스를 보고 벌린 입을 다물지 못했다. 새 인형을 받은 계집애처럼 잔뜩 흥분한 미용사가 순애를 끌어다 거울 앞에 앉혔다.

"오늘은 조금 화려하게 해 볼까요?"

"네?"

사토가 씩 웃더니 순애의 머리에 굵은 컬을 잔뜩 넣기 시작했다. 곧 숱 많은 머리가 더 풍성하게 부풀어 올랐다. 그녀는 솜씨 좋게 머리를 말아 올리더니 화려하고 볼륨 있는 업스타일을 완성했다.

거울을 보던 순애의 눈이 동그래졌다. 제가 마치 언젠가 본 서양 영화 속 여배우가 된 것 같았다.

"마음에 드세요?"

"네, 너무…… 너무 마음에 들어요……."

사토가 화장품이 가득 든 가방을 열더니 자신 있게 눈을 빛냈다.

"화장까지 하면 더 마음에 드실 거예요."

사토의 솜씨 좋은 손이 몇 번 오가자 곧 여자의 분위기가 확 달라졌다. 청초하고 깨끗한 처녀 아이에서 성숙하고 농염한 여인으로. 분명 같은 얼굴인데도 화장 전과 후는 완전히 다른 여자였다.

사토가 화장을 마무리하며 그녀의 작은 입술에 짙은 장밋빛 립스틱을 발랐다. 가히 화룡점정이었다. 드레스로 환복하고 치장을 마친 여자는 완벽했다.

"세상에. 내가 했지만 정말…… 마님, 마님이 오늘 파티의 주인공이세요."

어느 누가 그녀를 가발 공장 여공으로 볼까. 애초에 여왕으로 태어난 듯 우아하고 고혹적인 여인이 거기 있었다.

'이, 이게 나라고……?'

순애는 거울에 비친 제 모습에 넋을 잃었다. 사토의 찬사도 들리지 않는 것 같았다.

"마님, 액세서리는 어떻게 하시겠어요?"

제 모습에 취해 있던 순애는 그제야 호시의 말을 떠올렸다. 순애가 서랍장에서 보석함을 찾아 조심스레 열자 빛나는 액세서리가 모습을 드러냈다.

"아유, 고와라. 세상에……."

사토가 절로 감탄을 흘렸다. 액세서리는 많지 않지만 하나같이 세공이 훌륭한 고급품이었다.

"마님은 취향도 참 좋으시네요."

"……시어머님이 쓰시던 거예요."

순애가 어색하게 말했다. 호시의 어머니를 제 시어머니로 칭하는 게 조금 쑥스러웠다.

"어떤 걸로 하시겠어요?"

호시의 허락이 있기는 했지만 자꾸 유품에 손대는 게 순애는 영 마음에 걸렸다.

'실내복에, 기모노에, 이젠 보석까지…… 진짜 며느리도 아닌 주제에…… 어쩌면 돌아가신 분이 언짢아하실지도 몰라.'

한참 망설이던 순애는 겨우 작은 귀걸이 하나를 골라 들었다.

"그럼 이것만……."

사토가 귀걸이를 달아 주고 마지막으로 맵시를 점검해 주기 무섭게 예약한 모범택시가 왔다. 순애는 사토를 돌려보내고 문단속을 한 뒤 택시에 올랐다.

"제국호텔로 가 주세요."

화려한 꽃장식과 찬란한 샹들리에로 빛나는 호텔 로비에는 정장을 갖춰 입은 호시가 커피 잔을 앞에 두고 앉아 있었다. 순애는 붐비는 로비에서도 금방 그를 찾을 수 있었다. 어디에서도 군계일학처럼 돋보이는 남자였으니까.

"많이 기다렸어요?"

순애가 다가서자 남자의 잘생긴 눈썹이 꿈틀했다. 그는 입에 대려던 커피 잔을 저도 모르게 스르르 내려놓았다. 무슨 말을 해야 할 것 같은데, 무슨 말을 해야 좋을지 도무지 알 수 없었다. 예쁘다는 말은 부족하고, 아름답다는 말은 간지럽고, 완벽하다는 말은…… 그래, 완벽하다는 말은 이럴 때를 위해 만들어진 말인가. 그는 비로소 그 단어의 적합한 용례를 발견한 것 같았다.

남자의 홀린 듯한 시선에 순애가 고개를 떨구며 조금 어색하게 웃었다. 한참 만에야 경직된 입술이 달싹이더니 겨우 한마디를 내뱉었다.

"가자."

그가 일어나 제 팔을 내밀자 순애가 조심스레 팔짱을 꼈다. 두 사람의 손에서 결혼반지가 빛났다. 그의 팔짱을 끼고 걷는 발밑의 카펫은 마치 꿈결처럼 폭신하고 부드러웠다.

파티장은 이미 멋지게 차려입은 손님들로 북적북적했다. 홀 가장자리에는 간단한 핑거 푸드가 놓인 긴 테이블이 있었고, 나비넥타이를 맨 직원이 주스와 칵테일, 샴페인 등이 든 쟁반을 들고는 계속 홀을 돌았다. 미니 밴드가 가벼운 스탠더드 재즈를 연주하자 장내는 이내 음악과 말소리, 웃음소리로 풍성히 찼다.

호시가 순애와 함께 입장하자 장내의 시선이 그들, 아니 정확히 순애에게 집중되었다. 순애가 호시를 꾹 찔렀다.

"웃어요."

호시가 순애를 흘낏 내려다보았다. 여자가 작게 속삭였다.

"아까부터 무서울 정도로 굳어 있잖아요. 모두 다 우릴 보고 있다고요. 웃어요."

여자가 흐드러진 미소를 흘리며 그의 팔을 아프도록 꽉 잡았다. 여자도 긴장해 있는 것이다. 그러면서 누가 누구한테……

호시는 저도 모르게 웃음을 픽 흘리며 슬그머니 얼굴을 폈다. 하지만 아직도 가슴이 아프도록 뛰었다.

오늘 밤, 여자는 너무 완벽했다. 그게 그에게 황홀과 동시에 날카로운 슬픔을 안겨 주었다. 이토록 완벽한 여자는, 모두의 시선을 끄는 아름다운 그의 아내는, 다른 남자의 여자다. 그걸 알기에 그는 여자가 사랑스러우면 사랑스러울수록 짙은 슬픔을 느꼈다.

"어이, 호시."

그때 누군가 호시에게 아는 척을 했다.

"아, 기무라. 오랜만이야. 안녕하세요. 부인."

호시가 기무라의 옆에 선, 한껏 꾸민 젊은 여자에게 살짝 고개를 숙였다. 기무라는 호시의 고시 동기로, 법무부 내 출세 코스를 달리고 있었다. 기무라의 눈이 호시 옆에 선 순애에게 붙박이더니 곧 놀라움과 호기심으로 번뜩였다.

"아, 부인이시군요. 과연…… 전 호시 군의 동기, 기무라입니다."

"남편이 항상 신세를 지고 있습니다."

순애가 다소곳이 고개를 숙였다.

"호시 군이 결혼했다는 소식에 법무부 여직원들이 발칵 뒤집혔었죠. 이 친구, 얼마나 눈이 높은지 상사가 주선하는 맞선도 몇 번이나 거절했거든요. 얼마나 귀한 집 영애를 만나려고 그러나 했더니 과연……."

기무라가 주절대며 아첨하듯 웃었다. 그러나 순애를 훑는 그 무례한 시선에는 어딘지 비릿한 것이 있었다. 그런 그를 옆에서 가만히 보고 있던 호시가 자연스럽게 순애의 허리를 살짝 끌어당겼다.

"이만 실례하지. 인사드릴 분들이 많아서. 그럼 부인, 반가웠습니다."

호시는 깍듯이 기무라 부인에게 고개를 숙이고는 순애를 끌고 인파 속으로 들어갔다. 그런 두 사람의 뒷모습을 바라보는 기무라의 눈매가 살짝 가늘어지며 묘한 빛을 띠었다.

순애를 구석으로 끌고 간 호시는 직원에게서 칵테일 두 잔을 받아 한 잔을 순애에게 내밀었다.

"마시지 말고 대충 들고만 있어."

부드럽게 예의를 차리던 아까와는 달리 그는 언짢은 낯빛이었다. 순애가 칵테일 잔을 받으며 호시의 눈치를 살폈다.

"별로 안 친한 사람인가 봐요?"

"친하긴. 뱀 같은 놈."

호시가 대놓고 확 인상을 구기며 경멸하듯 거친 말을 내뱉었다. 그 모습에 순애가 그만 저도 모르게 풋, 웃음을 터뜨리자 호시는 살짝 미간을 모았다. 그 웃음이 어딘지 거슬렸다.

"왜?"

"아니…… 호시 상도 싫어하는 사람이 다 있구나 싶어서요."

"뭐?"

남자가 무슨 소리냐는 듯 인상을 썼다.

"뭐라고 해야 하나…… 누구를 좋아하고 싫어하고 그런 모습이 왠지 상상이 잘 안 가요. 호시 상은."

남자의 눈빛이 묘하게 사나워졌다.

"넌 전에도 그런 얘길 했었지."

"네?"

"내가 널 좋아하는 건 상상도 할 수 없다고."

"……."

뜻밖의 예민한 반응에 순애의 얼굴에서 그만 웃음기가 사라졌다.

"도대체 네겐 내가 어떻게 비치는지 모르겠군. 피도 눈물도 없고, 좋아하는 것도 싫어하는 것도 없는 인간 같은가? 마음도 없고, 상처도 받지 않는? 그렇다면 그건 인간도 아니군."

호시가 씁쓸히 웃었다. 마음이 아프다 못해 차라리 웃음이 났다.

"아, 아니에요! 그런 게 아니에요!"

상처받은 듯한 남자의 모습에 너무나 놀라고 당황한 순애가 마구 손을 내저었다.

"호시 상은 그런 사람이 아니에요! 저에게 호시 상은…… 호시 상은…….."

여자가 정신없이 손을 내저으며 제 눈알을 굴리더니 어이없는 말을 뱉었다.

"생와사비 같은 사람이에요!"

"뭐? 생와사비?"

무슨 말이 나올까 내심 조금 기대를 품고 있던 호시는 어처구니가 없었다.

남자의 황당한 얼굴에 안 그래도 당황한 순애의 얼굴이 아주 새빨개졌다. 그녀는 저도 모르게 진땀을 흘리며 몸을 비비 꼬았다.

"어, 음…… 그러니까……. 그게, 처음엔 톡 쏘는데 먹으면 먹을수록 단맛이 나잖아요. 아주 은은하고 깊은…… 질리지 않는 단맛."

"……."

그때 대여섯 명의 남자들이 호시에게 다가오더니 멍하니 서 있는 그의 어깨를 툭 쳤다.

"어이, 호시. 신혼이라고 여기서까지 너무 티 내는 거 아냐?"

순애는 저도 모르게 호시 뒤로 숨었다. 겨우 정신을 차린 호시의 얼굴에 곧 반가운 미소가 떠올랐다.

"오랜만이군, 다들. 아, 내 대학 동기들이야. 인사해. 내 처야."

호시가 제 뒤에 숨은 순애를 끌어당겨 옆에 세우더니 친구들을 소개했다.

"안녕하세요. 이 까탈스러운 놈을 구제해 주신 부인께 감사 인사를 드리러 왔습니다."

한 남자가 붙임성 좋게 웃으며 순애에게 인사했다. 다른 이들도 축하 인사를 건넸다. 그들의 대화는 짓궂은 농이 절반 이상이었지만, 호시의 얼굴은 아까 기무라를 볼 때와는 판이했다. 그의 편안한 얼굴에 순애도 절로 긴장이 풀렸다.

"이봐, 아무리 부인이 고와도 그렇지. 어떻게 이렇게 꼭꼭 숨겨두고 우리도 모르게 식을 올렸어? 나중에 듣고 얼마나 섭섭했다고."

"그러니까. 우리가 알았으면 총각 파티 거하게 치러 줬을 텐데 말이야."

다른 이가 짓궂은 웃음을 흘렸다.

"이럴 게 아니라 이따 끝나고 모이자고. 벌주 먹일 테니까 각오 단단히 하고 와. 응?"

"그래, 모이자. 벌주도 먹이고, 축하주도 먹여야지. 빠져나갈 생각 말라고."

"그리고 너도 어서 다시 본부로 돌아와야지. 이따 윗분들 오시면 눈도장 좀 찍으라고. 구석에서만 뱅뱅 돌지 말고. 이따 보자."

그들은 호시를 실컷 놀려 먹은 뒤 순애에게 인사하고 사라졌다.

순애는 조금 즐겁고도 낯선 기분으로 호시를 보았다. 제가 모르던 남자의 새로운 모습을 방금 본 것 같았다. 그녀의 시선을 느낀 남자가 뭐냐는 듯 눈짓을 했다.

"친한 친구들 같네요."

"대학 동기들이니까."

순애 앞에서 친구들과 노닥거린 게 조금 멋쩍은지 남자가 퉁명스레 말했다.

"좋겠네요. 호시 상은. 저런 좋은 친구들도 있고."

순애는 진심으로 호시가 부러웠다. 그를 아끼는 많은 사람들에 둘러싸여 단단히 제 세상에 뿌리내리고 있는 그가.

저 역시 제 자리를 찾아, 세상에 단 하나 남은 제 사람을 찾아 이 먼 곳까지 왔다. 그러나 그 사람의 곁에는 이미 제 자리가 없었다. 아니, 이제 제 자리는 그 어디에도 없었다. 세상은 그녀에게 그토록 야박하기만 했다.

순간 순애는 이별 후 저를 괴롭히던 감정이 배신감도, 미움도 아닌 지독한 외로움이라는 것을 깨달았다. 제가 밀항까지 할 만큼 민수에게 집착한 것 역시 마찬가지였다. 제 자리가 필요했다. 제 사람이 필요했다. 이 세상에 달랑 저 혼자라는 게, 너무 무섭고 춥고 아파서 견딜 수 없었다. 그게 전부였다.

'사랑이든 아니든 상관없었어. 마찬가지로 꼭 민수 오빠가 아니었어도…… 그래…… 민수 오빠가 아니었어도 상관없었던 거야.'

순애는 그제야 지금껏 애서 외면해 왔던 제 밑바닥을 직면했다. 투명한 눈동자가 격렬히 흔들렸다. 스르르 다리에 힘이 풀렸다.

무엇이라도 붙잡으려는 찰나, 단단한 손이 그녀의 손을 턱, 붙잡았다. 그녀를 쥐어짤 듯 강한 악력으로.

손을 쥐어 잡힌 채 굳어 버린 여자를 보는 호시의 눈빛이 아프게 흔들렸다. 그는 그녀를 으스러져라 쥐고 있는 제 손을 쓰게 비웃었다.

'곧 자기 남자한테 돌아갈 여자다.'

그러나 제 손은 절대 보낼 마음이 없다는 듯 여자를 꽉 쥐고 놓지 않았다.

여자는 또 그 눈빛이었다. 가끔 그녀가 보이는, 마치 금방이라도 먼지가 되어 날아가 버릴 것 같은 눈빛. 언제부터인가 그 텅 빈 눈빛을 보면 그는 제가 다 견딜 수 없었다. 견딜 수 없이 마음이 시렸다. 그녀가 사라지지 않게 붙잡지 않고는 견딜 수 없을 정도로.

그녀가 제 남자를 찾은 날 이후, 정을 떼려고 얼마나 노력해 왔던가. 하지만 모두 부질없는 헛수고였다. 여자를 애써 무시하다가도 그를 걱정스레 바라보는 여자의 눈빛 한 번에, 말 한마디에 그는 적선받은 거지처럼 기뻐했다.

여자를 제집 깊숙이 가둬 두고 그 남자에게 가지 말라고, 나랑 살자고 윽박지르고 싶은 못된 충동에 휩싸이기도 하고, 어느 밤은 제 곁에서 곤히 잠든 여자를 미친 듯이 안고 싶은 욕망에 몸을 떨기도 했다. 하지만 겨우겨우 억제하고, 억제했다. 참을 수 있었다. 그녀가 저를 생와사비라고 하기 전까진.

그 엉뚱한 비유의 해석을 듣는 순간, 그는 정신이 다 아득해졌다. 이젠 정말 돌이킬 수 없었다. 이제 그는 이 마음을 도저히 멈출 수 없을 것이다.

그걸 깨닫자 그는 그대로 깊은 나락에 떨어지는 것 같았다. 거꾸로 진창에 처박히는 것 같았다. 그런데 그게 너무나 황홀하고 너무나 좋았다.

아무리 건조하고 무감한 체했어도 그 역시 가슴 뛰는 남자였다. 원하는 여자를 갖고 싶은 남자였다. 작은 불씨에도 확 불붙는 마른 장작처럼, 꾹 억눌러 온 그의 가슴이 비로소 빠르게 뛰기 시작했다.

"호시 군, 오랜만이네."

오십 줄의 뾰족한 남자와 다소 오만해 보이는 인상의 여자가 호시에게 다가왔다. 그는 서둘러 순애의 손을 놓은 뒤 그들을 향해 깍듯이 고개를 숙였다. 멋모르는 순애도 덩달아 고개를 숙였다.

"나오셨습니까, 차장님. 아, 사모님, 오랜만에 뵙습니다."

"결혼했다는 이야기는 들었네. 자네 안사람인가?"

남자가 안경을 슬쩍 밀어 올리며 날카로운 눈매로 순애를 힐끗 훑었다.

"네. 인사드려. 키시 차장님, 그리고 사모님. 내가 늘 신세 지고 있는 분들이야."

순애는 그들을 향해 고개를 깊이 숙였다.

"어머, 부인이 굉장한 미인이군요. 이런 미인을 만나고 있었으니 당신이 들이미는 아가씨들이 호시 국장 눈에 찰 리가 있나요."

부인이 순애를 노골적으로 훑으며 호들갑스레 웃었다. 얼굴을 붉힌 순애 대신 호시가 나섰다.

"과찬이십니다."

"부인은 한국 분이라고요?"

"네. 그렇습니다."

"국제결혼이라니, 쉬운 일이 아닌데. 얼마나 사랑했으면……. 그러니 호시 국장이 맞선을 다 거절한 거군요. 세상에, 로맨틱하기도 하지!"

키시 차장이 헛기침을 하며 제 부인에게 슬쩍 눈치를 주었으나 부인은 아랑곳하지 않았다.

"부인, 언제 우리 차 모임에 꼭 나오세요. 한 달에 한두 번, 법무성 몇몇 부인들이 모이는 다회가 있거든요. 차 좋아해요?"

호시의 얼굴이 순간 굳었다.

키시 차장은 법무부의 실세 중의 실세였다. 그리고 그 부인이 주도하는 다회는 회원들의 남편을 밀어주고 끌어 주는, 끈끈한 라인으로 유명했다. 그곳에 순애가 초대받은 건 곧 호시의 출세 고속도로가 활짝 열렸다는 뜻이었다. 물론 그런 사정까지 모르는 순애는 그저 부인의 호의가 고마워 밝게 답했다.

"네. 아직 부족하지만 다도를 익히고 있습니다."

"어머! 그래요? 어떤 유파를 따르죠?"

"우라센케입니다."

"그래요? 나랑 같네. 꼭 부인이 내는 차를 마셔 보고 싶군요. 이런 미인이 내는 차라니. 정말 기대돼요."

"말씀만으로도 영광입니다."

순애가 발그레해진 얼굴로 고개를 깊이 숙였다.

"또 내가 한국 음식에도 관심이 많아요. 전에 여행 갔다 먹은 김치랑 불고기가 참 맛있었는데 내가 해 보려니까 쉽지가 않더라고요. 당신도 몇 번이나 불고기 얘길 했잖아요?"

그녀가 마뜩잖은 듯 무뚝뚝하게 서 있는 제 남편을 살짝 찔렀다.

"음, 뭐……"

차장이 머쓱하게 헛기침을 했다.

"사모님, 잘은 못하지만 괜찮으시다면 제가……."

조금 자신감을 얻은 순애가 한발 나섰다.

"아유, 무슨 말씀을. 부인께 그런 부탁을 드려서야 되겠어요? 다만 다음 차담회 때 꼭 나와서 레시피만 좀 알려 줘요. 하는 거야 가정부가 있으니까."

"네."

"참, 우리 멤버 중에는 요즘 한국 보자기에 푹 빠진 사람도 있어요. 아, 마침 저기 있네. 국장님, 내가 부인을 좀 빌려 가도 되겠어요?"

"물론입니다, 사모님. 제가 감사하죠."

부인은 순애의 팔을 끌더니 다른 부인에게 데려갔다.

여자들이 자리를 비우자 키시 차장이 혀를 끌끌 찼다.

"모자라기는. 만나는 아가씨가 있으면 얘기를 했어야지. 이 집 저 집 딸 가진 집에다 내가 자네 얘기를 실컷 해 놨는데 다 싫다고 마다하면 내 체면은 뭐가 돼?"

"죄송합니다."

"됐어. 지난 얘긴 됐고, 내 처가 자네 안사람이 마음에 드는 모양이네. 자네 안사람도 타국에서 혼자 외로울 테니 모임에 보내. 자네 안사람에게도 좋고, 자네에게도 좋을 거야."

"네. 감사합니다."

"뭐, 일단 연말까진 거기서 좀 쉬어. 새해에는 내가 따로 생각해 보지."

그 정도라면 다시 본부로 옮겨 주겠다는 확언과도 같았다. 호시는 깊이 고개를 숙였다. 차장은 호시의 어깨를 한 번 두드리고는 자리를 떴다.

차장이 떠나자 호시는 제 입술을 잘근잘근 씹었다. 눈앞에 출셋길이 환히 열렸는데도 그는 기쁘기는커녕 낭떠러지에 한 발을 걸

친 듯 아찔한 낭패감에 휩싸였다. 이젠 순애의 비자 따위가 문제가
아니었다. 이건 완벽한 계산 착오였다.

'저 까탈스러운 부인이 저렇게 호감을 보일 줄이야…… 부인회
에서 활동하게 되면 일이 복잡해진다. 차장까지 저렇게 말하는데
거절할 수도 없고…….'

호시는 저도 모르게 끙, 신음을 삼켰다. 이런 상황에서 그녀는 어서
계약 기간을 채우고 제 남자에게 돌아갈 생각에 들떠 있었다. 제 정혼
자에게 일 년만 참아 달라 말할 거라던 그녀의 모습을 떠올리자 가슴
한쪽이 시큰하게 아려 왔다. 그는 저도 모르게 헛웃음을 지었다.

'호시 히로시, 이 멍청한 놈…… 이 헛똑똑이야…….'

여자를 컨트롤할 수 있으리라 생각했다. 쓰다가 용도를 다하면
부담 없이 폐기 처분할 수 있으리라 생각했다. 조금 양심에 찔리면
돈푼이나 쥐여 주면 되리라 생각했다. 그런데…… 용도를 다하면
부담 없이 폐기 처분되는 쪽은 아무래도 그녀가 아니라 제가 된
것 같았다. 계약 기간이 다하면 여자는 그를 깨끗이 버리고 나는
듯이 제 남자에게 달려가리라.

'내가 저 여자를 너무 과소평가한 건가…….'

아무래도 일이 점점 커지고 있었다. 여자는 활개 치며 점점 제
멋대로 제 영역을 넓혀 갔다. 제 주변에서도, 제 마음에서도. 그는
여자를 컨트롤할 수 없다는 걸 깨끗이 인정해야 했다. 두말할 것
없는 그의 완벽한 패배였다.

호시는 연회장 구석에 처박혀 홀로 칵테일을 마셨다. 그의 시선
이 부인들 사이에 완전히 녹아들어 환히 웃는 여자를 집요하게 좇
았다. 화려한 치장의 부인들 틈에서도 순애는 반짝이며 빛났다. 그

녀가 웃으면 그는 저도 모르게 슬쩍 눈매를 휘다가도, 다시 가슴을 할퀴는 날카로운 통증에 쓸쓸한 어둠 속으로 깊이 침잠했다.

그때 아까 인사한 대학 동창 중 한 사람인 야마다가 다가왔다.

"호시, 네 부인 대단한데? 차장 부인이 데리고 다니며 소개하고 있잖아. 저 까다로운 여자 눈에 들다니 너도 부인 덕 좀 보겠다."

"덕은 무슨……."

조금 술이 올라온 호시가 가볍게 코웃음을 쳤다.

덕이라니, 웃기지도 않았다. 덕을 보기는커녕 저 여자 때문에 그는 아주 죽을 맛이었다.

"조금 있으면 윗분들 먼저 가실 거야. 그럼 우리도 이차로 옮기자. 너, 꼭 부인도 데리고 와라."

"미안한데 오늘은 별로……."

호시가 막 거절하려는데 마침 부인들에게서 놓여난 순애가 호시에게 다가왔다. 야마다가 그새 순애에게 아는 체를 했다.

"부인, 이따 저희 동기들이 모이는데 부인도 오시죠."

"저도요?"

술이 들어간 데다 부인들과의 즐거운 대화로 한껏 기분이 들뜬 순애가 눈을 빛냈다.

"키시 사모님이 파티 내내 부인을 독차지했잖아요. 이젠 우리에게도 좀 기회를 주시죠. 다들 이 무쇠 같은 녀석의 가슴을 녹인 부인에 대해 궁금해하고 있어요."

야마다가 느물거리자 보다 못한 호시가 나섰다. 그는 어서 돌아가고 싶은 마음뿐이었다. 집에 돌아가 그만 머리를 식히고 싶었다. 그리고 여자에게 그 빌어먹을 붉은 입술을 지우라고 하고 싶었다.

빌어먹을 붉은 드레스도 벗으라 하고 싶었다. 그리고 내 앞에서 그렇게 웃지 말라고, 그렇게 빛나지 말라고 소리치고 싶었다.

"그만해. 미안하지만 우린 이만 돌아갈 거야. 이 사람은 술이 약하고……."

그가 변명처럼 거절의 사유를 늘어놓는데 순애가 그의 말을 자르고 들어왔다.

"아니에요. 저희 갈게요. 갈 거예요. 이따 봬어요."

"그럼 기다리고 있겠습니다. 부인."

야마다는 순애에게 옛 서양 기사가 하듯 연극적으로 몸을 숙여 보이더니, 어이가 없어 말문이 막힌 호시에게 짓궂은 웃음을 날리며 자리를 떴다.

"이봐, 뭐 하는 짓이야? 취했어?"

그제야 호시는 순애를 향해 눈을 부라렸다. 눈치 없이 예쁘기만 한 여자에게 짜증이 치밀어 올랐다. 그러나 그의 매서운 눈길에도 순애는 눈 하나 깜짝하지 않았다.

"취하긴요. 호시 상이야말로 왜 그래요? 호시 상이 좋아하는 친구들이잖아요. 다들 좋은 사람들 같던데……."

"지금 그럴 때가 아니야. 그리고 왜 갑자기 나서고 그래? 왜? 사람들이 관심 좀 주고 받들어 주니까 네가 뭐라도 된 것 같아?"

"아니…… 저는 그저…… 아까 호시 상이 친구들이랑 있는 모습이 좋아 보이길래……."

날 선 핀잔에 순애가 바로 움츠러들었다. 그 모습을 본 호시는 괜히 여자에게 화풀이한 못난 자신을 후회했지만 이미 엎질러진 물이었다.

"호시 상은 늘 일만 하고 그러니까…… 가끔은 긴장 풀고 노는 것도 좋잖아요……."

주눅 든 여자를 보자 호시의 잇새에서 낮게 한숨이 새어 나왔다. 그렇게까지 모질게 말할 건 없었는데…… 아까까지 여자의 웃는 얼굴을 황홀히 훔쳐보다 갑자기 잔인하게 구는 건 대체 무슨 심리인가.

그는 어깨를 늘어뜨리며 옅은 한숨을 내쉬었다. 사랑에 빠진 남자애처럼 유치하게 구는 제가 한심했다. 그만 여자와 떨어져 있고 싶었다. 그녀는 오늘 밤 그에게 너무 잔인했다.

"그럼 넌 집으로 들어가. 나 혼자 갔다 올게."

"왜요?"

여자가 입술을 삐죽 내밀었다. 그 빌어먹게 붉고 귀여운 입술을. 순간 미안함에 잦아들었던 짜증이 다시 치밀었다.

"저분이 같이 오라고 했잖아요. 전 가고 싶은데. 저랑 같이 가는 게 창피해서 그래요?"

"너 정말……."

호시는 짜증을 꾹 눌러 참으며 그녀를 연회장 구석, 외진 곳으로 몰았다.

"여긴 사람들 눈이 많아. 그만해."

그가 음산할 정도로 낮아진 목소리로 경고하자 살짝 취기가 오른 순애의 얼굴에 선명한 반발이 떠올랐다.

단 하룻밤이어도 좋았다. 가짜라도 상관없었다. 시끄럽고 공허한 말만 오가는 자리라도 괜찮았다. 잠시라도 이 지독한 외로움을 잊을 수 있다면. 잠시라도 저 자신을 잊을 수만 있다면.

"싫어요! 전 가고 싶어요! 전 재미있는데요? 다들 나한테 예쁘다고 해 주고, 일본어도 잘한다고 칭찬해 줬어요. 내가 다도 얘기를 하니까 얼마나 열심히 들어 줬는데요. 난 이런 칭찬…… 이런 거, 이런 거…… 나는 다 처음이란 말이에요! 그래요! 나 지금 뭐라도 된 것 같아요! 어차피 하룻밤인데, 어차피 가짠데…… 하루만 좀 그러면 안 돼요? 하루만 뭣 좀 된 척하면 안 돼요? 그러니까 호시 상이 아무리 날 창피해해도 난 갈 거예요!"

"이, 이 고집쟁이가……."

호시는 말문이 턱 막혔다. 여자가 그 큰 눈에 눈물까지 글썽이자 그는 죄책감과 난처함을 어쩌지 못하고 제 입술만 잘근잘근 씹었다. 순애는 평소 유순했으나 한번 고집을 부리면 전혀 다른 사람이라도 된 듯이 고집불통이 되곤 했다.

결국 그는 깊은 한숨을 내쉬며 마른세수를 했다. 정말 어쩔 수가 없었다. 그는 또 여자에게 졌다.

"좋아. 알았어. 대신 약속하자. 첫째, 술은 먹지 마. 둘째, 사내놈들과 어울리지 마. 부인들과만 어울리는 거다. 셋째, 내가 돌아가자고 하면 군말 없이 돌아가는 거야. 이걸 지킬 거면 같이 가는 거고 아니면 넌 집에 가는 거야. 결정해."

그녀는 그 조건이 제 성에 차지 않는지 잔뜩 부풀린 볼을 실룩일 뿐 말이 없었다. 짙게 화장한 고운 눈매가 저를 흘겨보자 그것마저 너무나 자극적이어서 호시는 차라리 눈을 감았다.

'환장하겠군.'

남자가 눈을 질끈 감아 버리자 그가 화를 참고 있다고 생각한 순애는 살짝 겁이 났다. 사실 이 정도만 해도 그로서는 많이 양보

한 셈이었다. 더 고집을 부리다 남자가 그 조건부 승낙마저 철회하기 전에 여기서 그만 만족하는 게 좋을 것 같았다.

"좋아요. 아까 나한테 못되게 군 거 미안해서 양보해 주는 거죠? 그럼 나도 여기서 양보할게요."

순애는 언제 눈물을 글썽였냐는 듯 씩 웃었다. 그 웃음에 호시는 아연했다. 그는 여자의 페이스에 제대로 말려든 것이었다.

'이젠 아예 갖고 노는군.'

기가 막힌 호시가 헛웃음을 짓는 사이, 순애가 눈가의 눈물을 살짝 닦아 내더니 작은 핸드백에서 립스틱을 꺼냈다.

"잠깐 거울 좀 보고 올게요."

순간 남자의 눈이 절로 뾰족해졌다.

"바르지 마!"

"네?"

"입술에 그 빨간 거 바르지 말라고! 하나도 안 어울려."

마치 아이처럼 소심한 복수였다. 남자의 심술에 순애가 잠시 당황하더니 결국 어처구니없다는 듯 한마디 했다.

"이거…… 호시 상이 사라고 했잖아요?"

호시는 그런 말을 했던 제 입을 찢어 버리고 싶었다.

6. 작별

"뭐야? 부부 동반 아니었어?"

호시의 얼굴에 난감한 빛이 떠올랐다. 호시의 친구들이 모인 이차 자리에는 부인들 없이 시커먼 남자들만이 그들 부부를 기다리고 있었다.

"너 벌주 먹이는 자린데 무슨 부부 동반이야. 어서 앉아. 앉으시죠, 부인."

야마다가 짓궂게 웃으며 자리를 권했다. 그들은 저희에게 한마디 말도 없이 웬 미인과 몰래 결혼한 호시를 오늘 아주 단단히 골탕 먹일 속셈이었다.

'이 자식들, 아주 작정했군. 역시 혼자 왔어야 했는데…….'

친구의 처에게까지 장난을 걸 만큼 무례하고 못 배운 친구들은 아니지만, 그는 남자들 사이의 술자리에 혼자 낀 순애가 영 신경 쓰였다.

'아무래도 불편할 테지…….'

그러나 순애를 돌아본 그는 제 생각이 완전히 기우였음을 깨달았다. 순애는 별 불편한 기색 없이 테이블 위의 먹음직스러운 초밥에 정신이 팔려 있었다. 호시는 그런 여자도, 그런 여자를 염려한 저도 우스워 그만 픽, 웃고 말았다.

곧 술이 돌기 시작했다.

"제 술 한 잔 받으시죠, 부인."

야마다가 순애에게 술을 권했다.

"받아 두기만 해."

호시가 경고하듯 눈을 부라렸다. 아까 파티에서부터 술이 올라 살짝 발그레해진 순애가 두 손으로 공손히 술을 받았다.

"그럼 건배하지. 신혼부부를 위하여!"

"위하여!"

다들 기분 좋게 술잔을 비웠다. 순애도 살짝 술을 입에 대려니까 호시가 순애의 팔을 턱 잡아 내렸다. 그가 그녀를 찌릿, 째려보자 순애가 입술을 샐쭉 내밀었다. 호시는 불에 덴 듯 그녀의 팔에서 황급히 손을 뗐다. 얼굴을 살짝 붉히고 단 술 냄새를 풍기며 입술을 삐죽거리는 여자가 대책 없이 예뻐서 보는 것만으로도 마음이 터질 것 같았다.

곧 대학 시절 얘기가 나오고, 웃음이 터지고, 술이 돌고, 다시 웃음이 터졌다. 순애는 넥타이를 느슨히 하고 친구들과 농담을 주고받는 호시를 조금 낯설게 바라보았다. 파티장에서의 경직된 얼굴과는 다르게 그는 더할 나위 없이 편안하고 자연스러운 웃음을 짓고 있었다. 순애의 입가에 저도 모르게 살포시 미소가 얹어졌다.

"어이 호시, 이제 결혼 보고 좀 해 봐."

분위기가 무르익자 한 친구가 짓궂은 질문을 시작했다.

"그래, 네가 결혼했다는 말을 듣고 얼마나 놀랐는데. 대학 때도 연애 한 번 안 하던 놈이."

"키시 차장의 주선을 거절하고 한직으로 내쫓길 만큼 부인이 좋았냐? 어디가 좋았는지 말해 봐."

"어디서 만났어? 손은 언제 잡고? 첫 키스는? 얘기 안 하면 벌주야."

한 친구가 호시의 잔에 찰랑찰랑 술을 부어 놓았다. 그는 엷게 웃더니 묵묵히 제 잔에 든 술을 단숨에 비웠다.

"이야, 말 안 한다 이거지? 술도 잘 못 하는 놈이. 이놈 봐라."

다른 친구가 다시 호시의 잔에 술을 부었다.

뒤에서 조용히 초밥을 집어 먹고 있던 순애는 점점 호시가 불안해졌다. 그는 아까 파티에서 이미 칵테일을 많이 마신 눈치였다. 그렇다고 남자들의 장난에 제가 끼기도 뭣했다.

"부인, 이놈이 입을 영 안 여는데요. 부인께서 대신 얘기 좀 해 주시죠. 이 자식 어디가 좋으세요? 반반하기만 하지, 뻣뻣하고 멋대가리 없는 놈인데."

호시가 별 반응이 없자 영 파흥인지 짓궂은 장난은 순애를 향하기 시작했다.

"저 사람은 그냥 둬."

지금까지 친구들이 뭐라 해도 조용히 당해 주던 호시가 술이 올라 붉어진 얼굴을 살짝 굳혔다. 돌부처처럼 앉아 있던 그가 반응하자 친구들이 재미있다는 듯 순애에게 달려들었다.

"부인, 그러지 말고 얘기 좀 해 주시죠. 천하의 호시 히로시가 결혼, 그것도 국제결혼을 했다는 말을 들었을 때 다들 거짓말인 줄 알았어요. 우리가 얼마나 부인을 궁금해했는지 부인은 모르실 겁니다."

다른 친구가 느물거렸다.

"그만해."

호시가 그를 노려보다가 손으로 이마를 짚으며 끙, 신음을 삼켰다. 부어 주는 대로 계속 마시더니 두통이 나는 모양이었다. 그의 짓궂은 주사를 잘 알고 있는 순애가 몸을 떨었다.

'그만 마시게 해야 해. 계속 마시게 하면 오늘 밤 또……'

남자의 다리 사이에 끼어 밤새 옴짝달싹 못 했던 기억이 떠오르자 순애의 얼굴이 화르르 붉어졌다. 순애는 저도 모르게 벌떡 일어섰다.

"그, 그 벌주 제가 마실게요!"

남자들의 당황스러운 시선이 한순간 순애에게 모였다.

"이 사람 술 약한 거 다들 아시잖아요. 인제 그만하세요. 벌주는 제가 대신 마실게요."

"뭐야? 당신 미쳤어?"

호시가 눈을 부라렸지만 이미 그는 좌중의 관심 밖이었다.

"아니…… 부인께 실례할 생각은 없지만……."

그들이 어물거리면서도 흥미로운 시선을 거두지 않자 순애는 호시가 끼어들 틈도 없이 그의 잔을 들어 한 번에 쭉 들이켰다. 지금껏 뒤에 앉아 수줍게 웃고만 있던 여자의 갑작스러운 반전에 호시의 친구들은 어안이 벙벙했다.

"제가 한 잔씩 올릴게요."

시원하게 잔을 비운 순애가 술병을 들고 일어서서 한 사람, 한 사람에게 정성껏 술을 따랐다.

"이 사람이 일만 하는 사람이라 걱정했는데 이렇게 좋은 친구분들을 봬서 기쁘네요. 앞으로도 남편을 잘 부탁드립니다."

순애가 깊이 고개까지 숙이자 끝까지 호시를 골려 주려던 친구들이 조금 머쓱하게 웃었다. 새색시가 그렇게까지 나오니 더는 호시를 골릴 수 없게 된 것이다.

술이 올라 얼굴이 새빨개진 야마다가 쿡쿡 웃으며 나섰다.

"이야, 이거 부인에게 우리가 졌는걸. 호시 이 자식, 처복이 있네."

야마다는 놀란 나머지 술이 다 깬 호시의 어깨를 한번 툭 치고는 순애의 술잔을 채워 주더니 건배를 선창했다.

"자, 장난은 이쯤하고 건배하자고. 부인을 위하여!"

"위하여!"

그제야 다들 웃으며 술잔을 쨍, 부딪쳤다. 이왕 이렇게 된 거, 에라 모르겠다 싶어진 순애도 호시의 눈치를 보지 않고 덩달아 술을 맛있게 비웠다.

"부인, 부인회 모임이 아니라 앞으로 우리 모임에 나오세요. 호시 저놈보다 부인이 오시는 게 훨씬 재밌겠네요. 저 자식은 덩치도 저렇게 좋으면서 술도 못 마시고 유흥에도 취미가 없고, 영 재미가 없어요. 다음엔 저놈 빼고 부인 혼자 나오십쇼."

혀가 돌아간 친구 하나가 순애의 술잔을 채워 주며 주절거리자 다른 친구 하나가 맞장구를 쳤다.

"맞아요. 부인들 다회 가 봤자 얌전 빼고 차나 마시지 아무 재미 없어요. 부인도 술을 잘하시는 모양인데, 그럼 우리 모임이 훨씬 재밌을 겁니다."

"이 모임도 다회는 다회지요. 곡차를 마시니까요."

순애의 센스 있는 농담에 일동 큰 웃음이 터졌다.

"저기, 그러지 말고 말이 나온 김에 아예 오늘 부인을 우리 멤버로 받아들이자! 다들 어때?"

야마다가 나서 분위기를 몰아가자 다들 찬성의 박수와 환호성을 보냈다. 순애는 수줍게 웃으며 손을 내젓더니 남자들의 권유에 다시 그들과 잔을 부딪치고는 허리 굽혀 인사했다. 다시 큰 박수가 터졌다.

"아주 잘들 논다······."

호시는 여자와 제 친구들이 쿵짝을 맞춰 노는 걸 멍하니 바라보다 그만 헛웃음을 흘리고 말았다.

떠들썩하게 흥이 오른 술자리는 새벽 즈음해서야 겨우 파했다.

"이봐, 일어나. 다 왔어."

호시는 아쉬움을 어찌지 못하며 순애를 살짝 흔들어 깨웠다. 여자는 그의 어깨에 살포시 기댄 채 어느새 세상모르고 잠들어 있었다. 마음 같아서는 이대로 그녀를 안고 세상 끝까지라도 가고 싶었지만 얄미운 택시는 제집 앞에 정확히 도착해 있었다.

"으으응······."

순애는 살짝 신음하며 몸을 뒤척일 뿐 일어날 기미가 보이지 않았다. 결국 호시는 먼저 내린 후 그녀를 제 품에 번쩍 안아 들었다.

그러자 드레스의 가슴선 아래로 얼핏 깊은 가슴골이 내려다보여 호시는 황급히 시선을 돌렸다.

"잠깐만 기다려요."

그는 택시 기사에게 양해를 구한 후 서둘러 여자를 집 안에 눕히고, 다시 돌아와 택시비를 치렀다.

"잔돈은 됐습니다."

택시를 보낸 그는 툇마루에 주저앉아 담배를 길게 한 대 태웠다. 풀벌레 소리 하나 들리지 않는 이상하리만치 고요한 밤. 집 안은 온통 적막에 싸여 있었다. 그리고 그 여자가 있다. 여자와 저, 둘만의 밤. 지금껏 그만큼 단둘이라는 사실을 의식한 밤은 없었다.

그는 별 하나 보이지 않는, 칠흑같이 짙은 하늘을 올려다보았다. 움직이는 것이라고는 오로지 제 손가락 사이에서 하얗게 피어오르는 담배 연기뿐. 그는 멍하니 그 가느다란 연기를 바라보았다.

여자가 있는 방에 들어가고 싶지 않았다. 이젠 자신이 없었다. 대체 어쩌다 이 지경까지 된 걸까……. 그는 처음으로 저 자신이 두려워졌다.

공중으로 흩어지던 연기가 서서히 흐려지더니 곧 그조차 사라졌다. 끝까지 다 탄 꽁초를 한참 내려다보던 호시가 일어서더니 내키지 않는 발걸음으로 방문을 열고 들어갔다.

순애는 그가 대강 눕혀 둔 그대로 새근새근 잠들어 있었다. 그는 이불을 펴고 여자를 안아 올려 이불 위에 다시 눕혔다. 그의 귓가를 스치는 그녀의 숨결에서 독한 술 냄새가 났다. 그는 그 숨을 그대로 허겁지겁 빨아들이고 싶은 충동을 겨우 억눌렀다. 남자의 미간에 깊은 주름이 파였다.

"으응……."

꽉 끼는 드레스가 불편한지 순애가 이맛살을 잔뜩 찌푸렸다. 호시의 잇새에서 깊은 신음이 새어 나왔다.

호시는 그녀의 뒤통수를 조심스레 들고는 머리칼에 박힌 자잘한 머리핀들을 조심스레 빼냈다. 곧 여자의 윤기 나는 검은 머리칼이 사락거리며 그의 손가락 사이에서 흘러넘쳤다. 그는 여자의 머리에 베개를 대 주고는 말랑하고 보들보들한 귓불에 손을 댔다. 사랑스러운 솜털의 감촉에 그는 저도 모르게 이를 악물었다. 귀걸이를 뺄 때 내는 그의 손이 잘게 떨렸다.

호시가 겨우 여자의 팔다리를 바르게 해 주고는 도망치듯 자리를 뜨려는데, 순애가 뭐라 웅얼거리더니 호시의 손목을 탁 잡았다. 호시는 그대로 쿵, 가슴이 내려앉았다.

"엄마……."

그녀의 입에서 그가 모르는, 이질적인 언어가 새어 나왔다. 순애의 둥글고 고운 뺨 위로 한줄기 눈물이 흘러내렸다.

"엄마…… 엄마……."

그는 더는 저를 억제하지 못하고 그 자리에 무너져 내렸다. 그는 여자를 끌어안고 날개뼈가 툭 튀어나온 깡마른 등을 쓸었다. 마디가 하얗게 되도록 제 팔을 힘껏 쥔 가냘픈 손이 안쓰러워 견딜수 없었다. 조용한 눈물이 애처로워 견딜 수 없었다. 이제 더는 견딜수 없었다.

속수무책으로 흘러넘치는 여자에 대한 애정과 안타까움, 보답받지 못할 사랑을 결국 시작해 버린 저 자신에 대한 연민과 슬픔으로 그는 가슴이 터질 것 같았다.

"엄마…… 보고 싶어……."

뭐라고 하는 걸까. 그 남자를 찾는 걸까. 그 생각만으로도 호시는 시퍼런 칼에 베인 듯 날카로운 통증을 느꼈다. 그것은 그가 처음 겪는, 마치 생살을 찢어 저미는 고통이었다. 그는 그 생생한 감각에 몸을 떨며 으스러져라 여자를 안았다. 그러면 그녀의 마음 한 조각이라도 붙잡을 수 있다는 듯이.

"나 너무 외로워…… 엄마……."

여자가 흐느끼며 그의 품을 깊게 파고들었다. 옅은 화장품 냄새, 술 냄새, 샴푸 냄새, 그리고 달큼한 여자의 살냄새가 코끝에 확 밀려들었다.

그는 눈을 꽉 감았다. 술기운에 이대로 잠이 들기를 바랐으나 오히려 오감은 더 선명해졌고 몸은 더 뜨거워졌다. 피가 아찔할 만큼 팽팽 돌았다. 제가 풀어 놓은 순애의 풍성한 머리칼이 뺨에 닿자 그는 불에 덴 듯 놀랐다. 머리칼이 닿은 뺨이 얼얼했다. 이젠 그게 고통인지 쾌감인지도 알 수 없었다. 어쩌면 그 둘은 사실 같은 감각인지도 몰랐다.

그는 그 부드러운 머리칼에 제 얼굴을 미친 듯 비비며 여자를 집어삼키듯 꽉 안았다. 무엇이든 좋았다. 머리칼이 뺨을 스치는 것만으로도 좋았다. 어떻게라도 그녀를 느끼고 싶었다. 조금이라도 그녀의 존재에 닿고 싶었다.

'사랑하고 있다. 이토록 사랑하고 있다.'

그것은 여자의 따끈한 체온처럼, 말랑말랑하고 부드러운 피부처럼 손에 잡힐 듯 생생한 실감이었다. 저 밑바닥에서 불덩이처럼 뜨거운 것이 치받혀 올라왔다. 가슴이 벅차오르면서도 한없이 아렸다. 그는 그대로 눈을 감고 말았다.

'비록 뺨이 닳을 때까지 이 머리칼에 얼굴을 비빈다 할지라도 난 이 여자에게 한 뼘도 닿을 수 없을 것이다. 이 여자는…… 내 손이 닿을 수 없는 곳에 있다. 그녀의 남자는 내가 아니다…….'

그는 이 밤을 후회하고 있었다. 그녀가 제 남자에게 돌아간 후에도 그는 이 밤을 오래 기억할 것이다. 그리고 이 눈으로 담았던 여자의 모습을 수없이 떠올리겠지. 그 모습을 지우려면 얼마나 많은 시간이 필요할까. 아니, 지울 수나 있을까.

그토록 세상에 자신만만했던 남자는 이제 아무것도 자신할 수 없었다. 여자 앞에서 그는 완벽히 무력했다. 그리고 그것은 지독하고도 완벽한 고독이었다.

순애는 살짝 눈을 떴다. 허리 위에 묵직한 뭔가가 얹혀 있었다. 눈살을 찌푸리며 허리께를 더듬자 단단한 남자의 팔이 잡혔다.

'응?'

어떻게 된 일인지 옆자리에는 호시가 숨소리도 내지 않고 깊이 잠들어 있었다. 마치 순애가 제 것이라도 되는 양 그녀의 허리를 칭칭 휘감고.

잠이 확 깨자 새벽까지 호시의 동기들과 유쾌하게 술잔을 주고받았던 기억이 떠올랐다. 무엇이 그렇게 즐거웠는지 계속 웃고 계속 마신 것 같다. 다들 얼큰히 취했을 때 야마다란 친구가 택시를 불러 줬다…….

그것이 마지막 기억이었다. 순애는 그제야 제가 아직 어제의 드레스 차림이란 걸 깨달았다.

'택시 안에서 잠들었나 보다…….'

호시가 깨지 않게 조용히 몸을 일으키려는데, 허리를 감은 남자의 손이 그녀를 끌어당기더니 다리로 그녀의 몸을 휘감았다. 두 사람의 아랫도리가 한데 뒤엉켰다.

"으음……."

남자가 그녀를 품속에 넣고 뜨겁게 몸을 비볐다. 난처해진 순애가 몸을 살짝 빼내려는데 호시가 눈을 떴다. 두 사람의 눈이 마주쳤다.

"!"

민망해진 순애가 그를 확 떠미는데 호시가 저도 모르게 그녀를 꽉 잡아 찍어 눌렀다. 아직 잠기운이 묻은 나른한 남자의 눈이 제 품속에 갇힌 여자를 보자 묘한 빛을 띠었다. 마치 덫에 걸려 버둥거리는 암사슴을 발견한 사냥꾼 같은 눈빛. 드레스가 드러낸 그녀의 가는 목선과 쇄골, 둥근 어깨와 작게 오르내리는 수줍은 가슴 위로 끈적하고 집요한 시선이 쏟아져 내렸다.

순애의 유리알 같은 눈동자에 쩍, 파열음이 일었다. 또, 또 그 눈빛이었다.

"씨, 씻을게요!"

순애는 남자를 강하게 떠밀고 뛰쳐나오다시피 방을 나왔다. 가슴이 미친 듯 쿵쾅거렸다. 남자가 가끔 저를 그렇게 볼 때마다 그녀는 그 시선에 고스란히 박제당하는 기분이었다. 온몸이 마비된 듯 기운이 쭉 빠지고 호흡이 절로 모자랐다. 간신히 그 시선에서 놓여나고야 참았던 숨을 몰아쉬곤 했다.

욕실로 가서 드레스를 벗어 던진 순애는 정신없이 제 몸에 찬물을 끼얹었다. 어느새 9월 말, 아침 공기가 제법 차가웠다. 그러나 그녀는 춥지도 않은지 계속해서 찬물을 들이부었다. 마치 제 몸에 붙은 불을 끄듯이 필사적으로.

겨우 샤워를 마친 순애가 젖은 머리로 욕실을 나왔을 때 부엌에서 부스럭거리는 소리가 들렸다.

"마셔."

남자가 숙취 해소제와 진하게 탄 녹차를 내밀었다.

"고마워요."

두 사람은 조용히 차만 홀짝였다.

"어제는 여러 가지로 고마웠다."

찻잔을 내려놓은 남자가 애써 건조하게 말했다.

"파티에서도 잘해 줬고…… 뒤풀이까지 애써 줘서 고맙다."

그는 순애가 약속을 어기고 그의 친구들과 술을 퍼먹은 것에 대해 아무 말도 하지 않았다. 한바탕 잔소리를 들으리라 생각한 순애는 내심 안도하면서도 괜히 입술을 삐죽거렸다.

"뭐…… 별말씀을요."

"근데 문제가 생겼어."

호시의 나직한 목소리에 순애가 살짝 긴장하며 그를 올려다보았다.

"어제 그 부인 기억해? 키시 부인."

"네……."

"그 남편이 법무성 최고 실세야. 그래서 다른 부인들도 모두 그 부인이 하는 다회에 초대받으려고 안간힘을 쓰지. 근데 네가 그 부인 마음에 든 것 같아. 골치 아프게 됐어."

순애는 선뜻 이해하지 못하는 얼굴이었다.

"그게 왜요? 그럼 호시 상에게 좋지 않아요?"

호시의 얼굴에서 표정이 싹 사라졌다. 그의 목소리가 더욱 낮게 가라앉았다.

"우리가 진짜 부부라면 좋을 수도 있겠지. 하지만 넌…… 네 정혼자에게 돌아가야 하잖아."

순애는 저도 모르게 찔끔했다.

"네가 부인회 활동을 하면 많은 사람이 우리를 주목하게 돼. 부부 동반 친목 모임도 많을 거고. 그럼…… 조용히 너를 보내 주기가 어려워져."

"……."

"그렇다고 부인의 초대를 거절할 마땅한 구실도 없고……."

순애는 곤란해하는 남자를 물끄러미 바라보았다. 그렇겠지. 그는 저를 조용히 보내길 원한다. 약속한 일 년 후에도 저를 데리고 있을 수밖에 없다면 그는 난처할 것이다.

"……그럼 어떡하죠?"

그러나 남자는 대답 없이 그녀를 지그시 바라볼 뿐이었다.

순애는 다시 숨이 막혀 왔다. 끈질기게 간청하는 것 같기도, 목에 칼을 대고 을러대는 것 같기도, 가슴이 찢어지게 슬퍼하는 것 같기도 한 저 눈빛. 저 눈빛은 도대체 무슨 뜻일까. 그는 대체 무슨 생각을 하기에 저런 눈빛을 하는 걸까…….

여자의 말간 눈을 애타게 바라보던 호시가 시선을 떨어뜨렸다.

피곤한 눈가에 짙은 그림자가 졌다.

"솔직히 말할게. 사실 내 목적은 어제 파티까지였어. 파티에서 네가 주목받은 건 내 계획 밖의 일이야."

"……."

"일단 오늘은 우리 둘 다 좀 쉬자. 그리고 비자는 걱정할 것 없어. 금방 나올 거다."

"어떻게 그렇게 장담을……."

"어제 네가 법무성 사람들을 다 홀려 놨잖아. 그 사람들이 비자를 내주는 사람들이니, 그 문제는 이제 끝난 거나 마찬가지야."

그 말을 끝으로 호시는 아침도 먹지 않고 그대로 서재로 들어가 버렸다.

'파티까지가 목적이었다고…… 그럼 난 이제 저 사람에게 쓸모를 다한 건가……'

식탁 위에는 남자가 타 준 찻잔만이 덩그러니 남아 있었다. 순애는 잔을 씻으며 호시 히로시에 대해 생각했다.

좀 무뚝뚝하고 속을 알 수 없을 때도 있지만 선하고 다정한 사람. 쓸모가 없어졌다고 해서 바로 저를 내치지는 않을 것이다. 적어도 약속한 일 년 동안은. 그러나, 그다음은……?

찻잔을 씻던 손이 우뚝 멈췄다.

'돈! 돈을 모아야 해. 돈이 있어야 일 년 뒤 작은 사글셋방이라도 얻을 수 있어. 이젠 민수 오빠를 위해서가 아니야. 나를 위해서야. 그리고 저 사람에게 폐를 끼치지 않기 위해서야.'

텔레비전에서는 강한 태풍이 도쿄로 북상 중이라는 뉴스가 흘러나왔다. 호시는 주말 내내 서재에 틀어박혀 있었다. 순애는 그런 그가 신경 쓰였지만, 티 내지 않은 채 평소처럼 집안일을 하고 태풍을 대비해 집 안팎을 단속했다. 태풍 전야의 집은 쥐죽은 듯 고요했으나 어딘지 팽팽한 긴장이 흘렀다.

월요일은 아침부터 거센 바람이 불더니 주룩주룩 비가 내렸다. 호시는 슈트 위에 얇은 코트를 걸치고 평소보다 조금 더 일찍 집을 나섰다. 주말 내내 식사도 제대로 하지 않은 남자의 얼굴은 조금 야윈 느낌이었다.

"운전 조심하세요."

순애가 조금 서먹하고 어색하게 인사했다.

"다녀올게."

그뿐이었다. 순애는 그가 더 말해 주길 바랐다. 왜 주말 내내 저를 피했는지, 앞으로 어떻게 할 생각인지 그가 더 말해 주길 바랐다. 하지만 남자는 그 말을 끝으로 차를 몰고 출근했다.

빗속으로 사라지는 차의 뒤꽁무니를 한참 바라보던 순애는 부엌으로 돌아가 커피를 한 잔 내렸다. 이제 그녀는 드립 커피를 능숙하게 내렸고 그 맛을 즐길 줄도 알았다. 창밖으로 내리는 빗줄기를 가만히 바라보던 순애는 일문 책을 펴고 앉았다. 일을 구하려면 읽고 쓰는 데 더 능숙해져야 했다.

한참 공부하다 보니 어느새 점심때가 훌쩍 지나 있었다. 그래도 비는 그칠 기미가 없었다. 다도 교실에 갈 준비를 하려는데, 이시다가 왔다.

"아이고, 무슨 비가 온종일 와."

이시다가 우산을 털며 툴툴거렸다.

"오셨어요?"

"응, 이거 우편물. 방금 집 앞에서 우체부 만났어요."

호시의 우편물이려니 하고 받아 든 엽서에는 뜻밖에도 순애의 이름 석 자가 뚜렷이 박혀 있었다. 그건 비자 허가가 났음을 알리는 엽서였다.

순애는 왈칵 울음이 터질 뻔했다. 이 얄팍한 종이 한 장을 얻느냐 얻지 못하느냐로 밀항자의 운명은 완전히 달라진다. 엽서를 얻지 못한 이들의 마지막은 대부분 강제 추방이었다. 설사 운 좋게 붙잡히지 않아도 매일 불안에 가슴 졸이며 음지에서만 살아야 한다. 이 나라에서 숨만 쉬어도 죄가 되는 것, 그게 불법 체류자의 삶이었다.

하지만 이제 그녀는 이 나라의 합법적 거주자였다. 이제는 취직도 할 수 있고, 장사를 할 수도 있다. 공부도 할 수 있다. 무엇이든 할 수 있다. 선거권과 피선거권을 제외하고는 그녀는 이 나라에서 무엇이든 할 수 있는 자유와 권리를 얻게 된 것이다.

'아! 그 사람에게 어서 알려 줘야지. 틀림없이 좋아해 줄 거야.'

순애는 나는 듯이 거실로 달려가 전화기를 붙잡고 호시의 사무실 전화번호를 눌렀다.

뚜르르르…… 뚜르르르…….

빨리 말해 주고 싶어 마음은 잔뜩 달아 있는데 오늘따라 유난히 통화 연결음이 길었다. 초조하게 연결을 기다리던 순애는 그만 출근하던 남자의 그늘진 얼굴을 떠올리고 말았다.

'바쁜데 괜히 귀찮게 하는 건지도 몰라…… 이따 집에 오면 말하자.'

그보다 빨리 정식 신분증을 받고 싶었다. 엽서를 관공서에 가져가면 비로소 정식 신분증이 나온다. 그것으로 비자와 관련된 모든 절차는 끝이었다.

"이시다 상, 저 오늘은 좀 늦을지도 몰라요. 제가 안 와도 시간 되면 돌아가세요. 그럼 부탁드려요."

빗발은 더 거세졌으나 집을 나서는 순애의 발걸음은 나비처럼 가볍기만 했다. 이왕 다도 교실까지 빠지면서 나가는 김에 일자리도 알아볼 생각이었다. 겨우 국민학교나 나온, 그것도 외국인인 제가 할 수 있는 일이라고 해 봤자 식당이나 청소일 거리 정도가 고작일 것이다. 그러나 더는 불법 유흥업소 따위에 가지 않아도 된다. 비록 궂은일이어도 양지의 일을 할 수 있다. 당당히 세금을 내고 법의 보호를 받을 수 있다. 그것만으로도 순애는 무슨 일이든지 할 수 있을 것 같았다.

호시가 귀가했을 때, 집 안은 어둡고 조용했다. 항상 나와 반겨주던 얼굴이 보이지 않자 불길한 예감이 번개처럼 그를 덮쳤다.

가방을 집어 던진 그는 집 안으로 뛰어 들어가 노크도 없이 방 미닫이문을 드르륵, 거칠게 열어젖혔다. 평소의 그라면 절대 하지 않을 행동이었다. 어느새 손에 땀이 축축이 배어 있었다.

"……"

여자는 없었다. 하지만 방 안 어디에도 이상한 낌새는 없었다. 평소와 다를 것 없이, 모든 것이 제자리를 얌전히 지키고 있었다. 그런데도 호시는 어쩐지 안심할 수 없었다. 그는 기어코 여자의 서랍장을 열었다. 간소한 소지품들이 그대로 있는 걸 일일이 확인하고 나서야 그는 겨우 안도의 한숨을 내쉬었다.

'잠깐 이 앞에라도 나간 모양이지……'

여자가 제집에 온 게 언제라고 그새 그녀 없는 집이 너무나 낯설었다. 마치 제집이 아닌 남의 집에 잘못 들어온 느낌이었다.

그때 벌컥 현관문이 열리더니 여자가 들어왔다. 빗속을 오래 나다녔는지 여기저기 비에 젖은 여자는 뭐가 그리 좋은지 혼자 콧노래를 흥얼거리다가 방 앞에 서 있는 그를 보고는 흠칫 굳었다. 저를 가만히 보고 서 있는 남자의 분위기가 어쩐지 심상치 않았다.

"오셨어요? 일찍 오려고 했는데 차가 막혀서……."

순애가 호시의 눈치를 살살 살피며 말끝을 흐렸다.

"이 빗속에 어딜 갔는데?"

순애는 그제야 환히 웃으며 제 손가방을 뒤적이더니 작은 카드 하나를 찾아내 호시에게 건넸다. 그것은 그녀의 사진과 이름이 박힌 정식 외국인 등록증이었다.

호시는 순애의 카드를 받아 찬찬히 살펴보았다. 입국관리청에서 일하다 보니 매일 보다시피 하는 것인데도 어쩐지 새로웠다.

<성명: 박순애. 국적: 한국. 재류 자격: 일본인의 배우자. 유효 기간: 1년>

그리고 환하게 웃고 있는 여자의 사진. 그는 카드에 박힌 여자의 얼굴을 손가락으로 살며시 어루만졌다. 이 얄팍한 종이에서라도 그녀의 온기를 느끼고 싶다는 듯 살살, 아주 조심스럽게.

"축하해."

그가 축하 인사와 함께 카드를 돌려주자 순애가 달같이 환한 미소를 지었다.

"다 호시 상 덕분이에요."

그 한마디에, 어여쁜 미소에 호시가 속절없이 녹아내리는데 순애가 쑥스러운 듯 몸을 배배 꼬더니 입을 열었다. 수줍어하면서도 뭔가 더 말하고 싶어 견딜 수 없는 눈치였다.

"그리고 저, 좋은 일 하나 더 있어요."

"좋은 일?"

그가 관심을 보여 주자 순애가 눈을 반짝였다.

"저 일자리 구했어요!"

잔뜩 흥분한 순애가 더는 참지 못하고 재잘재잘 말을 쏟아 내기 시작했다. 유치원에 다녀온 아이가 엄마에게 하듯 그녀는 호시의 칭찬과 인정을 간절히 바라고 있었다.

"이 카드 받고 오면서 구인 공고 붙은 곳을 자세히 봤어요. 마침 역 앞 횟집에서 주방 보조를 구하길래 한번 들어가서 물어봤는데, 외국인 등록증 확인하더니 바로 모레부터 나오라는 거예요. 사람이 많이 급했나 봐요. 시급도 세고, 직원 식사도 준대요. 아, 맞다. 이거⋯⋯."

순애가 가방에서 종이 하나를 꺼내 내밀었다.

"신원보증인이 한 명 필요하대요. 가족이 해도 된다고 했어요. 이따 이거 하나만 써 주세요."

"⋯⋯."

"왜⋯⋯ 그러세요?"

그제야 순애가 남자의 눈치를 살폈다. 아직 외투도 벗지 않은 남자는 우뚝 서서 그녀를 가만히 바라볼 뿐 한동안 아무 말이 없었다. 서류를 내민 손이 민망했다. 영문을 모르는 순애는 주뼛주뼛 서서는 눈알만 데구루루 굴렸다. 마침내 일자로 굳게 다물렸던 입술이 천천히 열리더니 차갑다 못해 음산한 목소리가 새어 나왔다.

"너…… 지금 그걸 말이라고 하고 있어?"

순애는 화를 내는 남자가 당황스러워 어안이 벙벙할 뿐이었다. 틀림없이 같이 기뻐해 줄 줄 알았는데…… 벌써 일자리도 구했느냐고, 잘했다고, 기특하다고 해 줄 줄 알았는데…….

"대체 생각이 있어? 횟집이라고? 주방 보조? 누가 너더러 그런 일을 하래?"

"……."

"넌 내 아내야. 그리고 아직 몸도 성치 않아. 잊었나?"

"호, 호시 상……."

"그 일은 못 해. 내일 당장 가서 못 한다고 하고 와."

그는 더 말할 것도 없다는 듯 냉기를 풍기며 돌아섰다. 그런 그를 순애가 절박하게 잡았다.

"제가 호시 상 아내라는 건 거기선 아무도 모르잖아요. 호시 상에겐 폐가 안 되게 할게요. 그리고 저 몸도 다 나았어요. 요샌 어지럽지도 않고……."

"네가 거기서 일하는 것 자체가 이미 폐를 끼치는 거야. 신경 쓰여. 피곤하니까 같은 말 반복하게 하지 마."

그의 일방적 태도에 순애는 서서히 화가 나기 시작했다.

"말도 안 돼! 대체 호시 상이 무슨 권리로 이러는 거예요? 무슨 권리로 이렇게……."

"권리?"

남자가 기다렸다는 듯 눈을 부라렸다.

"아무리 가짜라고 해도 지금 난 네 남편이고, 넌 내 아내야. 난

내 아내가 그런 일 하는 것 동의 못 해.”

여자의 안색이 싹 변했다. 그녀는 창백한 얼굴로 부르르 떨더니 분에 차 소리를 쳤다.

“전 일할 거예요! 호시 상이 절 막을 권리는 없어요! 호시 상이 동의하든 안 하든 전 할 거예요!”

호시의 말문이 턱 막혔다. 또 여자가 고집을 부리기 시작하고 있었다. 하지만 이번만큼은 그도 져 줄 생각이 없었다.

“내가 보증인이 되지 않으면 넌 죽어다 깨나도 일 못 해.”

그는 간단하게 마무리를 지었다.

“호시 상!”

“이 얘긴 끝났다. 피곤하군. 이만 쉬어야겠어.”

얼굴이 시뻘게진 순애가 돌아서는 그의 뒤통수에 대고 소리를 쳤다.

“대체 왜, 왜 그러는 거예요? 왜……!”

순간 호시가 몸을 틀더니 순애의 여린 팔목을 확 붙들었다. 무서운 힘이었다. 순애는 깜짝 놀라 눈을 크게 떴다.

“이렇게 가느다란 팔로 식당 일을 하겠다고? 그것도 빈혈로 골골대면서? 횟집 같은 데는 일도 고되고 텃세도 세. 넌 못 버텨.”

“이거 놔요! 해 보지도 않고 어떻게 알아요? 호시 상이 뭐라고 하든 전 일해야 해요. 할 거예요!”

“대체 왜? 대체 왜 그렇게까지 일해야 하는데?”

“!”

순애의 얼굴이 확 붉어졌다.

당신 말대로 그 남자는 변심했다고, 일 년 뒤 당신과의 계약이 끝나면 난 아무 데도 갈 데가 없다고, 그래서 돈을 벌어 둬야 한다고…… 그런 말은 차마 할 수 없었다. 그건 그녀의 마지막 자존심이었다.

"왜? 그 남자가 돈 벌어 오라고 하든?"

호시의 입가에 차가운 비웃음이 물렸다.

"그, 그런 거 아니에요……."

그만 풀이 죽은 순애는 남자의 시선을 받아 내지 못하고 고개를 떨어뜨렸다.

"그럼?"

"돈이 필요하니까요. 밀항하는 값으로 제가 공장에서 번 돈 전부를 썼어요. 그래서 전부터 비자 받으면 일하려고 생각하고 있었어요. 원래도 여기서 공장 다니며 돈 벌려고 했었으니까요……."

"……."

"그러니까 저 모레부터 거기 나가요. 그렇게 아세요. 보증인 서류도 써 주시는 거로 알게요."

순애의 손목을 쥐었던 남자의 손에 스르르 힘이 풀렸다. 순애가 저릿저릿한 손목을 어루만질 동안 호시는 입을 꾹 다문 채 말이 없었다. 푸른 핏줄이 돋아난 관자놀이가 한동안 씰룩이더니 그가 마지막으로 인내심을 발휘하며 여자를 달랬다.

"일자리가 필요하다면 서서히 알아보자. 건강해지면 여기서 공부를 더 하고 다른 일을 찾아도 되잖아. 아직 시간은 있어. 그러니 그 일은 하지 마. 네겐 너무 힘든 일이야."

부드럽게 다독이는 말에 순애는 저도 모르게 어깨의 힘을 슬쩍 풀었다. 그제야 남자가 고마웠다. 정말 그의 말대로 할 수 있다면 얼마나 좋을까 싶기도 했다. 하지만 제 사정은 그런 사치를 허락지 않았다. 그녀에겐 시간이 없었다.

"고마워요. 하지만 호시 상에게 계속 폐를 끼치고 싶지 않아요. 보답은 못 해도 언제까지 이렇게 신세를 지겠어요…… 저도 돈을 벌고 싶어요."

조용히 여자를 바라보던 호시는 저도 모르게 아랫입술을 꽉 물었다. 폐를 끼치고 싶지 않다는 여자의 냉정한 말이 할퀴고 간 자리에 피가 배어 나왔다.

"그리고 몸도 괜찮아요. 가발 공장에서도 매일 열두 시간씩 일했는데요, 뭐. 그깟 식당 일쯤 아무것도 아니에요."

"그러다 네가 그 꼴이 난 거잖아!"

간당간당하던 호시의 인내심이 마침내 폭발했다. 그 고생스러운 일을 하겠다고 고집을 부려 대는 여자가 가슴 아프면서도 미웠다.

'이 정도 말하면 적당히 못 이긴 척 말을 들을 일이지……'

화를 내도, 달래 봐도 순애는 요지부동이었다. 그의 마음 따윈 아랑곳하지 않고 여자는 앵무새처럼 괜찮다는 말만 반복했다.

그래, 지금까지 그렇게 살았을 것이다. 괜찮지 않은데도 괜찮다, 아무것도 아니다, 하며 살았을 것이다. 그래서 그녀는 참을 수 있을지도 모른다. 하지만 그는 아니었다. 오히려 그런 여자의 모습이 그를 더는 참을 수 없게 했다.

"이 바보야! 넌 대체……! 내 말 좀 들어! 내가 얼마나 널……!"

그는 더는 말을 잇지 못하다가 여자가 쥐고 있는 보증인 서류를 빼앗더니 그대로 북북 찢어발겨 버렸다. 순애는 그대로 아연실색

했다. 그건 평소의 호시와는 전혀 어울리지 않는 거친 행동이었다.

"분명히 말한다. 그 일은 못 해. 이 얘긴 이걸로 끝났어."

남자가 으르렁거리듯 못을 박았다.

"너무해……."

순애의 눈에서 눈물이 툭 떨어져 내렸다. 그 말을 들은 호시의 눈에서 불꽃이 튀었다.

"뭐? 너무해?"

"그래요! 너무해요! 호시 상이 내 일을 대신 결정할 권리는 없어요. 심지어 진짜 남편이라고 해도 이건 너무해요. 그런데 호시 상은 진짜 내 남편도 아니잖아요! 왜 진짜 남편처럼 굴어요? 진짜도 아니면서!"

분을 못 이겨 소리치던 순애는 저도 모르게 헉, 제 입을 틀어막고 말았다. 남자의 그런 얼굴은 처음 보았다.

완벽히 상처받은 얼굴. 너는 내가 마음도 없고 상처받지도 않는 것 같냐며 쓸쓸히 웃던 얼굴이 눈앞의 얼굴과 겹쳐졌다.

"아, 아니…… 저, 저는……."

당황한 순애가 서둘러 제 말을 주워 담으려 하는데 호시가 그녀를 제지했다. 그의 핏기 가신 얼굴은 너무 차분해 차라리 무서울 지경이었다.

"아니야, 네 말이 옳다. 내가 주제넘었어."

"아니…… 그, 그게 아니라……."

"아니야, 네 말이 다 맞아. 네가 원하는 대로 해라. 이 서류는 내 일까지 그대로 만들어 주지."

남자는 순애가 뭐라 더 말을 붙일 틈도 없이 돌아섰다. 그녀는 망연히 서서 냉기가 흐르는 남자의 뒷모습을 바라볼 뿐이었다. 어쩐지 그 뒷모습에 가슴이 시큰거렸다.

곧 서재의 문이 달칵 닫히는 소리가 순애의 가슴에 날카롭게 울렸다. 왜인지 순애는 그대로 엉엉 울고 싶어졌다.

다음 날 아침, 순애가 일어났을 때, 호시는 이미 출근하고 없었다. 밤새 후회와 미안함에 잠을 못 이룬 순애는 새벽같이 일어나지 못한 제가 원망스러웠다. 거실 테이블에는 깨끗하게 다시 작성된 보증인 서류가 놓여 있었다.

'어쩌지……'

그녀는 보증인 서류를 내려다보며 한숨을 내쉬었다. 남자의 단정한 서체마저 차갑게 화를 내는 것처럼 느껴졌다. 순애는 잔뜩 풀이 죽은 채 서류를 접어 넣었다.

이상한 일이었다. 이젠 원하던 대로 일할 수 있는데 하나도 기쁘지 않았다. 기쁘기는커녕 마음이 납덩이처럼 무거웠다. 호시의 상처받은 얼굴이 머릿속을 떠나지 않았다.

'어쩌면 좋지……'

어떻게든 사과하고 싶었다. 화해하고 싶었다. 그의 이해와 지지를 받으며 일을 시작하고 싶었다. 어느새 호시의 의견은 그녀에게 중요한 고려 대상이 되어 있었다.

하지만 어떻게 해야 좋을지 도무지 알 수 없어 순애가 머리를 쥐어짜며 저를 탓하는데 거실의 전화벨이 울렸다. 뜻밖에도 법무성 파티에서 만난 키시 부인이었다.

-혹시 오늘 오후에 시간 있어요?

"네? 네. 사모님."

-이따 우리 집에서 가볍게 커피나 한잔하기로 했는데 괜찮으면 올래요?

순애의 얼굴이 순간 굳었다. 부인회 모임에 참여하게 되면 조용히 이혼하기 어렵다는 호시의 말이 생각난 것이다. 그러나 그는 그 이후 더 언질 준 것이 없었고, 키시 부인의 초대에는 당장 답해야 했다.

"아, 네. 사모님. 영광입니다."

-너무 딱딱하게 그럴 것 없어요. 편하게 수다나 떠는 자리니까. 지난번 파티에서 박 상을 보고 모두 박 상이랑 친하게 지내고 싶어 하거든. 아, 우리 집 어디인지 모르죠? 이따 두 시쯤 집으로 차를 보낼게요. 타고 와요.

"아, 네. 감사합니다."

-뭘요. 그럼 이따 봐요.

순애는 차장 부인이 먼저 전화를 끊기를 기다렸다 조심스레 수화기를 놓았다. 이로써 부인 모임에 속하게 된 것 아닌가 걱정스러웠지만 그렇다고 그렇게 힘 있는 사람의 초대를 거절할 수도 없는 노릇이었다. 사실 순애에게는 선택의 여지가 없었다.

'그것보다 이렇게 멍하니 있을 때가 아니야.'

부인은 두 시에 차를 보내겠다고 했다. 순애는 시계를 힐끔 보고는 서둘러 외출복으로 갈아입고 지갑을 챙겨 집을 나섰다.

"국장님 계시지?"

호시의 비서는 보고를 위해 국장실 문을 노크하려는 야마모토에게 다급히 고개를 저어 보였다.

"긴급 아니면 오늘은 하지 마세요."

비서가 있는 힘껏 목소리를 낮췄다.

"왜?"

야마모토도 덩달아 목소리를 낮췄다.

"완전 저기압. 역대 최악이에요."

비서가 고개를 절레절레 저었다. 충분히 알아들은 야마모토가 그대로 방을 나서려는데 방 안에서 호시의 목소리가 들렸다.

"괜찮으니 들어와요. 역대 최악까진 아니니까."

비서가 그대로 얼어붙었다. 야마모토는 겨우 웃음을 참으며 국장실로 들어갔다. 과연 국장의 낯빛은 과히 좋지 않았다. 야마모토가 가볍게 묵례하고 결재판을 내밀자 호시는 빠르게 서류를 훑고는 별말 없이 결재했다.

"잘 안 되십니까?"

호시가 흘낏 야마모토를 쳐다보았다. 이 모든 사건의 발단이 된 오십 줄의 남자는 넉넉한 표정으로 호시를 바라보고 있었다.

"무슨 말씀이십니까?"

"원래 신혼 때 제일 많이 싸웁니다. 그래도 그때가 제일 좋죠."

"……."

"정말 좋아하시게 됐나 봅니다."

"그런 거 아닙니다."

"그래도 예전보다 훨씬 더 좋아 보이십니다."

야마모토는 그 말을 끝으로 묵례하고는 조용히 나갔다.

호시는 어이가 없었다. 대체 뭐가 좋아 보인단 말인가. 이렇게 가슴에 불덩이를 끌어안고 혼자 미칠 것 같은데. 완벽히 컨트롤 되던, 질서정연하고 평온했던 그의 세계에 웬 불법 체류자 하나가 들어와 난리를 치고 있는데.

해결책은 간단했다. 오늘이라도 그 불법 체류자를 잡아다 그의 인생에서 강제 추방해 버리면 될 일이었다. 그런데 그 간단한 일을 도저히 할 수 없었다. 여자를 추방해 버리는 순간, 제 세계가 어떻게 될지 이제 그는 상상도 할 수 없었다. 엄두도 나지 않았다. 순애가 없는 집, 순애가 없는 생활, 순애가 없이 덩그러니 남겨진 저 자신을. 그게 가능하기나 한가. 도대체 그 여자가 없었을 때 저는 어떻게 살았을까. 아니, 그때의 저는 정말 살아 있었던 걸까.

생각만으로도 그는 그대로 아득해졌다. 그건 살아 있던 게 아닌 것 같았다. 아니, 살아 있었다고 할 수 없을 것 같았다. 그저 숨을 쉬고, 일을 하고, 밥을 먹었을 뿐이다. 그 여자가 제게 가져다준 이 짜릿한 고통도, 슬픈 행복도 없던, 고요하고 고요하기만 한 깊은 물속 같은 세상에서. 그리고 그는 다시는 그 세상으로 돌아가고 싶지 않았다. 그건 살아 있던 게 아니다.

박순애는 그런 여자다. 그를 살게 하는 여자. 그런 여자를 어떻게 제 손으로 보낼 수 있을까. 그것도 다른 남자에게.

호시가 굵은 신음을 토해 내는데 전화벨이 울렸다.

-호시 군, 나 키시일세.

"네. 차장님."

호시가 저도 모르게 자세를 반듯이 했다. 차장이 직접 저한테 전화를 걸다니, 이런 일은 흔치 않았다. 긴장한 그는 무슨 건인지 머리를 굴렸으나 이거다 싶게 딱 짚이는 것이 없었다.

-내 처한테 방금 얘기 들었네. 뭐, 그렇게까지 할 필요는 없는데……

하여튼 신경 써 줘서 고맙네.

"……네?"

-자네 안사람 말일세. 모르는가?

호시는 순간 입술을 꽉 깨물었다. 그 여자는 대체 저 몰래 무슨 짓을 하고 다니는가. 어제는 횟집 일을 하겠다고 그 난리를 피우더니 오늘은 대체…….

"아, 아닙니다. 별것도 아닌 일을요. 이렇게 전화까지 주시고…… 감사합니다."

호시가 대충 눈치껏 끼워 맞추자 차장이 흡족하다는 듯 웃었다.

-자네도 결혼하더니 철이 좀 들었군. 뻣뻣하기만 하더니 윗사람 대할 줄도 알고 말이야. 암, 사회생활 하려면 그런 것도 할 줄 알아야지. 하지만 또 그럴 필요는 없네. 한 번 성의 보여 준 것만으로도 충분해.

차장이 껄껄 웃었다. 이제 호시는 식은땀이 다 날 지경이었다. 대체 여자가 뭘 했길래 그 쇠꼬챙이 같은 차장 입에서 이런 말이 나오는가. 호시는 불안해 미칠 지경이었다.

"아닙니다. 별말씀을요. 오히려 제가 더 감사하지요."

-인사는 이제 됐어. 참, 이번 주에 본부 사람들 몇몇이랑 동부인 해서 하코네 온천에 가기로 했네. 1박 2일이야. 자네도 오게.

"네. 알겠습니다."

-그래, 그럼 그때 보세.

전화가 끊겼다. 호시는 수화기를 쾅 내려놓자마자 겉옷과 가방을 챙겨 방문을 박차고 나섰다. 쾅, 문소리가 나고 살기등등한 얼굴로 그가 뛰쳐나오자 안 그래도 혼자 전전긍긍하던 비서가 지승

사자라도 본 듯 흠칫 놀랐다.

"나 오늘 좀 일찍 들어가."

그는 비서의 대답은 듣지도 않고 나는 듯 주차장으로 달려가 제 차에 시동을 걸었다.

'아무리 내가 가짜 남편이어도 그렇지. 어제도 그렇고, 오늘도 그렇고 도대체 나한테 상의 한마디 없이⋯⋯.'

호시는 입술을 앙다물며 가속 페달을 밟았다. 그러나 여자의 어여쁜 모습을 떠올리자마자 저도 모르게 화가 녹아내렸다. 당황한 그는 마음을 모질게 먹고 애써 그 얼굴을 떨쳐 냈다.

'아무리 내 앞에서 살살 웃어 봐라. 어림없지, 어림없어. 어디서 남편 노릇이냐고? 하!'

그는 오늘 아주 여자의 버릇을 단단히 고쳐 놓을 작정이었다.

호시가 현관문을 열어젖히자 고소한 기름내가 코를 찔렀다. 부엌에서는 시끄러운 라디오 소리가 흘러나오고 있었다.

그는 옷도 벗지 않고 부엌으로 뛰어 들어갔다. 라디오를 크게 틀어 놓고 제멋대로 엉터리 콧노래를 흥얼거리며 부엌을 치우던 순애가 그를 보고는 귀신이라도 본 듯 깜짝 놀랐다.

"엄마야!"

"⋯⋯."

남자는 정말 유령 같은 얼굴로 서늘히 그녀를 바라볼 뿐이었다. 말도 안 되는 노래 실력이 창피해 얼굴이 붉어진 순애가 서둘러 라디오를 껐다. 요란스럽던 주방이 순식간에 절간처럼 조용해졌다.

"오셨어요? 어떻게 이렇게 일찍⋯⋯."

순애가 시계를 흘낏거리며 쭈뼛대는데 남자가 벼락처럼 소리를 쳤다.

"너, 대체 뭐야?"

"네?"

"차장 부인한테 대체 뭘 했어?"

당황한 순애가 우물쭈물했다. 이렇게 빨리 그가 알게 될 줄이야⋯⋯.

"저⋯⋯ 아까 아침에 전화가 와서 댁으로 초대하시길래⋯⋯ 벼, 별건 아니고 음식을 좀 해 갔는데⋯⋯."

"뭐?"

남자의 눈에서 파란 불꽃이 일었다. 그는 저도 모르게 성큼성큼 다가가 여자의 어깨를 세게 쥐었다.

"너! 누가 너한테 그런 짓 하래? 너 식모 아니라고 했잖아! 근데 왜 남의 집 식모 일을 해 줘? 내가 언제 너한테 그런 거 시켰어? 너 정말 요새 왜 그래? 나 말려 죽이려고 작정했어? 왜 시키지도 않은 일을 해!"

그가 눈을 부라리며 큰소리를 치자 순애는 말문이 막혀 입술만 바들바들 떨었다. 너무 놀라서 말도 나오지 않았다. 곧 그 큰 눈에 눈물이 맺히더니 방울방울 떨어졌다.

"아니, 저는⋯⋯ 파티에서 사모님이 하신 말씀이 생각나서⋯⋯ 사모님한테 잘 보이면 혹시 또 모르잖아요. 호시 상이 다시 좋은 자리로 갈지도⋯⋯."

"뭐?"

생각지도 못한 여자의 말에 그는 뒤통수를 세게 얻어맞은 기분이었다. 그는 제게 어깨를 쥐어 잡힌 채 고양이 앞의 쥐처럼 발발 떠는 여자를 망연히 내려다보다 한참 만에야 입을 열었다. 그러나 이미 아까의 살기등등한 기세는 찾아볼 수 없었다.

"너…… 어디서 무슨 말 들었어?"

그제야 여자가 눈물을 훔치며 원망스럽게 그를 흘겨보았다.

"저도 귀 있어요. 바보 아니에요. 지난번 파티에서 다 들었어요. 호시 상 그 차장님한테 미움 사서 한직에서 고생한다고. 원래대로라면 더 높은 자리에 있을 사람이라고……."

"……."

"어려운 거 한 것도 아니고…… 저녁 반찬 하면서 조금 더 해서 갖다드린 것뿐이에요. 어차피 하는 거 조금 더 한 것뿐인데, 무슨 식모 노릇이래? 꼭 말을 해도 어쩜 그렇게 밉게…… 음식 좀 나눠 먹을 수도 있는 거지. 꼭 그렇게 말해야 속이 시원한가…… 그 정도 해서 호시 상이 미움받지 않으면 좋잖아요."

여자가 훌쩍거리며 서럽다는 듯 원망스럽다는 듯 꿍얼댔다. 그러나 여자의 말과는 달리 부엌은 전쟁이라도 치른 듯한 모양새였다. 온갖 양념이 다 나와 있고, 싱크대에는 설거짓거리가 산처럼 쌓여 있었다. 무엇보다 그녀 말처럼 저녁 반찬 좀 더 해서 갖다 준 정도라면 차장한테 따로 전화가 올 리 없었다. 틀림없이 제 솜씨를 다해서 정성껏 음식을 해다 줬으리라. 온종일 부엌에서 동동거리면서.

여자의 버릇을 고친다고? 순간 그는 픽, 코웃음이 나려는 걸 겨우 참았다. 어림없는 건 여자가 아니라 바로 저였다. 이 여자에게 매몰차게 굴려 하다니. 제겐 정말 어림도 없는 일이었다.

그는 낮게 한숨을 쉬고는 겉옷을 벗고 넥타이를 푼 후 셔츠 소매를 걷어 올렸다. 오늘도 그는 졌다.

"내가 치울게. 넌 들어가."

"됐어요! 어디가 제자린지도 모르면서 치우긴 뭘 치우겠대?"

눈물을 뚝뚝 흘리면서도 제 할 말은 꼬박꼬박하는 순애의 모습에 호시는 저도 모르게 피식, 웃음을 흘리고 말았다. 남자가 웃자 눈물을 닦던 순애가 고개를 획 들었다.

"지금 웃었어요?"

"안 웃었어."

그러나 그의 입가가 작게 씰룩이는 것을 순애는 놓치지 않았다.

"웃었잖아요?"

"안 웃었어."

"거짓말! 웃었잖아요!"

"……"

"이제 화 풀린 거예요?"

고집스러운 조개처럼 입을 꽉 다문 호시가 순애의 시선을 피했다. 그래도 순애가 끈질기게 그의 시선을 따라붙자 마지못한 듯 그가 답했다.

"안 풀렸어."

"……그럼 어떻게 해야 풀리는데요?"

그제야 호시가 여자를 똑바로 보았다.

"왜 그랬어?"

"네?"

"나보고 진짜 남편도 아니면서 왜 남편 노릇 하냐며. 넌 진짜 내 아내도 아니면서 왜 나를 위해 그런 일을 했어?"

"!"

순애는 허를 찔린 기분이었다. 말문이 턱 막혔다.

그러게……. 누가 시킨 것도 아닌데, 저 사람이 부탁한 것도 아닌데, 내가 정말 저 사람 아내도 아닌데. 나는 왜 정말 아내나 된 것처럼…….

그녀는 시선을 떨어뜨리며 제 손가락만 꼼지락거렸다. 그러나 이제는 남자가 반드시 그 대답을 듣고야 말겠다는 듯 끈질기게 시선을 붙여 왔다.

"아니…… 뭐, 누가 호시 상 위해서 했대요? 혼자 착각은……."

순애는 더는 버티지 못하고 몸을 꼬며 구시렁거렸다.

"아까는 나 좋은 자리 가라고 한 거라며?"

남자가 친절히 그녀가 한 말을 복기시켜 주자 순애의 얼굴이 새빨갛게 익었다.

"아니 뭐, 저기…… 굳이 얘기하자면 그렇다는 거죠. 호시 상이 잘돼야 신세 지는 제가 초밥이라도 한 번 더 얻어먹을 거 아니겠어요?"

코너에 몰린 순애가 재빨리 눈알을 굴리더니 능청스레 웃었다. 남자는 깊은 눈빛으로 그런 그녀를 가만히 보고 있다가 나직이 말했다.

"고맙다."

남자의 목소리엔 웃음기도, 장난기도 없었다. 그런데 그 한마디가 너무나 달콤하고도 부끄러워, 몸이 녹아내릴 것 같았다. 순애는 어쩔 줄 몰라 괜히 재어 놓은 소갈비만 노려보았다.

"하지만 나는 내 아내를 남의 집 식모 노릇 시켜 가며 출세할 마음은 없어. 그러니까 다음에는 이런 일 하지 마. 이건 부탁이야."

"……."

"알았어?"

순애가 여전히 죄 없는 소갈비만 노려보자 호시가 다시 한번 대답을 재촉해 왔다. 순애가 못 이기는 척 슬쩍 고개를 주억거렸다. 그런 그녀를 보던 남자가 저도 모르게 피식 웃었다.

"서로 남편 노릇, 아내 노릇 사이좋게 한 번씩 했으니 이번엔 비긴 거로 하자."

그 말에 순애가 풋, 웃었다. 이상한 일이었다. 온종일 시커먼 먹구름이 끼어 있던 마음이 그 미소 한 번에 완전히 개었다. 개었다 뿐인가. 꽃이 피고 향긋한 바람이 불고, 그야말로 찬란한 오월이었다.

"그럼 나 일하는 거 찬성해 주는 거죠?"

호시는 여자의 생글생글한 미소에 풀어지려는 마음을 겨우 다잡았다. 또 날 홀려서 대충 어떻게 넘어가 보려고? 다시는 그녀의 페이스에 휘말리지 않으리라.

"일하고 싶으면 차장 댁에 가서 네가 갖다드린 음식 모조리 다시 가져와. 그래야 비기는 거야."

그가 순순히 넘어오지 않자 순애는 부루퉁한 얼굴로 다시 남자를 흘겨보았다.

"부엌 치워야 하니까 나가세요."

"나 배고픈데. 여기저기 인심은 다 쓰고 다니면서 설마 나한테만 매정하진 않겠지."

순애가 느물거리는 남자를 밉살스럽게 쏘아보더니 곧 식탁을 행주로 훔치고 상을 차렸다. 갈비찜에 동그랑땡, 잡채, 갓 담근 파김치가 한 상 가득 올라왔다.

그러나 그 잔칫상 같은 식탁을 바라보는 호시의 얼굴은 밝지 않았다. 막상 여자가 수고한 결과를 마주 대하니 더욱 마음이 미어졌다. 부엌일은 잘 모르는 그였지만 순애가 온종일 기름 냄새를 맡으며 혼자 씨름했으리란 건 충분히 짐작할 수 있었다.

"왜 안 들어요? 시장하다면서요?"

"응…… 그래, 먹자."

그는 안 내키는 젓가락을 들었다. 음식은 더할 나위 없이 맛있었다. 그러나 온종일 고생해서 만든 음식을 남의 집에 가져다주며 저를 위해 굽신거렸을 여자를 생각하니 목이 콱 메었다.

"왜요? 맛이 별로예요?"

호시의 젓가락질이 영 신통치 않자 순애가 고개를 갸웃하더니 제가 만든 잡채를 한 입 먹어 보았다.

"사모님은 맛있다고 엄청 좋아하시던데…… 입에 안 맞아요? 좀 짠가?"

"너 말이야……."

결국 남자가 젓가락을 놓으며 고통스러운 듯 미간을 찡그렸다.

그는 살인적인 충동과 싸우고 있었다. 마음 같아서는 이대로 그녀를 꼭 껴안아 버리고 싶었다. 여자를 품은 채 입 맞추고, 종일 고생했을 손을 어루만지고 싶었다. 고맙다고, 그리고 네가 그런 일을 하게 해서 정말 미안하다고 말하고 싶었다.

"왜 그래요?"

살짝 어깨를 움츠리고는 걱정스레 제 안색을 살피는 여자의 모습이 더욱 그의 애간장을 녹였다.

호시는 눈을 질끈 감고 초인적인 인내심으로 주먹을 꽉 말아 쥐었다. 차라리 허상을 사랑하는 게 나을 것 같았다. 바로 눈앞에 있는데도 닿을 수 없는 여자를 짝사랑하는 것은 이토록 처참한 일이었다.

"괜찮아요? 입에 안 맞으면 억지로 먹지 마요."

여자의 걱정을 눈치챈 호시는 겨우겨우 감정을 꾹꾹 눌러 접어 가슴 저 밑바닥 깊은 곳에 숨겼다.

"아니, 그런 거 아냐."

"그럼 왜……?"

"너, 일하고 싶댔지? 그런 것보단 아예 공부를 더 하는 게 어때?"

"공부요?"

순애는 얼떨떨한 얼굴이었다. 어제 한 얘기는 그저 저를 달래려는 것이라고만 생각했는데……. 하지만 호시는 진지했다.

"그래. 너 하는 걸 보니 머리가 나쁘진 않아. 여기서 검정고시를 봐라."

"검정고시……? 그게 뭔가요?"

"사정이 있어서 학교를 다니지 못한 사람도 학력을 얻을 수 있는 시험이야. 넌 국민학교는 나왔으니 여기서 바로 고등학교 검정고시를 볼 수 있어. 시험에 합격하면 넌 어엿한 고졸 학력이 되는 거야."

순애의 입이 쩍 벌어졌다. 그런 시험이 있다는 것도, 제가 그런 시험을 칠 수 있다는 것도 몰랐다. 그보다 고졸 학력…… 고졸 학력이라니…….

지금껏 호시를 제외하고는 제 주위에 고졸 이상의 학력을 가진 사람은 아무도 없었다.

"그, 그런 걸 제가 어떻게……?"

"네가 하겠다면 내가 도와줄게. 일을 아예 하지 말라는 게 아니야. 네가 원한다면 일을 해. 네 힘으로 돈을 벌고 싶은 네 마음도…… 그래, 알겠어. 하지만 지금 당장 식당에서 몇 푼 벌 생각 말고 공부를 해서 조금이라도 더 좋은 일자리를 찾으란 얘기야. 나는 그게 너에게 더 좋은 길이라고 생각해."

생각지도 못한 얘기에 순애의 눈빛이 흔들렸다. 제가 고졸 학력이 될 수 있다니 그녀에겐 꿈만 같은 얘기였다.

"한 번 생각해 봐. 당장 조급하게 굴지 말고."

여자가 홀린 듯한 눈으로 고개를 끄덕였다.

"그리고 네가 그 횟집에 말하기 힘들면 내가 가서 말해 놓을게."

"아, 아니에요. 제가 가서 말할게요. 신경 쓰지 마세요."

순애가 급히 손을 내저었다. 안 그래도 내일 횟집에 가서 일을 못 하게 됐다고 말하는 게 좀 어렵긴 했다. 그래도 제가 벌인 일의 뒤처리를 그에게 떠넘길 순 없었다. 더군다나 호시가 그 고약해 보이던 횟집 주인에게 고개를 숙일 생각을 하니 뭔가 참을 수 없이 언짢았다. 그냥 제가 가서 욕을 먹는 게 차라리 나았다.

"그럼 신경 쓰지 않게 해. 너 요즘 계속 날 신경 쓰이게 하잖아."

"제가 뭘 어쨌다고……."

순애는 어이가 없었다. 그러는 그야말로 요새 계속 제 신경을 긁어 대지 않았는가.

"아니, 생각해 보니 웃기네. 제가 뭘 어쨌다고 그래요? 신경 쓰이게 한 건 오히려 호시 상이잖아요! 요새 이유 없이 화만 내고, 서재에만 틀어박혀 있고, 새벽같이 혼자 나가 버리고! 지금도 봐요, 배고프다더니 차려 주니까 또 안 먹고! 그러면서 뭐요? 웃겨, 정말!"

호시는 그저 웃어 버렸다. 여자가 있는 힘껏 화내는 모습조차 귀여웠다. 제가 신경 쓰였다는 그녀의 말은 또 얼마나 기쁘고 흐뭇한지.

"내가 요새 그랬던가……."

남자의 눈매가 부드럽게 휘었다. 호시는 천천히 젓가락을 들더니 그녀가 만든 동그랑땡을 하나 집어 먹었다. 곧 엷은 햇살 같은 미소가 떠올랐다.

"참 맛있네. 고맙다."

그 미소를 보는 순간, 왜인지 순애는 그에게 더 화를 낼 수가 없었다. 그녀는 저도 모르게 어물어물 시선을 돌렸다. 왜 이렇게 심장이 콩닥거리는지, 무엇이 이렇게 부끄럽고도 기쁜지 도통 모를 일이었다.

다음 날 아침, 새벽닭처럼 날이 밝기도 전에 출근하던 호시는 원래대로 출근 시간을 늦춰 순애와 함께 아침을 먹었다. 막 나가려던 호시가 배웅하는 순애를 돌아보았다.

"시간이 나면 서점에 나가서 검정고시 책을 찾아봐. 좀 더 확실하게 감이 잡힐 거야."

"네."

"그리고 이번 주말엔 부부 동반 1박 2일 여행이 있어. 키시 차장 초대야. 준비해 둬."

"저, 그, 그럼……."

순애가 당혹스러운 표정으로 말을 더듬었다. 부인회 활동을 하게 되면 조용히 이혼하기 어렵다고 하지 않았었나. 그럼 일 년 뒤 어떻게 할 작정이냐고 묻고 싶었다. 대체 우리는 어떻게 되는 거냐고. 하지만 그걸 묻는 게 어쩐지 두렵기도 했다.

"……."

여자가 채 묻지 못한 질문을 그는 정확히 알아들었다.

불안한 거겠지. 제 남자에게 가는 게 혹시라도 늦어질까 봐. 내가 저를 놔주지 않을까 봐.

그는 아무 말 없이 제 구두 끝만 바라보았다. 여자의 흔들리는 눈빛을 더는 차마 볼 수 없었다. 마음이 그야말로 갈기갈기 찢어지는 것 같았다.

"지금은 어쩔 수 없어. 이왕 이렇게 된 거, 흐름을 따라가면서 차츰 생각해 보자. 상황이 어떻게 바뀔지도 모르는 거고……."

제 희망을 흐릿하게 얼버무린 남자는 그대로 현관문을 밀고 나갔다.

호시가 나가고 순애도 외출 채비를 했다. 어제 검정고시 얘기를 듣고는 꿈에 부푼 나머지 잠도 제대로 자지 못한 그녀였다. 호시의 말대로 어서 서점에 나가 검정고시 서적을 살펴보고 싶었다.

태풍이 지나간 후부터 제법 날이 선선해졌다. 순애는 여름 원피스

위에 카디건을 걸쳐 입고 그대로 나가려다 거울 앞에서 멈칫했다.

거울 속의 제 모습이 낯설었다. 생활의 질이 올라가고 건강이 호전되면서 전보다 살이 붙고, 무섭게 창백하던 얼굴에도 조금씩 핏기가 돌았다. 확실히 예전보다 표정도 좋아졌다. 아니, 좋아진 정도가 아니었다. 이제 그녀는 꽤 행복해 보였다.

조금 머뭇거리던 순애는 서랍을 열고 호시의 권유로 산 장밋빛 립스틱을 꺼냈다. 립스틱 뚜껑을 딸깍 열자 마치 혼자만의 비밀이라도 여는 것처럼 기대감이 부풀어 올랐다. 인공적인 장미 향마저 묘하게 그녀를 들뜨게 했다. 그녀는 조금 어색한 손길로 살짝 립스틱을 바르고 다시 거울을 보았다. 거울 속의 여자는 희망에 찬 눈을 반짝이며 생기 넘치게 웃고 있었다.

오랜만에 시내에 나온 순애의 발걸음은 활기가 넘쳤다. 이 도시에 처음 왔을 때만 해도 엄청난 인파와 교통 체증, 잘 포장된 도로와 여기저기 쭉쭉 뻗어 있는 고층 빌딩에 촌닭처럼 놀랐던 순애지만 이제는 어딜 가도 주뼛거리지 않고 자연스럽기만 했다.

'여기 어디서 본 것 같은데…… 아, 저기 있네.'

두리번거리며 서점을 찾던 그녀의 눈에 커다란 서점 간판이 보였다. 그대로 서점으로 들어가려던 순애의 빠른 걸음이 서점 옆 화장품 가게 앞에서 멈춰 섰다. 왜인지 저를 제멋대로 화장품 매장에 밀어 넣는 립스틱을 사게 한 호시가 생각났다. 화장품 매장 앞에서 민망해하던 남자를 떠올리자 순애는 저도 모르게 살짝 웃고 말았다.

'그 사람도 다른 남자들처럼 화사하게 화장하는 여자가 좋겠지……'

그녀는 자석에 끌리듯 가게 문을 밀고 들어섰다.

"어서 오세요."

점원이 순애의 고급스러운 차림을 순식간에 훑고는 간이라도 빼 줄 듯 친절히 그녀를 맞았다.

"뭘 도와드릴까요?"

"저, 잠깐 좀 둘러볼게요."

"네. 편하게 보세요."

순애가 천천히 매장을 돌면서 분과 눈썹연필 등을 살펴보는데, 웬 여자가 순애에게 아는 척을 해 왔다.

"이런 데서 다 보네요."

등 뒤에서 들린 모국어에 놀란 순애가 돌아보자 그때 그 여자, 경화가 서 있었다. 순애의 얼굴이 순식간에 싸늘히 굳었다.

경화는 병원에서 봤을 때와 비슷했다. 수수한 차림에 손톱에는 붉은 매니큐어가 칠해져 있었고 옅은 담배 냄새를 풍겼다.

"다 샀어요? 괜찮으면 잠깐 얘기 좀 해요. 이렇게 만난 김에."

순애가 우물쭈물했다. 제가 저 여자와 나눌 말이 뭐가 더 있단 말인가.

경화가 순애 손에 들린 분을 슬쩍 보더니 재빨리 다른 분을 찾아 쥐여 주었다.

"자기한텐 그 색 안 맞아요. 살 거면 이걸 사요. 피부가 워낙 하얘서 별로 할 필요도 없을 것 같긴 하지만."

이 여자한테 이런 도움을 받다니 어쩐지 수치스러워 순애의 얼굴이 붉어졌다.

"바로 앞에 괜찮은 찻집이 있어요. 갈래요?"

계산을 마친 경화가 턱짓으로 서점 앞의 작은 찻집을 가리켰다.

"……여기 잘 아시네요?"

"내가 일하는 데가 이 근처예요."

여자는 언행에 거침이 없었고 이곳 사정에도 밝은 것 같았다. 순애는 어쩐지 그런 그녀에게 주눅이 드는 기분이었고 그런 기분이 꺼림칙했지만 마땅히 거절할 핑곗거리도 없어 조용히 그녀를 따라갔다.

"한 번쯤 더 만나고 싶었어요."

경화는 커피 한 잔을 시키자마자 곧 담배를 꼬나물었다. 직선적인 시선이 바로 순애에게 날아들어 꽂혔다.

"상태는 좀 어떤가요……?"

조용히 눈을 내리깔고 있던 순애가 한참 만에야 물었다. 순애는 일부러 민수를 지칭하지 않았다. 그는 더 이상 그녀의 '민수 오빠'가 아니었다. 이제 그는 경화의 남자였다.

"솔직히 별로 좋진 않아요. 여러 가지로."

"……."

경화는 한동안 아무 말 없이 담배만 빨았다. 망설이듯 흔들리는 시선이 순애의 팔목에서 빛나는 고급 시계와 왼손 약지의 다이아 반지를 훑었다.

"돌리지 않고 솔직히 말할게요. 돈 좀 빌려줄 수 있어요?"

뜻밖의 말에 커피를 마시던 순애의 어깨가 움찔했다.

"자기한테 이런 말 하는 게 얼마나 뻔뻔한 짓인지 알아요. 나도 그 정도 염치는 있는 년이니까…… 이렇게 하는 말이에요. 그러니까 너무 욕하진 마요."

그제야 순애는 여자를 똑바로 바라보았다.

"병원비 때문이에요?"

"네."

"얼마나……?"

경화가 제 손가락을 펴 보였다. 생각보다 적지 않은 액수에 순애는 놀랐다. 그런 순애의 얼굴을 본 경화가 다급히 덧붙였다.

"물론 다 도와 달라는 건 아니에요. 조금만이라도 괜찮아요."

"……."

"오죽하면 내가 자기한테 이런 부탁을 다 하겠어요? 시간이 걸리더라도 꼭 갚아 드릴게요. 그래도 자기는…… 좀 여유가 있어 보이니까……."

순애는 아까부터 그녀가 제 결혼반지를 보고 있다는 걸 눈치채고 있었다.

'아마 부잣집 남자를 잡아 결혼했다고 생각할 테지. 하지만 진짜 결혼도 아니고, 내가 가진 돈은 호시 상이 준 용돈 정도인데…….'

순애는 절박한 경화의 눈길을 저도 모르게 회피했다. 꼭 경화의 부탁이 아니더라도 그녀 역시 민수를 돕고 싶었지만 순애에겐 당장 돈이 없었다. 그렇다고 호시에게 부탁한다는 건 상상도 할 수 없는 일이었다.

"저도 돕고 싶어요. 그 사람이랑 전 이미 남남이지만…… 그런 걸 떠나서 저한테 고마운 사람이에요. 신세 진 것도 많고……."

순애가 말끝을 흐렸다.

그랬다. 민수는 연인이기 이전에 고마운 사람이었다. 가난의 냄새가 짙던 고향에서 죽어 가던 엄마를 업고 한밤중에 병원에 달려가 준 사람, 어린 딸년 혼자 있던 초라하고 쓸쓸한 빈소를 같이 지켜 준 사람, 외로운 서울살이 시절에 그녀의 유일한 친구이자 버팀목이 되어 준 사람. 비록 연인 관계는 끝났지만 민수가 그녀에게 친절을 베푼 기억은 여전히 살아 있었다.

"그런데…… 죄송해요. 저도 돈이 없어요. 제가 여유가 있어 보인다는 게 무슨 얘긴지 알아요. 그렇지만 사실 저도 남에게 신세를 지고 있는 처지라……."

"알았어요. 미안해요. 어려운 부탁을 해서."

경화가 조용히 담뱃불을 비벼 껐다. 순애는 뭔가 좀 더 설명을 해야 할 것 같았다.

"저기……."

"괜찮아요. 이해해요. 여기 와 사는 사람 중에 사정없는 사람 얼마나 되겠어요. 굳이 말 안 해도 돼요."

경화가 담배 연기처럼 희미하게 웃더니 자리에서 일어났다.

경화와 헤어진 순애는 서점에 들러 검정고시 책 한 권을 샀다. 그러나 그녀의 마음은 집을 나설 때와는 달리 무겁기만 했다.

돌아오는 길, 횟집에 들러 일을 못 하게 되었다고 사과했더니 언짢아할 줄 알았던 주인은 뜻밖에도 살갑게 웃으며 손을 내저었다.

"됐어요. 뭐 그럴 수도 있지. 그보다 앞으로도 잘 부탁드려요."

"네?"

"아, 모르세요? 아까 남편분이 전화 와서 회식 예약하셨는데. 미안하다고."

"……."

"그렇게까지 해 주시는데 뭐, 사람이야 또 구하면 되는 거고. 너무 신경 쓰지 마시고 앞으로도 많이 찾아 주세요."

"아…… 네……."

터덜터덜 집으로 돌아온 순애는 옷도 갈아입지 않고 툇마루에 멍하니 앉았다. 가을 하늘은 쨍하게 푸른데 마음은 답답하기만 했다.

'난 민수 오빠에게도 호시 상에게도, 아무에게도 도움이 되지 못하고 늘 신세만 지는 것 같아…….'

그때 거실의 전화벨이 울렸다. 호시였다.

-나야. 오늘 직원들이랑 회식이 있어. 늦을 것 같으니까 저녁 먼저 먹고 자. 기다리지 말고.

"네……."

순애는 말 못 할 고마움에 괜히 죄 없는 전화선만 비비 꼬았다.

-목소리가 왜 그래? 무슨 일 있어?

"아니에요……. 술 많이 드시지 말고요……."

수화기 건너편의 남자가 잠시 침묵했다. 제 눈앞에 있었으면 또 속을 꿰뚫어 보는 눈으로 순애를 지그시 바라봤으리라.

-……그래. 알았어.

전화가 뚝 끊겼다.

순애는 수화기를 놓고는 제 방에 들어가 오늘 사 온 검정고시 책을 폈으나 글자가 눈에 들어오지 않았다. 병원에 힘없이 누워 있던 민수의 모습과 경화의 절박한 눈빛이 그녀의 머릿속을 떠나지 않았다.

한참 문밖에서 서성이던 순애는 결국 전당포 문을 밀고 들어갔다. 그녀 손에는 얼마 전 호시가 사 준 붉은 드레스가 담긴 쇼핑백이 들려 있었다. 성말라 보이는 노파 하나가 그녀를 맞았다.

"이거…… 혹시 얼마나 받을 수 있을지……."

순애가 주뼛대며 쇼핑백을 내밀었다. 노파가 순애를 아래위로 쓱 살펴보더니 쇼핑백을 받아 내용물을 꺼냈다.

"상태도 좋고, 고급 브랜드긴 한데…… 옷은 그렇게 많이 못 쳐 줘요. 그보단 시계나 반지 같은 게 훨씬 낫지."

노파의 탐욕스러운 눈초리가 순애의 고급 시계와 반지를 훑자 그녀는 저도 모르게 제 손을 뒤로 감췄다.

긴 고민 끝에 나온 길이었다. 호시 몰래 옷을 처분해 돈을 만들 생각이었다. 다른 것은 몰라도 옷은 돌려줘 봤자 그에겐 별 쓸모가 없을 테니. 고가의 시계와 반지는 돌려줄 것이어서 애초에 팔 생각조차 없다. 그런데 노파의 말을 듣는 순간, 돌려줄 필요가 없다 하더라도 절대 결혼반지와 시계만큼은 팔고 싶지 않았다. 설사 천금을 준다 해도.

노파가 계산기에 숫자를 찍어 내밀었다.

"괜찮으면 놓고 가슈."

순애는 망설였다. 드레스를 산 가격에 비하면 거저 달라는 거나 마찬가지였다. 그러나 저 돈이라면 조금이나마 마음을 표시할 수는 있을 것이다.

순애는 무겁게 고개를 끄덕였다. 지금으로서는 이 방법뿐이었다. 아무리 생각해도 그녀는 민수를 그대로 모르는 척할 수 없었다. 제 애인의 옛 여자에게 돈 부탁을 한 경화, 그 여자의 마음도 그랬다.

순애가 거래에 동의하자 노파가 돋보기를 끼더니 두툼한 장부를 가져왔다.

"신분증 좀 봅시다."

순애가 가방에서 외국인 등록증을 꺼내 내밀었다. 그걸 본 노파의 눈길이 가늘어지더니 다시 한번 순애를 아래위로 훑었다. 노파는 한동안 말없이 순애의 신분증을 보더니 다시 돌려주었다.

"잠깐만 여기 있어요."

돈을 가져오려는 듯 노파가 자리를 비웠다. 순애는 이제 노파의 소유가 될 제 드레스를 멍하니 바라보다 씁쓸히 웃었다.

저 옷을 입고 처음 그의 앞에 섰을 때가 생각난다. 커튼이 걷히고 마주친 새카만 눈동자. 그의 팔짱을 끼고 입장했던 호텔의 붉은 카펫도 떠오른다. 얼마나 부드럽고 폭신하던지 마치 구름을 밟는 것 같았지. 그리고 그의 친구들과 즐겼던 유쾌한 술자리. 마치 저도 그가 속한 그룹의 당당한 일원으로 받아들여진 느낌이었다.

순애는 그만 이 거래를 취소하고 싶어졌다.

'아무래도 안 되겠어. 못 팔겠어……. 할머니가 오면 미안하다고 하자.'

"이, 이 여자요."

그때 좀 늦는다 싶었던 노파가 웬 경찰관 한 명과 들이닥치더니 순애를 가리켰다.

"이 여자 조사해 봐요. 웬 젊은 외국 여자가 죄다 고급만 걸치고 있소. 그런 여자가 돈이 궁한지 전당포에 옷을 맡기고. 내 이상해서 일부러 헐값을 불렀는데도 판다고 하지 않나, 아무래도 수상해.

얼마 전 현상 수배 붙은 여자랑 닮은 거 같기도 하고. 이 옷도 장물 아닌지 모르겠소."

노파가 의심의 눈초리로 순애를 흘겨보며 삿대질을 했다. 난데없이 똥물을 뒤집어쓴 순애가 놀라 몸을 굳혔다.

"아니, 할머니! 그게 무슨……."

"자, 자, 진정하세요. 아가씨. 확인만 하면 됩니다. 기분 나쁜 건 아는데 신고가 들어왔으니 우리도 그냥 갈 수는 없거든요. 흥분하지 마시고 잠깐 협조만 해 주세요."

피곤해 보이는 중년의 경찰관이 순애를 살짝 달래더니 뒷주머니에서 수첩 하나를 꺼냈다.

"신분증 좀 봅시다."

기가 막힌 순애는 노파를 매섭게 노려보다가 할 수 없이 다시 신분증을 꺼내 경찰관에게 내밀었다. 경찰관이 순애의 이름과 외국인 등록증 번호를 수첩에 적었다.

"재류 자격이 일본인의 배우자군요. 그럼 배우자 확인만 하면 신원 보증은 간단히 끝납니다. 남편분 연락처 좀 알려 주세요."

"네?"

순애의 얼굴에 낭패감이 스쳤다. 아내가 도둑으로 의심을 받아 경찰에 신고를 당하다니, 고위 관리인 호시에게 폐가 될 게 뻔했다. 그리고 제가 그의 선물을 전당포에 팔려 했다는 것도 자연스레 알려질 터였다.

"부인? 남편분과 통화 한 번 하면 다 끝나요."

경찰관이 다시 한번 순애를 재촉했다. 그러나 순애가 뻣뻣하게 굳어 있자 노파가 그럴 줄 알았다는 듯 다시 삿대질했다.

"거봐요, 경찰관 양반. 내 이상하다니까! 내 직감은 틀린 적이 없지. 내가 이 장사만 몇 년인데!"

"거, 할머니. 좀 조용히 좀 계세요. 부인? 협조해 주시죠. 협조 거부하시면 같이 경찰서로 가는 수밖에 없습니다."

경찰의 얼굴이 딱딱하게 굳더니 그녀를 은근히 압박해 왔다. 순애의 손에 축축이 땀이 배었다.

"저…… 남편 몰래 나온 거라…… 알면 혼날 텐데…… 다른 방법은 없나요?"

순애가 애걸하듯 경찰관에게 물었다.

"죄송합니다만 보호자의 보증이 필요합니다."

그의 단호한 대답에 순애는 힘없이 어깨를 떨어뜨렸다. 눈앞이 캄캄했다. 호시를 연루시키지 않을 수만 있다면 뭐든 할 수 있을 것 같았다. 그러나 그녀는 너무나 무력했다.

"부인, 우리도 바빠요. 어서 결정해 주시죠. 아니면 같이 서로 가야 합니다. 어차피 서에 가서 기록 찾으면 다 나와요. 그러니 서로 시간 낭비 맙시다."

"……"

"안 되겠군. 갑시다."

경찰관이 순애를 이끌었다. 절망감이 순애를 집어삼켰다. 그녀는 어리석은 저 자신을 원망하며 눈을 질끈 감았다.

경찰관이 기록을 찾는 동안 순애는 차가운 경찰서 구석에 쭈그리고 앉아 있었다. 아무리 버텨 봤자 결론은 정해져 있었다. 얼마나 걸릴지 알 수 없지만 아까 그 경찰관의 말대로 그들은 제 기록을 찾아낼 것이다.

하지만 그녀는 도저히 제 입에 호시의 이름을 올릴 수 없었다. 그들이 찾아낼 때 찾아내더라도 차마 제 입으로 그를 이런 일에 끌어들일 수는 없었다. 무정한 경찰서의 벽시계는 어느덧 밤 열두 시를 가리키고 있었다.

'회식에서는 돌아왔을까…… 내가 없으니 걱정하고 있을까……'

순애는 차디찬 경찰서 벽에 지친 몸을 기대고 눈을 감았다. 그때였다. 경찰서 문을 박차고 들어온 남자가 누군가를 붙잡고 빠르게 말을 쏟아 냈다. 귀에 익은 목소리에 순애가 놀라 돌아보았다.

"실종 신고를 하러 왔소. 내 아내요. 한국 여자고, 이름은 박순애. 나이는 이십오 세. 피부가 하얗고 머리가 길어요. 얼굴이 예쁘장하고 키는 백육십, 깡말랐소. 또……."

순애는 제 눈을 의심했다. 호시였다. 남자는 회식에서 바로 돌아왔는지 아침에 출근했던 차림 그대로였다. 그러나 이마에 흐트러진 머리칼과 격렬히 흔들리는 눈빛, 잔뜩 갈라진 목소리는 다른 사람처럼 낯설었다.

순애는 어느 여경을 붙잡고 정신없이 말을 쏟아 내는 호시를 제처지도 잊고 멍하니 바라보았다. 당장 후지산이 폭발해도 침착하기만 할 것 같은 남자가 아니던가. 왜 저 사람이 저런 모습으로…….

"아니, 이러시지 마시고 저기 신고서 먼저…… 아, 잠깐, 한국 여자요?"

여경이 잠시 갸우뚱하더니 힐끔 순애 쪽을 보았다. 여경의 시선을 따라가던 호시는 초췌한 얼굴로 멍하니 저를 바라보는 순애를 발견했다.

순애와 눈을 마주치자마자 호시의 얼굴이 무섭게 굳어지더니 얼굴에서 표정이 싹 사라졌다. 그 서늘한 얼굴을 본 순애는 그제야 파랗게 질렸다.

"저 여자가 내 아내요. 어떻게 된 일이오?"

호시의 음산한 얼굴에 여경이 흠칫하더니 순애를 데려온 경찰관에게 그를 안내했다. 호시와 몇 마디를 주고받은 경찰은 순애의 드레스가 담긴 쇼핑백을 그에게 넘겨주었다.

이윽고 차가운 구둣발 소리가 그녀 앞에서 뚝 멈췄다. 순애는 조마조마한 마음에 눈을 질끈 감고 몸을 잔뜩 웅크렸다.

"일어나."

냉정한 명령조. 순애가 눈을 뜨자 표정을 읽을 수 없어 더 무서운 눈이 그녀를 내려다보고 있었다.

순애는 도살장에 끌려가는 가축이 된 심정으로 호시의 뒤를 따라갔다. 남자는 집에 도착할 때까지 그녀에게 눈길 한번 주지 않았다.

집에 도착하자 남자는 외투도 벗지 않고 그대로 거실에 앉았다.

"앉아."

순애가 주뼛거리며 죄인처럼 쪼그리고 앉았다. 그는 제 앞에서 고개도 들지 못하는 순애를 조용히 노려볼 뿐, 한동안 아무 말이 없었다. 침묵이 길어질수록 순애는 좁아들어 갔다. 집요한 시선에 정수리가 홧홧할 즈음, 남자가 벼락같이 소리를 쳤다.

"돈이 필요하면 나한테 말하면 되잖아!"

호시의 관자놀이에 핏대가 섰다.

"그리고 사정이 그렇게 됐으면 바로 연락했어야지! 경찰서에서 왜 그러고 있어? 왜!"

"호, 호시 상한테 폐를……."

"폐는 무슨 놈의 폐야! 빌어먹을! 넌 도대체……! 도대체가! 빌어먹을!"

남자가 화를 이기지 못하고 거친 욕설을 내뱉었다. 겁을 왈칵 집어먹은 순애가 움츠러든 몸을 바들바들 떨자 호시가 사납게 눈을 부라렸다.

"왜 그래? 내가 때리기라도 할까 봐? 너한테 난 고작 그런 놈이야? 어?"

그녀가 몸을 떨면서도 격렬히 고개를 젓자 남자가 크게 한숨을 쉬더니 겉옷을 벗고 제 넥타이를 느슨하게 풀었다.

"하나하나 하자. 먼저, 무슨 돈이 얼마나 필요한 거야?"

순애는 더는 어쩔 수 없다는 걸 알았다. 어설프게 거짓말을 해 봤자 영리한 남자가 속아 넘어갈 리 없었다. 지금 그녀가 할 수 있는 건 솔직히 말하고 용서를 구하는 것뿐이었다.

"그 사람이 다쳤어요. 일하다가 다쳤는데 회사에서는 책임지지 않으려 한대요. 병원비가 부족해서…… 제가 좀 돕고 싶었어요. 근데 전 돈이 없어서…… 호시 상에겐 정말 미안했지만 방법이 없었어요. 정말 미안해요……."

밀도 높은 침묵이 그를 감쌌다. 그는 어깨를 떨어뜨리더니 한참 후에야 입을 뗐다. 짙게 피곤이 어린 목소리가 낯설게 들렸다.

"어디가, 얼마나 다친 건데."

"오른손을…… 절단했어요."

남자의 미간에 주름이 깊게 파였다. 그는 겨우 신음을 삼켰다.

"죄송해요. 호시 상의 선물을…… 정말 죄송해요."

그러나 이제 그에게는 그딴 것이 문제가 아니었다.

"너는…… 너는 괜찮은 거냐?"

"네?"

순애가 그제야 그를 올려다보았다. 큰 눈이 눈물에 흠뻑 젖어 있었다.

"너는 괜찮은 거냐고."

괜찮지 않다고 말해 주기를 간절히 바랐다. 그렇게 약고 영리한 여자가 못 된다는 것을 알면서도 괜찮지 않다고 말해 주기를 간절히, 간절히 바랐다. 그러나 그녀는 고개를 수그린 채 아무 말도 하지 않았다.

'그래도 그 남자에게 갈 셈인가…… 그렇게도 그 남자가 좋은가…… 저 바보가, 저 멍청이가…….'

부러움을 샀으면 샀지, 누군가에게 부러움을 느껴 본 적 없는 인생이었다. 부유한 집안의 외아들. 공부도, 교우 관계도 좋았고 일류대 법대에 들어가서 어렵지 않게 고시에 합격했다. 남자다운 외모에 훤칠한 키는 늘 여자들의 관심을 끌었다. 그나마 삶에서 아팠던 기억은 대학교 때 어머니가 일찍 병사한 정도. 그런 그가 처음으로 부러움을 느꼈다. 그것도 고작 팔이 잘린 불법 체류자를 상대로.

'미친놈…… 미쳐도 단단히 미친놈…….'

그는 저를 향해 차가운 조소를 물었다. 하지만 저 여자의 남자가 된다면, 평생 저 여자의 사랑을 받을 수만 있다면 오른팔 따위, 아깝지 않게 내줄 수 있을 것 같았다.

'이젠 더 그 남자 생각만 하겠지. 빨리 돌아가고 싶어 하겠지. 나를 떠나고 싶어 하겠지……'

가슴에 구멍이 뚫린 듯 찬바람이 온몸에 스며들었다. 그녀를 바라보는 것만으로도 아팠다. 여자를 지금이라도 보내 줘야 할까. 이 마음이 더 깊어지기 전에. 정말 여자를 못 보내게 되기 전에.

그 생각만으로도 그는 흠칫 몸을 떨었다.

지옥이었다. 아무 기약 없이 그녀를 기다리던 시간. 제 속에서 점점 부풀어 오르는 망상과 두려움은 결국 그를 집어삼켜 이성적인 사고를 불가하게 만들었다. 견고하게 구축했다고 자부한, 빛나는 그의 세계는 그녀라는 작은 벽돌 하나가 빠지자 그야말로 순식간에 와르르 무너져 내렸다. 그것은 폐허나 다름없었다. 그녀를 제 손으로 보낸다는 것은 저 자신을 그 고독한 폐허로 몰아넣고 유폐하는 것과 같았다.

보낼 수 없다. 도저히.

호시는 그만 눈을 질끈 감고 말았다. 이젠 방법이 없었다.

그는 더 이상의 저항을 포기하고 깨끗이 항복했다. 여기까지 오는 것만은 어떻게든 피하려 발버둥 쳤지만 결국 이렇게 되고 말았다. 그것을 인정하자 오랜 짐을 던 듯 홀가분했다.

그는 미간을 깊게 찡그리며 희미하게 웃었다. 네 욕심이 아닌 여자를 생각하라고, 그녀가 원하는 대로 보내 줘야 한다고, 그토록 버둥거린 제가 안쓰럽고 가엾었다. 끝내 이렇게 되고 말 것을…….

달콤한 슬픔이 그의 가슴 가득 밀려와 찬란히 반짝이며 부서져 내렸다.

"걱정 끼쳐서 미안해요. 호시 상에게 폐가 될까 봐…… 그게 너무 무섭고 싫어서……."

그의 안색을 살피던 여자의 목소리는 기어들어 가서 마지막에는 잘 들리지도 않을 정도였다.

남자가 천천히 눈을 떴다. 그의 입가엔 아슬아슬한 조소가 매달려 있었다.

"……폐라고?"

그가 조롱하듯 그녀의 말을 낮게 되뇌었다.

"너는……."

남자가 이를 악물었다.

"너는 아무것도 몰라. 모르니까 속 편하게 그딴 소리나 하겠지. 됐다, 내가 너와 더 무슨 말을 하겠어. 들어가 잠이나 자라."

"호시 상……."

"네가 도망간 줄 알았어!"

남자의 눈에서 불길이 일렁였다.

순애의 얼굴이 하얗게 질렸다. 그 눈빛이었다. 합환주를 나눠 마신 날의 눈빛. 그 앞에 처음 드레스를 입고 섰을 때의 눈빛. 제 온몸을 집요히 훑고, 구석구석을 팔다리로 칭칭 감아 결국 목을 조르고야 마는 눈빛.

"잡아 오려고 했어. 어디로 갔든, 어떤 놈이랑 갔든, 세상 끝까지라도 가서 잡아 오려고 했다고."

그건, 그건 욕망의 눈빛이었다. 여자를 보는 사내의 눈빛이었다.

순애의 가슴이 쿵, 내려앉았다.

다음 날 아침, 호시는 순애에게 메모지 한 장과 편지 봉투 하나를 내밀었다.

"이걸 전해 줘라."

순애는 얼떨결에 그것을 받아 들었다. 메모지에는 웬 기관 이름과 사람 이름, 주소, 연락처가 적혀 있었다.

"불법 체류 노동자를 돕는 인권 단체야. 법률 상담도 하니까 가서 전문가 상담을 받으라고 해. 내 대학 선배가 계셔. 소개장을 썼으니 가져가면 도움이 될 거다."

"……."

"그깟 옷 팔아서 돈 몇 푼 주는 거로는 아무 도움이 안 돼. 쉽지는 않겠지만 회사를 상대로 최대한 보상을 받아 내야 해."

순애는 목이 메어 대답도 못 하고 간신히 고개만 꾸벅였다. 그런 여자를 복잡한 눈길로 보던 남자가 고개를 돌리더니 감정이 없는 목소리로 말을 이었다.

"이번 주에 온천 여행 가려면 미리 준비해 둬. 가을 옷도 사고."

"네……."

"그리고 앞으로는 어딜 가든지 반드시 메모를 남겨 두고 가라. 목적지, 출발 시간, 귀가 예정 시간 다 적어. 알았어?"

"네……."

"잊지 마."

남자는 순애를 무섭게 쏘아보며 한 번 더 강조하더니 그대로 가방을 들고 나갔다.

"다, 다녀오세요."

평소 같았으면 돌아봐 주었을 남자는 곁눈질도 주지 않고 차를 출발시켰다.

순애는 그의 차가 작아지다 완전히 보이지 않을 때까지 마당에 한참 서 있었다. 어젯밤 그의 눈빛을 어떻게 해석해야 좋을지 아직 혼란스러웠다.

'말도 안 돼…….'

착각일 테다. 말도 안 되는 일이었다. 저 잘난 남자가, 부러울 것 하나 없는 남자가 왜 저를…… 그럴 리가 없다. 하지만…….

순애는 검정고시 책을 폈다. 공부는 그녀에게 새로운 희망이자 유일한 동아줄이었다. 그러나 책장은 쉬이 넘어가지 않았다. 남자의 눈빛은 순애를 사로잡고 쉽게 놔주지 않았다.

어느새 해는 부쩍 짧아져 오후 다섯 시쯤 되자 사방에 엷은 어둠이 깔리기 시작했다.

가부키쵸 뒷골목의 유흥업소들은 아직 개시 전이었다. 밤이 깊을수록 화려한 동네라 그런지 초저녁인 지금은 오가는 행인 하나 없어 스산할 정도였다.

"영업 전이에요."

순애가 <스나크 하나>의 문을 열고 들어가기 무섭게 매정스러운 축객령이 돌아왔다.

"아니…… 그게 아니라…….."

껌을 짝짝 씹던 여자가 비로소 고개를 돌리고 순애를 아래위로 훑었다. 술집과는 너무도 어울리지 않는, 어디 양갓집 아가씨 같은 순애의 모습에 여자는 눈썹을 살짝 추켜올렸다.

"저…… 케이코 상을 찾아 왔는데요."

순애가 주뼛거리며 말했다.

"케이코?"

여자가 의아한 얼굴로 고개를 갸우뚱거리더니 건너편 작은 방을 향해 소리를 쳤다.

"얘, 케이코! 손님이야."

"손님?"

방문이 벌컥 열리더니 경화가 나왔다. 몸단장 중이었는지 고데를 만 머리는 잔뜩 부풀려져 있었고, 가슴이 푹 파진 싸구려 원피스를 입고 있었다. 순애를 본 경화의 얼굴이 조금 굳었다.

"언니, 저 잠깐 나갔다 와요."

경화는 아무 말 없이 제 웃옷을 걸치더니 먼저 가게 문을 밀고 나갔다. 순애는 껌을 씹는 여자에게 고개를 한 번 꾸벅하고는 경화의 뒤를 따랐다. 호기심 어린 시선이 그들의 뒷모습에 달라붙었다.

경화가 발걸음을 멈춘 곳은 가게 뒤편의 작은 공터였다. 경화는 주머니에서 담배를 찾더니 한 대 피워 물고는 순애를 바라봤다.

"여기까지 어쩐 일이에요?"

"이거…… 전해 주세요."

순애가 가방에서 호시가 준 소개장과 메모를 꺼내 경화에게 내밀었다.

"뭐예요?"

메모를 흘깃 본 경화가 이게 뭐냐 싶은지 눈살을 살짝 찌푸렸다. 순애가 호시의 말을 옮기자 종이를 보는 경화의 눈이 달라졌다.

"이것밖에 돕지 못해서 미안해요. 꼭 좋은 결과 있길 바랄게요."

"……."

순애는 그 봉투를 보물단지처럼 소중히 쥔 경화에게 묵례하고
는 발걸음을 뗐다.

"잠깐만요!"

순애의 가는 모습을 멍하니 보고 있던 경화가 뛰어오더니 숨을
몰아쉬며 다시 봉투를 내밀었다.

"이거…… 직접 전해 줘요."

순애는 조용히 고개를 저었다.

"아니요. 저는 이젠…… 이제 경화 씨가 그 사람을 도와주세
요."

순간 경화의 말문이 막혔다.

"저기……."

순애가 희미하게 웃으며 경화의 말을 막았다.

"괜찮아요. 아무 말 안 해도. 경화 씨 말대로 여기 사정없는 사
람이 누가 있겠어요."

"……."

민수와의 이별이 이제 더는 괴롭지 않았다. 오히려 순애는 민수
를 이해할 수 있었다. 제가 외로운 서울살이를 시작했을 때, 곁에
있어 준 고향 오빠 민수에게 자연히 정을 줬던 것처럼 민수 역시
그랬을 것이다. 그렇게 시작했을 것이다. 그렇게 마음 붙일 곳 하
나 만들어 두지 않으면 타향도 아닌 타국살이를 어떻게 버텨 냈을
것인가. 어쩌면 일부러라도 사람에게 정을 붙였을지도 모른다. 어
떻게든 적응하고 살아남기 위해서. 서로가 가엾고 불쌍해서.

집에 돌아온 순애는 제 방 서랍장에서 낡은 지갑을 꺼냈다. 그

안에는 그녀가 소중히 간직해 온, 민수의 처음이자 마지막 엽서가 들어 있었다.

'이 종이 한 장에 기대서 이 먼 곳까지 잘도 흘러왔구나⋯⋯.'

순애는 이제 엽서 앞면에 쓰인 민수의 주소를 읽을 수 있었다. 그러나 주소를 읽을 수 있게 된 지금은 그 주소로 찾아갈 이유가 없어져 버렸다.

순애는 가방에서 경화가 준 플라스틱 라이터를 찾아 들고 마당으로 나갔다. 엽서 모퉁이에 파랗게 일렁이는 불을 갖다 대자 순식간에 화르르, 불이 붙었다. 곧 하얀 연기가 짙은 어둠이 깔린 밤하늘로 올라가나 싶더니 그마저 곧 허무하게 사라졌다.

한 줌도 안 되는 재 부스러기를 조용히 바라보던 순애는 제 마음속에서 무언가가 툭 끊어지는 것을 느꼈다. 그것은 그녀의 지난 한 시절에 고하는 처연한 작별 인사였다.

7. 마음

온천 여행을 며칠 앞둔 어느 날, 순애는 오랜만에 긴자에 나갔다. 10월 날씨는 하루가 다르게 변해서 호시 말대로 가을 옷을 몇 벌 사야 했다.

순애는 백화점을 한 바퀴 돌면서 두꺼운 모직 원피스와 가을용 겉옷을 샀다. 스타킹을 사려고 양말 코너에 들른 순애의 눈길이 두툼한 실내용 양말에 가닿았다. 난방 장치가 없는 일본의 목조 주택은 가을만 되어도 바닥에서 냉기가 올라왔다. 그녀는 두꺼운 남성용 실내 양말을 한동안 만지작거렸다.

'근데 결국 다 그 사람 돈인데…… 선물이랍시고 사다 주기가 좀 민망스럽네……'

한참을 고민하다 아쉬운 듯 양말을 놓은 순애는 제 스타킹을 사는 것도 잊은 채 양말 코너를 빠져나왔다.

기분이 가라앉은 그녀가 그대로 집에 돌아가려는데, 출구 옆 수

예 코너가 눈에 띄었다.

순애의 얼굴에 금세 화색이 돌았다. 그녀는 꽤 손재주가 있어서 요리만큼이나 바느질이나 뜨개질도 곧잘 했다. 가발 뜨는 일도 처음에만 헤맸지 익숙해지자 곧 우수사원으로 선정되기도 했다.

순애는 홀린 듯 매장 안으로 들어갔다. 작은 매장이었지만 백화점 매장답게 꽤 살뜰하게 각종 재료가 구비되어 있었다.

'무슨 색이 좋을까……'

실을 고르며 순애는 절로 호시를 떠올렸다.

흰 피부에 이지적인 눈매, 귀족적인 콧날과 턱선이 우아하지만 어딘지 다가가기 어려운 분위기를 준다. 무뚝뚝한 말투는 때로는 퉁명스럽게 들릴 정도이고 웃어도 겨우 피식, 옅게 웃을 뿐이다. 하지만 그 웃음은 놀랍도록 따뜻하고 다정해서 보고 있으면 어느새 제 마음까지…….

"고르셨어요?"

조용히 순애를 기다리던 점원이 말을 걸었다. 순애는 화들짝 놀라 제 생각에서 깨어났다. 어느새 그녀의 얼굴은 붉게 물들어 있었다.

"아, 네. 저기…… 저, 저 감색이랑 회색……."

몇 가지 실과 대바늘 등 뜨개 재료를 산 그녀는 집에 돌아오자마자 남자의 옷장을 열어 그의 셔츠 한 벌을 꺼냈다. 그리고 그 목과 어깨, 등, 소매의 품을 손으로 재어 보았다.

'하나, 둘, 셋, 넷, 다섯…… 그 사람 어깨가 이렇게 넓었나…….'

품을 재고, 메모를 하고, 다시 품을 재었다. 순애의 얼굴이 서서히 붉어졌다. 저의 두 배는 될 듯한 사이즈에서 새삼 그가 사내라는 게 실감 났다. 그의 체취가 밴 하얀 셔츠가 마치 남자의 맨몸이나 되는 것처럼 순애는 부끄러웠다.

치수를 다 잰 그녀는 서둘러 셔츠를 넣어 두고 제도를 했다. 성인 남자의 옷을 뜨는 건 처음이라 꼼꼼한 제도가 필요했다. 제도를 끝내고 디자인과 배색까지 마치자 곧 호시가 제가 만들어 준 뜻한 스웨터와 털양말을 신은 모습이 머릿속에 환히 그려졌다.

'아마 또 피식 웃겠지…….'

순애의 입가에 살짝 웃음이 번졌다. 그녀는 그렇게 첫 코를 떴다.

시간 가는 줄 모르고 한참 뜨개질에 빠져 있는데, 현관문 열리는 소리가 났다. 놀란 순애가 뜨개질을 팽개치고 현관으로 나가자 어느새 퇴근하고 돌아온 호시가 구두를 벗고 있었다.

"오셨어요?"

"응."

전당포 사건 이후 남자는 다시 냉랭하기만 했다. 그러나 가끔 저를 흘끗 볼 때의 눈빛은 그 차가운 태도와는 달리 이상한 열기를 띠고 있었다. 이제 순애도 남자의 그 억눌린 듯한 냉랭함을, 그 묘한 눈빛을 전과 다르게 의식하고 있었다. 그럴 리 없다고 생각하면서도 그날 밤 남자의 언행을 몇 번이나 되새김질하며 혼자 멍해지기 일쑤였다.

식사 후 뒷정리를 마친 순애가 다시 방에서 대바늘을 잡고 있는데, 목욕을 마친 호시가 방으로 들어왔다.

"뭐야?"

그는 순애의 손에 들린 뜨개질거리를 보고 있었다.

"그냥 손이 심심해서요."

순애가 어색하게 웃었다. 완성한 후 짠, 하고 선물하고 싶은 마음도 있었지만 같은 방을 쓰면서 숨길 수 있을 리 없었다.

'그 남자가 추울까 봐 만들어 주는 건가……'

순애의 손에 들린 뜨개는 그 색깔을 대충 보아도 여성용은 아니었다. 다시 열심히 손을 놀리는 여자를 바라보는 호시의 얼굴이 쓸쓸해졌다.

그녀가 제 남자를 챙기는 모습이 이제는 익숙해질 법도 하건만 도무지 익숙해지지 않았다. 익숙해지기는커녕 마음이 깊어 갈수록 더 큰 상처와 좌절을 안겼다. 이제 저는 그녀를 보낼 수 없건만, 그렇게 되어 버렸건만, 저를 이 지경으로 만든 여자는 제게 바늘하나 꽂아 넣을 틈도 내어 주지 않았다.

그는 아무 말 없이 제가 보던 책과 안경을 챙겨 다시 서재에 틀어박혔다.

그가 서재로 들어간 뒤에도 뜨개질에 몰두하던 순애는 한참 만에야 몸을 일으켰다. 목과 어깨가 뻐근하니 아팠다. 그래도 손이 빠른 데다 오랜만에 하는 뜨개질 재미에 푹 빠진 덕에 어느새 한쪽 몸판은 거의 완성되어 있었다.

'잘하면 금방 뜨겠네.'

한번 쭉 기지개를 켠 순애는 갈아입을 옷을 챙겨 욕실에 들어갔다.

욕조에는 남자가 들어갔던 목욕물이 그대로 남아 있었다. 순애는 그 물을 데워 몸을 담갔다. 처음엔 상상도 못 한 일이었는데 어느새 전혀 거부감이 없었다. 아니, 거부감은커녕 이젠 순애도 호시를 위해 제가 먼저 사용한 목욕물을 버리지 않고 남겨 두기도 했다. 언제부턴가 두 사람은 자연스럽게 상대가 사용했던 목욕물에 들어가고 있었다.

목욕을 끝내고 젖은 머리를 한 순애가 물을 마시러 부엌으로 들어가니 부엌 찬장 앞에 호시가 우뚝 서 있었다.

"뭐 찾으세요?"

그의 시선이 날아와 그녀에게 진득하게 달라붙었다. 또 그 눈이었다. 요즘 매일 밤 순애가 곱씹고 곱씹는 눈빛.

순애는 눈앞이 아득했다. 다리에 힘이 풀렸다. 빈혈 증상이 아니었다. 비슷했지만 훨씬 더…… 훨씬 더…….

남자의 큰 손이 다가오더니 아직 물기가 맺힌 그녀의 뺨을 천천히, 부드럽게 쓸었다. 그는 가늘게 떨고 있었다. 얇은 피부 위로 전해지는 진동에 순애는 숨도 쉴 수 없었다. 남자의 잇새에서 열에 들뜬 듯한 음성이 나직이 새어 나왔다.

"이대로……."

그의 눈은 차라리 슬퍼하는 것처럼 보였다. 아니, 두려워하는 것처럼 보였다. 욕망과 슬픔과 두려움이 뒤섞여 들끓어 오르는 눈이었다. 마치 금기를 범하는 것처럼, 그에게 허락된 사랑과 충성과 숭배의 맹세는 결국 여기까지라는 듯이.

"호, 호시 상……."

남자의 손 위에 여자의 손이 얹어졌다. 그녀의 작고 보드라운 손이 제 손 위에 닿는 순간, 호시의 얼굴이 확 굳어지더니 제 손을 거칠게 잡아 뺐다.

"저, 저기……."

남자는 제가 탄 찻잔을 가져가는 것도 잊고 황급히 부엌을 빠져나갔다. 순애는 멍하니 그 위태로운 뒷모습을 바라보았다. 아직도 뺨 위에는 남자의 온기와 떨림이 고스란히 남아 있었다.

그날 밤, 그는 서재에서 밤을 새우려는 듯 방으로 돌아오지 않았다. 순애가 펴 둔 그의 이부자리는 밤새 차갑게 식었고, 순애 역시 긴긴밤을 뜬눈으로 지새웠다.

키시 차장이 그들을 초대한 곳은 도쿄에서 가까운 온천 관광지, 하코네의 고급 료칸이었다. 멋스럽고 정갈한 방에는 작은 개인 온천탕이 딸려 있었고, 온천을 둘러싼 정원에는 어느새 이른 단풍이 흐드러져 가을 정취를 물씬 자아내고 있었다.

"옷…… 갈아입으세요."

순애와 단둘이 있게 되자 어색하게 거리를 두고 서 있던 호시가 말없이 료칸에서 제공하는 실내복으로 갈아입었다. 순애도 호시를 피해 욕실로 가 옷을 갈아입고 대욕탕으로 내려갔다. 남자들은 남자들끼리, 부인들은 부인들끼리 온천을 즐기며 사교를 하다가 이후 만찬에 함께 참석하는 게 오늘의 일정이었다.

순애가 탕에 들어갔을 때, 먼저 온 부인들은 이미 수다가 한창이었다.

"어머, 박 상은 속살도 이렇게 뽀얗고 예쁘네. 호시 국장님은 얼마나 좋을까. 신혼이니 말 다 했지 뭐."

입담이 좋은 다나카라는 중년 부인이 순애의 고운 살결을 보며 조금 짙은 농담을 흘리자 부인들이 웃음을 터뜨렸다. 순애는 부끄러워 얼굴만 붉혔다. 대부분 키시 차장 댁 커피 모임에서 얼굴을 익힌 부인들이었으나 한 젊은 부인은 영 낯설었다.

"아, 아직 인사 전이죠? 이쪽은 호시 국장과 동기인 기무라 과장의 부인이에요."

주최 격인 키시 부인이 두 사람을 인사시켰다. 곱상하지만 정이 안 가게 생긴 젊은 여자가 순애를 흘겨보더니 마지못한 듯 살짝 고개를 숙였다. 순애도 꾸벅 인사했다.

"호시 국장과 기무라 과장은 법무성 내에서도 손꼽히는 인재니까요. 두 분 부인도 친하게 지내시라고 같이 초대했어요."

아, 그러고 보니 생각이 났다. 호시가 뱀 같은 놈이라며 대놓고 경멸하던 비릿한 눈빛의 남자.

"그러고 보니 나카무라 부장댁은 안 왔네요?"

한 부인이 참석자 면면을 살피다 말했다.

"응? 몰라요? 그 집 얼마 전에 이혼했잖아요."

다른 부인이 누가 듣기라도 하듯 목소리를 조금 낮추어 말했다.

"그래요? 그 집 정 없이 사는 거야 다 아는 일이긴 했지만⋯⋯ 그래도 지난번 모임까지만 해도 아무렇지 않은 얼굴로 잘 나오더니⋯⋯."

"글쎄요. 뭐, 남의 집 사정이야 알겠어요? 소문으로는 일방적으로 이혼당했다는 말도 있고⋯⋯."

"일방적으로? 어떻게요?"

"몰라요? 한 사람만 가서 서류를 내도 이혼 처리가 되잖아요."

그때 키시 부인이 혀를 쯧, 차자 속삭이던 두 부인이 금세 입을 다물고 그녀의 눈치를 보았다.

"그만들 하세요. 젊은 사람들도 있는데 그 뭐 좋은 얘기라고……."

화제는 금세 다카라즈카 가극단의 새 시즌 공연 얘기로 넘어갔다. 순애는 적당히 부인들의 이야기에 맞장구를 치며 분위기를 맞추었지만 속내는 복잡하기만 했다.

부엌에서의 그 미묘한 밤 이후, 호시는 서재에서 밤을 보냈다. 순애는 그가 오지 않을 걸 알면서도 제 옆에 그의 이부자리를 펴두었지만 그에게는 내색하지 않았다. 그렇게 용케 서로를 피해 다녔으나 다른 이들과 함께 온 여행에서도 그럴 수는 없는 일이었다.

"사모님들, 연회장에 식사 준비되었습니다."

료칸의 안내인이 와서 알리자 부인들이 더운 김이 나는 몸을 일으켰다. 핏빛 노을로 찬란히 물들었던 하늘에는 어느새 어둠이 깔려 있었다.

기품 있고 단정한 연회장에는 미리 남자들이 와 앉아 있었다. 순애는 조심스레 호시 곁에 앉았다. 온천욕에 피로가 조금 풀렸는지 준수한 얼굴이 잘 닦은 유리알처럼 빛났다. 부인들이 자리하자 곧 료칸의 자랑인 가이세키 요리가 나오고 술이 돌기 시작했다.

"자, 이번엔 젊은 친구들을 좀 불렀지. 호시 군과 기무라 군. 자네들은 고시 동기지? 호시 군도 내년엔 사무국으로 보낼 테니 둘이 열심히 해 보라고."

좌중에 감탄과 박수가 터졌다. 그건 그야말로 명백한 출세 코스였다. 너도 나도 호시와 순애에게 축하를 보냈다.

"감사합니다."

깍듯이 고개를 숙이는 호시의 얼굴이 살짝 굳었다. 기무라의 미간이 찡그려지는 듯했으나 그는 능숙하게 표정을 감추고 짐짓 유쾌한 척, 호시에게 악수를 청했다.

"잘해 보자고."

순애는 잘은 몰랐지만 호시가 좋은 자리로 옮긴다는 것 정도는 눈치챌 수 있었다. 그녀는 그것만으로도 그저 기뻤다. 그런 그녀를 옆자리의 기무라가 아까부터 집요하게 훔쳐보고 있었다.

'분명 어디서 봤는데……'

파티에서 처음 봤을 때부터 여자는 그의 신경을 긁었다. 단순히 미인이라서가 아니었다. 전에 분명 어디선가 본 여자인데 도대체 그게 어디인지 머릿속만 간지러울 뿐, 시원하게 생각나지 않았다. 계속 순애를 힐끔거리는 기무라를 그 부인이 새초롬한 눈초리로 흘겨보았다.

분위기가 무르익자 키시 차장이 술병을 들고 방 안을 한 바퀴 돌기 시작했다. 제 부하 직원들에게 술을 따라 주며 격려하는 것이다.

"자, 받게. 나도 거기로 자네 보내고 나서 맘이 그렇게 좋지 않았어. 서운한 게 있으면 그만 잊고 내년부터 어디 크게 놀아 봐."

호시가 고개를 숙이며 잔을 받았다. 다음은 기무라의 차례였다. 그런데 뜻밖에도 차장은 바로 기무라에게 넘어가지 않고 호시 옆에 앉은 순애에게 술을 권했다.

"자, 부인도 받으시오."

호시의 몸이 살짝 굳었다. 장내의 시선이 순식간에 순애에게 모였다.

"소문을 들으니 젊은 사람들 뒤풀이 모임에서 부인이 남편 벌주까지 마셨다지? 하하하, 내 부인의 정성은 잘 기억하고 있소. 자, 한 잔 받으시오."

"가, 감사합니다."

당황한 순애는 일어나서 두 손으로 잔을 받았다. 호시의 미간이 살며시 찌푸려졌다. 차장이 부하의 처에게까지 술을 주는 건 극히 이례적인 일이었다.

'젠장…… 이거 아무래도 꽤 마음에 든 모양이군…….'

순애는 몸을 돌린 채 차장이 준 술을 공손히 마셨다. 윗사람 앞에서 몸을 돌려 술을 마시는 것은 일본에는 없는 한국식 주도였으나 순애가 그것까지 알 리 없었다.

그 순간 기무라의 눈이 번쩍 빛났다. 불현듯 머릿속에 떠오르는 장면이 있었다.

'긴자 유흥업소! 틀림없어!'

얼마 전 갔던 긴자의 한 유흥업소, 거기에도 저렇게 몸을 돌려 술을 마시던 여자가 있었다. 룸에 처음 나온 듯 꿔다 놓은 보릿자루처럼 앉아 있다가 결국 손님에게 혼이 나던 여자. 그러고도 애교를 피우기는커녕 표정 없는 조각상처럼 멍하니 앉아 있다가 결국 마담까지 불려 와 손님들 앞에서 뺨을 맞았던 여자였다. 흐릿한 기억 속의 얼굴이 눈앞의 얼굴과 정확하게 겹쳐졌다.

'틀림없다. 그 여자야…… 호시 저 개새끼, 혼자 잘난 척하더니 어디서 저런 걸 데려와서는…… 저 새끼도 이젠 내 손에 끝장이군.'

기무라의 기름진 얼굴에 소름 끼치는 미소가 슬며시 피어올랐다.

곧 키시 부인이 부인들에게 술을 돌리고, 주위에서도 호시의 승진 축하주를 순애에게 권했다. 잇달아 술을 받으니 술이 센 편인 순애도 어느새 살짝 취기가 올랐다. 안 그래도 온천욕으로 더워진 몸이 뜨겁고 나른해졌다. 아무래도 바람을 쐬어야겠다 싶었다.

"전 잠깐 실례……."

술이 오른 순애의 얼굴을 본 호시는 아차 싶었다. 그에게 쏟아지는 축하주와 덕담에 응하느라 순애를 신경 쓰지 못한 것이다. 막 순애의 뒤를 따라 일어나려는데 거나하게 취한 다나카 부장이 그를 붙잡더니 온통 쓸데없는 얘기를 주절거리기 시작했다. 호시는 언짢음을 겨우 참으며 정원으로 나가는 순애의 뒷모습을 곁눈질했다.

"보름인가……."

정원의 밤하늘에는 둥글고 환한 달이 둥실 떠올라 있었다. 순애는 저도 모르게 고향을 생각했다. 가난과 눈물만이 있던 곳, 늘 떠나고만 싶었던 곳. 그러나 엄마가 묻혀 있는 곳……. 엄마…….

그때 누군가 그녀의 허리를 움켜쥐더니 정원의 어두운 구석으로 거칠게 끌었다.

"악……!"

두툼한 소시지 같은 손이 그녀의 입을 꾹 틀어막았다.

"쉿! 조용히 해."

나직한 남자의 목소리. 순애는 제 눈을 의심했다. 호시의 동료 기무라였다. 그가 저를 끈적한 눈으로 바라보며 징그럽게 웃고 있었다. 순애는 술이 번쩍 깼다.

"긴자 로즈 알지?"

그가 다짜고짜 반말을 찍 내뱉었다. 순간 순애의 몸이 그대로 굳었다. 사고는 그대로 정지되고 눈썹 한 가닥조차 움직일 수 없었다. 부인해야 하는데, 천연덕스레 부인해야 하는데 목구멍이 꽉 막혀 말이 나오지 않았다. 기무라는 그럴 줄 알았다는 듯 픽 비웃음을 흘렸다.

"어디서 봤나 했더니…… 재주도 좋군. 깜빡 속아 넘어갈 뻔했잖아. 호시 그 새끼도 혼자 똑똑한 척은 다 하더니 완전 정신 나간 놈이었어. 업소 여자를 아내랍시고 데리고 다니다니. 허, 참……."

기무라가 기가 찬 듯 웃었다. 고위 공무원이 술집 출신의 처를 얻은 것도 모자라 부부 동반 모임에 여봐란듯이 데리고 다니며 사람들을 기만하다니. 더 이야기할 것도 없었다. 키시 차장은 호시를 절대 용서하지 않을 테고, 모두가 그에게서 등을 돌릴 것이다. 호시는 이제 끝장이다.

여자는 새파랗게 질려 바들바들 떨고 있었다. 달빛 아래 그 처연한 모습은 어딘지 남자의 마음을 자극하는 데가 있었다. 기무라는 순애의 턱을 쥐어 올리고는 상품을 검수하듯 이리저리 틀어 보았다. 저도 모르게 아랫도리에 힘이 들어갔다. 그는 조금 생각을 바꿨다.

"너, 계속 사모님 소리 듣고 싶으면 내 말대로 해."

이제 그는 아예 노골적으로 순애의 몸매를 훑어 내렸다. 짐승 같은 샛노란 눈깔에 순애는 소름이 쫙 돋았다.

"내가 연락하면 나와. 무슨 말인지 알지?"

기무라의 손이 순애의 고운 뺨에 닿자 그녀는 뱀이라도 닿은 듯 몸서리를 쳤다.

"내 말 잘 들으면 조용히 덮어 주지. 그럼 너도 사모님 노릇 계속할 수 있어. 어때? 서로 나쁘지 않지?"

기무라가 비릿하게 웃었다. 하지만 순애는 바보가 아니었다. 고작 저만 몇 번 농락하고 끝날까. 그럴 리 없다. 저자가 제 비밀을 알게 된 이상, 그는 언제든 호시를 망칠 수 있었다. 결국 순애 자신이 호시에게 가장 큰 위험 요인이 된 셈이었다.

'떠나야 한다…… 내가 그 사람을 망치기 전에…….'

그 순간 그녀는 목이 졸린 듯 숨을 쉴 수 없었다. 계약이 끝나면 그가 저를 내보내리라는 것은 잘 알고 있었다. 그러나 막상 제 발로 그를 떠나야 한다고 생각하자 심장을 쥐어짜는 듯 격렬한 통증이 엄습했다. 이 선명한 통각은 대체 무엇인가.

"뭐 하는 거야?"

어느새 다가왔는지 호시가 그녀의 뒤에 서 있었다. 호시가 무서운 눈으로 기무라를 노려보자 기무라가 그 기세에 찔끔하더니 비틀린 웃음을 지으며 천연덕스럽게 거짓말을 했다.

"자네 부인이 과음한 것 같길래 안으로 데려다주려 했던 것뿐이야. 자네가 왔으니 난 이만 가겠네. 자네 출세시킬 귀한 부인인데 잘 챙기라고."

그가 유들거리며 조롱하듯 말하더니 콧노래를 낮게 흥얼거리며 멀어져 갔다. 일그러진 얼굴로 가만히 서 있던 호시가 다가와 순애를 부축하더니 그녀의 얼굴을 보고 깜짝 놀랐다.

"왜 그래? 저 새끼가 뭐라 그랬어?"

순애는 저에게 눈을 부라리는 남자를 그대로 붙들고 울고 싶었다. 그 가슴에 매달리고 싶었다.

언제부터였을까. 당신이 내 마음에 들어온 것은. 당신은 가을처럼 왔다. 뜨거운 뙤약볕만 내리쬐던 고단한 내 삶에, 당신은 좋은 계절처럼 왔다. 당신의 친절에 내 메마른 가슴에도 비로소 물이 흐르기 시작했다. 당신의 다정함에 풀이 돋고, 꽃이 피고, 새가 지저귀었다. 당신의 미소는 부드러운 미풍이 되어 내 땀을 식혀 주었고, 당신의 큰 그늘은 지친 몸을 부릴 쉼터가 되어 주었다. 당신이란 아름다운 정원에서 그렇게 나는 황홀한 한 계절을 살았다.

순애는 이제야 알았다. 바보같이, 천치같이 이제야 알았다. 이 통증은 사랑이라는 걸. 사랑이 아닐 수 없다는 걸. 사랑이 아니고서야 어떻게 이렇게 아플 수 있나. 어떻게 이렇게 슬플 수 있나. 어떻게 이렇게 가슴이 벅차오를 수 있나. 사랑이 아니고서야 어떻게…….

"말해! 무슨 일이냐고!"

남자가 답답한지 언성을 높였다.

"아무 일 아니에요. 조금 취했나 봐요. 달이 너무 예뻐서 그런가…….

눈에 서러움과 그리움과 눈물을 그득 채우고 달을 올려다보는 여자를 보자 호시의 가슴이 미어졌다.

'또 그 남자를 생각하는 건가…….'

그는 아랫입술을 피가 나도록 깨물다가 여자를 부축한 팔에 힘을 주었다.

"들어가자. 자리는 이미 대충 파했어. 우리가 없어져도 기억 못할 거야."

호시는 힘없이 축 늘어진 여자를 끌어안다시피 해서 방 안으로 데리고 들어갔다.

그새 일하는 사람이 왔다 갔는지 방 한가운데에 정갈한 비단 금침 한 채가 깔려 있었다. 그 이부자리를 본 순간, 호시는 숨이 턱 막혔다. 제집이라면 그녀를 피해 아니, 저 자신을 피해 서재로 도망쳤겠지만 오늘 밤만은 그 어디에도 도망갈 구멍이 없었다.

방에 여분의 이불이 없자 순애가 난감한 얼굴을 했다.

"이불이…… 한 채 더 달라고 얘기할게요."

"됐어. 이부자리 따로 쓰는 거 동네방네 소문내려고? 관둬. 난 바닥에서 잘 테니."

남자가 날카롭게 반응하자 순애가 머쓱한지 작게 구시렁거렸다.

"바닥에서 자면 추워서 입 돌아가는데…… 하긴 요샌 늘 서재에서 자니 익숙하긴 하겠네……."

"뭐?"

그가 눈을 부라리자 여자가 이불 속으로 쏙 숨어 버렸다.

"후……."

그는 방에 딸린 작은 노천온천 옆에 주저앉아 담배 한 대를 길게 피워 물었다. 어둠에 잠긴 뜰에 선선한 바람이 불어왔다. 졸졸 흐르는 물소리와 가을 풀벌레 소리가 남자의 가슴을 가득 채웠다. 문득 그는 저 까마득한 별들처럼 외로워졌다.

"그러지 말고 이리 와요."

실처럼 가느다란 목소리가 그를 불렀다.

"거기 춥잖아요. 이리 와요."

"됐어……."

"왜 요즘…… 나를 피해요?"

가슴이 컥 막혔다. 속에서 불덩어리가 치솟아 올라왔다.

왜 피하냐고? 그 순진한 물음에 저도 모르게 헛웃음이 나왔다.

너는 좋겠구나. 그렇게 편히 물을 수도 있고. 나는…… 나는……
어떻게 그걸 말로 할까.

그는 눈을 꽉 감아 버렸다.

"피하긴 누가 피해?"

"피했으면서……."

여자의 목소리가 꺼지듯 가라앉았다.

그는 담배 한 모금을 깊게 빨아 내뱉었다. 한숨인지 열망인지
고뇌인지 모를 것이 짙은 어둠을 가르고 창공 위로 올라가 희미하
게 사라졌다.

그때 사각거리는 소리가 나더니 유령처럼 창백한 얼굴의 여자
가 그 옆에 와 앉았다.

"그거 피우면 좋아요?"

"뭐?"

"그거, 나도 한 대 줘 봐요."

순애가 그에게 작은 손바닥을 펴 내밀었다.

"너……."

그는 여자가 뭔가 심상치 않음을 알았다. 그때 순애가 그의 손
가락 사이에서 피우던 담배를 빼앗아 들더니 그가 말리기도 전에
한 모금을 쪽 빨았다.

"너!"

호시가 그녀의 손에서 담배를 빼앗아 발로 마구 짓이겨 껐다.

순애가 밭은기침을 마구 토해 냈다. 어느새 그녀의 눈에는 살짝 눈물이 어려 있었다.

"무슨 짓이야! 너 왜 그래? 왜 안 하던 짓을 해?"

"안 하던 짓…… 네……. 나 오늘 안 하던 짓 좀 하고 싶어요."

여자의 눈에 눈물이 반짝였다. 그 눈에 맺힌 원망과 야속함, 서러움에 그는 저도 모르게 흠칫 몸을 떨었다.

"너…… 무슨 일이 있었지? 뭐야 대체? 아까 그놈이 뭐라고 그랬어? 아니면 여자들끼리 무슨 일이 있었어? 아니면 또…… 말해, 빨리!"

남자의 눈에 불이 붙었다. 혹시 또 그 남자에게 무슨 일이 있는 건가. 그래서 이러는 건가. 아팠다. 이 여자를 사랑하는 게 정말 너무 아팠다.

"미안해요. 나…… 아무래도 약속 못 지킬 것 같아요."

호시의 심장이 쿵, 떨어졌다. 그 빌어먹을 벽돌 하나가 빠지려하고 있었다. 그의 세계가 흔들리고 있었다. 그는 그 전조를 온몸으로 느끼듯 몸을 부르르 떨었다.

"약속 지키려고 했는데. 꼭 지키려고 했는데. 미안해요…… 더는 안 되겠어요."

"너……."

"나 이제 가야겠어요."

그는 주먹을 꽉 말아 쥐었다. 여자는 취했다. 단단히 취했다.

"술주정도 정도껏 해."

남자는 단호히 말을 자르고는 더는 들을 것도 없다는 듯 냉정히 자리를 털고 일어났다.

"너 취했어. 이 얘긴 못 들은 거로 할 테니 헛소리 말고 가서 자라."

"직장 사람들 때문이라면 어차피 일 년 뒤엔……."

"일 년 뒤에도 안 돼!"

결국 남자가 소리를 쳤다. 피가 끓어오른다는 건 이런 느낌일까. 그는 더 이상 저 자신을 억제할 수가 없었다. 아니, 억제하고 싶지 않았다. 여자를 갖고 싶은 살인적인 욕망을 참고 누르고 삭이는 게 이젠 아주 지긋지긋했다. 아니, 지긋지긋하다 못해 아주 치가 떨렸다.

"누가 보내겠대? 안 보내! 못 보내! 우린 부부야! 넌 내 아내고, 내가 네 남편이야! 위장이라고? 그걸 어떻게 증명할 거지? 계약서라도 썼나? 증인이라도 있어? 우리는 법적으로도, 사회적으로도 완벽하게 인정받은 부부야. 간다고? 가긴 어딜 가? 어림없는 소리! 넌 평생 나랑 사는 거다."

"호, 호시 상……."

그는 분을 참을 수 없었다. 저를 이 꼴로 만들고 가겠다는 말이나 나불대는 저 여자의 입술을 참을 수가 없었다. 파르르 흔들리는 저 투명한 눈동자를 참을 수가 없었다. 심장이 펄떡펄떡 뛰었다. 그는 여자의 어깨를 거칠게 쥐어 벽면으로 몰아붙였다.

"네가 해 놓은 꼴을 봐! 이렇게 해 놓고! 이렇게, 이렇게 깊숙이 들어와 놓고! 이렇게 나를 다 헤집어 놓고! 이렇게 나를…… 나를 엉망으로 만들고! 가겠다고? 넌 그런 소리가 나와? 그게 네가 나한테 할 말이야?"

호시가 여자의 작은 어깨를 쥐고 거칠게 흔들어 댔다. 여자의 텅 빈 눈에 눈물이 고이더니 툭, 떨어졌다. 바싹 마른 입술이 달싹였지만 아무 소리도 나오지 않았다.

"그러기에 왜 깔짝거려? 애초에 책임지지 못할 거면 처음부터 깔짝이지 말라고 했잖아! 왜 함부로 들쑤셔 놔? 왜 사람 미치게 만들어? 그래 놓고, 이렇게 나를 다 흐트러뜨려 놓고 이제 와서 가겠다고? 그럼 내가 네, 그러세요, 하고 순순히 보내 줄 줄 알았나? 웃기지 마! 웃기지 마, 박순애! 그러니까 넌 아무것도 모른다는 거야. 넌 아무것도, 아무것도 몰라! 그러니까 입 닥치고 가서 잠이나 자!"

호시는 버둥거리는 여자를 잡아끌어다 이불 위에 집어 던졌다. 그 바람에 여자의 긴 머리가 온통 흐트러졌다. 그녀의 얼굴은 눈물과 머리카락으로 엉망진창이었다. 파르르 떨던 여자의 입에서 희미한 목소리가 새어 나왔다.

"아무것도 모르면서……."

"뭐?"

"호시 상은 자기가 다 아는 것 같죠? 그래서 자기만 힘들고 자기만 괴로운 것 같죠? 아무것도 모르면서……."

여자가 눈물을 철철 흘리며 그를 노려보자 그는 불에 끓는 기름을 부은 것처럼 활활 타올랐다. 그는 이불 위에 엎어진 여자의 두 손목을 쥐고 여자를 완전히 제압했다.

"내가 모르는 게 대체 뭔데."

여자가 이를 악물었다. 그녀의 완강한 거부에 그가 다시 한번 여자를 윽박질렀다.

"내가 모르는 게 뭐냐고!"

여자의 꽉 다문 입술이 바르르 떨렸다.

사랑한다고는 절대 말할 수 없었다. 그 말을 해 버리면 그는 절대 저를 놓아주지 않으리라. 제가 떠난 후에도 저를 잊지 못하리라.

하지만 이대로 그를 보고 있으면 말해 버릴 것 같았다. 사실 말하고 싶었다. 너무너무 말하고 싶었다. 그녀는 질끈 눈을 감았다.

"눈 떠!"

남자가 그녀의 가냘픈 몸을 마구 흔들어 댔다.

"눈 떠! 내 눈을 보고 말해! 내가 모르는 게 뭐야!"

순애는 바들바들 떨면서도 고집스레 버텼다. 이미 그 말은 꾹 누르면 튀어나올 것처럼 그녀의 입술 위를 맴돌았다. 이젠 한계였다. 어느새 그녀는 조용히 흐느끼고 있었다.

"순애야⋯⋯."

그녀의 눈물 앞에 인정사정없이 그녀를 흔들어 대던 남자의 손이 힘없이 툭, 풀어졌다. 그녀는 저도 모르게 눈을 떴다. 그가 제 앞에 허물어져 있었다. 그 철옹성 같던 남자가 제 앞에 와르르 무너져 있었다.

이제야 순애는 그의 눈빛을 이해할 수 있었다. 그 아픈 것 같기도, 화난 것 같기도, 두려운 것 같기도 하던 그 눈빛을.

그건 사랑이었다. 그녀는 저도 모르게 남자의 품에 몸을 던졌다.

"!"

호시가 감전이라도 된 듯 부르르 떨더니 이내 그녀를 바스러지도록 꽉 안았다. 부드럽고 말랑거리는 여자의 감촉이 그의 가슴에 불을 질렀다. 온천의 유황 냄새, 향긋한 술 냄새, 다디단 여자의 살 냄새가 확 끼쳐 왔다.

그가 버드나무 가지처럼 낭창낭창한 허리를 으스러뜨릴 듯 쥐자 호흡이 불편해진 순애가 고개를 치켜들었다. 여자의 더운 숨결이 그의 목젖을 간질이자 그는 허겁지겁 그 숨을 집어삼켰다.

"아……."

여자가 작은 새처럼 파드득거렸다. 그는 그 새를 품 안에 가두듯 더욱 꽉 조이고 여자를 게걸스레 빨았다. 온몸이 불덩이가 된 것 같았다. 이성은 이미 그 불덩이에 새까맣게 불타 버리고 하얀 연기만을 날리고 있었다. 작은 입술이 귀엽게 옴죽거리자 그는 급히 제 혀를 밀어 넣었다.

"읏……."

여자가 놀란 듯 고개를 살짝 뒤로 빼자 그는 퇴로를 차단하듯 여자의 뒤통수를 꽉 붙잡고 더욱 깊숙이 저를 밀어 넣었다. 그의 소맷자락을 겨우 붙잡은 순애의 가냘픈 손이 작게 경련했다.

이 작은 여자 앞에서 호시는 그가 두른 번쩍이는 갑옷을 풀어 내렸다. 사회적 지위와 명예, 부, 지식, 그 대단한 자존심까지 전부.

지금껏 저를 지켜 주던 그 모든 것을 내려놓고 방어권을 포기한 그는 이제 자연 그대로의, 한 남자에 불과했다. 하지만 그는 그러고도 모자랐는지 기어코 제 심장까지 꺼내 그녀 앞에 쏟아 놓았다. 제 목숨줄을 스스로 그녀 손에 쥐어 준 것이다. 그 대가로 그가 원하는 것은 오직 하나, 그녀의 남자가 되는 것이었다. 그래서 이제 더는 그녀를 봐줄 수 없었다. 더는 그녀를 참아 줄 수 없었다. 그는 제 심장을 내준 대가를 오늘 밤 그녀에게서 단단히 찾을 셈이었다.

"하아…… 하아……."

이 밤처럼 짙고 기나긴 키스였다. 징그러울 만큼 집요한 입맞춤이었다. 그가 겨우 입술을 떼자 투명한 타액에 번드르르 젖은 입술을 바르르 떨며 여자가 숨을 몰아쉬었다. 이미 정신이 반은 나간 남자가 순애를 쓰러뜨렸다. 그녀의 눈빛이 흔들렸다.

"호, 호시 상……."

"더는 그렇게 부르지 마."

"……."

"난 남이 아니야. 네 남편이야. 그리고 이젠 정말 남편 노릇을 하 겠어."

순애는 저도 모르게 몸을 굳혔다. 앞으로 여며 입는 일본식 실 내복은 아까의 다툼과 격렬한 입맞춤 때문에 이미 흐트러질 대로 흐트러져 여자의 뽀얀 속살이 훤히 들여다보였다. 그녀가 황급히 제 몸을 가리려는데 남자가 그 손을 가만히 쥐었다. 격렬히 일렁이 는 새카만 눈동자와 시리도록 투명한 눈동자가 맞부딪혔다.

"……."

순애의 긴 속눈썹이 파르르 떨렸다. 앞섶을 여미려던 그녀의 손 에 힘이 쭉 풀리더니 저절로 툭 떨어져 나갔다.

'내가 처음으로 사람대접을 받게 해 준 남자, 그것도 모자라 자 기 마음까지 내준 남자. 내가 사랑하는 남자…… 이 사람을 위해 내가 해야 할 일은 떠나는 것뿐이다. 하지만…… 단 하룻밤, 단 하 룻밤이라도 당신과 진짜 부부가 된다면…….'

순애는 저도 모르게 호시의 목에 팔을 감고 그를 끌어당겼다. 남자의 뜨거운 몸이 그녀 위로 쏟아졌다. 순애는 막연한 두려움과 나른한 기대감에 몸을 떨었다. 남자의 손이 그녀 옷의 허리띠를 가 만히 풀었다. 눈앞에 드러난 여자의 하얀 나신은 환상처럼 아름다 웠다. 그는 저도 모르게 넋을 잃었다.

"예뻐…… 정말 예뻐…… 내 상상보다 훨씬 더…….."

마치 이제 말을 떼기 시작한 아이처럼 그가 서툴게 말했다. 여자의 긴장된 얼굴에 그제야 살짝 엷은 웃음이 감돌았다. 그녀가 웃음을 띠자 호시는 더욱 어쩔 줄 몰랐다. 이렇게 아름다운 것을 대체 어떻게 해야 할지 정신이 아득할 지경이었다.

순애가 살포시 눈을 감자 호시는 그녀가 저를 온전히 그에게 맡겼음을 실감했다. 온몸의 피가 부글부글 끓어올랐다. 곧 옷을 벗어 던진 단단하고 뜨거운 몸이 찹쌀떡처럼 하얗고 말랑거리는 여체에 밀려들었다.

여자가 바싹 움츠렸다. 눈을 질끈 감은 여자의 미간에 팽팽한 긴장이 어려 있었다. 호시는 그녀의 찌푸려진 미간을 부드럽게 문질러 풀었다. 순애가 살짝 눈을 뜨자 애틋한 눈이 그녀를 지그시 내려다보고 있었다.

"춤췄을 때 기억해?"

"······."

"그때처럼 하면 돼. 아무 생각 말고 나한테 몸을 맡겨. 나를 믿고 따라와 줘."

여자의 눈동자가 흔들리더니 이내 작게 고개를 끄덕였다. 그의 혀가 다시 여자의 살짝 벌어진 입술 사이를 파고들자 그녀가 저도 모르게 남자의 등을 안았다. 혀를 밀어 넣는 남자의 몸이 그녀를 압박했다. 곧 모양 좋고 부드러운 젖가슴이 남자의 몸에 눌려 찌부러지고, 두 사람의 아랫도리가 얽혔다.

여자의 풍성한 젖가슴이 피부로 느껴지고, 그녀의 가는 다리가 제 아래에서 버르적거리자 그는 정말 죽을 지경이었다. 그녀를 배려하려는 마음과 달리 그의 몸에는 점점 더 힘이 들어갔다.

"아아…… 아응……."

뜨거운 입술이 여린 귓불을 세게 빨아 대자 순애의 입에서 낮은 신음이 흘러나왔다. 제가 낸 소리라고는 믿을 수 없을 정도로 야릇했다. 그런데도 부끄러움을 생각할 겨를도 없었다. 정신이 하나도 없었다. 몸이 불이 붙은 듯 뜨거웠고, 공중에 떠 있는 듯 나른했다. 묘한 쾌감이 그녀의 전신을 훑고 내려가자 그녀는 오스스 몸을 떨었다.

남자의 입술이 귓불과 가는 목덜미를 지나 쇄골의 홀쭉 들어간 부분을 지분거리더니 천천히 젖가슴으로 내려갔다. 둥글고 뽀얗고 탱탱한, 마치 환한 보름달 같은 젖가슴이 그의 눈앞에 있었다. 그는 흡, 숨을 멈추었다. 입술이 살짝 망설이듯 달싹이더니 곧 그녀를 한입에 집어삼켰다.

"악……!"

그녀는 제 가슴을 정신없이 물어뜯는 짐승 같은 사내를 저도 모르게 세게 때렸다. 그러나 그는 떨어져 나가기는커녕 오히려 탐욕스러운 눈을 빛내며 제 문 먹이에 집요하게 달라붙었다.

단단해진 유두가 이와 혀에 쓸리며 힘없이 희롱당하자 찌릿한 통증이 전신을 강타했다. 아랫배가 부글부글 끓었다. 그녀가 허리를 뒤틀며 몸부림을 치자 다시 남자의 입술이 그녀의 입 안을 덮쳐 마구 헤집어 댔다.

"으으읍……!"

여자의 작고 말랑거리는 손이 바위 같은 어깨를 마구 때렸다. 그럴수록 그는 흥분을 주체할 수 없었다. 그의 몸짓에 이렇게 생생하게 반응하는 여자가 예뻐서, 너무나 예뻐서 견딜 수 없었다.

'이 여자를 샅샅이 갖고 싶다. 아주 갈가리 찢어발겨 내 안에 집어넣고 싶다. 내가 주는 쾌락에 취하다가 울며 매달리고, 날 때리고 욕하다가, 결국 내 아래 허물어지고야 마는 모습을 보고 싶다. 내 여자가 되는 걸 보고 싶다.'

그는 그녀의 가는 발목을 잡아 다리를 쫙 벌렸다. 열에 들떠 있던 순애의 눈동자가 쨍, 하고 흔들렸다. 누구에게도 보여 준 적 없는 은밀한 처녀가 남자의 앞에 활짝 열렸다. 그는 무성한 숲을 헤쳐 그녀의 근원에 다가갔다. 여자는 흠뻑 젖은 채 생명력으로 온통 충만했다. 그는 그 맑고 투명한 샘물에 조심스레 입을 가져다 대며 그녀의 신비와 경이로움에 찬탄을 보냈다.

"아아…… 아으……."

순애가 허리를 뒤틀자 그가 더욱 깊숙이 제 입술을 들이밀었다. 여자의 거웃이 그의 뺨을 간질였다. 그가 혀로 작고 사랑스러운 돌기를 애무하자 순애는 그대로 숨이 넘어갈 것 같았다. 그러나 호시는 그녀가 다 죽어 가든 말든 아랑곳하지 않았다. 그는 순애를 한 방울도 남김없이 먹어 치우는 데에만 탐닉해 있었다.

"그만…… 그만요……."

그러나 말과는 다르게 그녀의 손은 제 아래에 고개를 박고 있는 남자의 검은 머리칼을 꽉 쥐고 더욱 깊이 아래로 눌렀다. 남자의 혀는 얼마나 뜨거운지 그대로 거기가 녹아 흐물흐물해질 것 같았다. 아니, 제 몸은 이미 저 거친 짐승에게 뜯어 먹히고 없어졌는데, 감각만이 혼처럼 남아 있는 것 같기도 했다. 계속해 달라고, 밤새해 달라고 조르고 싶기도, 이젠 그만해 달라고 빌고 싶기도 했다. 두렵고도 황홀했다.

"흐으읏…… 호, 호시 상……."

순애가 겨우 생각난 듯이 그의 이름을 불렀다. 순간 그의 입놀림이 딱 멈췄다.

"여보."

"이, 인제 그만⋯⋯."

"여보."

남자가 그 말을 듣고야 말겠다는 듯 다시 그녀를 강하게 밀어붙였다. 여자의 몸이 잘게 경련했다.

"흐웃⋯⋯ 으웃⋯⋯ 여, 여보⋯⋯."

그녀의 입에서 그 다정하고 다디단 단어를 듣는 순간, 그가 얼마나 벅차올랐는지. 이 어여쁘고 향기롭고 고운 여자가 드디어 제것이 된 것 같았다. 드디어 이 여자의 몸도, 마음도 다 가진 것 같았다. 이제 이 여자의 남자는, 이 여자의 여보는 바로 그였다.

"순애야⋯⋯."

그는 정신없이 그녀의 이름을 부르며 제 몸을 여자의 아랫도리에 밀어 넣었다. 그녀는 벌과 나비를 제 주위로 불러 모으는 화려한 꽃처럼 이미 활짝 만개해 있었다. 믿을 수 없게 거대해진 그의 욕망이 여자의 여린 속살을 찢었다.

"웃⋯⋯!"

순애의 고운 미간이 격통으로 찡그려졌다. 그의 어깨를 쥔 여자의 손마디가 하얗게 튀어나왔다. 그는 이 가느다란 몸 안에 자신을 마구 쏟아 내고 싶은 욕구를 간신히 참으며, 여자의 몸에 난 길을 조심스레 탐색해 나갔다. 그러면서 서서히 그의 영역을 넓혀 나갔다.

"힘 빼. 그래야 덜 아파."

"으, 응⋯⋯."

순애가 아랫입술을 질끈 물었다. 하얀 이에 깨물린 그 작고 붉은 입술을 보자 간신히 제어하고 있던 아랫도리가 저도 모르게 미쳐 날뛰었다. 그는 제 허리를 사정없이 짓쳐 그녀 안에 저를 깊숙이 쑤셔 박았다.

"아, 아파!"

그녀의 입에서 비명이 터지자 그가 멈칫했다. 여자의 고운 눈매에 투명한 눈물이 맺혀 있었다. 그는 다시 한번 살의에 가까운 충동을 억누르며 부드럽게 제 허리를 움직였다. 욕심으로는 저를 사정없이 그녀에게 강요하고 싶었지만 그녀가 만족해하는 모습을 더 보고 싶었다.

그는 그녀에게서 몸을 빼고 다시 여자의 아랫도리를 살살 풀어주었다. 길고 정성스러운 애무에 여자의 눈이 스르르 감기더니 가느다란 신음이 터졌다. 그 순간을 노리던 남자가 다시 그녀의 문을 열어젖혔다.

"으으…… 으응……."

조금씩 그녀의 몸이 열리고 그를 받아들이는 것이 느껴졌다. 여자의 속살이 그를 살살 조이기 시작하자 호시는 절로 이맛살을 구겼다. 그의 잇새에서 신음인지 감탄인지 모를 소리가 터졌다. 빌어먹게, 빌어먹게 좋았다. 환장할 쾌감이 그를 감싸자 제어장치가 다시 서서히 풀리기 시작했다. 그는 좀 더 힘을 주어 여자의 안쪽 깊숙이 파고들었다.

"웃……."

여자의 붉은 입술이 벌어지더니 허리가 꺾였다. 그것으로 끝이었다. 그는 미친 듯 제 몸을 그녀 안에 욱여넣으며 그 입술을, 그

빰과 귓불을, 턱과 목덜미를 사정없이 빨고 핥았다.

"악……!"

놀란 순애가 그의 어깨에 이를 세웠다. 그 작은 반항에 그는 폭포처럼 터져 버렸다. 이젠 도저히 물릴 수도, 멈출 수도 없었다. 그녀가 너덜거릴 때까지, 이 불길에 그와 같이 새까맣게 타 버릴 때까지, 잿더미가 될 때까지 멈추지 않을 작정이었다.

"아앙…… 아흣…… 흐으읏…… 여, 여보……."

제 딴에는 그렇게 하면 그만 봐줄 줄 알았는지 여자가 애원하듯 그의 귓가에 다정한 호칭을 속삭였다. 그러나 그건 완벽한 오판이었다. 달콤한 콧소리에 취한 그의 욕망은 더욱 자신을 얻어 뻔뻔스러우리만큼 커지고 단단해졌다.

"순애야……."

그는 홀린 듯 여자의 이름을 불렀다. 얼마나 부르고 싶었던 이름이었나. 그녀의 뒷모습에 대고 입 안에서만 겨우 달싹거리고 말았던 적은 헤아릴 수도 없었다. 그녀를 부르고 싶었다. 다정히 순애야, 부르고 싶었다. 하지만 그 욕심을 채우면 또 다음 욕심을 채우고 싶어질 것이었다. 이름을 부르고, 손을 잡고, 안고, 입 맞추고, 갖고 싶어질 것이었다. 보내고 싶지 않아질 것이었다. 그래서 차마 그녀를 부를 수 없었다. 그런 사랑이었다.

"후우…… 흐으…… 흐읏……."

순애는 제 몸을 짓누르는 남자의 체중을 느끼며 숨을 몰아쉬었다. 그는 쉼 없이 그녀의 몸을 가르며 그녀를 산산이 부서뜨렸다. 그리고 그 자리에 그를 심었다. 깊이, 더 깊이. 그는 제가 완전히 그녀 안에 이식되기 전까지 순애를 놔주지 않을 것이었다.

그의 등을 껴안은 가냘픈 손이 파들파들 떨렸다. 그러나 외롭지 않았다. 그의 품에서 순애는 저를 잊었다. 그를 영원히 잃어야 한다는 것도 잊었다. 그녀에겐 지금 이 순간만이 있었다.

"여, 여보……."

그녀는 열락과 고통, 가슴 터질 듯한 행복과 슬픔의 그 어디쯤에서 그의 목을 감으며 제 몸을 활짝 열었다. 그 순간 남자가 더는 참지 못한 듯 포효했다. 순애의 투명한 눈에 눈물이 그득 고였다.

"아웃……!"

순애는 저도 모르게 크게 비명을 내질렀다. 호시가 크게 경련하더니 곧 희뿌연 그의 욕망이 울컥울컥 순애 안으로 쏟아져 내렸다.

순애의 뺨에 한줄기 눈물이 흘렀다. 그러나 그녀는 희미하게 웃고 있었다. 끔찍한 천국 같기도 황홀한 지옥 같기도 한, 부부의 밤이었다.

모든 생명이 다 잠든 것 같은 깊은 새벽, 방은 푸르스름한 어둠에 잠겨 있었다. 호시는 적막을 깨고 들려오는 색색거리는 숨소리에 귀를 기울이고 있었다.

가슴이 뛰어 잠들 수 없었다. 아니, 졸려도 자지 않을 작정이었다. 잠들었다 깼는데 이 모든 것이 꿈이면 어쩌나.

그는 아직도 제 품에서 곤히 잠들어 있는 순애가 믿기지 않았다. 아까까지만 해도 제가 여자의 살과 뼈를 껴안고 그 속에 저를 토해 냈다는 것이 믿기지 않았다.

"으음……."

순애가 이불을 살짝 걷어찼다. 그는 순애의 삐져나온 다리를 다시 이불 속에 집어넣고 저도 이불 안으로 들어갔다. 여자의 체온으로 더워진 이불 속은 기분 좋게 따뜻했다. 호시의 입가에 슬며시 웃음이 번져 나갔다. 순애와 한 이불을 나눠 덮고 있다는 실감이 비로소 그를 벅차게 했다.

한 이불을 덮는 사이.

부부 사이의 친밀함과 내밀함을 이렇게 절묘하게 표현한 말이 또 있을까. 이제 정말 그와 순애는 부부가 된 것이다. 이 여자는 제 사람이었다. 말로 표현할 수 없는 감격에 가슴이 터질 듯 부풀어 올랐다.

그는 온몸으로 순애를 안았다. 제 것이 된 여자가 사랑스러워 견딜 수 없었다. 따스하고 부드럽고 풍성한 여체를 느끼자 아랫도리가 다시 불뚝거렸다.

'내일 아침 일어나자마자…… 내일 집에 도착하면 또, 아니, 매일매일……'

호시의 입가에 멋쩍고도 행복한 미소가 번졌다. 그는 잠든 순애를 바라보며 어느새 그녀와 함께하는 새로운 생활을 그리고 있었다.

'매일 한 이불 속에서 잠이 깨겠지. 너와 같이 아침을 먹고, 네 배웅을 받으며 출근하고…… 출근하기 전에 키스하면 넌 수줍게 웃을까. 돌아오면 저녁을 먹으며 도란도란 얘기하다가 같이 목욕하고, 때로는 같이 술잔도 기울이겠지. 기분 좋게 취해서 다시 한 이불을 덮고 잠이 들고…… 이불 속에서 널 애무하면 너도 못 이기는 척 날 받아들여 주겠지……. 주말이 되면 다른 부부들처럼 나들이를 가거나 외식도 하고. 아, 아직 못 간 동물원에 가거나 같이 검정고시 공부를 해도 좋겠다……. 네가 알지 못하는 세계를 보여 주고 싶어. 내 옆에서 기뻐하는 모습을 보고 싶어. 너와 함께하는 삶, 매일 너를 사랑하고 네게 사랑받는 삶, 그건 내게도 완전히 새로운 세상일 거야…….'

이 얼마나 충만하고 아름다운 삶인지. 상상만으로도 세상의 모든 행복을 제가 다 가져온 것 같았다. 호시는 제 품에 든 여자의 뺨에 깊이 입술을 눌렀다.

"으응…… 안 자요?"

그 바람에 깼는지 순애가 슬쩍 눈을 떴다.

"왜 안 자요? 내일 어쩌려고……."

"자는 시간도 아까워."

남자가 다시 그녀에게 달려들었다. 만족을 모르는 입술이 그녀를 힘껏 빨아들이자 도자기 같은 피부가 금세 장밋빛으로 물들었다. 그는 그렇게 순애의 몸 구석구석에 제 영역 표시를 했다. 그새 수염이 돋았는지 까슬까슬한 남자의 턱이 그녀의 부드러운 피부 곳곳에 비벼지자 여자가 허리를 뒤틀어 몸을 피했다.

"아, 따가워요!"

"참아."

호시가 성급하게 여자의 다리를 벌렸다. 거기엔 그가 그녀에게 출입한 흔적이 아직 생생했다. 짙은 성교의 냄새가 그를 자극하자 피가 더욱 아래로 몰렸다.

"아파서 싫어?"

여자가 조금 망설이다 조그만 몸짓으로 도리질을 했다. 그는 슬며시 웃으며 다짜고짜 제 몸을 그녀 깊숙이 집어넣었다.

"아으……."

순애가 살짝 경련했다. 그러나 그가 길을 낸 지 얼마 되지 않아서 그녀의 몸은 아직 열려 있었다. 곧 여자가 옴죽거리며 제 안에 들어온 거대한 이물질을 꽉 잡아 조이자 그는 만족스러운 웃음을 지었다. 그녀가 저를 받아들이고 있었다. 그것이 그렇게 기쁠 수가 없었다. 여자는 한없이 깊고 뜨거웠다. 그 끝없이 어둡고 깊은 불구덩이에서 호시는 저를 하얗게 태웠다. 그의 목을 끌어안은 여자의 손에 더 힘이 가해졌다.

"으응…… 으응……."

여자의 콧소리에 더 달아오른 그가 그녀의 몸을 뒤집더니 하얗고 둥근 엉덩이 사이로 깊이 파고들었다. 순간 순애의 눈앞에서 별이 튀었다.

"아으읏!"

배 속 깊이 파고드는 충격에 놀란 순애가 반사적으로 몸을 빼내려 하자 그가 여자의 허벅지를 단단히 감아쥐었다. 관능적인 엉덩이가 잠시 움찔거리더니 곧 오물오물 그를 받아먹기 시작했다. 넘실거리는 희열이 아랫도리에서부터 머리 꼭대기까지 호시를 휩쓸고 지나갔다.

"하앗…… 이런……."

뒤에서 남자의 흥분이 고스란히 느껴졌다. 순애는 저도 모르게 엉덩이를 흔들며 침이 가득 고인 아랫입술을 꼭 물었다. 부풀어 오른 젖가슴이 마구 출렁거렸다. 아랫도리는 계속 흥건히 물을 토해냈다. 짐승이 교접하는 자세로 남자와 몸을 섞다니, 그런 제가 너무 음란해 보였다. 천하의 색녀라도 된 것 같았다. 하지만 짐승이면 어떻고, 색녀면 어떤가. 상관없었다. 이 남자를 가질 수 있다면 뭐든 상관없었다. 어차피 이 여행이 끝나면 그녀는 남자를 떠난다.

"으읏!"

순애의 입에서 터지는 비명인지 신음인지에 남자가 거친 말을 내뱉었다. 그리고 그녀의 토실토실한 엉덩이를 터지도록 쥐더니, 그 사이를 벌리고 제 몸을 깊이 쑤셔 박았다. 순간 순애의 머리 꼭대기가 삐쭉 섰다.

"읏…… 순애야!"

호시가 크게 경련하자 순애는 저도 모르게 비명을 지르며 무너져 내렸다. 강한 여진이 온몸을 타고 흘러내렸다.

"흐으으……."

그녀의 몸에서 떨어진 호시가 축 늘어진 채 경련하는 순애를 달래듯 제 품속에 집어넣었다. 땀에 흠뻑 젖은 남자의 가슴은 아직도 벌떡벌떡 크게 뛰고 있었다.

"아…… 너무 좋다……."

호시가 마치 한탄하듯 말했다. 눈을 감은 순애의 입가에 옅은 미소가 감돌았다. 너무 좋았다. 너무, 너무 좋았다. 그래서 더 원망스러웠다. 그녀는 터져 나오는 눈물을 겨우 참았다.

"왜 그래? 아팠어?"

다정한 눈빛에 가슴이 무너졌다. 이제 겨우 서로를 사랑하게 되었는데. 너무, 너무 좋은데…… 순애가 갑자기 눈물을 보이자 호시의 얼굴이 일순 긴장했다.

"나도 너무 좋아요. 너무 좋아서 그래요……."

호시의 입가에 아침 햇살 같은 미소가 서서히 번졌다. 그녀의 입에서 그런 말까지 듣게 될 줄은 정말 몰랐다. 너무 기뻐서 가슴이 다 뻐근했다. 이 여자는 대체 어디까지 저를 행복하게 하려는 걸까.

"오랜만에 온천에 왔는데 같이 몸 좀 담글까."

호시가 여자를 가볍게 들쳐 안고 방에 딸린 작은 온천으로 들어갔다. 두 사람이 물에 들어가자 탕 밖으로 물이 줄줄 넘쳐흘렀다. 남자가 뒤에서 가만히 그녀를 안고 물에 채 담기지 않은 어깨에 뜨겁게 입을 맞췄다.

그때 바람이 쏴, 불자 새벽빛에 가늘어진 별빛이 순애의 가슴에 밀려들었다. 호시의 손이 순애의 손을 더듬어 찾더니 꽉 쥐었다. 그녀는 이제 더는 슬프지 않았다.

아침부터 궂은 날씨였다. 원래는 오전에 하코네 인근의 관광지 한두 곳을 돌아보고 점심을 먹는 것으로 마무리할 예정이었으나 악천후로 인해 관광 없이 바로 귀가하기로 했다.

'차라리 다행이야.'

순애는 몰래 안도의 한숨을 쉬었다. 온몸이 두드려 맞은 듯 쑤셨다. 아직도 다리 사이 안쪽이 쓰리고, 젖꼭지가 옷에 닿을 때마다 아팠다. 잠도 부족했다. 그러나 이곳을 떠나고 싶은 가장 큰 이유는 기무라였다. 그 끔찍한 작자와 한순간도 더 같이 있고 싶지 않았다.

그런 그녀의 마음을 알 리 없는 호시는 어느 때보다 기분이 좋아 보였다. 심지어 체크아웃을 기다리면서는 부인들과 싱거운 농담을 주고받기도 했다. 부인들에게 깍듯이 예의만 지키던 예전에는 상상도 못 할 모습이었다.

"수고했어. 잘 놀고 잘 쉬었으니, 또 열심히 하자고."

떠나기 전 차장이 흐뭇한 표정으로 치하하자 옆에 있던 부인이 눈웃음을 지으며 한마디 거들었다.

"호시 국장이 미남인 건 알았지만 이렇게 쾌남인지는 이번에 알았지 뭐예요. 차갑기만 한 줄 알았는데 어쩜 그렇게 말도 재밌게 할까."

"남자는 처를 잘 얻으면 달라지는 법이지."

차장이 흡족한 듯 순애에게 시선을 주자, 순애가 황송한 듯 고개를 숙였다. 호시는 제 상관 부부에게 그렇게 이쁨을 받는 순애가 신통방통하기도 하고 자랑스러우면서 또 한편으로는 고마웠다.

그들이 다른 이들과도 인사를 나누는데, 기무라와 그 부인이 다가왔다. 순애가 흠칫 몸을 떨었다.

"호시, 내년부터 잘해 보자고."

기무라는 비웃음과 경멸을 애써 숨기며 호시에게 악수를 청하더니, 마지막으로 순애에게 의미심장한 시선을 주었다.

"그럼 부인, 나중에 또 뵙지요."

그 비릿한 눈웃음에 순애는 오싹 소름이 돋았다. 눈앞이 캄캄해졌다.

윗사람들이 먼저 떠나자 호시가 그녀의 손을 잡아끌었다.

"이제 우리도 가자."

"……"

돌아가고 싶지 않았다. 돌아가면 이별이었다. 순애가 머뭇거리자 호시가 달래듯 그녀의 어깨를 감싸 안았다.

"겨울에 단둘이 다시 올까?"

"겨울에?"

"응. 뭐니 뭐니 해도 온천의 계절은 겨울이니까."

당신과 나에게 겨울이 있을까. 아니, 우리의 계절은 아마도 여기서 끝날 것이다. 순애는 호시의 손을 아프도록 꼭 쥐었다.

"응. 꼭 겨울에 다시 와요."

그 말에 남자가 눈처럼 포근하게 웃었다.

떠나기 전, 순애는 꿈같은 지난밤을 보낸 료칸을 돌아보았다. 료칸은 한 폭의 동양화처럼 흐린 구름 깊숙이 가라앉아 있었다. 곧 찬비가 한바탕 쏟아지려는지 스산한 바람이 불어와 그녀의 머리칼을 헝클어 놓았다.

"날이 심상치 않은걸. 빨리 출발하는 게 좋겠어."

호시는 순애를 재촉해 조수석에 태우더니 급히 시동을 걸었다. 그런 남자를 보며 순애가 아프게 웃었다.

'뭘 저리 서둘러……. 천천히 가지.'

순애는 처음으로 호시가 미웠다. 아무것도 모르고 이별을 서두르는 그가.

집에 도착하기 무섭게 순애를 방으로 끌어들인 호시는 미닫이 문도 제대로 닫지 않은 채 허겁지겁 그녀를 안았다.

"호, 호시 상……."

대낮부터 관계를 한다는 건 생각도 못 한 순애가 놀라 그의 가슴을 떠밀었다. 그녀의 가는 목덜미에 이를 세우던 호시의 눈매가 가늘어졌다.

"왜 다시 호시 상이야?"

"……."

"어젯밤엔 여보, 여보 잘도 하더니……."

순애의 얼굴이 화끈 달아올랐다. 여자가 주춤한 틈을 타서 그가 순애의 원피스 지퍼를 쭉 내렸다. 하늘하늘한 원피스가 여자의 둥근 어깨에서 떨어져 내리자 남자의 손이 브래지어 어깨끈을 잡아 당겼다. 순애가 정신없이 그녀의 가슴골에 얼굴을 묻는 남자를 간신히 제지했다.

"저기…… 너무 환하잖아요."

"지금 그게 문제야?"

"……."

순애가 고개만 틀고 있자 남자가 순애를 놓더니, 난데없이 제 넥타이 매듭을 쭉 잡아당겨 풀더니 타이로 그녀의 눈을 완전히 가렸다.

"!"

짙은 어둠이 순애의 시야를 덮쳤다. 놀란 그녀가 뭐라 하기도 전에, 호시가 그녀의 입술을 벌리고 들어와 입 안을 샅샅이 훑었다. 그의 체중이 그녀를 압박했다. 순애는 바지를 찢고 나올 듯 단단히 일어선 남성을 고스란히 느꼈다. 호시가 입술을 흡입하듯 강하게 빨아들이자 순애가 가늘게 신음했다. 순애 역시 어느새 흠뻑 젖어 있었다.

"으응……."

그는 그녀의 입술에 달라붙은 채 성마른 손으로 브래지어를 끌어 내렸다. 그러나 풍만한 가슴에 딱 맞는 속옷이 제 생각대로 잘 내려오지 않자 미간이 콱 찌푸려지더니, 그대로 브래지어를 쫙 찢어 버렸다. 순애가 헉, 하고 놀랐다.

"그거 비싼 건데……."

"아까부터 계속…… 지금 그런 게 문제야? 사람이 죽겠는데."

호시가 그녀의 흠뻑 젖은 팬티를 성급히 끌어 내렸다. 돌돌 말린 팬티가 가늘고 긴 다리를 타고 내려가 발목에 툭 걸렸다. 남자가 그녀의 다리 사이를 파고들면서 서둘러 제 셔츠 단추를 풀어 내렸다. 촉촉하게 젖은 샅으로 남자의 혀가 파고들자 그녀가 파닥거렸다.

"아웃…… 아흐흥……."

여자의 흥분이 고조되자 그가 더욱 깊이, 더욱 세게 그녀를 빨았다. 남자의 뜨거운 숨이, 혀와 이가 여린 살에 마찰했다. 순애의 허리가 저절로 들렸다. 아랫도리는 끊임없이 야한 물을 토해 내면서 무엇을 조르듯 옴죽옴죽하며 뻐끔거렸다. 아랫배가 부글부글 끓었다. 안달이 나 죽을 것 같았다. 애가 탄 그녀는 저도 모르게 호시의 어깨에 다리를 걸고 그를 꽉 조였다. 마치 그를 제 안으로 부르듯이, 그를 조르듯이.

남자가 알았다는 듯 서둘러 바지 벨트를 풀어 내리고 그녀 안에 제 몸을 부리자 아래가 터질 듯 꽉꽉 차올랐다. 그제야 그녀는 작게 경련하며 만족의 신음을 내뱉었다.

"아흥…… 흐응……."

눈이 가려지자 이상하게도 모든 것이 더 생생해졌다. 그의 몸짓이, 떨림이, 뜨거움이 너무나 선명하게 보였다. 이상한 해방감이 그녀의 흥분을 부채질했다. 순애는 남자의 목을 두 팔을 칭칭 감은 채 살살 엉덩이를 돌려 그 사랑스러운 침입자를 꽉 움켜쥐었다.

"큿……."

남자가 성난 듯 몸을 짓쳐 오자 그녀 역시 그의 리듬에 맞춰 조금 더 강하게 허리를 돌렸다. 조금만 더…… 조금만 더 세게…… 조금만 더 깊이…… 아, 이대로…….

"아흐응…… 흐웃…… 아으으윽…… 여, 여보!"

그녀는 저 자신을 잊은 채 그의 목에 꼭 매달려 두 사람만의 세계로, 그 은밀한 열락의 세계로 둥실둥실 떠내려갔다.

"내 어디가 좋아요?"

호시의 팔베개를 하고 누운 순애가 그의 탄탄한 가슴팍을 지분
거리며 물었다. 그녀를 안은 채 조용히 눈을 감고 있던 호시가 픽
웃었다.

"그런 걸 어떻게 말해?"

"왜요. 말해 줘요. 궁금해요."

"그런 건 말하는 거 아니야."

"왜요?"

"어떻게 말해도 제대로 말할 수 없어. 그럼 차라리 말 안 하는
게 나아."

"칫……."

실망한 순애가 바람 빠진 소리를 내자 이제 그가 은근히 물어
왔다.

"그러는 넌 왜 날 좋아하는데?"

그러고 보니 순애 역시 뭐라고 해야 좋을지 알 수 없었다.

그는 천천히 스며들어 왔다. 마치 계절이 변하는 것처럼 자연스
럽고도 당연하게. 제 마음을 깨달은 것은 어느 날 문득, 창밖의 단
풍을 본 것과도 같았다. 단풍을 보고 가을임을 알았지만, 사실 가
을은 이미 그전부터 조용히 그녀 곁에 찾아와 있었다.

"됐어요. 나도 얘기 안 해 줄래요."

순애가 콧방귀를 뀌자 이젠 그가 몸이 다는지 순애를 살짝 흔들
었다. 순애가 그 손을 가볍게 치웠다.

"말 안 해 줄래요. 누가 남자는 도도한 여자를 좋아한다고 알려 줘서요."

곧 제가 한 말을 기억해 낸 호시가 크게 웃음을 터뜨렸다. 덩달아 순애도 피식, 웃어 버렸다.

"이제 귀여운 짓도 하네."

남자가 이뻐 죽겠다는 듯 순애의 얼굴에 제 얼굴을 비비며 그녀의 엉덩이를 토닥토닥 두드렸다.

"봄이 되면 우리 신혼여행 갈까?"

"신혼여행?"

"응. 어디든. 네가 가고 싶은 곳으로."

순애는 잠시 그와의 밀월을 상상했다. 그것만으로도 코끝이 시큰했다. 그가 제게 속삭이는 미래는, 불어넣는 꿈은 너무 달콤해서 아팠다.

"그러면…… 내 고향에 같이 가고 싶어요."

순간 호시는 아차 싶었다. 그 말은 그가 먼저 했었어야 했다. 네 나라에 같이 가자고. 왜 한 번도 그녀가 제 나라를 그리워할 거라고 생각하지 못했을까.

호시는 미안함에 여자를 더 꽉 끌어안았다.

"응. 그래. 가자. 꼭 가자."

"근데 작은 어촌이라 볼만한 건 아무것도 없어요. 가면 실망할지도 몰라요."

"괜찮아."

"사실 거기 우리 엄마 무덤이 있어요. 우리 엄마한테 당신 보여주고 싶어. 나 이렇게 좋은 신랑 만났다고…… 이렇게 사랑받고 잘

살고 있다고…… 그러니까 걱정하지 말라고……."

"어머님이 나 좋아하실까? 일본놈이라고 싫어하지 않으실까?"

그의 말에 순애가 살짝 웃었다.

"우리 엄만 밥 복스럽게 먹는 사람 좋아해요. 당신이 두부조림 먹는 거 보면 틀림없이 좋아할 거야."

호시가 못 당하겠다는 듯 픽 웃어 버렸다. 순애의 행복한 가슴에 눈물이 차올랐다.

어젯밤부터 한숨도 자지 않은 호시는 곧 순애의 허리에 팔을 감고 깊은 잠에 빠져들었다. 순애는 곯아떨어진 남자의 얼굴을 애틋이 바라보다 조심히 그의 팔을 옮기고는 자리에서 일어났다.

거실의 밤공기는 싸늘하게 식어 있었다. 소파에 놓인 호시의 겨울 카디건을 걸치자 이제는 익숙한 남자의 체취가 그녀를 포근히 감쌌다. 가슴에 고인 눈물이 출렁이며 복받쳤다.

'울지 않기로 했잖아. 이젠 슬퍼하지 않기로 했잖아.'

다시 뜨개를 잡은 순애는 대바늘을 쥔 손의 움직임에만 정신을 집중했다. 스웨터 한 벌을 다 뜨고 실내용 털양말까지 거의 완성되어 갈 때쯤 동이 터 왔다. 순애는 저도 모르게 밝아 오는 하늘을 멍하니 바라보았다. 이별의 아침이었다.

호시가 일어났을 때 옆자리는 텅 비어 있었다. 싸늘하게 식은 이부자리의 감촉에 저도 모르게 심장이 쿵, 내려앉았다. 그는 방문을 벌컥 열어젖혔다.

그때 부엌에서 물이 끓는 소리와 갓 지은 밥의 고소한 냄새가 났다. 그제야 그는 바짝 긴장한 몸을 풀고 안도했다.

"일어났어요?"

부엌에서 아침 준비를 하던 순애가 그를 보고 방긋 웃었다.

"……"

"왜 그래요?"

"아니야. 꿈자리가 좀 사나웠어……."

순간 순애의 얼굴이 살짝 굳었다. 그녀는 무슨 꿈인지 굳이 묻지 않았다.

"아침 다 됐어요. 씻고 와요."

오랜만의 두부조림과 오이김치였다. 그가 맛있게 한술 뜨는 것을 순애는 조용히 바라보고만 있었다.

"왜 안 먹어?"

"으응…… 먹어요."

그러나 순애는 몇 술 뜨지도 않고 다시 수저를 내려놓았다.

"왜 그래? 어디 안 좋아?"

그가 걱정스레 묻자 순애가 옅게 웃으며 고개를 가로저었다.

"아침이라 그런지 별로 입맛이 없네요. 이따 배고프면 먹을게요."

식사를 마치자 그녀는 그의 넥타이를 골라 주고 손수건을 챙겨 주었다. 그런 그녀의 얼굴이 영 수척해 보여 그는 마음이 쓰였다.

"좀 더 자. 아직 피곤이 안 풀린 모양인데."

"응, 그럴게요."

"퇴근하면 바로 올게. 오늘은 외식하자. 저녁 하지 마. 초밥 사올까?"

초밥이란 말에 여자가 환히 웃었다.

"응. 좋아요."

그제야 그는 조금 마음이 놓였다.

출근 준비를 마치고 가방까지 챙긴 호시가 순애의 입술에 쪽, 뽀뽀했다. 그의 가슴에서 행복이 모락모락 피어올랐다.

"갔다 올게. 쉬고 있어."

"……"

호시가 돌아서 현관문을 열려는데, 등 뒤에서 작고 따뜻하고 말랑거리는 것이 찰싹 달라붙어 왔다. 순애였다. 그가 놀라 등줄기를 굳혔다.

"잠깐만요."

월요일이니 교통 체증을 피하려면 아무래도 조금 빨리 출발하는 게 좋을 것이다. 이미 시간에 여유가 있는 것도 아니었다. 그러나 이상하게도 지금은 이대로 그녀에게 등을 내주어야 할 것 같았다. 어쩐지 그래야 할 것 같았다.

"순애야……"

그것은 어떤 예감이었을까. 그 찰나의 순간을 왜 영원처럼 느꼈는지 그때도, 나중에도 그는 이해하지 못했다.

등을 껴안은 여자의 손이 파르르, 잘게 떨렸다. 그가 그 손을 잡아 주려는데 여자가 스르르 몸을 뗐다.

"순애야……"

"그냥요……"

호시가 석연찮은 기분에 멈칫하는데, 순애가 쑥스러운 듯 웃더니 그를 현관문 밖으로 내몰았다.

"됐어요. 이제 가요. 나 때문에 괜히 늦겠네."

시간에 쫓긴 그는 더는 어쩌지 못하고 차에 올라 시동을 걸었다.

"다녀올게."

창문으로 보이는 여자는 체구에 맞지도 않는 그의 겨울 카디건을 걸치고 차가운 바람을 맞으며 환히 웃고 있었다. 그녀는 유달리 추워 보였지만 그 미소는 늦가을의 햇살처럼 쨍하니 아름다웠다.

'이젠 겨울옷을 사 줘야겠구나. 날이 갑자기 추워졌어. 이번 주라도 나가서 예쁜 코트를 사 줘야지.'

그는 순애에게 손을 한번 흔들고는 차를 출발시켰다. 백미러로 보이는 여자의 모습이 점점 작아지더니 곧 사라지고 말았다.

"하아……. 하아……."

순애는 제 가슴을 붙잡고 필사적으로 호흡을 했다. 목구멍에 불덩이처럼 뜨거운 것이 꽉 걸려 있었다. 멀어지는 차 뒤꽁무니를 본 순간, 숨을 쉴 수가 없었다. 그대로 차를 따라 내달리고 싶은 마음뿐이었다.

'아무 생각도 하지 말자. 아무 생각도.'

그러나 집 안에 들어가서도 순애는 그저 툇마루에 우두커니 앉아 있을 뿐이었다.

'이러면 안 돼. 시간이 없어.'

간신히 정신을 붙잡은 순애는 호시를 위한 스웨터와 실내용 털양말을 마무리했다. 그러고 나니 생각보다 시간이 걸려서 마음이 조급해졌다.

'내일 가면 안 될까. 하루만, 하루만이라도 더…….'

그러나 내일은 더욱 떠나기 힘들어질 것이다. 모레는 더더욱 힘들어질 것이다. 어차피 가야 한다면 하루라도 빨리 떠나야 했다.

저를 위해서도, 그를 위해서도. 순애는 미련을 잘라 냈다.

순애는 스웨터와 털양말을 곱게 접어 서랍 위에 두고는 호시의 서재로 가서 서류함을 열었다. 서류 더미를 뒤적이며 호시의 서명이 적힌 서류를 찾던 그녀가 무언가를 집어 들었다.

'이건⋯⋯.'

예전에 본 혼인 신고 서류였다. 혼인 신고서와 혼인 경위서.

그와 함께 지어낸 그 어설픈 러브스토리를 생각하자 순애의 얼굴에 아련한 미소가 떠올랐다. 함께한 시간이, 마음이 차곡차곡 씨실과 날실로 짜여 그 엉성하기 짝이 없던 이야기는 어느새 생생한 진짜가 되고 말았다.

순애는 그 서류를 곱게 접어 소중히 제 주머니에 집어넣었다. 그대로 서재를 나오려는데, 책상 위의 펜과 종이를 보자 다시 마음이 흔들렸다.

'한마디라도⋯⋯.'

하지만 그 역시 안 될 말이었다. 한마디로 할 수 있는 마음이 아니었다. 말로 표현할 수 있는 마음도 아니었다. 그의 말마따나 제대로 말할 수 없다면 차라리 말하지 않는 편이 나았다.

서재를 나온 순애는 다시 방으로 갔다. 가방에 속옷과 겉옷 몇 벌, 돈 몇 푼을 챙겨 넣는 그녀의 얼굴은 무섭도록 무표정했다. 가방을 챙기고 겉옷을 입은 순애는 습관처럼 결혼반지를 끼고 시계를 차려다 멈칫했다. 원래 결혼 계약이 끝나면 호시에게 돌려주려던 물건들이었다.

"⋯⋯."

순애는 반지를 만지작거리며 지난 시간을 반추했다. 그 찬란히 반짝이던 순간들, 그토록 다정한 눈을 하고 앞으로 같이할 시간을 선물하고 싶었다고 말하던 사람. 그때 이미 그는 저를 마음에 품고 있었던가…….

생각해 보면 시작은 가짜였으나 모든 형식은 진짜나 진배없었다. 결혼반지를 나눠 끼고, 결혼사진을 찍었으며, 혼인 신고를 하고, 합환주를 마시고, 한방을 썼다. 밖에서는 서로를 남편과 아내로 의식하며 행동했다. 그러면서 어느새 진짜가 되어 갔다. 처음에는 무섭게만 느껴지던 사람이 고마운 사람이 되고, 다정한 사람이 되고, 끝내 이토록 애틋한 사람이 되었다.

짧은 결혼의 증표를 꼭 쥔 채 한동안 묵묵히 눈물을 참던 순애는 반지를 끼고 시계를 찬 후 가방을 들고 일어섰다.

복도의 나무 바닥이 낮게 삐꺽거렸다. 그러자 호시를 따라 처음 이 집에 발을 디뎠을 때가 생각나 순애는 조용히 웃었다. 그때는 모든 것이 낯설었지만 이젠 집 안 곳곳에 그녀의 손길이 닿지 않은 곳이 없었다. 추억이 배지 않은 곳이 없었다.

현관문을 닫고 나서자 마당에는 늦가을이 깊었다. 순애는 마당을 한 바퀴 거닐다가 저도 모르게 금목서 나무 아래 멈춰 섰다. 문득 나무의 향기가 진동하던 어느 달밤, 그와 꿈결처럼 춤을 췄던 기억이 되살아났다.

"……."

순애는 나무가 한 번 더 그 달콤한 향을 뿜어내 주길 간절히 바랐다. 그 향기로 추억하는 그때로 다시 돌아가고 싶었다. 모든 것을 잊고 그에게 몸을 맡겼던 그때로.

그러나 그토록 아찔하게 짙던 향기는 이미 온데간데없었다. 황홀한 계절은 지나갔다. 순애는 차가운 손으로 나무를 한번 어루만지고는 쓸쓸히 집을 나섰다.

월요일 오후의 구청은 민원인으로 꽤 북적였다. 주뼛대며 주위를 두리번거리던 순애는 서식 창구에서 그녀가 찾던 것을 발견했다.

<이혼 신고서>

순애는 구석의 필경대로 가서 아까 호시의 서재에서 가져온 혼인 신고서를 꺼냈다. 가장 아래쪽에 호시의 서명이 있었다. 그녀는 이혼 신고 서식을 채우고는 신청자 서명란에 호시의 서명을 따라 썼다. 손이 떨려 종이를 몇 장이나 버리고야 겨우 비슷하게 서명을 할 수 있었다. 호시의 이름 옆에 제 이름 석 자까지 쓰자 그것만으로도 온몸의 기운을 다 쓴 듯 다리가 후들거렸다.

"이쪽으로 오세요."

그녀가 갈 곳을 모른 채 서류를 들고 우두커니 서 있자 한 공무원이 순애에게 손짓했다. 창백한 얼굴로 유령처럼 서 있던 그녀는 공무원이 부르는 대로 머뭇머뭇 접수창구에 다가갔다. 하지만 서류를 내놓지도 않고 넋 빠진 사람처럼 그 앞에 멍하니 서 있을 뿐이었다.

"접수하실 거죠?"

바쁜 공무원이 별 이상한 여자 다 보겠다는 듯 그녀의 손에서 탁, 서류를 낚아챘다.

서류를 놓친 순애의 손이 움찔했다. 가물어진 논바닥처럼 쩍쩍 갈라진 입술이 달싹거렸으나 잇새에서 새어 나오는 건 바람 빠진 소리뿐이었다. 그녀는 마치 실어증에라도 걸린 듯 언어의 형태도 기억할 수 없었다. 몸의 모든 핏기가 한꺼번에 좍 빠져나가는 느낌이었다.

"본인 확인할게요."

공무원은 순애의 신분증을 확인하더니 사무적인 어조로 안내했다.

"접수했습니다. 처리되는 대로 댁으로 우편이 갈 거예요."

그것으로 끝이었다.

순애는 제 귀를 의심했다. 믿을 수 없었다. 이렇게 간단히 끝이라니. 그 사람을 이렇게 간단히 제 삶에서 잘라 낼 수 있다니.

'말도 안 된다. 이건 말도 안 돼. 틀림없이 더 복잡하고 까다로운 절차가 있을 거야. 이렇게 쉽게 끝일 리 없잖아? 그럴 리 없잖아? 우린 이렇게 간단히 끝날 사이가 아니야! 우린…… 우린 부부라고!'

공무원이 창구에서 비켜날 기색이 없는 순애를 난처하게 바라보았다. 다음 민원인이 그녀의 등 뒤에서 눈치를 주고 있었지만, 넋을 놓은 듯한 여자는 그조차 전혀 모르는 듯했다.

"저기, 죄송하지만 업무 끝나셨으면 창구에서 비켜 주세요."

창백한 얼굴이 금방이라도 울음을 터트릴 듯 일그러졌다.

"저기, 정말 이걸로 끝인가요?"

공무원의 얼굴에 당혹스러운 기색이 역력히 떠올랐다.

"네. 잘 접수됐어요. 말씀드린 대로 댁으로 안내가 갈 거예요."

순애는 후들후들 떨며 구청을 나왔다. 그곳에서 보낸 시간은 길어야 고작 이삼십 분. 그러나 그사이에 순애의 세계는 완전히 달라져 있었다. 이제는 결코 그전의 세계로 돌아갈 수 없으리라.

'내가 대체 무슨 짓을 한 걸까……'

순애는 그 끔찍한 짓을 저지른 제 손을 가만히 내려다보았다.

놓아줘야 한다고 생각했다. 제 손으로 그를 놓아줘야 한다고.

저 때문에 그가 세상에서 손가락질받을지도 모른다는 두려움은 순애의 이성을 마비시켰다. 고작 저 따위에게 발목 잡혀 그가 이룬 모든 것을 잃다니……. 그럴 순 없었다. 그렇게 되도록 내버려 둘 순 없었다. 순애는 오직 그것만 생각했다. 다른 것을 생각할 여력이라곤 없었다.

그러나 막상 그를 끊어 내니 덩그러니 남겨진 제가 보였다. 그토록 원했던 제 사람을, 제 자리를 겨우 찾고도 결국 제 손으로 잘라 내 버리고만 모질고 지독한 여자가.

이제 나는 어떻게 살아갈까. 그 사람을 잃고, 그 사랑을 잃고. 그가 제게 준 것들은 온통 예쁘고 따뜻하고 가슴 벅찬 것뿐이었는데. 그 사람을 만나 처음으로 제 삶은 아름다웠는데. 그런 사랑을 잃고 나는 이제 어떻게 살아갈까.

그제야 제가 저지른 짓이 쓰나미처럼 그녀를 덮쳤다. 한없는 두려움과 외로움, 알 수 없는 서러움에 순애는 몸서리쳤다. 그녀는 제 유일한 반려를 잃은 것이다. 돌아갈 가족을 잃은 것이다. 돌고 돌아, 다시 그녀는 외톨이였다.

8. 너의 흔적

양손에 초밥이 든 종이봉투를 들고 집 안으로 성큼 들어서던 호시는 멈칫했다. 집 안은 이상하리만치 괴괴했다. 평소라면 현관문 소리를 듣고 나왔을 순애도 보이지 않았다.

"여보? 순애야?"

다정히 불러 봤지만 여자는 대답도, 기척도 없었다.

'자나?'

방문을 열고 슬쩍 안을 들여다보았으나 여자는 없었다. 부엌도 불기운이라곤 없이 썰렁할 뿐이었다.

'잠깐 어디 나갔나?'

호시는 종이봉투를 내려놓고 방에 들어가 불을 켰다. 전당포 사건 이후 순애는 어딜 가든지 메모를 남겼으나 방은 정갈히 정리되어 있을 뿐, 메모라곤 보이지 않았다. 그때 못 보던 것이 눈에 띄었다.

'응? 이건······.'

그는 옷 서랍 위에 단정히 개켜진 겨울 스웨터를 집어 들었다. 그 바람에 스웨터 위에 놓였던 털양말이 바닥에 툭 떨어졌다. 어쩐지 몸에 한기가 들었다.

'이건 전에 그……'

호시는 순애가 이 옷을 뜨던 것을 기억해 냈다. 그 남자를 위한 걸로 생각했었다. 하지만 제 옷 서랍 위에 둔 것도 그렇고, 사이즈도 그렇고, 이건 한눈에 보아도 저를 위한 것이었다. 남은 실을 이용해서 뜬 듯한 실내용 털양말도 마찬가지였다.

"……"

스웨터를 보는 그의 가슴이 쿵쿵 날뛰었다. 기뻐서가 아니었다. 미치도록 불안했다. 저를 위해 준비한 선물이라면 왜 직접 주지 않고, 마치 작별 인사라도 하듯이……

순간 그의 몸이 바싹 굳었다. 출근하는 그를 갑작스레 껴안던 여자…… 그 해사했던 웃음.

소름이 쫙 돋았다.

호시는 스웨터를 내동댕이치고, 순애의 옷장을 벌컥 열었다. 한눈에도 외투와 손가방은 없었다. 그는 미친 듯 서랍을 열어 헤집었다. 여자의 겉옷 몇 벌과 속옷이 보이지 않았다. 그는 바람 빠진 풍선처럼 그 자리에 털썩 주저앉았다.

'떠났다……'

가슴은 맹렬히 부정하고 있었지만 머리는 말하고 있었다. 그녀는 떠났다고.

'대체, 대체 왜……'

그때 불현듯 머리를 스치는 장면이 있었다.

하코네의 밤, 난데없이 담배를 달라 하더니 더는 못 하겠다고, 가야 하겠다고 했던 여자.

호시는 뒤통수를 얻어맞은 듯 강한 충격을 느꼈다. 떠나겠다는 말은 진심이었다. 작별 인사를 미리 했던 것인가.

'까맣게 잊고 있었다. 취해 있었다. 꿈같은 나날…… 발로 땅을 디뎌도 걷는 게 아니라 나는 것 같고, 춤을 추는 것 같았다. 네가 날 받아 주었다는 행복감에, 널 가졌다는 승리감에, 행복만 계속될 것 같은 미래에 정신없이 도취한 나머지, 난 네 마음 밑바닥을 보지 못했다. 대체 거기엔 뭐가 있었던 거냐……'

여자의 말간 얼굴이 떠오르자 그는 저도 모르게 스웨터를 꽉 움켜쥐었다.

'대체 넌 무슨 생각을 하고 있었을까. 내 품에 안겨서도 이별을 생각했나. 나는 널 다 안다고 생각했는데……'

고운 자태에 단정한 목소리, 유한 듯 강단 있는 성격, 영특하고 손끝이 야문 여자.

그는 눈을 질끈 감았다. 그러자 떠오르는 또 다른 모습. 뽀얗고 가느다란 나신, 부드럽고 황홀한 감촉, 달콤한 눈빛…… 그게 그가 아는 제 아내였다. 제 아내, 박순애.

그런데 순애는 그가 아무것도, 아무것도 모른다고 했었다. 그러면서도 그가 모르는 게 대체 무엇인지는 끝내 입을 열지 않았다.

'내가 너에 대해 모르는 건 대체 뭐란 말인가……'

스웨터 한 땀, 한 땀에 모두 순애의 마음이 곱게 매듭지어 있었다. 그래서 그녀는 그것을 작별 선물로 남긴 것일 테였다. 제 마음을 엮어, 그녀가 없는 그의 춥고 외로운 겨울을 위로하려 한 것이다. 그의 몸을 조금이라도 덥혀 주려 한 것이다. 그래서 호시는 그녀를 더 용서할 수 없었다. 마지막까지 이렇게 깊은 정을 남겨 놓은 채 그를 버리고 간 여자를 도저히 용서할 수 없었다.

움켜쥔 스웨터에 어느새 뜨거운 것이 뚝뚝 떨어졌다. 그러나 질질 짜고 있을 시간이 없었다. 더 멀리 가기 전에, 조금이라도 빨리, 찾아내야 했다. 아니, 찾고야 말 것이다.

그 순간, 호시는 그대로 등줄기를 굳혔다.

막상 그녀가 어디로 갔을지 짚이는 곳이 없었다. 누구에게 그녀의 소재를 물어야 할지 감도 잡히지 않았다. 대체 어디서부터 그녀를 찾아야 할까. 혼란스러웠다. 여자를 누구보다 잘 알고 있다는 단단한 확신이 밑바닥부터 와르르 무너져 내렸다.

'나는 대체 너에 관해 뭘 알고 있었던 걸까. 말로는 사랑한다 하면서 정말 널 이해하려 했었나. 널 내 세상에 편입시키려 했을 뿐, 내가 한 번이라도 네 세상에 들어가 보려 한 적이나 있었나. 그저 내 곁에 머물러 주기를, 내 사랑을 받아 주기만을 어린애 보채듯 바랐다. 그러면서 널 용서할 수 없다고 말할 자격이…… 내게 있을까…….'

그 자리에 반쯤 무너지듯 주저앉은 호시는 천천히 순애의 서랍장을 열었다.

작은 로션 통, 반쯤 남은 빈혈약, 머리끈, 빗, 가계부, 볼펜, 노트 몇 권, 검정고시 책과 한자 공부 책, 사전, 문고판 소설책, 싸구려 손수건……. 어쩌면 이렇게 단출하고 가난한가. 여자의 초라한 흔적을 바라보는 그의 눈시울이 저도 모르게 뜨거워졌다.

그는 곧 치밀어 오르는 감정을 애써 삭이며 이를 악물었다. 뭔가 있을 것이다. 반드시. 그녀가 남긴 힌트가. 호시는 그것들을 하나하나 꼼꼼히 살펴보기 시작했다.

그러나 별다른 게 없었다. 책과 노트에는 죄다 공부한 흔적뿐, 메모나 누군가의 연락처 하나 없었다. 페이지를 넘기는 손이 서서히 조급해지기 시작했다. 그러나 정말 아무것도, 아무것도 없었다. 노트를 덮는 그의 얼굴은 차마 마주 볼 수 없을 정도로 처참했다.

이제 남은 건 가계부뿐이었다. 성마른 손이 가계부를 펼치자 책갈피에서 묵직한 봉투 하나가 툭 떨어졌다. 얼마 전에 그가 준 생활비 봉투였다.

'이 바보 천치가…… 가려면 돈이라도 갖고 가든지……. 돈도 없이 여자 혼자 어쩌려고…….'

놓고 간 빈혈약이 가뜩이나 신경을 거스르는데, 지폐 한 장 뺀 흔적 없는 두툼한 봉투를 보자 호시는 결국 울컥하고 말았다. 그는 화를 이기지 못하고 가계부를 집어 던져 버렸다.

'결국 그 남자를 찾아야 하나…….'

순애가 그에게 돌아갔으리라고는 생각하지 않았다. 그는 그 정도로 바보는 아니었다. 하지만 아무리 그래도 그 남자만큼은 찾고 싶지 않았다. 제 여자의 소재를 그녀의 옛 남자에게 묻는다니……. 생각만으로도 참을 수 없을 만큼 수치스러웠다.

그러나 지금은 자존심을 생각할 때가 아니었다. 그는 이미 경험으로 알고 있었다. 그녀의 부재가 얼마나 저를 미치게 하는지. 그게 얼마나 끔찍한 고문인지. 한시가 급했다.

'아마 전에 소개해 준 인권 단체에 그 남자의 기록이 남아 있을 거다. 조금 늦은 시간이지만 선배에게 전화해서 부탁해 보는 수밖에…….'

그때 서랍 구석에 박힌 묘한 것이 눈에 띄었다. 호시는 그것을 집어 들었다. 웬 플라스틱 라이터였다. 유흥업소에서 홍보용으로 뿌린 것인지 업소 이름과 전화번호가 적혀 있었다.

'<스나크 하나>……?'

그는 고개를 갸웃했다.

'전에 있던 가게 이름도 아니고, 그렇다고 담배를 피우지도 않는데……'

라이터를 톡톡 두드리며 잠시 미간을 찌푸리던 그는 선배에게 전화를 걸려던 생각을 버리고 라이터에 적힌 가게로 전화를 걸었다. 밤 장사 업종이라 그런지 전화는 바로 연결되었다.

-<스나크 하나>입니다.

어색한 일본어 발음. 전화를 받는 여자는 분명 외국 여자였다. 그의 감이 움직였다.

"거기 위치가 어디죠?"

<스나크 하나>는 신주쿠 가부키쵸 뒷골목에 있는 작은 업소였다. 월요일이라 그런지, 아직 그렇게 늦은 시간이 아니라 그런지 두세 개 있는 테이블은 비어 있었고, 야하게 꾸민 아가씨 두어 명이 앉아 손톱을 다듬으며 텔레비전을 보고 있었다.

호시가 문을 밀고 들어가자 여자들의 눈이 순식간에 그의 아래위를 쫙 훑더니 이채를 띠었다. 이런 작은 뒷골목 술집이 아닌 긴자의 고급 클럽에나 다닐 법한 남자였다. 많이 배운 고연봉의 엘리트 아니면 잘나가는 사업가. 오랜 물장사 경력의 그녀들은 한눈에 그가 여기 술 마시러 온 게 아니란 것을 눈치챘다.

"어떻게 오셨어요?"

"사람을 찾으러 왔소. 여기 박순애란 여자에 대해 아시는 분 있소?"

그 말에 구석에서 담배를 물고 있던 여자의 미간이 살짝 찡그려졌다.

"박순애요?"

딱 봐도 한국 여자였다. 호시는 그의 감이 맞았다는 것을 알았다.

"누구시죠?"

"그 여자 남편이오."

순간 여자의 가는 눈썹이 꿈틀했다.

"괜찮다면 잠깐 나가서 얘기했으면 좋겠소."

호시가 그들을 흥미롭게 지켜보는 여자들의 시선을 의식하며 말했다. 그 말에 여자는 잠깐 망설이다 마담의 눈치를 살짝 보더니 담배를 비벼 껐다.

"언니, 나 잠깐 나갔다 와요. 잠깐이면 돼요."

겉옷을 챙겨 입은 여자는 호시를 가게 뒤편 공터로 데려가더니 다시 담배를 빼 물었다.

"저 금방 들어가 봐야 해요. 곧 손님들 오는 시간이라. 빨리 말씀하세요."

여자가 하얀 담배 연기를 뿜었다.

순간 호시는 황망했다. 대체 어디서부터 물어야 하는가. 그리고 이 여잔 대체 누군가.

"내 처, 혹시 지금 어디 있는지 아시오?"

그는 당장 급한 것부터 물었다. 그러면서도 누군지도 모르는 여자에게 제 처의 행방을 묻는 게 너무나 부끄럽고 부끄러웠다. 이런 천하의 한심한 남편이 대체 어디 있을까.

"네?"

뜻밖의 물음에 당황한 듯 담배를 꼬나물고 있던 여자가 상체를 곧추세웠다.

"순애 씨한테 무슨 일 있어요?"

오히려 여자가 되물었다. 이 여자도 순애의 행방은 모르는 것이다. 호시는 내심 적잖이 실망했지만 그렇다고 이대로 빈손으로 돌아갈 수는 없었다. 좀 더 이야기하다 보면 어떤 단서를 발견할지도 모른다.

"순애 씨, 무슨 일 있냐고요?"

놀란 얼굴의 여자가 답을 재촉해 왔다. 그는 어떻게 말해야 할까 머뭇거리다 결국 솔직하게 말하기로 했다. 그래야 이야기가 빠르게 진행될 것 같았다.

"말도 없이 사라져서 찾고 있소."

여자가 입을 딱 벌렸다. 그 표정에 거짓은 없어 보였다.

"그쪽은 내 처랑 어떻게 아는 사이요? 한국 사람 같은데, 한국에서부터 알던 사이요?"

이번엔 여자가 조금 머뭇거리더니 놀라운 말을 했다.

"아니에요. 전…… 박순애 씨 옛날 정혼자의 애인이에요."

"……"

호시의 얼굴이 굳자 여자가 어색하게 웃으며 변명하듯 말했다.

"순애 씨한테는 그래서 빚이 있어요. 내가 밉고 원망스러웠을 텐데, 나한테 그런 말은 한마디도 하지 않았거든요. 오히려 우릴 도와줬고······."

"언제부터였소?"

"네?"

"내 처가 당신들 관계를 알게 된 게 언제부터였소?"

여자가 담배를 깊게 빨며 눈을 굴렸다.

"그때 병원에서 본 게······ 아마 한 달은 더 됐죠. 근데 그건 왜······?"

호시가 미간을 살짝 굳혔다. 그때는 저 혼자 순애에 대한 마음을 어쩌지 못한 채 절절매고 있을 때였다. 그는 저도 모르게 엷은 한숨을 지었다.

"됐소. 아무것도 아니오. 그럼 내 처를 마지막으로 만난 건 언제요?"

"한 일주일 전인가······ 갑자기 날 찾아와서는 어디 소개장을 주고 갔어요. 아, 그거······ 혹시 그쪽이 쓰신 건가요?"

"그렇소."

"역시 그렇군요. 고마워요. 저희에겐 큰 도움이 됐어요."

여자가 담배를 손가락에 낀 채 고개를 깊이 숙여 보였다. 그러나 그에겐 감사에 답할 여유도 없었다.

"내 처를 본 건 그게 마지막이오?"

"네."

"그렇군. 그럼······ 이런 말 그렇지만 그쪽 애인은 어떻소?"

호시가 어렵게 물었다. 부드러워졌던 여자의 얼굴이 바로 굳었다.

"그게 무슨 말이죠?"

"내 처가 그쪽 애인을 찾아가진 않았을지······ 그걸 확인하고 싶소."

단도직입적인 질문에 여자는 잠시 할 말을 잃은 듯했다. 그러나 그녀는 곧 그가 체면을 생각하지 못할 정도로 절박하다는 것을 알았다.

"그건 아니에요. 그이는 퇴원하고, 요즘 기술 배우러 다녀요. 순애 씨가 모르는 곳이니 찾아오려야 찾아올 수도 없어요."

여자가 단호히 고개를 젓는 모습을 보고 나서야 호시는 긴장했던 어깨를 풀었다.

"알겠소. 고맙소. 도와줘서."

순애의 현재 소재는 알 수 없었지만 아주 수확이 없는 건 아니었다. 적어도 그녀가 그 남자의 곁에 있는 게 아니란 건 확실해졌다. 그리고 이미 한 달도 더 전에 그 남자와 헤어졌었다는 것도.

'너는 그때도 지금도 내가 끼어들 틈을 주지 않는구나…… 그때 조금이라도 티를 내 줬다면…….'

호시는 씁쓸히 웃었다.

"저기……."

여자가 돌아서는 그를 불렀다.

"꼭 찾으세요, 순애 씨. 그리고…… 고맙다고 전해 주세요."

여자가 희미한 담배 연기 사이로 말했다.

다음 날, 호시는 퇴근하자마자 스즈키 선생의 다도 교실을 찾아갔다.

"어머, 호시 군!"

호시를 본 선생이 반갑게 아는 체를 했다. 사실 선생은 죽은 호시의 어머니와 같은 다도회 친구였기에, 호시가 중고생일 때부터 그를 알고 있었다.

"건강하시죠? 오랜만에 뵙습니다."

"그러게요. 이젠 장가도 가고 번듯한 어른이 되었는데 아직도 호시 군이라고 하다니…… 내가 실례했네요."

스즈키가 마치 잘 자란 제 아들을 보듯 흐뭇하게 웃었다.

"그런데 어쩐 일이에요? 박 상도 요새 안 오고……."

"아, 네……."

호시가 떨떠름하게 말끝을 흐렸다. 혹시나 했지만 역시나 선생에게도 별말 없이 떠난 눈치였다.

"지나치는 길에 생각이 나서요. 제 처를 맡겨 놓고는 인사 한번 못 드리고……."

어른스러운 말에 스즈키 선생의 입가에 살포시 미소가 어렸다.

"올라와요. 차 한잔하고 가요."

곧 호시의 앞에 앙증맞은 화과자 하나와 찻잔이 놓였다.

"들어요."

"감사합니다."

호시는 선생의 연륜만큼이나 깊은 차를 단정히 한 모금 마시고 차완을 내려놓았다. 선생은 그가 용건을 꺼내기를 조용히 기다려 주고 있었다.

"제 처가 당분간 다도 공부를 쉬어야 할 것 같습니다. 여러모로 애써 주셨는데 죄송합니다."

선생은 그가 찾아왔을 때부터 예상했다는 듯 고개를 끄덕였다.

"그래요…… 아쉽네요. 박 상은 소질이 있는데. 무슨 일인지 모르겠지만 마음이 바뀌면 나중에라도 다시 차 공부를 하라고 권해 줘요. 꼭 나한테 배우지 않아도 좋으니."

"네. 그러겠습니다."

고개를 숙이고 예를 표한 호시는 그대로 일어나려다 멈칫했다.

"저, 아주머니……."

그가 마치 예전처럼 스즈키 선생을 부르자 선생이 부드럽게 웃었다.

"제 처…… 여기서 어땠습니까?"

스즈키 선생은 그 질문의 의도를 헤아리듯 그를 지그시 바라보다 천천히 입을 뗐다.

"호시 군, 박 상이 다회에서 차를 내리는 모습을 본 적 있어요?"

그러고 보니 한 번도 없었다. 정작 제 손으로 다도 교실에 보내 놓고는. 호시는 제 무심함을 다시 한번 탓했다.

"꼭 한 폭의 그림 같지요. 아름답고 유려하지만 어딘지 쓸쓸하고 처연해요."

"……."

"호시 군, 내가 할 말인지 잘 모르겠지만 박 상을 잘 챙겨 주어요. 타향살이가 오래될수록 내 부모, 내 고향이 그리울 거예요. 아무리 좋은 신랑이라도 채워 주지 못하는, 그런 외로움도 있는 거니까요."

순간 호시의 몸이 뻣뻣이 굳었다. 여자가 사라진 미궁의 짙은 어둠 사이로 반짝이는 한 줄기 빛을 본 것 같았다.

"네…… 아주머니께는 여러 가지로 큰 신세를 졌습니다."

호시는 스즈키에게 깊이 고개를 숙였다. 꼭 말아 쥔 그의 주먹이 잘게 떨렸다.

그렇다, 고향이다. 그녀는 제 고향으로 갔을 것이다. 왜 그 생각을 하지 못했을까. 제 고향 마을에 같이 가고 싶다던 여자의 목소리가 귓가에 왱왱 맴돌았다.

곧장 집에 돌아온 호시는 불도 켜지 않고 외투도 벗지 않은 채 그대로 거실에 허물어졌다. 지금이라도 순애가 방에서 뛰쳐나와 저를 반겨 줄 것 같았지만, 어두컴컴하고 싸늘한 집 안에는 손톱만큼의 빛도, 온기도 없었다. 집이 아니라 마치 산 채로 무덤에 들어온 것 같았다.

썰렁한 집 안, 짐승이 여물을 먹듯 묵묵히 혼자 하는 식사, 차디차게 식은 잠자리.

그녀를 알기 전엔 너무 당연해 조금의 불편도 느끼지 않았던 것들이 이젠 더는 당연하지 않았다. 불편하지 않기는커녕 한순간도 참을 수 없을 정도였다. 이건 사는 게 아니다. 그저 견디는 것이다. 이제 그는 알아 버렸다. 이 무채색의 일상에 그녀가 들어오는 순간, 모든 것이 총천연색으로 찬란히 빛나는 것을. 그 마법을.

호시는 고개를 떨어뜨렸다. 이제 찬 바람이 부는데 그 얇은 가을 코트 차림으로, 빈털터리나 다름없이 떠난 여자를 생각하자 그는 그녀가 미운 만큼 가슴이 미어졌다. 그곳에 가 봤자 제 어머니의 묘뿐, 아무도 없을 텐데……. 그래도 떠나고 싶었을까.

호시는 그런 순애가 야속하고도 가여워 참을 수 없었다.

너는 대체 어떤 마음으로 떠났을까. 꼭 같이 가자고 달게 속삭이던 네 목소리가 아직도 생생한데……. 너는 그렇게도 외로웠을까. 나로는 도저히 네 공허를 채울 수 없었던 걸까.

그래, 이젠 내가 너를 완전히 위로하지 못했음을 안다. 너를 안다는 건 나의 오만에 불과했음을 안다. 하지만 나는 아직 네게 주지 못한 게 많은데. 네가 돌아와 준다면 나는 더 잘할 수 있는데. 네가 돌아와 주기만 한다면 이번에야말로, 이번에야말로 나는…… 순애야…….

한참 제 눈가를 꽉 누르던 그는 천천히 겉옷을 벗고 넥타이를 느슨히 풀었다. 그녀가 사라진 이후 계속 눈을 붙이지 못했다. 피로가 몰려왔다.

그때 이시다가 받아 둔 몇 개의 우편물 중 하나가 그의 눈에 띄었다. 발신처를 본 그의 눈매가 가늘어졌다.

'세타가야구청 호적계……?'

설마…… 가슴이 쿵쿵 방망이질을 쳤다. 그는 봉투를 찢고 단정히 접힌 내용물을 꺼냈다.

<귀하가 접수하신 이혼 신청 관련 처리 결과에 대해 안내해 드립니다……>

호시의 손이 서류를 찢어발길 듯 떨렸다.

다음 날, 호시는 본부의 키시 차장에게 면담을 요청했다. 다행히 차장은 선선히 호시의 청을 수락했다. 지난번에 순애가 정성을 들인 이후로 차장은 그에게 확실히 우호적이었다.

"후……."

겨우 한숨 돌린 호시는 차장의 집무실을 나오자마자 급히 담배 한 대를 피워 물었다. 첫 모금이 황홀하리만치 달았다. 진한 니코틴이 혈관을 급히 타고 돌자 일순 몽롱해졌다. 그는 연기가 퍼지는 허공을 멍하니 응시하다 해사한 순애의 얼굴을 떠올리고 말았다.

"……."

허공에 뜬 애틋한 얼굴을 보며 연기를 깊이 빨아들인 순간, 여자의 향긋한 살냄새가 닿은 듯했다. 그를 받아들이던 한없이 깊은 속살, 끊어질 듯 끊어질 듯 이어지던 가는 신음, 꿈꾸는 듯하던 그 달콤한 눈동자……

차라리 너를 갖지 못했더라면…… 나의 지독한 짝사랑으로만 끝났더라면 덜 아팠을까…….

그는 눈을 질끈 감고 깊은숨을 내쉬었다.

바다를 건너가도 너를 찾을 수 없다면…… 내 남은 평생, 네가 떠난 이유조차 알지 못한 채 이 그리움만 가지고 살아야 한다면…….

담배를 쥔 손가락이 파르르 경련했다.

그렇다면 나는 널 절대 용서하지 않을 테다. 절대 용서하지 않아. 그러니 제발, 거기 있어라.

담배의 끝 맛이 썼다.

호시가 담배를 비벼 끄고 그 자리를 뜨려는데, 마침 저쪽에서 걸어오는 몽땅한 남자가 그에게 아는 체를 했다. 기무라였다. 호시가 눈인사를 하고 그냥 지나치려는데 기무라가 말을 건넸다.

"여, 오랜만에 본부에 들어왔군. 벌써 자리 다져 두려고 왔나?"

"……."

"너무 그러지 말고 살살 하자고. 응?"

"이만 실례하지."

호시가 그를 잘라 내고 자리를 뜨려는데 기무라가 피식, 싸늘한 비웃음을 날렸다.

"그나저나, 부인은 잘 계신가?"

묘하게 조롱하는 어조에 일순 호시의 뒤통수가 쭈뼛 섰다. 호시는 저도 모르게 걸음을 멈추었다.

"감쪽같던데. 깜빡 속을 뻔했지 뭔가."

기무라는 입가에 비열한 미소를 매단 채 천천히 담배를 한 대 피워 물었다.

"놀랄 것 없어. 알고 있었어. 자네같이 빈틈없는 친구가 그런 여잘 부인으로 데려왔기에 내 참 놀랐지. 자네도 속은 건지, 알고도 데려왔는지 그게 좀 헷갈렸지만 말이야……."

"……."

"뭐 이왕 이렇게 된 거, 그게 뭐 그리 중요하겠어? 중요한 건 내가 아무한테도 말하지 않았다는 거지. 앞으로도 말할 생각 없다는 거고. 자넨 아무 걱정할 것 없어. 자네는 내 동긴데 동기의 가정사를 그렇게 이용할 수는 없지. 안 그런가?"

기무라가 번들거리는 두꺼운 입술로 맛있게 담배를 쪽 빨며 느물거렸다.

"하지만 자네도 내 성의는 알아줘야지. 그래서 말인데, 내년 인사 때 사무국 말고 다른 쪽으로 옮겨 달라 자네가 직접 차장께 청을 드리면 어때? 어차피 톱은 한 사람뿐인데, 자네나 나나 한 부서 안에서 서로 피곤하게 마주치는 것보다 자네도 지금처럼 좀 더 편안한 곳에서……."

순간 호시의 팔이 어깨동무를 하듯 기무라의 어깨를 꾹 잡아 눌렀다.

"억!"

기무라의 입에서 짧은 비명이 터지더니, 입에 물린 담배가 절로 툭 떨어졌다. 마치 그대로 그를 납작하게 찍어 누르기라도 하려는 듯 대단한 악력이었다.

"대체 무슨 말을 하는지 모르겠는데."

"이…… 이 팔……."

"내 처에 관해 어디서, 무슨 말을 들었나 보지? 조금만 세간의 주목을 받아도 금방 이런저런 온갖 헛소문이 달라붙으니 원…… 그건 자네도 잘 알지 않나? 응?"

"으읏…… 팔……."

"자네도 차장의 위세를 업고 호가호위하며 밤마다 업자들의 로비를 받는다는 소문이 퍼지면 얼마나 억울하겠어? 안 그래? 고위 공무원인 우리는 그런 소문이 퍼지면 사실 여부와 관계없이 치명상을 입는데."

"!"

"그러니 자네도 그런 못된 말에 휘둘려 경거망동하지 마. 내 분명히 말하지. 그건 현명한 행동이 아니야."

호시가 기무라가 떨어뜨린 담배를 구둣발로 꾹 비벼 밟더니 비로소 그의 어깨를 놓아주었다.

"읏……."

"내년에 사무국에서 만나면 잘 부탁해."

기무라의 얼굴이 구겨진 종이처럼 일그러졌다. 호시는 갓 벼린 칼날처럼 시퍼런 눈으로 기무라를 바라보며 입술을 꼭 물었다.

'저 새끼였구나…….'

그제야 모든 퍼즐이 자연히 맞춰졌다. 피가 끓어올랐다. 마음 같아서는 저 기름진 배때기에 그대로 칼이라도 쑤셔 박아 휘저어 버리고 싶었다. 저놈의 피를 보지 않으면 이 들끓는 분을 잠재울 수 없을 것 같았다.

호시는 우뚝 멈춰서 눈을 질끈 감은 채 거칠게 심호흡했다.

'반드시 갚아 주겠다. 몇 배로 갚아 주고야 말겠어. 저 새끼가 가장 두려워하는 대로 본부 사무국으로 돌아간다. 돌아가서 내 방식대로 하나하나 저 새끼를⋯⋯.'

그는 목구멍까지 치받치는 불덩이 같은 분을 꾹 참고, 다시 가슴 깊이 밀어 넣었다. 지금은 그 무엇보다도 급하고 중요한 일이 있었다. 순애, 제 하나뿐인 아내. 제 심장 같은 여자. 그 여자를 되찾아야 했다.

9. 부부의 자리

순애는 졸린 눈을 비비며 또박또박 이력서를 썼다. 고향에 돌아
온 그녀는 가져온 몇 푼의 엔화를 환전해 허름한 사글셋방을 얻고
일자리를 알아보는 중이었다.

그러나 아무리 고향이라 해도 낮은 학력에 연줄도, 기술도, 아무
것도 없는 처녀가 마땅한 일자리를 구하기는 쉽지 않았다. 다시 공
장으로 가야 하나 고민하던 중에 일문이 유창하면 무역 회사 여급이
라도 할 수 있지 않겠냐던 호시의 말이 떠올랐다. 순애는 그 말대로
전자 기기를 수입하는 작은 회사에 원서를 넣어 볼 생각이었다.

춥고 졸음이 살살 오자 갑자기 따뜻한 드립 커피 생각이 간절했다.

'처음엔 쓰디써서 제대로 마시지도 못했는데, 어느새 인이 박혔
나…… 자꾸 생각이 나네…….'

어느새 인이 박여 자꾸 생각이 나는 건 드립 커피뿐만이 아니었
다. 순애는 제 책상 위에 놓인 작은 액자에 시선을 보냈다.

그건 떠나오던 날, 그의 서재 책상 위에서 액자째 집어 온 것이었다. 그의 책상 한구석에 놓인 결혼사진을 봤을 때 순애의 가슴이 얼마나 미어졌던가. 그래서 이제는 다 끝난 꿈이란 걸 알면서도 순애는 그 사진을 가져와 제 책상에 세워 두지 않을 수 없었다.

'어, 근데 아까부터 좀……'

순애는 방바닥에 이리저리 손을 대어 보았다. 어느새 바닥은 차갑게 식어 있었다.

'아무래도 연탄이 꺼진 모양인데……'

순애는 오스스 몸을 떨며 연탄불을 살피러 부엌으로 내려섰다. 역시나 연탄불은 하얗게 죽어 있었다. 난생처음 써 보는 이력서에 진땀을 빼느라 연탄 갈 시간을 깜박 놓친 것이다.

'에휴…… 내 정신도……'

순애는 긴 한숨을 내쉬고는 집 뒤편의 창고로 종종걸음을 쳤다. 온종일 흐리더니 음산하도록 바람이 차가운 초겨울 밤이었다.

연탄집게로 연탄 하나를 찍어 온 순애는 부엌 아궁이에 연탄을 밀어 넣고는 그 앞에 쪼그리고 앉았다. 그리곤 얼어붙은 손으로 신문지에 불을 붙여 연탄 위에 올린 후 다시 번개탄을 올렸다. 곧 불씨가 타닥타닥 타오르더니 파랗고 빨간 불의 혀가 널름거리며 연탄을 집어삼켰다. 휴, 순애가 겨우 안도의 한숨을 쉬었다. 그때였다.

'응?'

어렴풋이 문을 두드리는 소리를 들은 것 같았다. 막 방으로 올라가려던 순애는 몸을 굳히고 귀를 기울였다. 그러나 바깥은 바람 몰아치는 소리뿐이었다.

'잘못 들었나……'

그때 다시 한번 선명하게 문 두드리는 소리가 났다. 야심한 시간까지는 아니었지만 이미 밤 아홉 시가 지난 시간, 남의 집에 올 만한 시간은 아닌 데다 그녀에겐 마땅히 찾아올 사람도 없었다.

"누, 누구세요?"

순애가 연탄집게에 손을 대며 떨리는 목소리로 물었다. 바깥에서는 한참 말이 없었다. 겁을 왈칵 집어먹은 그녀는 연탄집게를 잡은 손에 단단히 힘을 주었다.

"나야."

꽉 잠긴 목소리. 순애의 손에서 연탄집게가 툭 떨어졌다. 그녀는 제 귀를 의심했다.

'이건 바람의 장난이다. 파도의 장난이다. 환청이다.'

그러나 그녀의 생각을 부정하듯 다시 문을 두드리는 소리가 났다. 아까보다 조금 더 거칠고 성마른 손길이었다.

"나야."

머리가 텅 비어 버린 것 같았다. 눈앞이 새하얗게 아득해졌다. 그러나 몸이 먼저 반응하고 있었다. 그녀는 저도 모르게 달려 나가 떨리는 손으로 부실한 현관의 잠금쇠를 풀었다.

헐거운 문짝을 열자 날 선 바람이 왈칵 밀려들어 겨우 따뜻해진 얼굴을 세차게 때렸다. 그러나 그녀는 그조차 느낄 수 없었다. 시선이 고정된 곳에 거짓말처럼 남자가 서 있었다. 순애는 유령이라도 본 듯 저도 모르게 뒷걸음질 쳤다.

"당신……."

남자가 거친 칼바람이 되어 사납게 그녀를 덮쳤다. 마치 그대로 여자를 할퀴듯, 잡아먹듯 그녀를 품 안에 쓸어 담았다. 순애는 그대로 무너져 버렸다. 차라리 이대로 제 몸이 산산이 부서지기를 바랐다. 진주 같은 눈물이 그녀의 고운 눈매에서 퐁퐁, 끊임없이 솟았다.

"여, 여보……."

"알아. 다 알고 있어. 아무 말도 하지 마."

호시는 순애를 가볍게 둘러 안더니 부엌을 지나 방 안으로 들어갔다.

낡은 장판에 군데군데 벽지가 벗겨진 단칸방은 두 사람이 들어가자 터질 듯 빠듯했다. 살림이라고는 책상 겸 식탁으로 쓰는 작은 소반 하나와 이불 한 채뿐, 단출하다 못해 보잘것없을 지경이었다.

호시는 순애를 그 허름한 방바닥에 그대로 쓰러뜨리고, 그녀를 짓이기듯 찍어 눌렀다. 그리고 눈물에 젖은 여자의 얼굴을 꽉 쥐어잡고는 제 호흡을 찾듯 여자의 입술을 찾았다. 다른 건 생각할 겨를도 없었다. 그녀의 부드러운 입술이 제 입술에 살짝 닿는 순간, 피가 온몸을 열두 바퀴 돌고 재주넘기까지 하다가 아래로 가득 몰렸다. 눈이 뒤집힌다는 게 이런 기분일까. 그는 이성을 잃고 그녀의 입술을 찢어발기듯 꽉 물어뜯었다.

"읏!"

여자의 얼굴이 확 찡그려지더니 붉은 석류 같은 입술이 활짝 열렸다. 그는 기갈이 든 사람처럼 그녀의 입술에 달라붙더니, 제 혀를 깊숙이 밀어 넣고 입 안의 붉은 보석들을 알알이 발라 먹었다. 여자의 발그레한 얼굴에 곧 뜨거운 열기가 피어올랐다. 그는 오늘밤 그녀의 입술을 핥고 빨아 아주 다 없애 버릴 기세였다.

"하아…… 하아……."

새 연탄을 지핀 방바닥은 그야말로 지글지글 끓었다. 호시는 여자를 잠시 놓아주고 제 겉옷을 벗어 던졌다. 가쁜 호흡을 내쉬며 그를 바라보는 순애의 눈가에는 아직도 눈물이 고여 있었다.

"여, 여보……."

순애가 애원하듯 입을 열었다.

"고작 여기야?"

"……."

"날 버리고 가려면 더 꼭꼭 숨었어야지! 더 그럴듯한 데로 가서 더 잘 살았어야지!"

순애의 눈에서 눈물이 주르륵 흘러내렸다. 남자가 제 아랫입술을 콱 깨물며 낮게 으르렁거렸다.

"그렇게 못 할 거라면 날 믿었어야지."

"하, 하지만…… 나 때문에 당신 인생이 망가지면 난……."

남자의 잇새에서 어이없다는 헛웃음이 새어 나왔다. 그의 굳은 어깨가 늘어졌다.

"정말 몰라? 넌 이미 내 인생을 망쳤어. 너 없이 난 허깨비나 마찬가지야. 산송장이나 다름없다고! 이것 봐, 넌 아직도 나를 몰라. 내가 원하는 걸 모르고, 나한테 네가 대체 뭔지도 몰라! 그러니까 날 위해 떠난다느니 하는 짓거리나 해서 날 환장하게 하는 거야!"

그는 저도 모르게 분노를 토해 냈다. 그녀가 떠난 뒤 겪었던 피가 마르는 고통과 배신감이 되살아났다. 그러자 뼈 마디마디에 맺힌 울분이 거름망 없이 고스란히 여자에게 쏟아졌다.

"후……."

바짝 갈라진 여자의 입술이 울음을 머금은 채 바들바들 떨리는 것을 보자 그는 저도 모르게 한숨을 쉬었다.

원래 이러려고 했던 게 아니었다. 오는 길 내내 화내지 말아야지, 오히려 위로해 주고 보듬어 줘야지, 생각했었다. 그러나 그녀를 보는 순간 이성은 하얗게 날아가 버리고, 폭주 기관차 같은 애증이 그를 통째로 집어삼켰다.

왜 넌 날 가만 내버려 두지 않는가. 널 보고 있으면 미친놈처럼 가슴이 벌떡벌떡 뛴다. 밉고 화가 나서. 하지만 너무 사랑스러워서. 다시 널 갖고 싶어서.

널 갖지 못하리라 생각했던 때가 있었다. 그때는 네 마음에 단 한 번 닿는 것만으로도 아니, 스치는 것만으로도 만족할 수 있으리라 생각했다. 하지만 이젠 아니야. 이제 그 정도론 절대 만족할 수 없다. 네가 그렇게 만들었다. 네가 나를 이토록, 이토록 깊게 뜨겁게 만들었다. 이젠 나는 널……!

다시 그녀를 제 품속 깊은 곳에 집어넣자 여자가 버르적거리며 몸부림을 쳤다.

"그놈의 고집은! 좀 가만있어!"

호시는 여자의 엉덩이를 팡 때렸다. 손에 닿는 그 귀여운 살집이 말도 못 하게 그의 애를 태웠다. 여자가 몸부림을 칠수록 그의 아랫도리는 터질 듯 일어섰다. 그러나 그녀는 그렇게 그를 흥분시켜 놓고 입으로는 화를 돋웠다. 정말 미칠 노릇이었다.

"싫어요! 당신은 어쩌면 그렇게 똑같아요? 당신은 이기적이야! 당신은 늘 당신만 생각해! 당신만 힘들고, 당신만 괴로워! 나는 좋아서…… 좋아서 당신을 떠난 줄 알아요? 내 가슴이 얼마나 문드러졌는지, 한 번이라도 생각해 봤어요?"

"이 바보가! 너한테 오려고 내가 차장한테 몇 번이나 머리를 굽

신거렸는지나 알아? 겨우겨우 휴가 얻어서 미친놈처럼 날아왔더니 한다는 말이 고작……! 말을 안 하는데 어떻게 알아? 넌 어쩜 그렇게 티를 안 내? 왜 나한테 전혀 틈을 안 줘? 왜 날 의지하지 않아? 왜 날 믿지 않냐고!"

그녀는 눈물이 고인 눈으로 원망스레 그를 흘겨볼 뿐, 말문이 막혀 말을 잇지 못했다.

"기무라 그 새끼가 널 협박했다는 얘긴 왜 안 했어? 넌 내가 그 새끼 하나 어떻게 못 할 것 같았어? 내가 고작 그런 새끼에 벌벌 떨면서 내 마누라를 내놓을 줄 알았냐고!"

"하, 하지만 내가 그런 데 있었다는 게 알려지면 당신은…… 나, 난 당신을 위해서……."

"네 정혼자가 다른 여자 생겼다는 얘기는 왜 안 했어! 아주 조금이라도, 티라도 좀 냈으면 좋았잖아! 그랬으면…… 그랬으면…… 넌 대체…… 무슨 여자가 이렇게 지독해! 박순애! 넌 정말…… 정말 치가 떨려!"

순애는 온몸에 부글부글 끓어오르는 울음을 문 채 야속한 남자를 바라보고 있었다. 그러나 눈에 시뻘겋게 핏발이 선 호시 역시 이미 터질 대로 터진 상태였다. 그는 벗어 던진 제 외투를 잡아끌더니 그 주머니에서 꾸깃꾸깃한 봉투 하나를 꺼내 여자의 앞에 내던졌다. 봉투를 흘낏 본 순애의 얼굴에서 핏기가 싹 가셨다.

"이건 또 뭐야! 이건 대체 뭐냐고! 이혼? 아주 가지가지 해! 아주 사람 환장할 짓은 다 골라서 한다고! 겁도 없이 이런 짓을 해 놓고, 어디서 큰 소리야?"

순애가 몸을 움츠리며 파르르 떨었다. 그의 서명을 위조해 제멋대로 이혼 신청을 한 것은 누가 뭐라 해도 제 잘못이었다. 그것만 큼은 입이 열 개라도 할 말이 없었다.

"이혼? 그래, 이혼하면? 그럼 다 끝날 줄 알았어? 내가 널 잊을 줄 알았어? 널 놔줄 줄 알았어?"

"……"

"그럼 넌 날 잊을 수 있어? 넌 그럴 수 있냐고?"

분이 오른 호시가 핏대를 세우며 소리를 지르자, 순애는 고개를 떨군 채 아무 말도 하지 못했다.

"그럼 대체 저건 뭐야! 결혼사진은 왜 가져갔어! 결혼반지는 왜 아직 끼고 있고?"

호시가 그녀의 초라한 앉은뱅이 상 위에 있는 사진을 가리키더니 그녀의 왼손을 왈칵 쥐어 잡았다.

"잊지도 못할 거면서…… 잊지도 못할 거면서 이런 짓거리를 해? 너 정말…… 어디서 그런 못된 건 배워서…… 어디서 감히 이혼은 이혼이야! 누구 인생 망치려고…… 어디 네 멋대로 날 이혼남을 만들어!"

결국 순애의 흐느낌이 봇물 터지듯 터졌다. 그녀는 남자에게 한 손을 붙들린 채 서럽게 울고 또 울었다. 호시가 그런 그녀를 덥석 안아 정신없이 순애의 볼에 제 얼굴을 비볐다.

"넌 정말…… 왜 이렇게 나를 힘들게 해……. 내가 원하는 건 우리가 같이 있는 것뿐인데, 그걸 위해서라면 난 뭐든 할 수 있는데…… 네가 기무라 그 새끼를 다시 보기 싫다면 내가 다른 부처를 지원할게. 네가 타향살이가 힘들다면 내가 어떻게 해서든 여기서 일을 찾을게. 네가 혼자 외로웠다면 내가 네 친구가 되고, 애인이 되고, 남편도 될게. 네 모국어도 배울게. 네가 원한다면 뭐든지 난…… 난…… 순애야……."

알고 있었다. 그것이 그녀가 생각할 수 있는 최선이었음을. 모두 그를 위해서였음을. 그런 그녀의 가슴 역시 저 못지않게, 아니 어쩌면 더 썩어 문드러졌을 것을.

그는 제 품에 든 여자를 으스러져라 안았다. 여자의 보고 싶었다는 한마디가 그렇게 듣고 싶었다. 보고 싶었다고, 그리웠다고, 그 한마디면 다 용서할 수 있을 것 같았다. 그러나 그녀는 그의 마음도 모르고 계속 울기만 했다.

'바보…… 네 말 한마디면 나는 그냥 녹아 버릴 텐데…… 바보……'

여자의 존재가 호시의 가슴 깊숙이 스며들어 왔다.

누구보다도 밉고, 애틋하고, 사랑스럽고, 더할 나위 없이 귀한 사람. 세상에서 가장 귀한 내 아내, 내 사랑. 어느새 남자의 눈에서 뜨거운 것이 떨어져 뺨을 타고 조용히 흘렀다.

그의 품에서 서럽게 울던 순애가 꺽꺽 울음을 삼키며 겨우 입을 열었다.

"나…… 이제 알아요…… 당신이 나를 얼마나 사랑하는지……."

순간 남자의 몸이 살짝 굳었다.

"읽었어요. 당신이 제출한 혼인 경위서……."

호시의 입술이 살짝 벌어지더니 말을 제대로 빚어내지 못하고 힘없이 달싹였다.

"너……."

순애가 코를 훌쩍이며 볼을 타고 흐른 눈물을 닦아 내더니, 아직 눈물에 젖은 말간 눈을 들어 그를 바라보았다.

"나 이제 당신 마음 알아요. 다 알아요. 당신 날 끔찍이 사랑하잖아요."

그는 허를 찔린 듯 말문이 탁 막혔다. 그 눈빛이었다. 처음 우동집에서 그녀를 관찰하다가 마주쳤던 눈빛. 그때도 그는 저 눈빛에 허를 찔린 듯 말문을 잃었었다. 남자가 귓가를 붉히며 여자의 시선을 피했다.

"부정할 생각 말아요. 다 아니까."

"부정할 생각 없어."

남자의 무뚝뚝한 항복을 확인한 여자가 작게 웃더니 그제야 그의 품에 폭 안겨 왔다. 구름사탕처럼 부드럽고 말랑거리는 몸이 달콤한 향기를 풍기며 그의 귓가에 꿈결처럼 속삭였다.

"보고 싶었어요. 정말, 너무…… 보고 싶었어요."

그 작은 속삭임이 대체 뭐라고. 어찌할 수 없는 행복감이 그의 전신에 끈적하게 흘러내렸다. 그 아찔한 감각에 호시는 그대로 눈을 질끈 감고 말았다. 도대체 이 여자를 당해 낼 수 없었다. 그에게 댈 수도 없이 작고 가냘픈 데다 그보다 가진 것도, 배운 것도 없는 이 여자를.

'앞으로도 당할 수가 없겠지. 나는 평생 이 여자의 조그만 손바닥 안에서 놀게 될 것이다.'

근데 그게 왜 이리 행복할까. 왜 이리 마음이 흐뭇할까.

'미친놈…….'

그는 벅차오르는 행복감에 떨며 제 품 안의 여자를 쓰러뜨렸다.

"아, 으응……."

순애는 계속 신음이 흘러나오는 제 입을 두 손으로 꽉 틀어막았다. 아래층 주인집이 신경 쓰였다. 아까 큰 소리를 내며 싸운 것도 마음에 걸렸지만, 이 소리에 비하면 댈 것도 아니었다. 그러나 그녀가 그러거나 말거나 호시는 제정신을 잃은 사람처럼 그녀에게 몰두해 있었다.

"저기…… 아래층…… 다 들려요……."

순애가 겨우 신음을 씹어 삼키며 그의 귓가에 속삭였다. 순애 역시 재회의 기쁨에 맘껏 취하고 싶었지만, 이 허름하고 낡은 집이 얼마나 방음에 취약한지 제가 몇 번이나 경험했기에 신경 쓰지 않을 수 없었다.

정신없이 그녀에게 몸을 짓쳐 대던 호시가 그러냐는 듯 눈썹을 살짝 까딱하더니 그녀의 입술에 제 입술을 와락 덮었다. 위아래로 그가 제 몸 깊숙이 뱀처럼 파고들자 순애는 숨이 깔딱깔딱 넘어갈 지경이었다.

"으으응……!"

속살을 찢어발기며 파고드는 남자가 연료라도 넣은 듯 더욱 크게 부풀어 올랐다. 추진력을 얻은 그의 몽둥이가 더욱 세차게 날뛰며 순애를 난도질하자 그녀는 눈앞이 다 아찔했다. 마치 맹견의 날카로운 이빨에 꽉 물린 채 질질 끌려다니는 것 같았다. 그녀는 저도 모르게 호시의 입술을 꽉 물고 말았다.

"읏……!"

호시의 미간이 깊게 찌푸려졌다. 그가 물고 있던 순애의 입술을 놓자 아랫입술에 피가 살짝 배어 나왔다.

"아, 미, 미안……."

그녀의 말이 채 매듭지어지기도 전에 그가 순애의 새끼 제비처럼 작고 귀여운 입 안으로 그의 엄지손가락을 쭉 밀어 넣었다.

"……."

잠시 그녀의 입술과 입 안을 지그시 문지르던 그의 눈에 사나운 욕망이 고였다. 그가 구석에 던져진 제 넥타이를 집어 들더니, 그녀의 입에 단단히 재갈을 물렸다.

"으으읍……."

놀란 순애가 멈칫한 새에 그가 그녀를 성급히 뒤집어엎었다. 그리고 그녀의 하얗고 둥근 엉덩이를 꽉 잡아 열더니 아주 깊숙이 제 몸을 밀어붙였다. 순애의 눈꺼풀이 파르르 경련했다. 남자는 그대로 제 몸을 사정없이 들이박았다. 꼭 사자의 발톱에 찢기는 것 같았다. 제 몸이 그대로 관통당해 두 쪽이 날 것 같았다.

순애는 필사적으로 버르적거렸으나 그녀의 가는 허리를 움켜쥔 그의 움직임에는 한 점의 자비도 없었다. 그는 지치지도 않는지 사정없이 그녀의 안을 깊이 긁어내고 헤집어 댔다. 그의 진동이 순애의 몸에 고스란히 옮아오자 그녀는 저를 어쩌지 못할 정도로 무너져 내렸다.

"흐읍! 으으읍!"

남자가 허리를 굽혀 단단한 젖꼭지를 거칠게 쥐자 순애는 아픔으로 눈물이 날 지경이었다. 그런데도 아랫도리는 옴죽거리며 남자를 날름날름 뿌리까지 집어삼켰다. 호시의 미간에 깊게 주름이 파였다.

'널 얼마나 그리워했던가. 얼마나 원망했던가. 너를 다신 볼 수 없을지도 모른다는 불안과 공포와 싸우던 밤…… 너는 네가 나한테 무슨 짓을 했는지 영영 모르겠지.'

투명한 체액으로 흠뻑 젖은 귀여운 엉덩이가 파들파들 떨며 저를 조여 댈 때마다 그대로 그 사이에 얼굴을 박고 살점을 뜯어먹고 싶은 충동이 일었다. 남자의 눈빛이 새까맣게 번뜩이더니 그녀의 포동포동한 엉덩이를 비틀 듯이 꽉 쥐었다. 모세혈관을 터뜨릴 듯 강한 악력이었다.

"으흐…… 응……!"

둔부의 통증에 순애가 그를 떨쳐 내듯 몸을 크게 부르르 떨자 순간 남자의 몸이 떨어졌다. 그사이 순애는 정신없이 기어 그에게서 도망쳤다. 그러나 그 좁은 단칸방에 도망칠 데가 있을 리 없었다.

"어딜……."

남자가 뒤에서 그녀의 두 발목을 잡아 끌어당기자 그녀는 힘없이 질질 끌려갔다.

"으으읍……!"

다시 한번 뒤에서 충격이 밀려왔다. 눈앞이 아득해지더니 고운 눈매에 어느새 눈물이 흠뻑 고였다.

"어딜 자꾸 도망가? 인제 보니 아주 못된 버릇이 들었어."

"으으……."

"가만있어. 아주 버릇을 단단히 고쳐 줘야지."

여자의 가느다란 몸을 파고드는 남자의 몸짓이 더욱 거칠어졌다. 순애의 눈에서 눈물이 투두둑 떨어져 내렸다. 겨우 숨을 할딱할딱할 뿐 비명조차 나오지 않았다. 눈이 서서히 풀어졌다.

그러나 몸은 그의 리듬에 맞추어 쉼 없이 엉덩이를 흔들어 대고 있었다. 고통스러운 만큼이나 황홀했다. 제 몸 깊숙한 곳에 그가 섞이는 느낌이 기뻤다. 그가 마구 제 안에 쳐들어와 그의 영역인 듯 활개를 치고 다니는 것이 흐뭇했다. 그건 제가 그의 여자라는 인증이었다. 그의 여자. 마침내 그녀에게도 누군가의 것이라는 이름표가 붙었다.

평생 이름표를 갈망해 온 인생이었다. 부모를 다 잃고 험한 세상을 온몸으로 구르며 살았다. 늘 어딘가에 소속되고 싶었고, 누군가에게 귀속되고 싶었다. 단 한 뼘이라도 좋았다. 세상에 태어난 이상 남들처럼 저만의 자리를 갖고 싶었다. 그녀도 이 풍진 세상에서 편히 몸을 부리고 쉴 수 있는 곳이 필요했다.

그러나 세상은 그녀에게 모질게 인색했다. 많은 것을 바라는 것도 아닌데 그 한 뼘을 쉽사리 내주지 않았다. 그럴수록 그녀는 더 애가 탔다. 조급해졌다. 그래서 몇 번 빵집 데이트를 한 게 다인 남자를 찾아 낯선 남의 나라까지 흘러들었다.

"하아…… 순애야……."

그리고 이 남자를 만나고 나서야 비로소 사랑을 찾았다. 제 자리를 찾았다. 한 뼘은 웬걸, 같이 바라봤던 보름달처럼 넉넉하고, 넉넉하고, 넉넉한 품. 이제 그녀는 그 품 안에서 실컷 활개 칠 것이다. 마음껏 사랑하고 꿈꾸고 행복할 것이다.

"읏!"

순애가 있는 힘껏 안쪽을 조이자 호시의 입에서 신음이 터졌다. 관자놀이에 파란 핏줄이 돋은 호시가 순애를 바로 눕히더니, 재갈을 풀고는 그녀 입 안에 불쑥 제 남성을 들이밀었다. 놀란 순애의 몸이 순간 바짝 굳었다.

"벌 받아야지."

그가 흠뻑 젖은 채 펄펄 살아 날뛰는 시뻘건 짐승을 그녀의 입 안에 더 깊숙이 밀어 넣었다.

"으응……."

순애의 작은 입술은 금방이라도 찢어질 것 같았다. 남자가 더 몸을 깊숙이 부리자 그녀의 입에서 고통스러운 신음이 새어 나왔다. 차고 넘친 물건이 입 안 깊숙한 곳을 찔렀다.

"으……."

어찌해야 할지 모르던 그녀가 겨우 혀를 살짝 움직이자 남자가 경련했다.

"흐…… 하아……."

호시의 입술이 살짝 열리고 이내 그의 고개가 젖혀졌다. 순애의 긴장된 입가가 풀어지더니 살살 혀를 놀리기 시작했다. 여자는 아직 어설펐다. 하지만 어쩔 줄 몰라 하는 그 서투름이 오히려 남자의 쾌감을 증폭시켰다. 순애가 그 커다란 이물질을 더 강하게 할짝대자 호시의 잇새로 나른하고 만족스러운 한숨이 새어 나왔다.

"큿……."

여자를 찢어발기던 그 사나운 맹수는 순식간에 그녀의 충성스러운 애완견으로 전락했다. 여자의 애무에 애완견이 꼬리를 치며 좋다고 재주를 부렸다.

"하앗…… 순애야……."

더는 참을 수 없어진 남자가 제 몸을 빼내더니, 그녀 위에 무너지듯 다시 몸을 겹쳐 왔다.

또 틀렸다. 오늘 밤, 저를 버리고 간 여자가 제 밑에서 발발거리며 울며 매달리는 모습을 보고 싶었다. 저 작은 머리통을 부수는 한이 있더라도 다시는 저를 떠날 생각을 하지 못하게 만들 작정이었다.

그런데 흐트러지는 건 오히려 그였다. 정신없이 사랑을 갈구하며 매달리는 것도 그였다.

"순애야…… 여보…… 내 사랑……."

그는 그녀의 이름을 부르며 그녀 깊숙이 들어갔다. 여자가 몸을 벌려 그를 맞아들였다. 두 몸이 하나처럼 단단히 결합하자 두 사람의 입에서 그제야 나른한 한숨이 흘러나왔다. 이제야 모든 것이 제자리를 찾은 느낌. 여기가 그의 자리였다. 여기가 그녀의 자리였다. 순애의 눈가에 투명한 눈물이 맺혔다. 남자가 그녀에게 입 맞추었다.

"여보……."

여자가 사르르 눈을 감더니 저를 통째로 내주었다. 어느새 순애의 뺨에 눈물이 또르르 흘러내렸다. 그대로 두 사람의 살이 섞이고, 피가 섞이고, 영혼이 섞였다.

호시는 순애를 끌어당겨 아직도 펄떡이는 제 다리 사이에 단단히 껴 넣었다. 순애는 아직도 할딱이고 있었고, 온몸에 미열이 고여 따뜻했다. 그렇게 두 사람은 말로 못 할 벅찬 여운에 잠겨 있었다.

"미안해요."

한참 후에야 순애가 겨우 입을 뗐다.

"내 멋대로 당신 이혼남 만들어서."

그제야 그가 피식, 바람 빠지는 웃음소리를 내더니 몸을 일으켜 순애에게 내던진 봉투를 찾았다.

"이거 봐."

호시가 순애 앞에 서류를 펴더니 의기양양하게 들이밀었다.

<귀하가 접수하신 이혼 신청 관련 처리 결과에 대해 안내해 드립니다. 귀하의 신청은 배우자의 불수리 사전 신청에 따라 기각되었음을……>

"!"

순애의 놀란 얼굴을 바라보던 호시가 싱긋 웃었다.

"내가 이래 봬도 일류 법대 출신에, 법무성 관료란 걸 잊었어?

혹시 몰라 미리 조치해 뒀지."

"어, 어떻게……?"

"배우자의 일방적인 이혼 신청을 막기 위한 보완 장치로 불수리 신청이란 게 있어. 미리 그걸 해 두면 상대 혼자 이혼 서류를 제출해도 소용없어. 두 사람이 같이 신청해야만 이혼이 성립돼."

순애는 온몸에서 힘이 쭉 빠졌다. 그런 줄도 모르고 저는 그 이혼 서류를 제출하고 얼마나 피눈물을 흘렸던가. 그런 줄도 모르고…….

"당신이 무슨 생각으로 그랬는지는 알겠어. 날 위해서 그랬다는 것도 알겠어. 하지만 부부는 한 몸 아니야? 우린 부부잖아. 당신 혼자 생각하고 판단해서 그렇게 행동하는 거 아니야. 더구나 이혼이라니, 앞으론 절대 그러지 마. 무슨 일이 있든 나하고 의논해 줘. 나를 믿고 따라와 줘."

엄하고도 다정한 눈빛에 순애는 저도 모르게 얼굴을 붉혔다.

그의 말이 맞았다. 저는 그를 믿지 못한 것이다. 두려웠다. 고작 너 때문에 내 인생을 망쳤다는 비난을 들을까 봐. 그가 먼저 저를 버릴까 봐. 그의 차가운 눈빛을 상상만 해도 숨을 쉴 수 없었다. 몸이 얼어붙었다. 겁이 왈칵 났다. 그러느니 차라리 제가 먼저 그를 떠난 것이다.

"응. 응……."

순애가 몸을 잘게 떨며 흐느끼자 호시가 그녀를 꽉 끌어안고는 아기 달래듯 살살 달랬다.

"이 울보, 인제 그만 울어. 아까부터 계속 울잖아. 눈가 다 짓무르겠다. 자 어서, 착하지."

호시가 순애의 엉덩이를 토닥토닥 두드렸다. 그 손길이 부끄럽고도 기뻐서 순애는 훌쩍이다가도 얼굴이 발그레해졌다.

"나 내일모레까지 휴가야. 사실 좀 더 오래 쉬고 싶었지만 이것도 그나마 차장이 배려해 준 거야. 갑자기 낸 휴가니까."

"응……."

"내일은 같이 어머님께 가서 인사드리자. 또 여기 일도 정리하고. 그리고 모레 같이 돌아가자."

호시의 가슴에 얼굴을 묻은 채, 순애가 고개를 끄덕였다. 제 엄마를 기억해 준 남편이 고맙고도 사랑스러웠다. 그러나 다시 일본으로 돌아가 사람들 얼굴을 볼 생각을 하자 조금 민망한 생각도 들었다. 그녀는 머뭇거리다 물었다.

"이시다 상이나 다른 사람들한테는…… 뭐라고 했어요?"

호시의 얼굴에 짓궂은 웃음이 슬쩍 떠올랐다. 그가 조금 입가를 씰룩이더니 미적미적 입을 열었다.

"당신 몸이 안 좋아서 시골 본가에 좀 쉬러 갔다고 했어."

"그, 근데 그 웃음은 뭐예요?"

호시가 또 혼자 빙글빙글 웃더니 순애에게 다시 뜨거운 눈빛을 흘렸다.

"당신이 아이를 가졌다고 했거든."

"네?"

"이시다 상이 당신 안색이 계속 안 좋았다고, 어디가 아픈 거냐고 하도 걱정해 대기에…… 어쩌다 말이 그렇게 나와 버렸어."

순애는 당황한 나머지 잠시 할 말을 잃었다.

"어, 어쩌자고 그런 말을 했어요? 왜 괜히 그런 거짓말을……."

"어쩌긴 뭐 어째? 하나 만들어 가면 되지. 그럼 진짜가 되는 거 아냐? 그게 뭐가 어려워?"

"아, 아니⋯⋯."

"싫어?"

순애의 말문이 탁 막혔다. 어떻게 당신을 거부할 수 있을까. 이렇게 숨도 못 쉬게 단단히 휘어 감아 놓고는. 이렇게 애간장이 녹게 만들어 놓고는. 이렇게 몸이 저밀 정도로 간절하게 만들어 놓고는. 게다가 당신과 나의 아이라니⋯⋯. 순애는 신음을 꿍, 삼켰다.

"시, 싫다기보단 그런 게 어떻게 맘대로⋯⋯ 하, 하늘이 점지해 주시는 건데⋯⋯."

순애가 그와 눈을 맞추지 못하고 얼굴을 붉히며 말을 더듬자 그런 그녀를 지그시 보고 있던 호시가 이젠 됐다는 듯 씩 웃었다.

"나만 믿고 따라오랬잖아."

그가 다시 펄펄 끓는 장판 위로 여자를 쓰러뜨렸다.

'아이고⋯⋯ 아무래도 내일 아침엔 아랫집 아줌마가 올라올 것 같네⋯⋯.'

순애는 새벽 댓바람부터 씨근덕거리며 쳐들어올 아줌마를 생각하자 저도 모르게 한숨이 새어 나왔다.

그러나 얼굴에는 숨길 수 없는 행복이 가득했다. 그녀는 제 다리 사이를 깊이 파고드는 남자의 뜨거운 숨결을 느끼며 황홀히 눈을 감았다.

외전 1. 봄

밤은 부드러웠다.

순애는 눈을 떴다.

언제나처럼 몸 이곳저곳을 달래듯 쓰다듬는 손길이 달빛처럼 상냥하다. 저녁 약속이 있으니 기다리지 말라던 남자는 언제 왔는지 옆에 몸을 바짝 붙이고 깊은 잠에 빠져 있었다.

바람이 많이 부는지 얇은 창문이 웅웅 울리고, 나무들이 스스스 소리를 냈다. 순애는 몸을 돌려 따뜻한 솜이불 속, 그보다 더 따뜻한 남자의 품속으로 파고들었다. 잠결에도 호시는 몸을 열어 순애를 받아 주었다. 그의 고른 숨소리와 규칙적인 심장 박동을 들으며 순애는 다시 눈을 감고 잠을 청했다.

호시와 함께 도쿄로 돌아온 후 순애의 몸에 낯설고도 사랑스러운 점령군이 자리 잡은 지 어느새 4개월. 이제는 제법 안정기에 접어들었지만 초기에는 단단히 고생을 했다. 아직 사람 모양도 갖추지 못한 그 콩알만 한 게 얼마나 힘이 세고 인정머리가 없던지. 순애의 몸은 물론 감정까지 좌지우지하는 게, 그야말로 머리채를 잡힌 채 속수무책으로 휘둘리는 느낌이었다.

한참 바람 소리를 듣고 있던 순애는 살며시 호시의 손을 떼어내고는 이불을 목까지 잘 여며 주었다. 방을 나오니 새벽 2시, 초봄의 새벽녘은 투명한 얼음처럼 차고도 고요했다.

순애는 부르르 몸을 떨며 따뜻한 물 한 잔을 따라 들고 제 서재로 들어갔다. 매일 부엌이나 거실에서 책을 보는 순애가 마음에 걸렸는지 호시는 얼마 전 다용도실을 치우고 새 책상 하나를 들여놔 주었다. 바닥에 폭신한 카펫을 깔고 작은 안락의자와 카세트 라디오, 난로까지 갖다 두자 방은 더 그럴싸했다. 순애는 난생처음 가지는 제 서재가 너무 기뻐 요즘 그 방에서 아주 살다시피 했다.

석유난로를 틀자 매캐한 기름 냄새와 함께 파란 불꽃이 올라왔다. 순애는 부엌에서 깨끗이 씻어 둔 고구마를 가져와 은박지에 곱게 싸서 난로 위에 올렸다. 난롯불에 구워 먹는 고구마는 요즘 순애가 가장 즐겨 먹는 간식이었다.

어느새 힘 있게 올라온 난로의 열기가 싸늘한 공기를 훈훈히 데웠다. 고구마가 익기를 기다리며 순애는 안락의자 위에 놓아 둔, 아까 읽다 만 소설책을 집어 들었다.

그렇게 한참 책에 빠져 있다 고구마를 살피려 고개를 드니, 아직 얼굴에 잠이 묻은 호시가 잠옷 차림 그대로 서 있었다.

"깜짝이야! 애 떨어지겠네!"

순애는 놀란 나머지 저도 모르게 모국어로 외쳤다.

"뭐?"

그 말에 호시는 날벼락을 맞은 사람처럼 잠이 번쩍 깼다. 순애를 부여잡고 아래위로 정신없이 살피는 얼굴이 온통 시퍼랬다.

"애가 떨어져? 아파? 진통이야?"

그는 요즘 순애를 선생으로 모시고 틈나는 대로 한국어를 공부하고 있었다. 선생이 조금 어설펐지만 그래도 공부를 해 본 사람이라 그런지 이제 가벼운 대화는 제법 알아듣게 되었다.

"아, 그게 아니라……"

순애가 난처한 웃음을 참으려 입술을 꾹 말아 물었다.

"미안. 나 괜찮아요. 진짜 아픈 게 아니고 놀랐다는 표현이에요."

"……뭐?"

"많이 놀랐다는 표현이에요. 배가 아픈 게 아니라 그냥 관용적인 표현."

호시는 기가 막혀 말도 나오지 않았다. 아니, 뭐 그런 이상한 표현이…… 황당함을 감추지 못하고 얼굴을 씰룩이니 순애가 참고 있던 웃음을 와락 터뜨렸다.

"당신 표정…… 아, 미안……"

난 아직도 심장이 벌떡거리는데 웃어? 가는 눈매로 가만히 보고 서 있자 순애가 손등으로 제 입을 틀어막으며 웃음을 꾹 눌렀다. 하지만 그를 바라보는 눈에는 아직도 짓궂은 웃음이 대롱대롱 매달려 있었다.

정말 괜찮은가 보구나. 그제야 그는 어깨를 내리며 깊게 숨을 내쉬었다. 이제 겨우 숨통이 트이는 것 같았다.

"진짜 미안. 근데 당신이 그렇게 조용히 서 있으니까……"

"조용히 서 있긴 누가? 책에 빠져서 사람이 왔는지도 모르던데."

대체 뭐가 그렇게 재밌어. 그는 슬쩍 눈살을 찌푸리며 순애의 손에서 책을 휙 빼 들었다. 그가 학생 때 좋아했던 추리소설이었다.

"이 밤에 이런 건 왜 봐? 혼자 사람 죽는 거나 보고 있으니까 벌떡벌떡 놀라지."

호시는 못마땅한 얼굴로 책을 덮어 저리 치워 버렸다. 누가 봐도 괜한 화풀이다.

"이리 줘요. 한참 재밌었는데……."

순애가 입을 쭉 내밀며 작게 꿍얼거렸다. 호시는 그런 순애를 가만히 보다 살짝 미간을 모으며 주의를 주었다.

"다신 애가 떨어진다느니, 그런 말 쓰지 마. 정말 애를 가진 사람이 그런 말을 쓰면 어떡해."

그가 부드럽게 나무라자 순애도 살짝 수그러들었다.

"미안해요. 내가 잘못했네."

'애 떨어지다'의 '애'가 아이인지 아닌지, 그 어원이 아직 명확하지 않다는 게 떠올랐지만 그건 설명하지 않기로 했다. 지금 그게 중요한 건 아니니까.

요즘 호시의 한국어 공부를 도우면서 순애 역시 모르던 것을 많이 알게 되었다. 난생처음 누군가를 가르치는 입장이 되어 보니 배우는 것보다 오히려 더 많은 공부가 필요했다. 하지만 다른 이도 아니고 호시가 저를 위해 제 나라 말을 배우겠다는데, 엉터리로 가르치고 싶지는 않았다. 물론 머리가 있으니 혼자서도 알아서 잘할 테지만 순애 마음은 그렇지가 않았다. 그래서 순애는 틈나는 대로 한국어 학습 지도서를 보며 공부했다. 그렇게 준비한 수업에서 호시가 제 설명에 고개를 끄덕이며 납득할 때면 뿌듯한 보람과 자부심을 느꼈다.

"당신 우리말 많이 늘었네."

사실이기도 하고 놀라게 한 게 미안하기도 해서 칭찬을 던지니 그저 피식 웃는다. 그래도 속으로는 기뻐한다는 것을 알고 있다. 순애는 제가 주는 칭찬과 인정, 그리고 애정을 그가 얼마나 열망하는지, 또 얼마나 기뻐하는지 이제는 잘 알았다.

"왜 깼어요?"

순애는 손을 뻗어 어느새 푸르스름하게 수염이 돋은 남자의 턱을 가만히 쓸었다.

"없어서 찾으러 왔지."

"하여튼 귀신."

"트라우마라니까."

그놈의 트라우마. 트라우만지, 트림인지 처음엔 대체 뭔 소린지 몰랐던 순애도 이젠 귀에 딱지가 앉을 지경이었다. 그는 은근 교활한 구석이 있었다. 순애가 조금만 그를 귀찮아하는 기미를 보여도 '너에게 버림받은 트라우마' 운운하며 꼼짝 못 하게 만들었다. 그 때문에 잘 때는 꼭 끌어 안겨 자야 했고, 목욕도 같이해야 했다. 관계를 가지지는 못해도 애무와 키스만은 매일 밤 해야 했다. 그게 모두 그놈의 트라우마 때문이란다. 순애는 이를 바드득 갈았다.

"그거 그만 좀 우려먹어요."

"우려먹는 게 아니라 진짜야. 당신이 없으면 잠이 깨."

그건 사실이다. 아직도 마음 한구석에는 순애가 떠났던, 그 악몽의 흔적이 희미하게 남아 있었다. 자다가도 옆자리가 허전하면 눈이 번쩍 뜨인다. 하지만 순애의 여린 마음을 조금 이용하는 것도 사실이었다. 처음에는 조금 주저했지만 곧 이 정도 보상은 당연하다고 합리화했다. 뻔뻔해지기로 작정하니 사람은 생각보다 금방 뻔뻔해진다.

"정말이라니까."

그래서 그렇게 자면서도 만져 대나. 도망갔나 안 갔나 확인하려고. 그렇게 생각하니 가여워 마음이 조금 흔들리는데, 그때를 놓치지 않고 남자가 손을 잡아끌었다.

"가서 자자. 아직 새벽이야."

"난 책 더 읽다 잘래요. 지금 재밌는 부분이란 말이야."

호시가 슬쩍 미간을 구기더니 곧 심술궂게 웃었다.

"그냥 내가 가르쳐 줄게. 범인은……."

"아! 정말!"

순애가 손을 빼내며 질겁하자 호시가 핏 웃었다.

"장난이야. 옛날에 읽은 거라 기억도 안 나."

순애가 얄밉게 흘겨보며 가슴팍을 팍 때리니 호시가 그 손을 꽉 잡았다.

"잠이 안 오면 날 깨우지, 왜 혼자 책을 읽어."

은근한 목소리와 손을 꽉 쥐는 악력이 순애에게 은밀하고도 짜릿한 만족을 주었다. 그녀의 볼에 수줍은 홍조가 떠올랐다.

"잘 자는 사람을 왜 깨워요?"

이미 마음은 다 넘어간 거나 마찬가지면서 입으로는 괜히 한 번 뻗대 보았다.

"일단 깨워. 그럼 내가 다 알아서 할게."

달콤하게 속삭이는 남자의 눈빛이 짙었다.

생명을 품고 있어서 그럴까. 입덧으로 그 고생을 하며 바싹 야

위었는데도 여자는 날이 갈수록 깊어졌다. 꼭 한 송이 가을꽃처럼 가냘프고 청초하지만 온화한 아름다움, 성숙한 여인의 향기가 한 겹 한 겹 차곡차곡 쌓였다. 호시는 그런 순애를 매일 새롭게 발견했고 그때마다 도리 없이 사랑에 빠졌다.

"왜요? 자장가라도 불러 주려고?"

그를 바라보는 순애의 눈에 애교스러운 웃음이 올라왔다.

"자장가만 불러 주나. 다리도 주물러 주고 해 달라는 거 다 해 줄게."

아기 달래듯 엉덩이를 가볍게 토닥이자 순애의 얼굴에 수줍은 웃음이 어렸다. 부모가 돌아가신 후 누군가에게 이런 살가운 정을 받는 건 처음이었다. 그게 너무 달콤해서, 너무 좋아서 순애는 그가 이렇게 엉덩이를 토닥여 줄 때마다 괜히 한 번씩 응석을 부리고 싶어졌다.

"정말? 나 해 달라는 거 다 해 준다고? 진짜?"

호시가 피식 웃었다. 무슨 생각인지 욕심 많은 다람쥐처럼 눈을 빛내는 모습이 깨물어 주고 싶을 만큼 귀여웠다. 또 반말하는 건 왜 이리 깜찍해.

"그럼. 뭐든 해 달라는 거 다 해 주고…… 내가 하고 싶은 것도 조금 하고."

남자가 열이 후끈 오른 눈빛으로 여자의 상기된 뺨에 입을 쪽 맞추었다. 금세 얼굴 곳곳에 간지러운 입맞춤이 우수수 쏟아졌다. 얼마 전 의사의 허락이 내린 후로 호시가 호시탐탐 기회를 노리며 비위를 맞추는 걸 알고 있었지만, 순애의 작정은 따로 있었다.

"뭐든지?"

"뭐든지."

남자가 통 크게 고개를 끄덕이자마자 순애는 회심의 미소를 지었다.

"그럼 나 그거 읽어 줘요."

아차. 호시의 얼굴에 짙은 낭패감이 떠올랐다. 그러나 순애는 그런 그를 못 본 척, 쪼르르 제 책상으로 달려가더니 냉큼 서류 하나를 들고 와 내밀었다. 호시는 곤혹스러운 나머지 고개를 돌려 버렸다. 그의 귓불은 어느새 발갛게 물들어 있었다. 다른 건 다 해도 이것만은 좀……

"대체 무슨 악취미야. 다 읽어 놓고는 왜……"

"딱 한 번만 읽어 줘요. 응? 당신 목소리로 듣고 싶어."

"……."

"한 번만, 딱 한 번만. 응?"

순애는 호시의 손에 억지로 서류를 들려 주더니, 그의 무릎을 덜렁 베고 누워 눈을 감아 버렸다. 거부는 거부하겠다는 통보나 마찬가지였다. 호시는 이러지도 저러지도 못하고 순애와 서류만 번갈아 쳐다보다 결국 선처를 바라듯 간절히 순애를 불렀다.

"여보……"

그러나 순애는 그대로 꾹 입을 다문 채 알은척도 않았다.

"순애야……"

"……."

"나 담배도 끊었잖아."

그러니 이것만큼은 좀 봐 달라는 마지막 간청이었다.

입덧을 시작하고 냄새에 예민해진 순애를 위해 호시는 담배를 끊었다. 사실 자발적으로 끊었다는 건 거짓말이고 끊을 수밖에 없었다. 순애가 담배 냄새를 참지 못하고 포옹도, 키스도 모조리 거부했기 때문이다. 어쨌든 금연이 쉬운 일은 아니니 그 노력을 가상히 여겨 참작을 해 주면 좋으련만.

"여보……."

살살 흔들며 다시 조르자 안 되겠는지 순애가 발딱 일어나 앉았다.

"그거 한 번 읽어 주는 게 그렇게 어려워요? 담배도 한 번에 끊었으면서?"

매섭게 흘겨보는 눈에는 어느새 눈물이 그득 고여 있었다. 호시는 당황해 어쩔 줄 몰랐다.

이게 아닌데……. 그리고 담배 끊은 건 해석이 왜 그렇게 되는 건데?

"딱 한 번만 읽어 달라고 내가 그렇게 부탁을 했는데, 당신은 어떻게 한 번도……. 내가 지금까지 당신한테 뭐 부탁한 거 있었어요? 뭘 사다 달라 했어요, 어딜 데려다 달라 했어요? 내가 지금껏 부탁한 거라곤 이거 한 번 읽어 달라는 건데, 당신은 어쩜 그렇게……."

순애는 그의 부당한 대우가 서럽고 원통하다는 듯 아랫입술을 파르르 떨었다. 임신 후 호르몬 변화로 그녀의 감정 기복은 극심했다. 별것 아닌 것에 갑자기 눈물을 쏟아 내다, 또 별것 아닌 것에 금세 멀쩡해졌다. 아이처럼 어리광을 부리고 짜증을 내기도 했다.

그러나 호시는 그런 순애가 싫지 않았다. 아니, 오히려 기뻤다. 폐를 끼치지 않겠다며 차갑게 선을 긋고 조개처럼 입을 꾹 다물고 있던 예전을 생각하면 제게 매달려 하루에도 몇 번이나 울었다 웃는 여자가 사랑스러웠다.

하지만 이건…… 지금 순애는 누가 쿡 찌르기만 해도 부모 잃은 것처럼 통곡할 기세였다. 그의 무정함을 원망하고 매정함을 비난하면서.

늘 나만 나쁜 놈이지. 호시는 낮은 신음을 흘렸다. 한편으론 낯 간지러워 그렇지 어려울 것도 없는 일인데, 싫다가도 이렇게까지 짓궂게 구는 순애가 얄밉기도 했다.

넌 아직 모르는 걸까. 내가 널 어떻게 생각하는지, 얼마나 생각하는지. 매일 이렇게 온몸으로 말하고 있는데.

하지만 이유가 무엇이든 순애가 우는 건 그의 잘못이다. 어떻게든 책임지고 해결해 줘야 한다. 그의 생각에 한 여자의 남편이 된다는 건 그런 것이었다.

그새를 못 참고 순애의 숨소리가 조금 거칠어졌다. 어깨를 작게 들썩이더니 눈물이 툭툭 떨어졌다. 금방이라도 둑이 터지고 홍수가 날 기세였다. 순애의 말마따나 전부터 몇 번이고 조른 일이니만큼 이번엔 쉽게 진정하지 않을 것 같았다. 자칫하면 이 밤에 난데없는 물난리를 겪을지도 모른다.

"읽어, 읽을게."

그래, 내가 어떻게 널 이길까. 그는 빠르게 체념했다. 뺨을 쓸어 눈물을 닦아 주자 순애가 아직 물기 맺힌 눈으로 그를 살짝 흘겨보더니 다시 무릎을 베고 누웠다. 누워서 편히 들으시겠다는 뜻이다.

호시는 안락의자 위에 놓인 얇은 담요를 끌어다가 순애의 작은 몸을 꼭꼭 덮었다. 석유난로의 불이 붉게 타오르고 가습기 대용으로 난로 위에 올려놓은 주전자의 물이 치이익, 끓는 소리를 냈다. 그 옆에 은박지에 싼 고구마가 노릇이 익어 가고 있었다. 오직 한 사람, 호시만 빼고는 참으로 안온하고도 평화로운 풍경이었다.

후, 짙은 한숨을 토해 낸 호시가 결국 서류를 폈다. 순애가 조를 때마다 그가 애써 피하고 피하던 그것은 호시가 순애의 비자 취득을 위해 써 냈던 혼인 경위서였다.

응? 이거…….

참 오랜만에 그 서류를 펴든 그는 잠시 목이 메어 아무 말도 할 수 없었다. 대체 얼마나 많이 펴 본 걸까. 접힌 자국을 따라 헤지고 여기저기 손을 탄 흔적이 역력한 문서를 보자 가슴 밑바닥에서 뜨거운 것이 치밀어 올랐다.

얇은 종이 위로 순애가 홀로, 그 허름한 골방에서 이 글을 읽고 또 읽는 모습이 선연히 보인다. 그 외로움과 그리움과 눈물이 보인다. 또 이 글을 쓰던 제 모습도 보인다. 결코 이 여자를 갖지 못하리라 생각하면서 그녀와의 행복한 미래를 상상해야 했던 그때의 그 마음도.

호시가 한참 잠잠하자 순애가 눈을 뜨더니 말끄러미 올려다보았다. 그의 뜨뜻해진 눈을 보더니 더는 재촉하지 않고 그저 제가 베고 누운 무릎을 동그랗게 어루만졌다. 그의 마음을 아는 것이다.

이럴 줄 알았으면 진작 해 달라는 대로 해 줄걸. 잠시 순애를 내려다보던 호시는 손을 들어 순애의 말간 눈을 감겼다. 곧 조금 잠긴 듯한 목소리가 천천히 흘러나왔다.

"어떤 시작은 그렇습니다……."

<언제부터인지, 어디서부터인지, 왜인지, 앞으로 어떻게 할 것인지 아무것도 모른 채로 그 사람과 나 사이에 그냥 그렇게 시작되고 맙니다. 어쩐지 신경이 쓰이고, 어딘지 거슬리고, 괜히 안쓰럽고, 이유 없이 계속 생각이 난다면, 그땐 이미 돌이킬 수 없다는 걸 깨닫습니다. 그리고 그 끝에 무엇이 있든 그저 온몸으로 부딪히며 달려갈 수밖에 없습니다.

처음 만났을 때, 그녀는 갈 곳도 마땅치 않은 어려운 상황이었습니다. 저는

지치고 허기진 그녀를 어느 허름한 우동집에 데려갔습니다. 우동과 저를 번갈아 바라보던 눈빛이 아직도 생생합니다. 나중에 생각하니 그 보잘것없는 식사가 아마 그녀가 이 나라에서 받은 최초의 호의가 아니었을까 하는 생각이 들었습니다. 아마 그래서가 아니었을까요. 그녀가 겁도 없이 낯선 남자를 따라올 마음을 먹은 것은.

하지만 제가 처음부터 그녀에게 특별한 마음을 품었던 것은 아닙니다. 아쉬운 대로 급하게 허기를 달래고 돌아서면 잊어버릴, 딱 우동 한 그릇 정도의 인연. 그렇게 생각했습니다. 그러면서도 저는 그녀의 딱한 처지를 외면하지 못하고 잠시 머물 수 있도록 제집 방 한 칸을 내주었습니다. 왜였을까요. 지금 생각하면 우스울 정도로 모든 게 너무나도 명확합니다. 하지만 그때는 정말 몰랐습니다. 제가 슬며시 그녀에게 내주고 만 것이 진정 무엇이었는지.

그렇게 그녀는 제게 왔습니다. 그리고 저를 둘러싼 풍경을 삽시간에 바꿔버렸습니다. 오래 묵은 다락방의 창을 열었을 때 햇볕과 신선한 공기가 쏟아져 들어오는 것처럼, 그 여자는 제 삶에 마구 밀려들어 왔습니다. 저는 당황했습니다. 사람을 집에 들였으니 어느 정도의 변화는 있으리라 생각했지만, 그녀의 존재감은 제 예상을 뛰어넘는 것이었습니다. 하지만 그중에서도 가장 당황스러웠던 것은 제가 그녀에게 사정없이 동요하고 있다는 사실이었습니다.

이제 와 생각하면 그때 저는 기쁘다 못해 아이처럼 들떠 있었습니다. 그녀가, 또 그녀가 가져온 그 낯선 온기가 너무 좋아서 어쩔 줄을 몰랐습니다. 그러나 그때는 그저 그녀를 멈추게 해야 한다는 생각뿐이었습니다. 기쁜 만큼이나 두려웠습니다. 그녀는 곧 떠날 사람이었으니까요.

하지만 그녀는 제 말을 듣지 않았습니다. 사람이 어떻게 받고만 사냐고, 오히려 제게 되물었습니다. 저는 잠시 할 말을 잃었습니다. 사람이라면 지녀야 할 도리, 예의, 수치, 부끄러움……. 그런 것을 입에 올리는 이는 참 오랜만이었습니다. 당연한 것을 당연하게 말하는 이를 이길 방법은 없으니, 저는 당연히 그녀에게 지고 말았습니다.

그래도 저는 그녀가 밉지 않았습니다. 밉기는커녕 예쁘다고 생각했습니다. 아니요, 아닙니다. 사실 그것도 거짓말입니다. 그저 예쁘기만 했다면 얼마나 좋았을까요. 미치게 갖고 싶었습니다. 안고 싶었습니다. 저는 매일 그녀의 우아한 손가락을, 가는 팔목과 발목을, 까맣고 긴 머리칼을 핥듯이 훔쳐보았습니다. 그것만으로도 저는 밤새 그녀의 꿈을 꾸며 신음했습니다. 그게 너무 달콤하고 괴로워서 하얀 목덜미나 귀여운 귓불, 가슴에서 허리로 이어지는 곡선과 살짝살짝 치마 사이로 보이는 종아리에 눈이 돌아갈 때면 차라리 질끈 눈을 감곤 했습니다. 그렇게 그녀가 떠날 때까지 제 욕망을 숨길 수 있으리라 생각했습니다. 평소 절제와 인내가 강하다는 평을 들어왔기에 자신이 있었습니다.

그러나 그게 오판이라는 것이 밝혀지기까지는 많은 시간이 필요치 않았습니다. 어쩐지 그녀의 눈을 마주하면 그 잘난 절제도, 인내도, 아무것도 작동하지 않았습니다. 그저 그 여자와, 모든 껍질을 벗어 던진 채 그대로 가슴이 터져 죽을 것 같은 제가 있을 뿐이었습니다.

지금껏 이런 적은 없었습니다. 이렇게 저를 무력하게 만든 사람은 없었습니다. 그런데 그 여자가, 가진 것 하나 없는 그 조그만 외국 여자가 저를 그렇게 만들었습니다. 저는 혼자 한참을 미친놈처럼 웃었습니다. 저는 그녀를 사랑하고 있었습니다. 다른 것도 아니고, 사랑이었습니다.

비로소 저는 제 오만을 인정했습니다. 부끄럽지만 지금껏 저는 저 잘난 맛에 살아왔습니다. 모든 것이 순탄했고 어려운 것이 없었습니다. 주위에서는 모두 저를 사랑하고 인정해 주었습니다. 그리고 언제부턴가 그런 인생을 당연하게 여겨 왔습니다.

그런데 그녀를 만나고서야 알았습니다. 멈추려 해도 멈춰지지 않는 마음, 갖고 싶어도 손에 잡히지 않는 사람……. 처음이었습니다.

모든 처음은 얼마나 잔인한지요. 사랑은 저를 우습게 만들었습니다. 초라하게 했습니다. 어쩔 줄을 모르고, 애를 끓이고, 화를 내고, 돌아서 후회하고, 질투하고, 슬퍼하게 했습니다. 그렇게 감정의 진창에서 나뒹굴면서도 제가 기뻤다면, 사실은 너무나 기뻤다면 믿으실 수 있겠습니까.

그 모든 과정을 돌아 지금 생각하니 알겠습니다. 그 모든 건 겨울이 가고 봄이 오는 자연스러운 과정이었음을.

아무리 지독하게 추웠다 해도 봄에 녹지 않는 겨울은 없습니다. 끝끝내 봄을 피할 수 있는 겨울도 없습니다. 그제야 저는 봄비 같은 여자에게서 도망치려던 노력이 얼마나 헛된 것이었는지 깨달았습니다. 그리고 어떤 절망도, 희망도, 두려움도, 바람도 없이, 그저 내리는 비를 맞듯 그녀를 사랑하기 시작했습니다. 그것이 저의 순리였고 저의 사랑이었습니다.

그러자 언 땅이 풀렸습니다. 물이 다시 흐르고, 숨어 있던 부드러운 흙이 지표면에 드러났습니다. 저는 제 안에 숨어 있던, 아프도록 뜨거운 것을 깨달았습니다. 더는 어떻게 숨길 수도, 제어할 수도 없는 마음. 저는 그 마음을 그녀에게 보이고 제 모든 것을 바쳤습니다. 그것이 제가 할 수 있는 유일한 것이었습니다. 그리고 마침내 그녀가 제 손을 잡아 주었을 때, 긴 겨울은 끝났습니다.

이제 저는 그녀가 녹인 땅을 일구어 오직 그녀만을 위한 정원을 만들려 합니다. 저는 그 정원의 흙이 되고, 햇살이 되고, 바람이 될 것입니다. 나무가 되고, 그늘이 되고, 울타리가 될 것입니다. 그래서 그녀가 호시 히로시라는 정원에서 인생의 풍성한 사계절을 즐기는 모습을 평생 지켜볼 수 있길 간절히 바랍니다.>

"……하여 제 처 박순애의 배우자 비자를 신청하오니 부디 허가

하여 주시길 바랍니다."

호시의 목소리가 천천히 잦아들었다. 순애의 눈을 가리고 있던 손은 어느새 축축이 젖어 있었다.

순애가 조용히 일어나더니 몸을 돌리고 두 손으로 뺨을 닦아 냈다. 그 뒷모습이 어쩐지 마음이 아려 와 그는 그대로 여자의 마른 등을 끌어안았다. 그러고 보니 그녀에게 이렇게 부드럽게 사랑을 말한 적이 있던가.

"그거 알아? 당신 정말 못된 구석이 있어."

눈물을 닦던 순애가 풋 웃더니 조용히 고개를 끄덕였다.

사랑한다는 낯뜨거운 말 따윈 못 하는 남자란 걸 안다. 가볍지 않은 사람이기에, 더없이 애틋하고 소중하기에 아끼고 아끼는 말이라는 것도 안다. 하지만 가끔은 이렇게 확인하고 싶어. 당신의 입술로, 뜨거운 목소리로, 떨리는 눈빛과 어쩔 줄 모르는 그 표정으로 확인하고 싶어. 솔직히 당신이 곤혹스러워할수록 난 더 좋은걸.

"……아직도 내 맘을 그렇게 몰라?"

"응. 몰라."

이게 정말. 호시가 순애를 붙잡고 부드러운 볼살을 베어 먹을 듯 입을 맞추자 순애가 까르르 웃었다. 반짝이며 톡톡 터지는 웃음이 그의 온몸을 간질였다.

호시는 순애를 제 품속에 가두듯 집어넣고는 부드러운 머리칼을 쓸어내리며 잠옷 사이에 감춰진 그 하얀 몸과 잘 익은 자두색으로 농익은 젖꽃판, 수줍게 부풀어 오른 배와 그 아래의 짙고 아름다운 곳을 상상했다. 그 생명력 넘치는 곳에 얼굴을 묻고 실컷 입 맞추고 싶었다. 말로는 하지 못할 사랑을 퍼부어 주고 싶었다. 제 마음을 확인시키고, 또 확인시키고, 밤새도록 확인시켜 주고 싶었다.

금세 아래가 뻐근하게 솟아오르며 아우성을 쳐 댔다. 너무 오래 굶주려 그런가, 어디선가 고소하고 맛있는 냄새까지 나는 것 같았다.

"……아! 고구마!"

막 순애를 덥석 눕히려는데, 순애가 벌떡 일어나더니 집게를 들고 난로 위의 고구마를 향해 달려갔다. 고구마를 싼 은박지 사이로 흘러나온 황금빛 진액에서 단내가 물씬 풍겼다.

"아, 타 버렸네."

순애는 새까매진 고구마를 조심조심 그릇에 옮겨 담으며 가볍게 혀를 차더니 호시의 앞에 그릇을 놓고 앉았다.

"당신도 하나 줄까요?"

"됐어. 이 새벽에 무슨."

혼자 잔뜩 흥분한 아래가 민망했다. 저 고구마만 아니었으면…….

"이 새벽에 먹으면 더 맛있지. 그러지 말고 잠깐만, 내가 까 줄게요."

순애는 그런 그의 마음을 아는지 모르는지 성급하게 고구마 하나를 집어 들었다. 하지만 장갑을 꼈는데도 아직 뜨거워서 앗, 뜨거워! 하며 그만 놓아 버리고 말았다.

"줘 봐."

호시는 혀를 쯧 차며 순애의 손에서 장갑을 벗겨 냈다. 그러나 그에게는 터무니없이 작아서 한쪽에 내려 두고, 티슈를 몇 장 뽑아 고구마를 감싸 들었다. 진액이 끈적하게 눌어붙은 은박지와 새까맣게 탄 껍질을 살살 벗겨 내니, 곧 김이 오르는 샛노란 속살이 모습을 드러냈다. 그는 후후, 불어 한 김 식히고는 순애의 손에 고구마를 들려 주었다.

"자, 입 데지 않게 조심히 먹어."

"당신 주려고 했는데……."

"당신 먹어."

무뚝뚝한 대꾸에 순애는 칫, 하고 작게 입술을 삐죽이며 고구마를 한입 베어 물었다. 그러고는 그만 저도 모르게 살짝 웃고 말았다. 호시가 후후 불어 식혀 준 고구마는 먹기 딱 좋게 따끈했다.

하여튼 저놈의 이상한 성격. 이렇게 잘해 주면서.

"왜?"

다른 고구마를 집어 들고 껍질을 벗기던 호시가 순애에게 시선을 주었다.

"좋아서."

순애가 곱게 눈을 흘기며 웃었다. 웃기는, 이쁘면 단가.

"그렇게 맛있어?"

순애가 수줍게 웃으며 고개를 끄덕였다. 남편의 다정함이 기뻐 실없이 계속 웃음이 난다. 사랑받는다는 게 이렇게 좋은지 몰랐다. 이렇게 중독성이 강한지도 몰랐다. 이젠 이 남자 없이는, 이 사랑 없이는 못 살 것만 같아.

호시는 그만 피식 웃고 말았다. 등신, 제가 생각해도 등신도 이런 등신이 없다. 그래도 어쩌겠나. 등신이 돼도 좋은데.

네가 원하면 잠깐 등신이 되어 주면 그만이다. 져 주는 게 뭐 그리 어려운가. 아니, 말이 그렇지 사실 그건 지는 것도 아니다. 내가 원하는 건 널 이겨 먹는 게 아니라 널 갖는 거니까. 져 주고 널 가지면 그게 결국 내가 이기는 게 아닌가.

"아, 해요."

고구마 껍질을 까던 호시의 손이 뚝 멈췄다. 순애가 방금 받아든 고구마를 그의 입 앞에 들이밀었다.

"내 소원 들어줬으니까 상 줘야지."

그러면서 예쁘게 생긋 웃는다. 간사한 심장이 제멋대로 쿵쿵 크게 뛰고, 입꼬리가 저 혼자 실룩이며 올라갔다. 너무 좋은데, 아니 너무 좋아서 어쩔 줄을 모르겠다. 사족을 못 쓴다는 건 이럴 때 쓰는 말인가.

"얼른."

이젠 귀엽게 재촉까지 한다. 저도 모르게 입이 벌어지고 바보처럼 웃는데 곧 쏘옥, 따끈하고 달콤한 것이 밀려들어 왔다. 순애가 흐뭇하게 웃었다. 달았다. 그 눈빛이, 그 웃음이. 그 모든 게 다 제 것이란 것이. 아, 세상을 다 가진 것만 같아 가슴이 다 뻐근할 지경이었다.

너무 행복해 이대로 죽을 것 같다고 하면 넌 웃을까? 기뻐해 줄까? 하지만 그는 그런 낯간지러운 말은 차마 하지 못하고, 입 안의 행복을 소중히 음미했다.

"달죠?"

뜨거운 시선이 조금 어색한지 순애가 동의를 구하듯 물었다. 호시의 눈에 다시 부드러운 웃음기가 고였다.

"다네."

네가 주는 건데 뭐든 안 달까. 설사 순애가 생마늘이나 생양파를 입 안 가득 물려 주고 다냐 물어도, 그는 이견 없이 고개를 끄덕일 것이다.

"당신 먹어요. 내가 할게."

그의 미소가 정말 고구마 때문이라고 생각한 건지, 순애가 그에게 고구마를 내밀더니 장갑을 다시 찾아 끼었다. 호시의 눈길이 제 손에 들린 고구마에 아쉽게 머물렀다. 그러지 말고 한 번만 더 해 주었으면.

"응?"

호시의 시선을 느꼈는지 고구마 껍질을 까던 순애가 고개를 들었다.

"왜요?"

나는 네게 늘 조르는 것뿐이다. 결혼 전엔 마음을 달라 졸랐고, 결혼 후엔 몸을 매일 졸랐다. 네 눈빛도, 웃음도, 키스도, 포옹도 매일 졸랐다. 이젠 애교까지 조르면 너무 뻔뻔스러울까.

"물 줘요?"

어쩔까. 다른 말로 둘러댈까? 아니라고 말아 버릴까. 아냐, 이왕 이렇게 된 거 뭐든 처음이 어려울 뿐이다. 그는 제가 들고 있던 고구마를 순애에게 도로 내밀었다.

"아-"

그는 입을 벌려 소리를 내며 제 아랫입술을 톡톡 쳤다. 제가 하면서도 낯부끄러워 귓가가 화르르 달아올랐지만 부끄러운 기색을 보이고 싶지 않아 당연한 것을 요구하듯 굴었다.

"……"

잠시 그를 멍하니 바라보던 순애가 풋, 웃음을 터뜨렸다. 답지 않게 어리광이라니. 이 남자가 이런 짓도 할 줄 알았나. 평소의 무뚝뚝한 성격을 생각하니 귓불까지 붉히며 조르는 모습이 우습고 도 사랑스럽다.

"안 하던 짓은."

웃음을 머금은 눈을 곱게 흘기며 순애가 그의 손에서 고구마를 받았다.

"자요. 아, 해요."

순애가 볼을 발갛게 물들이며 옅게 웃었다. 그 미소에 욕망이 다시 빳빳이 고개를 쳐들었다. 덥석 깨물고 싶다. 쪽쪽 빨아 먹고 싶다. 저 따스하고 향긋한 것을.

호시는 순애의 손을 조용히 잡아 내렸다. 순애의 얼굴에서 웃음기가 사라졌다. 그는 영문을 모르고 눈만 깜빡이는 순애를 가만히 내려다보았다. 그 눈빛이 다정하고도 뜨거워 순애는 시선을 내리고 말았다.

"그거 말고."

"……."

"진짜 단거."

은근한 눈빛과 목소리의 미묘한 울림으로 순애는 곧 그의 요구를 알아차렸다. 입술이 점점 가까워진다.

"입술."

점점……. 순애는 웃음이 나는 걸 꾹 참으며 도리 없이 쪽, 입을 맞춰 주었다. 하지만 아기에게나 할 법한 간질간질한 뽀뽀가 남자의 성에 찰 리가. 오히려 불난 집에 기름을 붓는 격이었다.

"한 번 더."

이젠 뻔뻔함이고 뭐고 없다. 막무가내로 조른다. 순애가 가볍게 웃음을 흘리며 한 번 더 입을 쪽 맞춰 주었다. 입술이 떨어지기 무섭게 그는 짧은 탄식을 흘리며 그대로 순애에게 달려들었다. 화력 좋은 난로가 붉은 열기를 내뿜었다.

“으응…….”

펄펄 끓는 주전자의 물소리에 순애의 옅은 신음이 섞였다. 그는 무너지듯 순애를 덮쳐 눕혔다. 두 손으로 여자의 뺨을 붙잡고 깊게 입을 맞췄다. 다시, 그리고 또다시. 더는 이 사랑을 참을 수 없다.

호시는 입맞춤 중간중간 순애를 불러 눈을 맞추고 미소를 지으며 다시 혀를 얽다가 ‘좋아?’ 하고 다정히 속삭였다. 순애가 웃음을 머금고 고개를 끄덕이다, 다시 눈을 감고 저를 받아 주면 그게 또 너무 좋아서 또 한참 입을 맞추었다.

“아, 따가워.”

여자의 작은 머리를 붙들고 뺨과 이마, 눈두덩과 코끝에 키스를 퍼부은 후 하얀 목덜미를 물자 순애가 그를 피해 몸을 버둥거렸다.

“가만있어.”

순애가 파닥거릴수록 아래에 피가 몰렸다. 다른 때 같으면 면도하고 오겠지만 오늘은 어림도 없다. 단추를 풀 정신도 없는데 면도는 무슨……. 풍성한 원피스형 잠옷 안으로 정신없이 손을 밀어 넣자 솜이 누벼진 두툼한 내복이 장벽처럼 떡 버티고 있었다.

이놈의 내복. 브래지어처럼 찢을 수도 없고. 그는 저도 모르게 인상을 쓰고 말았다. 그래도 초봄이라고 한 겹만 입은 걸 고마워해야 하나. 한겨울에는 곰이나 된 것처럼 내복을 두 겹씩 껴입고 앉아 있는데 그게 얼마나 사람을 환장하게 하는지 몰랐다. 제 딴에는 난방비를 아끼겠다는 건데, 겨우 그 몇 푼 때문에 매일 밤 그의 성질만 나빠지곤 했다.

호시는 내복과 원수라도 진 것처럼 이를 박박 갈며 순애의 속옷과 내복 바지를 한꺼번에 끌어 내렸다. 날이 조금 풀리고, 몸도 편해지고 나면 꼭 예쁜 속옷을 사 입혀야지. 마음 같아선 직접 골라 주고 싶지만 차마 그럴 수는 없고, 전에 화장품 매장에 밀어 넣었던 것처럼 하면 될 것이다. 가릴 곳만 겨우 가리는 손바닥만 한 속옷을 입은 순애를 상상하니 절로 피가 끓어올랐다.

그는 다짜고짜 여자의 다리를 벌리며 치마 속으로 얼굴을 들이밀었다.

"훗⋯⋯!"

다리 사이의 깊은 곳에 짙게 입을 맞추자마자 순애가 자르르 떨었다. 뜨겁고도 부드러운 곳에 혀를 대자 그대로 녹아내리듯 무섭게 젖어 든다. 이러다 혀 위에서 그대로 녹아 버리면 어쩌나, 아껴가며 할짝. 그러고는 또 한 번 할짝. 누가 뭐라고 한 것도 아닌데 혼자 아껴 먹으며 괜히 애가 탔다.

"으응⋯⋯."

순애가 아쉬운 신음을 흘리며 조르듯 허리를 움찔거렸다. 결국 혀를 내밀어 안쪽까지 깊게 핥고 가장 기뻐하는 부분까지 살짝 빨아올리니, 그제야 가느다랗지만 날카로운 교성이 터졌다.

"아읏⋯⋯!"

마치 허락이라도 받은 사람처럼 허리를 이리저리 비틀어 대는 여자의 두 다리를 꽉 잡아 누른 후 게걸스레 핥고 마음껏 빨았다. 오랜만에 맡는 그녀의 냄새가 너무 짙다. 무르익을 대로 무르익은 여자의, 은은하게 비릿하고 달콤하게 포근한 거기 냄새. 순애의 냄새. 머리가 핑그르르 돈다.

그는 흐느끼듯 신음하며 바들바들 떠는 여자를 올려다보았다. 거추장스러운 치마를 허리께로 밀어 올리자 환한 불빛 아래로 검

붉은 곳이 고스란히 드러났다. 막 만개한 듯 크고 화려한 꽃이 신선한 이슬을 머금고 그를 불렀다. 호시는 그 꽃의 아가리에 그대로 제 머리를 들이밀고 싶은 충동을 느끼며 더 깊이, 끝까지 혀를 밀어 넣었다. 그리고 여자의 생명력을 힘껏 빨아들였다. 어느새 그의 입가와 턱, 코끝과 뺨이 달콤한 체액에 젖었다.

"아…… 아!"

순애는 허리를 들썩이며 온몸에 힘을 꽉 주었다. 온몸에 땀이 솟고, 발가락 끝의 끝까지 자르르, 전류가 훑고 지나갔다. 눈앞이 흐려지고 세상이 온통 일그러진 순간, 순애는 외마디 비명을 지르며 온몸을 꽉 조였다. 끝도 없이 깊고 깊은, 새카만 구멍으로 온몸이 흘러내려 가는 것만 같아 손에 잡히는 대로 남자의 뒤통수를 꾹 잡아 눌렀다.

호시는 마지막의 마지막까지 그런 순애를 물고 놓지 않았다. 온몸을 때리는 무자비한 절정에 순애는 그저 속수무책으로 몸을 떨었다.

"하으으……."

호시는 경련하는 순애의 다리 사이에 제 허벅지를 밀어 넣고 정신없이 순애의 잠옷과 내복 상의를 벗겼다. 금세 하얀 달빛 같은 여자의 나신이 드러났다. 짙은 자줏빛으로 유혹하는 탱탱한 유두를 바라보며 서둘러 제 옷도 벗어 던지는데, 순애가 살짝 배를 감싸며 얼굴을 찡그렸다.

"왜 그래?"

"지금 아기가……."

순애는 제 배를 내려다볼 뿐 더 말을 잇지 못했다.

"뭉쳤어? 아파?"

"아니, 그게 아니라……."

순애가 아직도 믿기지 않는다는 듯 말했다.

"아기가 움직였어…… 여보, 아기가 움직였어요."

호시는 순애의 배를 살짝 쓸어 보았다. 그러나 둥실 솟아오른 배는 호흡에 맞춰 천천히 오르내릴 뿐 잠잠하기만 했다.

"꼭 아기가 간지럼을 태우는 것 같았어. 너무 신기했어요. 살에 물방울 같은 게 닿아서 톡톡 터지는 것 같은데……."

순애는 발갛게 상기된 얼굴을 하고, 눈을 별처럼 빛내며 몇 번이고 같은 말을 반복했다. 처음 느낀 아이의 존재감에 잔뜩 흥분한 모습이었다. 호시는 그만 피식 웃어 버렸다. 아무래도 이 녀석은 효자는 아닌 모양이었다.

호시는 담요를 끌어와 순애의 나신을 덮어 주고 저도 그 옆에 누웠다. 그리곤 팔 한쪽을 열어 주니 순애가 겨드랑이 아래로 쏙 들어오며 종알거렸다.

"이시다 상이 그러는데 틀림없이 아들이래요. 배 모양이 아들 배라고."

흠, 그래서 이 녀석도 질투가 많나.

"근데 스즈키 선생님은 딸이라고 그랬어요. 임신하고도 피부가 상하지 않은 걸 보니 딸이래요."

딸이라…… 그럼 순애를 줄여 놓은 것 같을까. 포동포동한 볼살이 축 늘어져서는 순둥순둥한 웃음을 흘리는 아기 순애를 상상하자마자 저도 모르게 입꼬리가 쑥 올라갔다. 어딘가는 순애를 닮고, 또 어딘가는 저를 닮을 아이를 생각하자 어쩐지 조금 마음이 흐뭇했다.

그가 천천히 순애의 머리칼을 쓰다듬는데 순애가 눈을 반짝이며 고개를 들었다.

"참, 이름 생각해 봤어요?"

며칠 전부터 순애는 아이의 이름이 고민이었다. 시골에 계신 호시의 부친께 부탁드려 봤으나 첫 아이니만큼 부모인 너희가 좋은 이름을 주라는 말씀만 있었다.

"한일 어디에서든 쓸 수 있는 이름이 어떨까. 나중에 그 애가 어디서 살게 되든 그대로 쓸 수 있게……. 아들이면 준(準)…… 준 어때? 한자 발음이 같잖아."

"준……."

순애는 조심스럽게 그 이름을 불러 보았다. 혀끝의 마지막 울림까지 음미하듯 아주 천천히.

"좋네요. 딸이면?"

"유리가 어떨까. 양국 모두 발음이 같고 자연스럽고."

"백합이란 뜻의 유리?"

"응."

"준…… 유리……."

순애는 몇 번이고 그 이름을 되뇌었다. 세상에서 가장 귀한 것을 부르듯이. 호시는 그런 순애를 가만히 눈에 담다가 오래전부터 생각해 둔 말을 꺼냈다.

"아이 낳으면 다른 건 못해도 학교는 꼭 도쿄의 한국 학교로 보내자. 거기선 한국어와 일본어 모두 가르치고, 한국 역사도 가르친대. 그럼 제 절반이 어디서 왔는지 분명히 알겠지. 당신도 애랑 모국어로 얘기할 수 있을 테고."

"아……."

순애는 입술을 달싹이다 그의 가슴에 얼굴을 묻어 버렸다. 또 언제 그런 생각까지 했을까. 남자의 깊은 배려에 절로 눈시울이 뜨거워졌다. 왜 마음이 터질 듯 벅차오르면 눈물이 나고 마는 걸까. 왜 온몸이 오그라들 정도로 기쁘면 눈물이 터지는 걸까. 끅끅 흐느끼는데, 뜨거운 입술이 다가와 뺨과 눈가를 훑었다.

"이렇게 예쁘게 울면 곤란한데."

짓궂은 듯 다정한 목소리, 허리에서 둔부로 이어지는 유려한 곡선을 천천히 쓰다듬는 손길이 은근했다. 채 식지 않은 몸은 금세 달구어졌다. 다리 사이에 미열이 고이는 것을 느끼며 순애는 호시의 목을 끌어당겨 깊게 입을 맞추었다.

순간 남자의, 그 깊고 새카만 우주가 일렁였다. 이 눈빛을 안다. 오로지 그녀만 아는 눈빛. 오로지 그녀만 아는 이 남자의 욕망. 지금 그는 그저 그녀를 원하는, 그녀의 남자일 뿐이다. 국적과 언어를 뛰어넘어 사회적 지위, 배움의 깊이, 지갑의 두께, 그 무엇도 상관없이 그저 박순애의 남자일 뿐인 호시 히로시.

곧 황홀한 입술이 떨어지고 뜨거운 숨결이 귓가로 밀려들어 왔다.

"순애야……."

"……."

"내가 사랑한다고 했던가?"

그리고 오래 품어 온 비밀처럼 귓가에 속삭이는 한마디. 그 한마디에 온몸이 새빨개진다. 가슴이 울렁거리더니 끝내 하얗게 벅차오른다.

호시가 뭐라고 할 틈도 없이 순애는 꾸물꾸물, 담요 아래로 파고 들어가 남자를 입 안 가득 머금었다. 무섭도록 딱딱하게 일어선 것이 입 안을 빠듯이 채웠다.

"아…….."

입술을 살짝 오물거리기만 했는데도 남자가 굵은 탄식을 내뱉었다. 볼우물이 패도록 꽉 조이며 훑어 내리자 앓는 소리를 내며 그녀의 머리칼 안에 손을 집어넣었다.

"으…… 순애야……."

낮게 끓어오르는 그 목소리가 좋다. 순애는 남자의 날렵한 다리 위에 올라타 더 빠르고 세게 머리를 움직였다. 힘이 부치면 잠시 혀로 부드럽게 쓰다듬어 주었다가 다시 세차게 빨기를 반복했다.

"흐응…….."

남자를 자극하며 순애 역시 한껏 달아올랐다. 젖가슴은 이미 발랑 까지듯 뾰족이 솟았고, 전신에는 나른한 신음이 흘러내렸다. 호시의 다리는 순애의 다리 사이에서 흘러나온 애액으로 이미 치덕치덕했다.

"하아…….."

숨이 찼다. 무거운 가슴이 이리저리 마구 흔들렸다. 남자가 허리를 들썩이며 순애의 양쪽 귓바퀴를 쥐었다가 그녀의 머리칼을 마구 헝클어뜨렸다. 호시의 잇새로 억눌린 쇳소리가 끊임없이 새어 나왔다. 마치 우리에 갇힌 짐승이 쇠창살을 긁어 대며 포효하는 것만 같았다. 살짝 입술을 떼고 바라보니 깎은 듯 단정한 얼굴은 이미 붉게 무너져 내린 지 오래였다.

순애는 그 얼굴이 만족스러웠다. 오로지 날 것만 남은 저 남자의 모습이 마음에 든다. 그토록 강하고 단단한 남자가 고작 제 입술 사이에서 사정없이 녹아내린다.

사랑한다. 이토록 사랑하고 있다. 근사한 명함과 값비싼 양복, 무심한 표정 뒤에 감춘 당신의 연약함과 상냥함을. 그 선함과 수줍음, 욕망과 나약함까지.

빠르게 혀를 할짝거리며 음낭을 뭉근히 쥐어 어루만지자 남자가 고개를 뒤로 꺾으며 격렬한 신음을 터뜨렸다. 곧 잔뜩 열이 오른 남자가 그녀의 뒤통수를 꽉 붙잡더니 입 안에 몸을 사정없이 찔러 넣기 시작했다.

"으으……."

숨이 컥 막히는 느낌이었다. 산소가 부족한 물고기처럼 힘없이 뻐끔대 봤지만 입 안 가득 남자가 펄떡일 뿐 숨 쉴 구멍이라고는 없었다. 오히려 목구멍 깊숙한 곳까지 쿡쿡 찔러 대며 그녀를 찢어발길 듯 점점 더 몸집을 키웠다.

"흐으……."

죽을 것 같았다. 순애가 다급히 도리질 치며 괴로운 신음을 내자 호시는 바로 그녀의 뒤통수를 놓아주었다.

"하아……."

순애는 그에게 놓여나자마자 숨을 헐떡이며 바르작거렸다. 쾌락을 느낀 남자는 겨우 얼굴이 좀 붉어지고 머리칼이 좀 더 흐트러졌을 뿐인데, 정작 자신은 온몸이 분홍빛으로 달아오른 채 푹 젖어 있었다. 누가 보면 영락없이 저 혼자 즐긴 꼴이었다. 조금 민망하기도 하고 억울하기도 했다.

잠시 숨을 고를 틈도 없이 호시가 그녀를 끌어당겼다. 그러고는 그녀의 손에 한계까지 올라온 욕망을 꼭 쥐여 주었다.

온몸에 진이 빠진 순애가 애원하듯 고개를 저었다. 숟가락 들 힘도 없는데 이렇게 무지막지한 걸 쥐여 주면 나보고 어떡하라고. 순애는 다시 한번 도리질을 했다.

호시가 살짝 미간을 구기더니 어쩔 수 없다는 듯 그녀의 몸을 모로 눕혔다. 그리고 매끈하게 빠진 순애의 다리 한쪽을 들어 제 몸 위에 척 감아올리더니, 그 다리 사이 열린 곳에 그의 몸을 최대한 가까이 밀착하고 문지르기 시작했다.

"아!"

이미 잔뜩 성감이 고조된 여성에 아플 만큼 단단한 남성의 끝이 세차게 비벼지자 저릿한 쾌감과 몸을 조이는 안타까움이 한꺼번에 부부를 덮쳐 왔다.

조금만 더, 조금이라도 더…….

부부는 흠뻑 젖은 아래를 바싹 붙인 채 조금이라도 더 서로에게 깊게 닿기 위해 필사적으로 몸부림쳤다. 질척이는 소리, 여자의 흐느낌 같은 교성과 남자의 잔뜩 억눌린 신음이 방 안 가득 끓어올랐다.

"읏…….."

한참 안타깝게 입구를 맴돌며 이를 악물던 호시는 결국 치밀어 오르는 사정감을 견디지 못하고 순애의 입술을 꽉 물었다. 그러면서 제 몸의 끝으로 그녀의 쾌락의 핵심을 깊게 눌렀다.

"으흣!"

순간 여자가 자지러지나 싶더니 온몸을 뻣뻣이 굳혔다. 그는 제 품속에서 여자가 무너져 내리는 것을 확인하면서 그녀의 아랫배에 거칠게 사정했다. 흐린 백탁 액이 짙은 여운에 사정없이 끼얹어졌다. 남자의 몸이 크고 작게 경련할 때마다 순애는 바르르 떨며 아래를 적시는 따스함에 천천히 젖어 들었다.

하아, 길게 숨을 내쉰 호시는 온통 제 땀과 체액과 냄새와 호흡으로 뒤덮인 순애를 꼭 끌어안았다. 아직도 열기가 식지 않은 여자의 몸은 달콤한 체향을 공중에 흩뿌리고 있었다. 그는 순애를 끌어안고 깊게 입을 맞추고 또 입을 맞추며 그녀를 불렀다.

"순애야……."

열기를 띤 간절한 목소리가 끝없이 밀려들어 순애의 온몸을 채웠다. 머리칼을 쓸어 넘기는 다정한 손길, 하염없이 입 맞추는 입술, 애틋한 눈빛……. 이제는 그게 그의 고백임을 안다. 사랑한다는 말을 그렇게 하는 남자라는 걸 안다. 호시의 사랑법은 늘 그렇게 조용하고 단단했다.

지난번 고향 방문 때도 그랬다.

아침부터 순애에게 웬 낫을 구해 오라 하더니, 엄마의 묘를 찾자마자 무성한 잡풀부터 정리하는 호시를 보고 순애는 눈이 휘둥그레졌다. 오랜 화장 문화를 가진 일본에는 매장 문화의 일환인 벌초의 개념이 없었다.

"벌초는 대체 어디서 배웠어요?"

"외교부에 친구가 하나 있어. 그놈한테 부탁해서 한국 대사관 쪽 사람한테 좀 물어봤어. 어떻게 하는 건지."

순애가 말을 잇지 못하자 호시가 쑥스러운지 굳이 안 뽑아도 되는 풀까지 뽑기 시작했다. 가만히 두면 생판 모르는 남의 집 벌초까지 해 줄 판이었다.

"아니, 아니! 됐어요. 그만해요."

"아…… 이 정도면 된 거야? 충분해? 설명만 들어서 어디까지 해야 하는지……."

"응응, 너무너무 충분해요."

그제야 호시가 씨익 웃더니 한국식으로 술 한 잔을 올린 후 큰절을 드렸다. 그게 어찌나 자연스러운지 순애의 입이 쩍 벌어졌다.

"그것도 배운 거예요?"

남자가 조금 멋쩍게 웃었다.

"괜찮았어?"

"응. 깜짝 놀랄 정도로."

"사실 오기 전에 연습도 몇 번 했어."

순애의 칭찬에 안심했는지 그제야 호시가 멋쩍어하며 실토했다.

"……연습이요?"

순애는 잠시 할 말을 잃었다. 난 이혼 서류만 남기고 도망갔는데 당신은 혼자 큰절 연습을……. 그게 우스우면서도 기쁘고, 죄스럽고 고맙기 그지없었다.

"표정이 왜 그래? 우는 거야, 웃는 거야?"

"둘 다."

호시가 피식 웃더니 조용히 그녀의 손을 잡았다.

"전에 얘기했었잖아. 어머님께 인사드리러 가자고."

"그거 때문에 일부러……."

"그럼, 처음부터 밉보이면 어떡해. 사람은 첫인상이 중요하다고."

순애가 말을 잇지 못하자 호시는 다정히 그녀의 눈물을 닦아 주고 바람에 흐트러진 머리칼을 정리해 주었다.

"이제 그만 울고 인사드리자."

두 사람은 깨끗이 벌초된 묘 앞에 섰다. 그런데 이 남자와 엄마 무덤 앞에 나란히 서자 더 눈물이 쏟아지는 건 왜일까. 그런 순애를 달래듯 호시의 길고 마디 굵은 손가락이 순애의 손가락 사이사이로 스며들더니 빠듯이 손깍지를 꼈다. 이제 다시는, 절대로 놓지 않겠다는 듯이. 두 사람의 손이 단단히 얽혔다.

"어머님, 사위 호시 히로시입니다."

"……."

"이제 순애는 걱정 마십시오. 제가 평생 아끼고 사랑하겠습니다."

눈물이 멈추지 않았다. 마치 그 한마디에 그동안의 마음고생과 설움이 모두 녹아 흘러나오는 것 같았다. 바다 내음이 밴 바람이 다정하게 그녀의 눈물을 닦아 주고 지나갔다. 마치 이제는 마음 놓겠다는 엄마의 손길처럼.

묘가 자리 잡은 언덕 아래로 푸른 희망이 넓게 펼쳐져 있었다. 고운 볼을 타고 흐르는 영롱한 눈물도, 작은 손에 끼워진 반지도, 그런 여자 곁에 선 남자의 벅찬 마음도 반짝거렸다. 모든 것이 찬란히 아름다운 날이었다.

외전 2. 다시, 가을

"여보! 늦겠어! 대충하고 그만 가자!"

야마다는 화장대 앞에서 꾸물거리며 늦장 부리는 아내에게 성화를 부렸다. 화창한 9월의 어느 토요일, 그들 부부는 친구 호시네 아기 돌잔치에 가는 길이었다.

"아휴, 다 됐어요. 가요, 가!"

남편의 성화에 야마다의 아내, 미유키는 핸드백과 선물을 담은 쇼핑백을 팔에 걸고 서둘러 조수석에 탔다. 야마다가 급히 시동을 걸었다.

"대충 하지, 뭘 그리 발라 대? 누가 그렇게 당신 본다고. 선물은 뭐 샀어?"

"아기 옷이요."

"옷?"

전방을 주시하던 야마다가 슬쩍 아내를 돌아보았다.

"뭐 좀 다른 걸 하지 그랬어. 옷 같은 건 많이 들어올 텐데."

"나도 그 생각은 했는데 대체 뭘 해야 좋을지 몰라서요. 장난감도 많이 들어올 것 같고, 먹는 건 좀 그렇고."

"음……."

"아이 생일에 초대받은 건 또 처음이라……. 이건 한국식이래요. 뭐라더라, 순애 상이 뭐라고 했는데."

"박 상한테 좀 물어보지 그랬어. 뭐 필요한 거 없는지."

"나 참, 당신도. 그럼 순애 상이 뭐 사 오라고 말할 사람인가? 안 그래도 물어봤지. 근데 그냥 와서 밥이나 한 끼 먹고 가라고만 하는데 난들 어째?"

미유키의 볼멘소리에 야마다가 쯧, 혀를 찼다.

"좀 좋은 걸로 샀어?"

"아 그럼, 그 집 아기 선물인데 아무렴 내가 싸구려 샀을까 봐!"

결국 미유키가 왈칵 성을 내고 나서야 야마다는 살짝 수그러들었다.

"아니…… 박 상한테 자주 신세 지니까. 이럴 때 신세 좀 갚으려고 그러지."

"아, 그러니까 왜 그렇게 그 집에 놀러 가요? 민폐야 그거. 순애 상이 말은 안 해도 얼마나 싫겠어? 순애 상 볼 때마다 내가 다 미안하잖아. 적당히 좀 해요."

"난 그래도 돼. 내가 그 집 결혼 비자 도장 찍어 준 사람 아니야? 내가 먼저 확인했으니 망정이지…… 안 그랬으면 그거 말짱 꽝이야, 꽝!"

야마다가 큰소리를 쳤다. 그는 호시가 제출한 비자 신청 서류를 일선 부서에서 빼내 순애의 배우자 비자 발급을 허가해 준 장본인이었다. 물론 그것은 그와 미유키만 아는 비밀이었지만.

"아, 그 소리 좀 그만해요. 그 나이 먹고 남의 연애사 궁금해서 서류까지 훔쳐다 본 게 뭐 자랑이라고 그래? 그리고 당신 친구 부인인데 당연히 비자 줘야지, 안 주면 그게 친구야?"

"그게 아니라 호시 그놈이 글쎄, 공문서 양식도 무시하고 그렇게 막무가내로 써냈더라니까. 아니 질문지 양식에 맞춰서, 어? 육하원칙에 따라 논리적으로, 그렇게 간단히 써내면 되는 걸 아주 혼자 세기의 사랑을 하고 앉았어요. 혼인 경위서를 그렇게 써내는 놈이 어딨어? 나 참, 기가 막혀서……. 다른 사람이 검토했으면 바로 반려야."

"아니, 호시 상이 그런 걸 몰랐겠어요? 혹시라도 위장 결혼으로 오해받아 비자 안 나올까 봐 그랬던 거겠죠. '나 정말 이 여자 사랑하오', '이 여자랑 같이 사는 거 아니면 죽소', 뭐 그런 거겠죠."

야마다는 그만 실소를 흘렸다. 위장 결혼으로 오해받을까 봐 그랬을 거라고? 그런 사진까지 첨부해 놓고는? 말도 안 돼. 미유키에게 거기까지 얘기하진 않았지만 그럴 리가 없다. 사진 속 녀석의 눈빛을 보고도 위장 결혼을 의심할 천치가 세상에 어디 있겠나. 홀려도 아주 단단히 홀린 눈인데.

"미친놈."

"그러니까. 누구는 그렇게 미친놈인데 당신은 뭐야? 나 그렇게 사랑해? 그렇게 미치게 사랑하냐고?"

난데없는 불똥에 야마다가 큼큼 헛기침을 했다.

"아, 당신도 참. 나 운전하니까 그런 얘긴 저…… 이따 밤에 하자고"

그제야 미유키도 슬쩍 얼굴을 붉히며 새침하게 고개를 틀었다. 그러나 그 입가에는 만족스러운 미소가 어려 있었다.

야마다 부부가 습관처럼 가벼운 실랑이를 하는 동안 차는 어느새 호시네 집 앞에 당도했다.

활짝 개방된 툇마루에서는 고소한 기름 냄새와 사람들의 떠들썩한 웃음이 흘러나왔고 작은 꽃모종들이 오종종하니 늘어서 있고 정원수가 잘 가꿔진 마당에는 아직 남은 늦여름이 살랑거리고 있었다.

"어, 어서 와. 오랜만입니다, 미유키 상."

한쪽 팔에 오늘의 주인공을 번쩍 안은 호시가 나와 야마다 내외를 반겼다.

"오랜만에 봬요. 어머, 세상에! 이 옷은 뭐예요? 이렇게 입혀 놓으니까 더 귀티가 나네. 아이고, 의젓해라. 우리 도련님."

미유키가 호시에게서 아이를 받아 얼렀다. 아이는 제 엄마를 따라 몇 번이나 본 미유키를 알아보는지 순하게 웃었다. 토실토실 살이 오른 뽀얀 얼굴에 총기 어린 까만 눈을 초롱초롱 빛내는 아이는 곱게 지은 분홍저고리에 감색 바지를 입고, 장수를 기원하는 자수가 놓인 복건까지 쓰고 있었다.

"한복이래요. 애 엄마가 꼭 저걸 입히고 싶다고 고집을 부려서……."

호시가 쑥스러운 듯 말끝을 흐리며 웃었다. 미유키가 계속 복스러운 아이를 칭찬하자 사양하지도 않고 멋쩍게 웃기만 했다. 평소엔 그래도 아닌 척 점잔을 떨더니, 오늘은 아주 숨길 생각도 없는지 자랑스러움을 어쩌지 못하는 얼굴이었다.

아주 날을 잡았구만. 야마다는 그만 픽 웃고 말았다. 누가 저 팔불출을 예전의 그 호시 히로시라 할까.

"순애 상, 우리 왔어요."

준을 안은 미유키가 성큼성큼 부엌으로 들어갔다. 순애가 종종 그들 부부를 초대해 한국 음식을 대접하곤 했기에 미유키는 이미 이 집 부엌이라면 제집처럼 빤했다.

"아, 오셨어요?"

이시다와 함께 손님상 준비를 하느라 정신이 없던 순애가 반갑게 웃었다. 음식 준비를 하느라 아직 단장 전인지 화장기 없는 피부가 투명하게 빛났다. 어엿한 아이 엄마가 되었지만 모르고 보면 처녀라고 생각할 정도로 여전히 청순한 모습이었다. 부인회 멤버들은 그게 다 남편 사랑 덕분이 아니겠냐며 놀리기도 하고 부러워하기도 했다.

"아유, 이 음식을 언제 다 했어? 하여튼 대단하다니까."

"아니에요. 회랑 초밥은 주문했고, 제가 한 건 몇 개 안 돼요."

제 엄마를 본 준이 엄마에게 가겠다는 듯 버둥거리자 미유키가 아이를 고쳐 안아 어르며 거의 다 준비된 잔칫상을 휘 둘러보았다.

"어머, 지지미도 했네? 글쎄, 내가 저 지지미 때문에 얼마나 고생을 했는데. 들어 봐, 우리 집 남자가 지난번에 이 집에서 저걸 얻어먹고 나한테 설명을 하면서 해 달라는 거야. 근데 내가 그게 되겠어? 종일 고생만 하다 결국 다 버리고 그냥 한인촌 나가서 사 먹으라고 했더니, 거기는 그 맛이 아니라나 뭐라나…… 아니, 지가 몇 번이나 먹어 봤다고 그 맛이 아니래."

부침개는 일본에서 상당히 인기 있는 한국 음식이었는데, 그들에게는 지지미란 이름으로 알려져 있었다.

"자, 자, 두 분 다 인제 그만 나가요. 여긴 이제 나 혼자 해도 되니까."

접시에 반찬을 덜던 이시다가 순애의 난처한 웃음을 보고는 눈치 좋게 끼어들었다. 미유키는 사람도 좋고 다 좋은데, 한번 얘기를 시작하면 한나절이었다.

"아, 어서요. 사모님도 손님맞이 준비하셔야지."

아이를 낳고 나서부터 이시다는 꼭 순애를 사모님이라 부르며 안주인으로 대했다. 그게 영 어색해서 '그냥 준이 엄마라 해 주세요.' 하고 몇 번이나 부탁했지만 그런 법은 없다며 오히려 혼이 날 뻔했다.

"아유, 내 정신 봐. 바쁜 사람 붙잡고. 아기는 내가 볼 테니까 가서 어서 준비하고 나와."

미유키도 이시다를 따라 순애의 등을 밀었다.

"그럼 부탁 좀 드릴게요."

순애는 이시다와 미유키에서 인사하고 아이에게 한번 눈을 맞춰 준 후 서둘러 부엌을 나갔다.

아이 돌잔치를 하고 싶다는 건 순전히 순애의 바람이었다. 시골에 계신 호시의 부친에게도 인사를 다녀왔고 셋이 가족사진도 찍었지만, 그것만으로는 어딘지 섭섭한 마음을 어쩔 수 없었다. 세상 그 무엇과도 바꿀 수 없는 귀한 첫 아이. 순애는 제 방식으로 아이의 첫 생일을 축하하고 싶었다. 또 하루 정도는 드러내 놓고 아이를 주변에 한껏 자랑하고 싶은 마음도 있었다.

"아이 첫 생일에 부모 지인을 초대한다고?"

처음 순애에게 돌잔치 이야기를 들은 호시는 선뜻 이해하지 못하는 얼굴이었다.

"돌잔치라고 친지나 친구들, 직장 사람들이 와서 부모랑 아이를 축하해 주는 거예요. 당신이 괜찮으면 당신 친구들 초대해서 식사나 한번 대접하고 싶은데."

"식사 대접이야 상관없지만 괜히 부담을 주는 건 아닐까. 아이 첫 생일이라고 하면 빈손으로 올 사람은 아무도 없을 텐데……."

"아……."

순애는 저도 모르게 어깨를 떨어뜨렸다. 무정하기도 하지. 그런 문화라는 걸 알면서도 이번만큼은 섭섭했다. 이내 그녀의 마음을 헤아린 호시가 슬쩍 눈매를 휘며 웃었다.

"뭐, 그놈들이 지금까지 우리 집에서 퍼다 먹은 게 얼만데…… 한 번쯤 그 정도 부담은 끼쳐도 되겠지."

그가 늘 그렇듯 못 이기는 척 져 주자 언제 실망했냐는 듯 순애가 활짝 웃었다.

호시가 본부로 들어가면서 순애는 종종 그의 친구들이나 직장 사람들을 초대해 후하게 대접하곤 했다. 웬만해선 집으로 초대하지 않는 문화이기에 처음에는 극구 사양하던 사람들도, 한번 순애가 만든 음식을 얻어먹고 나면 다음 초대엔 사양하는 시늉도 하지 않았다. 야마다 같이 뻔뻔한 놈은 아예 아이 장난감을 하나 사 들고 와서는 냉장고를 탈탈 털어먹고 가기도 했다.

순애는 기름이 튄 손과 얼굴을 닦은 후, 안방 미닫이문을 열었다. 부부 아닌 부부로 지냈을 때부터 함께 쓴 그 방이었다. 그러나 예전의 날 선 긴장과 미묘한 경계는 이미 오래전에 사라지고, 이젠 온 가족의 자취가 한 방에 뒤엉켜 있는 모양새였다.

정말 이젠 아이 방을 따로 만들어 줘야 하려나. 순애는 화장대 의자를 떡하니 차지하고 앉은 공룡을 치우고 화장대에 앉았다.

몇 달 전부터 호시는 온갖 육아 책을 다 들고 와서는 이젠 아이를 따로 재워도 된다고 강하게 주장하고 있었고, 비교적 근거가 빈약한 순애는 밤에 홀로 있을 아이가 가엾지 않느냐며 겨우 버티는 중이었다. 하지만 점점 늘어나는 아이 물건을 보니, 잠은 차치하더라도 아이 방을 따로 마련하긴 해야 할 것 같았다.

순애는 가볍게 화장을 마치고 머리를 올린 후 미리 빳빳하게 다려 둔 한복을 꺼냈다. 전에 고향을 찾았을 때 미리 마련해 둔 한복이었다. 결혼사진은 시어머니의 기모노를 입고 찍었으니, 출산 후 새롭게 찍을 가족사진은 꼭 한복을 입고 싶었다.

순애가 속바지 위에 속치마를 덧입는데 가벼운 노크 소리가 나더니 문이 열렸다. 호시였다.

"멀었어?"

"아니. 다 했어요. 먼저 가요. 금방 갈게."

붉은 치마를 집어 들며 순애가 손을 휘휘 내저었다.

"그러게 식당에서 편히 하자니까 왜 집에서 하겠다고 고집을 부려. 고생스럽게."

순애가 치마끈을 묶는 사이에 호시는 그녀가 팔을 꿰기 좋게 물빛 저고리를 들어 올렸다. 순애는 소매에 팔을 넣고 동정을 바로잡았다.

"손님들 두고 여기 오면 어떡해. 어서 가요."

"그 손님들이 보낸 거야. 다들 당신 데려오래."

그 소리에 마음이 급해진 순애가 막 고름을 매려는데 그가 덥석 붉은 고름을 쥐었다.

"줘 봐. 내가 해 줄게."

"됐어요. 손님들 기다린다며."

"가만히 있어 봐. 나 이거 잘해."

언제 해 봤다고 잘해? 점점 이상한 억지만 늘어서는……. 순애는 그만 픽 웃고 말았다.

그러거나 말거나 기름한 손가락이 둥근 가슴팍에서 꼼지락꼼지락하기 시작했다. 조용히 오르락내리락하는 가슴에 남자의 시선이 맺혔다. 어느새 그의 귓불은 고름의 색처럼 붉게 달아올라 있었다. 그 모습이 순애의 눈에 유난히 강하게 맺혔다.

순애는 저도 모르게 손을 뻗었다. 따스한 귓불을 살짝 어루만지는 순간, 가슴팍에 고여 있던 시선이 올라왔다. 남자의 은근한 목소리가 귓가를 적셨다.

"……이번 주말에 우리 둘만 나갈까?"

둘만? 순애는 그게 무슨 말이냐는 듯 빤히 남자를 바라보았다.

"우리 전에 주말 데이트 했었잖아. 이번 주도 그렇게 나가서 데이트도 하고…… 호텔 갈까?"

순애의 하얀 얼굴이 순식간에 시뻘게졌다. 아니, 집 놔두고 무슨 호텔…… 남사스럽게. 호시는 그런 그녀의 생각을 읽은 듯 살짝 상기된 얼굴로 변명하듯 덧붙였다.

"그러니까 얼른 애 따로 재워. 애도 그렇지만 저…… 티라노랑 곰돌이랑 저거 뭐야, 기린인가? 하여튼 온통 저런 거 있는 데서……."

순애는 그만 빵 웃음을 터뜨리고 말았다. 하기야 동물 친구들 눈이 좀 많긴 하지. 하지만 그가 진짜 하고 싶은 말은 부부만의 시간을 보낼 공간이 필요하단 이야기다.

"응. 알았어요."

순애는 아직 웃음이 맺힌 얼굴로 크게 고개를 끄덕여 주었다.

"약속한 거다?"

"네?"

"애 방이랑 호텔, 둘 다 약속한 거야."

남자는 그대로 결론을 내리더니 그대로 손을 잡아끌었다.

"얼른 가자. 손님들 기다려."

더는 말을 얹지 못하게 하려는 귀여운 수작이었다.

점점 더 능구렁이가 되어서는…… 이젠 대놓고 호텔도 가자고 그러고……. 순애는 혼자 얼굴을 붉히며 웃다가 얼마 전까지 했던 주말 데이트를 떠올렸다.

참 이상한 일이었다. 남편은 자상하고 아이는 예쁜데, 이상하게도 혼자 있을 때면 눈물이 툭툭 떨어졌다. 내가 복에 겨웠지 싶다가도 엄마가 보고 싶고, 엄마가 해 주었던 김치찌개가 먹고 싶었다. 고향의 바다도 보고 싶었다. 그리움이, 눈물이 주체가 되지 않았다. 마음이 어딘가 고장 나 버린 것 같았다.

호시는 그런 순애를 위해 아무리 바빠도 주말은 반드시 시간을 비웠다. 아이는 도우미에게 부탁하고는 나가기 싫다는 순애를 억지로 끌어다가 전에 약속했던 동물원도, 미술관도, 박물관도 갔다.

처음 동물원에 간 날을 생생히 기억한다. 순애는 그 신기한 구경에 거짓말처럼 모든 시름을 잊었다. 코끼리가 코로 먹이를 먹는 것을 보고는 너무 신기해, 두고 온 아이 생각도 나지 않을 정도였다. 피곤하다, 귀찮다 하며 손사래 치던 게 저 스스로도 무색할 정도로 그녀는 종일 웃었다. 결국 겨우 폐관 시간이 다 되어서야 나오는데 호시가 기어코 고집을 부려 그녀를 업었다.

"그거 봐, 나오니까 이렇게 좋아하면서."

순애가 쑥스럽게 웃자 남자도 피식 웃었다.

"전에 구두 신고 여기 오려고 했던 거 기억해?"

그땐 신발 사러 가다 다퉈서 동물원 근처에도 못 왔었지. 순애의 얼굴에 아련한 미소가 번졌다.

"오늘은 구두도 안 신었는데 왜 업어 줘요?"

호시가 멋쩍게 웃더니 슬쩍 화제를 바꿨다.

"다음 주엔 바다 갈까? 당신 좋아하는 초밥도 먹고. 임신 중엔 못 먹었잖아."

"아기는 어쩌고 자꾸……."

"하루 맡긴다고 애 어떻게 안 돼."

"그래도……."

"우리 숙제 다 끝냈잖아. 결혼도 하고 애도 낳고. 그러니까 이젠 그동안 못 한 거 하자."

"그동안 못 한 거?"

"연애."

순애는 그만 까르르 웃음을 터뜨리고 말았다. 이 남자가 이런 능글능글한 말도 할 줄 알았나. 애까지 다 낳아 놓고 인제 와서 무슨 연애. 순서가 바뀌어도 아주 한참 바뀌었다. 하지만 순서 따위, 좀 바뀌면 어떤가. 그와 제가 함께하는 인생은 이제부터인데.

"왜 웃어."

그의 귓불이 붉게 달아올라 있었다.

"몰라요. 웃겨. 당신이 그런 말 하니까 너무 간지러워."

진짜 간지러운 게 누군데. 얄미운 마음에 순애의 엉덩이를 팡 때리자 여자가 맑게 웃었다. 오랜만에 듣는 구슬 같은 웃음소리에 호시의 마음도 흐뭇해졌다.

하나둘 켜지는 가로등 불빛이 어느새 어둑어둑해진 거리를 비추었다. 늦가을의 찬바람이 순애의 등을 쓸고 지나갔다. 순애가 몸을 움츠리며 널찍한 등에 가만히 뺨을 붙이자 기분 좋은 온기가 전해져 왔다.

그렇게 조용히 그의 등에 매달려 있을 때였다.

"조금만 참아 줘."

"……."

"힘든 거 아는데 조금만 참아 줘. 또 도망가지 말고. 내가 잘할게."

순애는 아무 말도 하지 못했다. 입을 열면 그대로 눈물이 쏟아질 것 같았다. 괜히 남자의 등에 뺨만 비벼 댔다. 몸을 맞댄 부분에서 열기가 피어오르고 천천히 사랑이 스며들어온다.

"이제 도망갈 수나 있나 뭐……."

그녀가 괜히 불퉁거리니 '좋아서 그러는 거 다 알아.' 하며 남자가 피식 웃었다. 아무 말도 못 하고 괜히 입만 삐죽거리자 '그러니까 넌 나랑 평생 사는 거라니까.' 하고 또 웃는다. 괜히 부끄러워 그의 목에 감은 팔에 더 힘을 주었다.

돌아오는 길, 그렇게 슬프던 늦가을의 낙엽 지는 소리가 더는 서럽지 않았다.

그날부터 혼자 우는 날보다 둘이 함께 웃는 날이 늘어났다. 점차 기분이 나아지면서 순애는 다시 책을 펴고 공부를 시작했고 얼마 전 검정고시에 합격했다.

호시의 속 깊은 배려와 다정다감함을 떠올리던 순애의 얼굴에 어느새 잔잔한 미소가 피어올랐다.

'그래, 그 사람 말대로 아이 방을 만들어 주고 주말에는 같이 나가야지. 아이가 태어나자마자 어른이 되는 것이 아니듯 부모도 조금씩 자란다. 천천히, 하지만 같이하면 돼. 낮에는 조금 어설픈 엄마 아빠로, 밤에는 부부로, 그리고 주말엔……'

순애는 수줍게 웃었다.

거실에는 손님들이 이미 자리해 떠들썩했다. 부부가 나오자 미유키가 안고 있던 아이를 순애에게 넘겨주었다. 이젠 제법 묵직해진 아이가 품 안 가득 들어차자 순애의 마음이 흐뭇하게 차올랐다. 먹성이 좋고 잠도 많은 아이는 죽순처럼 쑥쑥 자랐다. 과장 좀 보태서 자고 일어나면 훌쩍 커 있을 정도였다.

"아이 생일은 핑계고, 이 사람이 그냥 식사 한번 대접하려 한 거니까 편히 놀고 가라. 많이들 드세요."

호시가 멋쩍게 제 친구들과 그 처에게 인사했다.

"차린 건 없지만 많이 드시고 가세요."

한복을 곱게 차려입은 순애도 쑥스럽게 인사했다.

"차린 게 없기는요. 상다리가 부러지는데."

"그러게요. 세상에, 식당 안 빌리고 집에서 할 생각을 어떻게 다 했어요?"

이렇게 집에서 손님을 치르는 건 흔치 않은 일이기에 손님들은 더욱 안주인의 수고에 감사를 표했다.

이윽고 식사가 시작되고 음식 칭찬과 아이를 향한 덕담이 돌았다. 부인들이 아이를 안아 보고 순애에게 선물을 건네는 사이, 남자들은 일 얘기를 시작했다.

"아무래도 당분간 어수선할 것 같지?"

"음……."

야마다가 무거운 침음을 내며 젓가락을 놓았다. 어느 건설업자의 정관계 로비 사건에 법무부 관료 몇 명이 연루된 것이 밝혀져 지금 본부는 살얼음판 분위기였다. 그리고 그 가장 아랫단에는 기무라의 이름도 끼어 있었다. 실세인 키시 차장에게 줄을 대고 싶어하는 업자에게 차장과 연결해 줄 것처럼 굴면서 몇 번이나 향응을 받은 혐의였다.

"아무래도 적당히 피할 수 없을 것 같아. 접대 장부에 정확한 날짜, 장소까지 적혀 있고 업자도 이미 시인했잖아."

"차장이 노발대발했다며?"

"말도 마. 난리도 아니었어. 키시 차장의 이름을 팔아 대서 차장까지 조사를 받았으니……. 그야말로 기무라를 산 채로 씹어 먹을 것 같았다니까. 왜 안 그랬겠어? 자칫하면 자기가 불명예 퇴진하게 생겼는데."

"워낙 깐깐하고 쇠꼬챙이 같아서 그렇지, 그런 쪽으로 자기 관리는 워낙 철저하잖아. 그런 사람이 그런 추문에 휩싸였으니 어땠겠어."

"그러니 막아 줄 리도 없을 테고…… 아무래도 힘들겠지."

친구들의 이야기를 들으며 묵묵히 젓가락을 놀리던 호시는 본부로 출근하던 첫날, 출근길을 배웅하던 순애를 떠올렸다.

한참을 무슨 말을 할 듯 말 듯 주저하던 그녀는 그가 차에 타기 직전이 되어서야 겨우 입을 열었다.

"저기……."

"알아, 걱정하지 마. 알아서 할게."

호시는 웃는 낯으로 아내를 다독여 주고 차에 올랐다. 그러나 순애가 보이지 않게 되자 그는 싸늘히 굳은 얼굴로 지그시 입술을 물었다. 저토록 순애를 불안하게 하는 근원이 아직 멀쩡히 남아 있는 것이다. 우환의 싹은 제거해야 한다. 또다시 그녀를 잃을 수는 없었다.

그렇다고 드러내 놓고 기무라를 건드릴 만큼 그는 바보가 아니었다. 놈 역시 저를 경계하고 있었으므로 섣불리 움직일 수는 없었다.

호시는 겨우내 몸을 낮추며 사람들을 만났다. 분명 영리한 놈이긴 하나 돼지같이 욕심이 많으니 틀림없이 여기저기 먹다 흘린 부스러기들이 남아 있을 것이었다. 그는 인내를 가지고 그것들을 차곡차곡 주워 모았다. 그리고 마침내 그 부스러기가 모여 놈의 목을 옭아맬 정도의 올가미가 되었을 때, 기자를 하는 선배에게 가십처럼 슬쩍 흘려 주었을 뿐이었다. 술자리에서 흔히 하는, 그렇고 그런 남의 뒷얘기처럼 가볍게.

한참 잔치 분위기가 무르익어 가는데, 순애와 이시다가 돌잡이를 위해 작은 소반을 들고 들어왔다. 손님들의 호기심 어린 시선이 쌀과 실, 책, 돈, 연필, 법봉, 청진기 등속이 놓인 소반으로 향했다.

"이건 돌잡이라고, 아이가 집는 물건으로 그 미래를 점쳐 보는 거예요. 그냥 재밋거리로 봐 주세요."

조금 멋쩍게 말한 순애가 부인들 틈에서 놀고 있던 아이를 데려와 소반 앞에 앉혔다. 아이가 천진난만하게 소반을 툭툭 치며 손장난을 하자 좌중에 가벼운 웃음이 터졌다. 순애는 그런 아이를 두근거리는 마음 반, 조마조마한 마음 반으로 지켜보았다.

무심히 손장난을 치던 아이가 드디어 무언가에 끌렸는지 또랑또랑한 눈을 빛내며 소반 위로 손을 쭉 뻗었다. 순간 호시는 저도 모르게 숨을 죽였다. 순애의 말마따나 그저 흥밋거리일 뿐인데 그는 어느새 바싹 긴장하고 있었다.

"이야!"

사람들의 환성이 터졌다. 아이는 머뭇거리지도 않고 법봉을 덥석 쥐었다. 아이가 그걸 소반에 대고 두드리자 땅땅땅, 큰 소리가 선명히 울려 퍼졌다. 재미있는 장난감을 발견한 듯 아이가 까르르 웃었다.

호시는 저도 모르게 그만 눈시울이 뜨거워졌다. 첫 생일을 맞은 아이가 너무 장하고 기특했다.

여자를 갖기 위해 원한 아이였다. 그 밤, 그토록 찾아 헤매던 순애를 다시 품에 안았을 때, 그는 완전히 눈이 멀었었다. 다시는 그렇게 무력하게 그녀를 잃지 않으리라 다짐했다. 그걸 위해서라면 뭐든지 할 수 있었다. 비겁한 놈이 될 것이었다. 아이를 안겨 주고 그 대가로 나는 널 가지리라, 피붙이 하나 없는 너는 그 아이를 네 목숨처럼 사랑할 테니.

그래서인지 그는 순애처럼 그녀 배 속의 아이를 맹목적으로 사랑할 수 없었다. 아니, 순애를 사랑하듯 사랑할 수는 없으리라 생각했다. 어떻게 이런 사랑이 둘일 수 있나. 그의 사랑에는 이미 확고부동한 주인이 있었다. 그러나 끝이 보이지 않던 혹독한 산고를 겪은 순애가 아이를 처음 품에 안았을 때, 그는 비로소 알았다. 그 사랑이 결국 하나로 맺어진다는 것을.

"여보, 봐요. 우리 아기예요……. 준이에요."

통통 부은 얼굴에 산발을 한 순애가 아이를 안고 환히 웃었다. 그는 아무 말도 할 수 없었다. 그저 그대로 순애를 끌어안고 땀에 젖은 얼굴에 입 맞추고 싶은 충동뿐이었다. 고생한 손을 하염없이 어루만지고 싶은 마음뿐이었다.

"당신도 안아 봐요."

"……"

"빨리."

그는 얼결에 순애에게서 아이를 받아 들었다. 하지만 어디를 어떻게 안아야 하는 걸까. 아이는 생각보다 너무 작고 가벼웠다. 자칫 조금만 힘을 줘도 콱 찌그러질 것 같아 무서울 지경이었다. 호시는 엉성한 자세로 아이를 받아 안은 채 어쩔 줄을 몰랐다. 아이와 순애만 번갈아 보자 순애가 웃음을 꾹 누르며 다시 한번 재촉했다.

"뭐 해요? 어서 인사해요."

그제야 그는 찬찬히 아이를 내려다보았다. 사람이라기보단 아직 쭈글쭈글한 핏덩이. 아직 채 눈도 뜨지 못한 시뻘건 어린 것은 연약하지만 규칙적으로 숨을 쉬고 있었다. 그것을 느끼는 순간 그는 뻐근하도록 가슴이 뭉클해졌다.

가장 사랑하는 사람과 피와 살과 영혼을 섞어 만든 생명. 사랑이 눈에 보이는 실체로 현현한 것 같았다. 어떻게 사랑하지 않을 수 있을까. 이 아이는 그와 순애의 사랑, 그 자체인데.

"어머, 당신 울어요? 우는 거예요?"

순애는 어색하고 뻣뻣하기 그지없는 자세로 아이를 받아 든 채 굳은 듯 서 있는 남자를 바라보다가 그만 웃음을 흘렸다.

"당신도 참. 울기는…… 인사를 하라니까."

그러면서도 순애 역시 코끝이 시큰해 끊임없이 제 눈가를 훔쳤다. 호시도, 순애도 더는 말을 잇지 못하고 서로 조용히 눈물만 흘렸다. 가장 행복한 순간에 흐르는 것이 눈물이라니, 아이러니했지만 그것이 그들에게는 가장 큰 기쁨의 표현이었다. 그렇게 부부는 새로운 가족을 맞았다.

부쩍 해가 짧아진 9월, 어느새 서서히 해가 기울어 가자 손님들이 하나둘 일어섰다.

"우리 잘 먹고 잘 놀다 가요. 아이고, 우리 도련님, 생일 축하해. 어서 쑥쑥 자라야지."

미유키가 순애의 품에 안겨 있는 준의 포동포동한 손을 살짝 잡고 흔들었다. 마치 알아들었다는 듯 아이가 까르륵 웃자 미유키의 얼굴에도 절로 흐뭇한 미소가 번졌다.

"아유, 요 순둥이. 애가 어쩜 이리 순해? 이렇게 애가 예쁘니 애아빠가 그렇게 자랑을 하지."

"네? 자랑을 해요? 저이가요?"

순애가 귀를 쫑긋 세웠다. 아들이라 그런가, 호시는 이제 겨우 돌쟁이인 아이를 엄하게 대했고 대놓고 귀여워하지도 않았다. 그런 성격인 줄은 알면서도 순애는 내심 그것이 불만스러웠던 차라 미유키의 말에 귀가 번뜩 뜨였다.

"으응, 우리 집 남자가 그러는데 얼마 전 술자리에서 호시 상이 취해서는 그렇게 애 자랑을 하더래. 그 또래 평균보다 3일이나 일찍 뒤집었고, 일주일이나 빨리 걸었고, 몸무게도 더 나간다고 무슨 육아 통계 같은 걸 줄줄 외면서 자랑을 하더라는 거야. 다들 질려서 그 뒤로 얼마간 호시 상 빼고 술 먹었다잖아. 믿어져?"

아, 그날인가? 잔뜩 취해 들어와서는 널 그대로 줄여 놓은 것 같은 딸 하나만 더 낳자고 억지를 부려 대던 날. 그날 밤을 떠올리자 순애는 저도 모르게 화르르 낯을 붉히고 말았다.

"뭐 또 얼굴까지 빨개져? 술 좀 먹고 자식 자랑할 수도 있지. 내 눈에도 이렇게 예쁜데, 부모는 오죽할까. 그치? 준아?"

순애의 수줍음을 멋대로 해석한 미유키가 아이의 볼을 톡톡 건드렸다.

"못 먹는 술은 왜 먹어서 여기저기 주책은……. 아무튼 아이 옷 고마워요. 잘 입힐게요."

그래도 그렇지. 3일이나 일찍 뒤집었다고 자랑했다고? 어휴, 창피한 줄도 모르고. 아무래도 당분간 금주령을 내리든지 해야지. 순애는 겨우 감사 인사를 하며 화제를 돌렸다.

"아유, 그 정도 가지고 뭘. 참, 감 좀 줄까? 엊그제 친정서 엄청 보내 줬는데."

"아녜요. 매번 얻어먹기 미안해서."

"미안하긴. 어차피 그거 우리 다 못 먹어. 못 먹으면 버리는데.

내일 내가 사람 보낼게."

"네. 그럼 주세요. 잘 먹을게요."

순애가 작게 웃으며 고개를 숙였다. 이젠 조금 익숙해졌지만 아직도 다른 여자들에게서 친정 애기를 들을 때마다 슬쩍 부러움과 그리움이 올라오는 건 어쩔 수 없었다. 그런 그녀의 마음을 눈치챘는지, 호시가 순애 옆에 붙어서더니 미유키에게 인사를 건넸다.

"이 사람이 여러 가지로 신세를 지죠? 여러모로 고맙습니다."

"아유, 무슨 말씀을. 신세로 치면 저희 집 남자가 여기 와서 먹고 노는 게 얼만데요. 순애 상한테 폐 끼치니까 그러지 말라고 몇 번이나 얘길 해도……."

호시의 인사를 받은 미유키가 당황한 듯 웃으며 손사래를 쳤다. 제 남편의 절친한 친구였지만 미유키는 아직도 호시가 괜히 어려웠다. 그도 그럴 것이 애 아빠가 된 후, 그 잘생긴 얼굴에 부드러운 다정함과 원숙미까지 더해져 더욱 멋져 보였으니 말이다.

"그러니까요. 야마다 저 녀석 좀 어떻게 말려 주세요. 원래 짓궂은 장난 좋아하는 건 알지만 어디서 들었는지 이상한 소문이나 퍼뜨려 대고……."

호시가 곤란한 듯 혀를 쯧, 찼다. 야마다 놈 때문에 회식 자리마다 곤욕이었다. 순애의 진통이 시작되자마자 사색이 된 이야기, 지독한 난산에 결국 눈이 젖고 만 이야기, 해산 후에는 매일같이 무슨 국을 끓여다 날랐는데 그 맛이 너무 이상해서 순애조차 차마 먹기 힘들어했다는 이야기까지……. 녀석이 퍼 나르는 소문이 온 법무성에 짜했다.

"소문이요? 아……."

396

미유키는 당황한 나머지 그만 얼굴이 새빨개졌다. 순애의 출산과 몸조리를 도운 그녀가 바로 그 소문의 출처였기 때문이다.

"부탁 좀 드립니다."

"아…… 아휴, 그럼요! 그래야죠. 제가 단단히 얘기해 놓을게요. 내 정신 좀 봐, 너무 오래 있었네. 저희 이제 갈게요. 여보! 우리 가요!"

미유키가 허둥지둥 제 남편을 찾아 꿰차고는 일어섰다. 다른 손님들도 하나둘 부부에게 인사를 건넸다. 그들은 마당에 서서 차에 오르는 손님들을 웃음으로 배웅했다.

손님들이 모두 떠나자 호시가 순애를 돌아보았다. 종일 친구들에게 아내와 아이를 실컷 자랑한 그는 조금 피곤해 보였지만 아주 만족스러운 얼굴이었다.

"오늘 고생했어. 고마워."

"내가 하자고 한 건데 뭐."

하지 말자더니 안 했으면 큰일 났겠네. 벙싯거리는 남편의 얼굴을 보며 순애는 그만 작게 웃고 말았다.

"근데…… 아까 미유키 상한테 일부러 그런 거죠?"

"응."

호시가 순순히 인정하자 순애가 킥킥 웃었다. 늘 시원시원하고 거침없는 미유키가 그렇게 당황하는 얼굴은 처음이었다.

"이제 이시다 상 가시라고 해. 치우는 건 내가 치울게. 오늘 고생하셨는데 수고비도 따로 좀 챙겨 드리고."

"당신이 치우긴 뭘 치운다고……."

"남은 음식 냉장고에 넣고 설거지하면 되지 뭐 어려워. 당신은 좀 쉬어. 수업 준비도 해야 하잖아."

얼마 전 고졸 검정고시에 합격한 후 순애는 재일본 한국인을 지원하는 단체에서 한글을 가르치기 시작했다. 학생들은 주로 이곳에서 태어나 한국어에 서툰 교포들이었다. 제 뿌리를 잊지 않으려는 그들의 모습은 순애에게 호시를 가르칠 때와는 또 다른 보람을 안겨 주었다. 그리고 순애 역시 아이에게 엄마가 고국을 잊지 않는 모습을 보여 주고 싶었다.

"압빠빠빠……."

순애의 품에 안겨 있던 아이가 호시를 향해 몸을 들썩이며 버둥거렸다. 아이는 요즘 한창 호기심이 늘고 움직임도 많아져서 잠시도 가만히 있지 않았다.

"아빠한테 갈까?"

순애가 아이를 호시에 넘겨주자 호시가 눈을 맞추며 아이를 얼렀다. 아이가 까르르 웃으며 그의 옷자락을 쥐고 힘차게 잡아당겼다. 이젠 제법 힘이 세진 게 장하고, 고사리손이 꼬물꼬물 움직이는 게 기특해, 호시는 아이의 보드라운 뺨에 얼굴을 비볐다. 그러자 달콤한 젖내가 풍겨 왔다.

"이 녀석이 벌써 한 살이 됐네."

"응. 나 아까 울컥했잖아요. 아기가 법봉을 잡는데 다 키운 것 같았어. 막 눈물이 나오려는 걸 겨우 참았다니까요."

순애의 말에 호시가 엷게 웃었다.

"왜요? 고작 일 년 키워 놓고 다 키운 것 같다니까 웃겨요?"

"아니."

호시는 제 품에 안긴 아이를 애틋이 내려다보았다.

"나도 그랬어."

뜻밖의 말에 순애가 눈을 크게 떴다.

"나도 잘 자란 준이 모습을 보는 것 같았어."

"……."

"준이 태어났을 때도 생각나고. 낳길 잘했구나 싶기도 하고. 근데 내가 당신한테 아직 못한 말이 있더라고."

"……."

"우리 준이, 낳아 줘서 고마워."

"……."

"그날 얘기했어야 했는데…… 감동했었어. 감동해서, 그래서 아무 말도 할 수가 없었어. 미안해. 내가 너무 늦었지."

순애는 가만히 고개만 저었다.

늦지 않았다. 당신은 내게 단 한 번도 늦은 적이 없다. 당신의 마음은, 당신의 사랑은 언제나 나보다 먼저 와 있었다. 보채는 일도 없이, 성내는 일도 없이, 상냥한 당신은 늘 오래도록 나를 기다려 주었다.

순애의 눈에서 흘러내린 빛이 뺨을 타고 부서져 내렸다. 여자의 찬란한 미소를 바라보는 호시의 가슴이 만선을 하고 돌아가는 어부처럼 벅차올랐다.

"그래도 애는 이제 따로 재우는 거야."

눈물을 닦던 순애가 풋 웃음을 터뜨리는데, 아이가 고개를 들고 하늘을 향해 팔을 바르작거렸다.

"뭐가 또 궁금해서 그래?"

웃차, 호시가 아이를 번쩍 안아 올렸다. 한순간에 하늘 높이 올라간 아이가 어느새 환한 꽃이 피어난 금목서 가지를 잡아당겼다. 아이의 천진한 웃음소리를 듣는 순애의 젖은 얼굴에 행복이 따뜻하게 녹아내렸다.

단란한 가족의 머리 위로 축복을 내리듯 황금빛 꽃나무가 황홀한 향기를 쏟아 내고 있었다.

-마침-

∞